ALIVE in SHAPE and COLOR

形與色的故事

Edited by

Lawrence Block

勞倫斯・卜洛克

易萃雯 譯

M小說30

形與色的故事

ALIVE IN SHAPE AND COLOR

編　　者	勞倫斯・卜洛克（Lawrence Block）
譯　　者	易萃雯
封面設計	莊謹銘
行銷企畫	陳彩玉、朱紹瑄
業　　務	陳玫潾、林佩瑜
出　　版	臉譜出版
發 行 人	凃玉雲
總 經 理	陳逸瑛
編輯總監	劉麗真
	城邦文化事業股份有限公司 台北市民生東路二段141號5樓 電話：886-2-25007696　傳真：886-2-25001952
發　　行	英屬蓋曼群島商家庭傳媒股份有限公司城邦分公司 台北市中山區民生東路141號11樓 客服專線：02-25007718；25007719 24小時傳真專線：02-25001990；25001991 服務時間：週一至週五上午09:30-12:00；下午13:30-17:00 劃撥帳號：19863813　戶名：書虫股份有限公司 讀者服務信箱：service@readingclub.com.tw 城邦網址：http://www.cite.com.tw
香港發行所	城邦（香港）出版集團有限公司 香港灣仔駱克道193號東超商業中心1樓 電話：852-25086231或25086217　傳真：852-25789337 電子信箱：hkcite@biznetvigator.com
新馬發行所	城邦（新、馬）出版集團 Cite（M）Sdn. Bhd.（458372U） 41, Jalan Radin Anum, Bandar Baru Sri Petaling, 57000 Kuala Lumpur, Malaysia. 電話：603-90578822　傳真：603-90576622 電子信箱：cite@cite.com.my
一版一刷	2018年5月29日 版權所有，翻印必究（Printed in Taiwan）
I S B N	978-986-235-654-8 定價450元 （本書如有缺頁、破損、倒裝，請寄回本社更換）

城邦讀書花園
www.cite.com.tw

國家圖書館出版品預行編目資料

形與色的故事／勞倫斯・卜洛克（Lawrence Block）編；易萃雯譯. -- 初版. -- 臺北市：臉譜出版：家庭傳媒城邦分公司發行, 2018.05
面；　公分. --（M小說；30）
譯自：Alive in shape and color
ISBN 978-986-235-654-8（平裝）
874.57　　107003204

Office Girls by Raphael Soyer

目次

前言：在我們開始之前……
勞倫斯・卜洛克 009

安全守則
吉兒・卜洛克 017

皮耶、路西安，和我
李・查德 043

拿著扇子的女孩
尼可拉・克力斯多佛 057

第三幅畫
麥可・康納利 085

有意義的發現
傑佛瑞．迪佛——103
理髮師查理
喬．蘭斯代爾——129
追索喬治亞．歐姬芙的花
蓋兒．李文——161
Ampurdan
華倫．摩爾——175
橘色代表焦慮，藍色代表瘋狂
大衛．摩瑞爾——191
美好的日子
喬伊思．凱蘿．歐茲——247
真理從她的井中爬出來羞辱人類
湯馬斯．普拉克——279

巨浪 S J 羅贊 —— 317
沉思者 克莉絲汀・凱塞琳・羅許 —— 329
煤氣燈下 喬納森・山德樂弗 —— 373
陽光下的血 傑斯汀・史考特 —— 407
大城 莎拉・萬曼 —— 433
尋找大衛 勞倫斯・卜洛克 —— 461

〈前言〉

在我們開始之前……

勞倫斯・卜洛克

以下，親愛的讀者，便是我一開始時就寫好的前言：

在《光與暗的故事》於二〇一六年十二月出版之前的好幾個月，我們就很清楚這本書一定會非常暢銷。這本選集所邀來的明星陣容完成了十幾篇令人驚艷的短篇小說，而飛馬出版社內部昂揚的鬥志更是保證了此書出版的品質。

那麼接下來的續集，我是打算如何安排呢？

我考慮過——但馬上又否決掉——要和先前一樣，再匯集出一本霍普畫作所啟發的短篇小說選集。霍普留給世人眾多的精神資產，想要再度找到足夠的畫作來啟發作家的靈思，絕非難事。然而依我看來，從那豐富的水源汲取一次成果，已經足矣。

那麼於續集之中，是否有可能找到別的藝術家來取代愛德華・霍普呢？

許多名字冒了出來，但我覺得沒有一個能夠勝任。這其中的每一個畫家，我都可以想像出有某一幅畫可以啟發出一篇故事。比如安德魯・魏斯、蒙德里安、湯馬斯・哈特．班頓、傑克遜．波洛克、馬克．羅斯科——這些大師，不管是寫實或者抽象的畫家，都有可能啟發出一篇引人入勝的故事。但要完成一整本書呢？

我覺得不太可能。

然後有一天，我靈機一動：也許可以匯集眾多的畫家，來完成單一畫家所無法做到的事呢。十七位作家根據十七幅畫作——每一幅都是出自不同的畫家——寫出十七篇故事。

《形與色的故事》。

對我來說，這個書名要比前一本遜色；我到現在還是這麼覺得——這我必須承認。不過這總是個開始吧。

我深深吸了一口氣，為自己倒了一杯咖啡，然後便開始草擬信函，邀集作家。

受邀為一本文集貢獻己力，應該算是挺風光的，對吧？

嗯，當然是囉。然而我卻免不了想到那個不知怎的惹火了在地居民的外地人——部分氣不過的居民甚至付諸行動，往那個傢伙身上塗了柏油，貼上羽毛，然後將他架在鐵桿兒上頭，運送出城哩（譯註：塗柏油、貼羽毛的懲罰方式在歐洲及其殖民地已行之久遠，到了十七世紀以後，則成了暴民執行私刑的方式了）。

「如果不是因為這樣子走挺風光的，」他如此寫道：「我其實是希望以比較傳統的方式離開啊。」

受邀為一本選集提出貢獻所帶來的風光，自然是附帶了它專屬的柏油和羽毛：你得因此寫下個什麼；而你耗費了時間與心力所得到的金錢回饋，基本上卻又只具象徵性意義而已。對我來說，邀人寫個故事分明就是等於索討人情啊。

當然，有時候受邀的作家是會因此而受益良多。如今回頭看看那些我為別人的選集所寫的故事，我還真是滿懷感激。那當中有好幾篇講的是一個頗為享受殺人樂趣的年輕女子——當時我其實是不情不願，為了我幾個忙於編選文集的友人才寫下的；而那之後，我將故事匯集起來，竟也因此出版了一本小說《快樂女殺手》（*Getting Off*）。此外，一篇多年前我答應為一本偵探故事集所寫的東西，再度點燃了我對馬修．史卡德的興趣（我原本已經決定要放棄他了）——而這個作品〈黎明的第一道曙光〉，也就是我賣給《花花公子》雜誌的第一篇故事；同時它也為我贏得了我的第一個愛倫坡獎，並滋生出《酒店關門之後》，而且還帶來了之後的八個短篇，以及另外十二本以史卡德為主角的小說。

所以呢，我是不會後悔當初接受那些友人的邀稿的。然而如今換成是我向別人邀稿時，我卻是戒慎恐懼，因為心知肚明：在某種程度上，這畢竟是對人有所求啊。

以目前這一本來說，至少我知道該從哪裡起步。我邀請了《光與暗》中所有的作家。我和他們合作愉快，而且他們的故事都好棒——我希望那當中至少有幾位會願意再度扛起一次任務。

梅根·艾柏特無法接續，是因為她目前的工作量已經太大。史蒂芬·金對霍普的愛將他引進了《光與暗》裡頭，我還滿驚訝的——他那篇故事為他贏得了愛倫坡獎的提名；不過這一次，他倒是有辦法拒絕了。羅柏·歐林·巴特勒滿喜歡《形與色》的構想，於是他便選了一個畫家以及一幅畫，然而當他得知他的出版商已經為他排好了一段長程的打書之旅之後（這會耗掉他所有的時間），他就只好退出了。

不過其他所有人都點頭同意了。

我還真得說，這個結果確實是不可思議。之後，我又發出邀請函給大衛·摩瑞爾、湯馬斯·普拉克、SJ羅贊以及莎拉·萬曼。而他們也都同意了。

《光與暗》中所有的故事都是全新出爐、特意為那本選集所寫的，而《形與色》也是出自類似的構想。不過大衛·摩瑞爾回函時告訴我說，他很喜歡我這個點子，而且呢他其實三十年前就已經把故事寫好了。他將《橘色代表焦慮，藍色代表瘋狂》寄給我看，而我也不難看出他的意思何在（同樣的，我也不難看出，當初這篇故事發表時，為什麼會為他贏得了Bram Stoker獎）。

所以囉，各位當中很可能有幾位已經讀過了大衛這篇小說。不過我想你們應該不會介意再讀一遍吧。

而且你還可以把這故事當成附送的紅利呢，因為這一回我們可就有了十八篇故事——比《光與暗》還多一篇。當時，我不覺得這會是個問題，而飛馬出版社的那些好好先生也一樣。

十八篇故事嗎？嗯，這會兒恐怕得改成十六篇了。

寫作有個特性是：心想不一定事成。預定為一本選集貢獻心力的作家，不一定是個

個都能如願交稿的。

《光與暗》就曾經碰到這個情況。有個作家選了幅畫，答應將可寫出一篇對應的故

事，然而之後他的生活卻是頻頻發生狀況，所以根本不可能依約交稿。等到他通知我們

他的故事鐵定寫不出來時，我們已經取得了他選定的那幅畫的轉印權——也就是《鱈魚

角之晨》。如果沒辦法要到故事，至少我們還有那幅畫吧——所以我們便將它當成了展

示於目次之前的畫作了。

而這一回呢，無法依約完稿的則是克雷格．費格森。當初他選的是畢卡索的畫，但

卻一直無法寫出搭配的故事，其後他的行程則是越來越緊湊，再加上天狼星衛星廣播又

找他要開個新節目，所以他就只能再三跟我們道歉了。他說，希望我能體諒他。

我完全可以體諒。

因為我發現我自己也沒辦法交稿。

我很早以前就選了一幅畫——大約是我草擬邀稿函的時候吧。我的妻子和我到惠特

尼美術館去看一個肖像畫展時，拉斐爾・索耶的一幅油畫馬上抓住了我的視線。我從來沒有看過那幅畫，而當時的我對那位畫家也一無所知；我只是覺得以它為題材來構思一個短篇，效果應該不會亞於霍普的畫。

結果我寫了約莫一千字吧。可是我不太喜歡那個未完稿，也不知道如何收尾才好。想當初我是在一九五七年時賣掉了我的第一篇故事，所以算起來，我從事這一行已經有六十年之久了。而最近我則開始收到訊息說，也許我該收山了。幾年前，我覺得自己也許是該準備放棄寫小說了——那之後我雖然還是出了一、兩本書，但我覺得應該不會再有下一本。最近幾年，我又寫了幾個短篇和中篇。或許在我僅存的餘年當中，還會再有新的作品出來——但也可能不會有。

而這，也無所謂了。

如果索耶畫作的故事，我是應承了別人所編的選集的話，我應該早就跟對方表達了無上的歉意吧。然而由於這是我自己主編的書，打退堂鼓似乎太說不過去了，所以我便掐著自己的脖子硬撐了好久。但終究我還是想通了：這本書既然是匯集了眾多名家寫出來的優秀的故事，那麼就算少了我的貢獻，應該也無傷吧。

而且也無須因為我無法如願完稿，就抽掉那幅畫啊。就像《鱈魚角之晨》在《光與暗的故事》的目次之前扮演了令人驚艷的角色，《辦公室女孩》應該也可以在《形與色的故事》的起始之處展現它媚人的風姿。此外，就跟先前一樣，我也要邀請讀者諸君共襄盛舉：請各位根據拉斐爾．索耶撩人的畫作，寫下一篇你自己的故事吧。請盡情發揮自由的想像力——而且，如果你願意的話，何不寫下來呢。

不過請別寄給我。我這就要退場了。

說來事情原本應該是就此告一段落了，不過華倫．摩爾寄來的一封電郵卻帶來了一點改變（他根據達利畫作所寫的故事，會是等著你們品嚐的一道誘人菜色）。他提醒我說，其實二十年前我所出版的一個短篇應該是完全符合《形與色的故事》的要求的。〈尋找大衛〉的靈感，是來自於我年少時在水牛城的達拉威公園看到的一尊米開朗基羅的大衛雕像的仿製品。我於一九九五年造訪翡冷翠時，因為看到這座雕像的原作而引發了我對舊時的回憶。在這篇故事裡，馬修．史卡德和他的妻子伊蓮來到了翡冷翠，他們在偶然的機遇下，碰到了史卡德處理過的一樁老案子裡的主角，這人向他述說了案情中他原先並不曉得的關鍵處，也就是保羅．哈維所謂的「遺漏的真相」（譯註：哈維是美國國家廣播公司的主播，他在他主持的電視節目〈遺漏的真相〉中的一貫模式，是先敘述某些鮮為人知的佚聞，然後再交代那當中遺漏的關鍵做為節目的收尾）——這個故事起始於水牛城，然後在紐約演出，並於義大利的阿爾諾河河畔收尾。

〈尋找大衛〉確實正合這本選集的需要，然而《形與色》能否再囊括另一篇舊作呢？正反兩方的意見我都可以想得出來，所以我便將決定權交給了飛馬的克蕾波．漢考克——而她則是投了肯定票。所以囉，《形與色》這下子就有了十七篇故事：米開朗基羅的大衛加入了羅丹的沉思者，成為雕塑類的代表。

不過我們還是將拉斐爾．索耶的《辦公室女孩》保留了下來，做為附贈的開書之作：這幅畫雖然沒能啟發我的靈感，但它卻有可能啟發你啊。

吉兒・卜洛克（Jill D. Block）

目前定居紐約，她是作家，也是律師，不過這並不表示寫作永遠是她的第一順位。她創作的靈感來源為她周遭的世界，而以下這篇故事則是受惠於掛在她公寓裡的一幅畫作：亞特・弗拉姆的《記得那所有的安全守則》。至於她從事法律工作的動力呢，則是來自於不想被解雇的恐懼心理。

她曾有故事刊登於《艾勒里・昆恩》懸疑雜誌，以及兩本文集《黑暗城市之光》和《光與暗的故事》裡頭。而她的第一本小說則已屆完成階段（她也承認，除非她動筆再寫第二本，否則這將會是她唯一的一本小說作品）。

Remember All the Safety Rules by Art Frahm, 1953

Oil on canvas, 29.5×33.5 in. (74.9×85.1 cm.). Private collection/Jill D. Block.

安全守則

第一天

這是我的第三次，所以我對進行的方式很清楚。我一早就搭車進城，這一來，我出了地鐵站以後，就有時間到星巴克買個咖啡了。我於八點五十五分到了樓上，走進舒適的休息室裡。我找了個座位，掏出我的雜誌，瀏覽了一下時裝廣告，而葛雷登．卡特（Graydon Carter）那篇諷刺川普的文章我正讀得入神的時候，時間到了（譯註：這篇文章如今已是家喻戶曉，標題是〈只有美國才會發生〉，文中洋洋灑灑列舉出幾十條只有美國才會發生的事情——樣樣都與美國新任總統川普有關）。有位女士要我們把卡片沿著虛線孔洞撕開，等她一一收齊之後，她便將程序指導影片放給大家看。

影片結束後約莫三十分鐘，一名法警走進來，準備召集第一組人。這我可一點也不驚訝。程序我已倒背如流：我們當中將有二十或二十五個人給帶到法庭去，由他們揀選出陪審員。其餘的人則會待在這裡，等著他們召集下幾組團體。應該會搞一整天，甚至有可能拖到明天。頂多三天吧，然後我就算是完成我的公民義務了。希望我會是第一組人，早死早超生，也許回家前我還能有點餘暇去買靴子呢。

他唱名的時候，我老習慣不改，開始跟著數起數來。他是根據他捧著的那疊卡唸的，聲如洪鐘，是戴警徽者那種「我乃好厭煩的權威」的調調；不過偶爾會冒出個名字他不確定該怎麼唸。我數到85的時候就放棄了，但他還是繼續唸下去。我環顧周遭，中央走道兩旁每一排各有六把椅子，看來約莫有二十五排。不是每個座位都坐了人，不過也差不多了。說來我們總共就有兩百五十人囉？還是兩百六？我打算粗略算一算人數時，聽到了自己的名字。我把雜誌放回包包裡，拿起我的空咖啡杯，加入大夥兒的行列一起走向房間後面的那扇門，然後踏上甬道。法警繼續唱名中。

說來好玩，規則只要一改變，人就不一樣了。我不到一個小時以前走進來的時候，覺得自己好像是這兒的主人：我很清楚該到哪兒，該做什麼，下一步又是什麼。**陪審是義務，好的，好的。也許午休時間，我可以找個沙龍修修指甲吧。**然後呢，沒兩下我就跟其他所有人一樣，只能聽候指示，跟著一群人走進未知的世界。

「應該每個人都叫到了。」法警穿行於人群間時，還不斷講著話。「如果沒聽到名字的話，檢查一下你們收到的明信片，上頭寫明了日期。如果你的明信片寫的是二〇一六年九月二十七，311號房的話，你就來對了地方，可以跟著我一起走。如果你的明信片寫的不是二〇一六年九月二十七，311號房的話，你就來錯了地方。如果你來錯了地方的話，你就得到355號房主事官的辦公室去。其他所有人呢，現在是要到九樓的42區。請跟著我走。」

他折騰了不只四十五分鐘，才把我們全體都領到樓上，進入法庭。我們就像一班調皮搗蛋的幼稚園學生一樣。我們坐滿了所有的座位，而且房間兩側以及後面都還有人是站著的。法官自我介紹起來，他說座位不夠很抱歉，也謝謝我們能夠來到這裡。他介紹起原告律師、辯護律師，以及被告，並解釋說，兩位律師將會從眾人當中，挑出合適的陪審員。為什麼要找這麼多人來呢？噯，他解釋道，這場審判預計要進行四個月的時間。一個禮拜四天，從早上十點到下午五點，一直到一月底才會結束。眾人一起「嗄」了一聲，然後就是滿場嗡嗡嗡的耳語。他等我們安靜下來以後，才稍微談了一下陪審團制度運行的方式。他說，他很清楚我們每個人今天來到這裡就是做了犧牲，更不要提那些被選為陪審員的人日後所需提供的服務了。然後他便要求我們花個幾分鐘思考一件事（仔細想想，並做決定）：根據他方才所描述的時間表，我們是否有辦法為這場審判擔任陪審員呢？他很行。他懂得讓你覺得自己好像欠了他什麼，好像你還真得仔細深思，盡己所能來支持我們法律制度裡頭這個非常基本的條文。意思是說，如果你說你沒辦法的話，你會讓他非常失望。他說如果我們覺得可行的話，就請跟法警拿一張問卷到外頭的廊廳填寫，填完以後請交還給法警，然後等星期五再過來。如果我們覺得不可行的話，則請找個位子坐下。他和兩位律師將和留下來的每個人私下談談——一個一個來。

我坐了下來。

這整整一天，我真是無聊到快瘋了。法庭裡不能使用電子產品，而且這裡頭又冷得要死。為了免於無聊，我只好看著他們是怎麼安排排隊的先後次序——難不成搞懂了制度的運作方式，就可以讓我多點掌控權嗎？他們一次請五個人起身——按照我們坐在長板凳上的順序來。等五人當中只剩最後一個等在密閉的門外時，他們才會請接下來的五個人起身。我仔細觀察，想搞清楚跟法官私下談過後出來的人裡頭，有幾個還是免不了得拿問卷的；而又有多少人結果是交還了卡片，受命回到原先的房間裡——應該就是要在那裡解散吧。他們請我們外出用餐時，我的前面還有七個人。兩點一刻再回來，他們說。等我回去時，我是排在一個顯然這輩子從來沒有穿行過金屬探測儀的人的後頭（「什麼？我得把皮帶解下來啊？」），所以我是搞了不知多久才得以進到法庭。我原本是排在七個人後面，而這會兒我卻是坐在最後一排，成了倒數第五個。一整個下午都是一樣的過程：坐著，等著。然後，終於輪到我進去了。法官再一次自我介紹，並介紹了律師，而我也來了段自我介紹。我跟他們解釋說，我因為工作性質的關係，無法勝任。我說我在銀行的職務內容重複性很高，隨時都需要有人做我所做的工作。他們問我說，這個職務有幾個人在做，而這一天又是誰在代我的班，而如果我們當中有一個人生病或者度假去的話，都是怎麼處理的。我心想我是不是該換個說辭，不知道如果我說我已經排定了一個攸關性命的手術要做的話，他們會不會要我提出證明。法官謝謝我撥出時間前來，並要我填寫問卷，禮拜五再來。

第二天

我們已被告知，禮拜五要到一間更大的法庭報到，然而於這一天回來的人裡頭，還是有好幾個沒有位子坐。原來這是因為我們禮拜二的那組人其實是第二組——兩個禮拜前他們也以同樣的方式找來了一組人；所以這一天，對所有填過問卷的人來說，都是第二天。法官一開頭便講明了，律師在我們當中選出來的陪審團，預定是要審理一九七八年米羅．雷希特遭到綁架並被殺害的案子。我猛抽了一口氣。米雪琳娜！剎那間，我懂了：我人在這裡，是有原因的。法官解釋說，如果有人熟悉這件案子的話，也不會因此就被淘汰掉。他表示，我們當中的某些人也許對這案子了解很多，而另外或許也有人從來沒聽過此案，不過他們不會單憑這一點就來決定結果。

他開始解釋起甄選陪審團的過程。他們將先隨機選出十六個人，而這十六個人則將坐在陪審席上，一個個輪流回答法官提出來的一系列問題。而律師則將根據候選人提供的答案，來決定這十六人當中是否會有一個或者不只一個人，不適合陪審此案，並請不適任者離開。之後則會再隨機選出遞補人員，而法官也會再向這些新來的人提出同樣的問題。只要總共有十六人過了法官提問的這一關，兩名律師便會針對這一組人做篩選。這整個過程將在法庭上進行，我們每一個人都要在場。不能講電話，不能使用電腦。接著他就開始談起陪審員秉持公正的重要性，所以我就沒再聽了。

米雪琳娜。我已經好多年都沒想到她了，但在我的腦海裡，她的影像還清楚得彷彿昨天才見過一樣。她綁了兩根辮子，在學校裡大家都習慣叫她辮兒，辮兒・葛萊帝。因為米雪琳娜（Micheline，法文名字）這名字實在太長，太難發音了，而且對我們這個安靜單調的紐澤西小鎮來說，也實在太「異國」了。不過我一向都只叫她米雪琳娜。我會自個兒關在房間裡頭練習，練到發音正確，就跟她發的音一樣，跟她媽媽一樣。

米雪琳娜是我最好的朋友。她是我選的，是我從一年級的同班同學裡頭挑選出來的——就像你在農夫市集攤子上的一大籃蘋果裡，挑出最好看的那一顆一樣。她是第一個真正算是我自己的朋友——她的母親和我母親並非先前就是朋友，而且她也不是大人聊天時，硬要塞來給我要我們一起玩的。她是出自我的選擇，沒錯。打從我第一眼看到她，我就沒辦法移開我的目光。她很特別，跟我們其他人都不一樣。倒也不只是她的名字，而是她的言談舉止、她的口音、她的穿著。她穿的是法國名牌Petit Bateau，而我們其他人則是穿著我們母親從平價百貨店JC Penney買來的Danskin。

每個人都想跟她做朋友，就連透納太太（腳踝好厚，鏈子眼鏡就掛在她的脖子上晃啊晃的）都迷上了米雪琳娜。而她，也同樣選上了我——這對當時六歲的我來說，真是不可思議。她是我最好的朋友，而我也是她最好的朋友，這點我是百分之百的肯定，毫無疑問；而這也是我一路走來從來都沒再有過的信心。我倆是辮兒和妮卡：米雪琳娜和薇若妮卡。

法官請我們到外頭走廊先休息十分鐘。他說等我們回來時，他們就會開始隨機挑出第一組的十六人。我們的午休時間是一點到兩點一刻。我拎起我的包包，打開手機，跟著大家一起走出法庭。「拜託選我，拜託選我，拜託選我，」我默默想著。排隊等著上洗手間時，我打開電郵信箱看看先前關機時來了多少信。*拜託選我，拜託選我，拜託選我。*我收起手機，一封信都沒點開來看。*讓我來吧，*我想著。*給我這個機會。讓我為米雪琳娜做點事吧。*

我們是二十五分鐘以後才回到裡頭。大夥兒入座之後，一切都就緒了。法警搖著曲柄，從裝著許多卡片的金屬桶裡頭抽出一張來。*拜託選我，拜託選我，拜託選我。*他唸出名字，然後又把一個個字母拼出來，先是名，然後是姓；我猜是要確定書記官不至於拼錯名字吧。我挺直了腰坐在椅子上，然後稍稍側向左邊，如果他抬起眼睛的話，應該可以很清楚的看到我。他已經喊了十個名字。還有六個。我閉上眼睛，緩緩吸了口氣。*拜託選我，拜託選我，拜託選我。*

他沒有選我。

我好失望，但我知道我的名字還是會有機會給叫到的。我注意聽著法官對那十六個選出來的人所說的話。他對每一個人，都是以同樣的順序，問著同樣那幾個問題。等到他開始問第四個人的時候，我已經把問題都背下來了。「你住在曼哈頓的哪裡？」「你的家鄉是哪裡？」「你念了幾年書？」「你目前有在上班嗎？」「你是從事哪一類的工作？」「你和誰一起住呢？」「你的小孩在上學嗎？」我應該可以對答如流。我打從研究所畢業以後就搬到上城東區，如今已在那兒住了差不多三十年。我是一個人住，沒小孩，也沒有帶小孩的經驗。「你本人，或者你的好友或家人，有誰曾經是某個罪行的受害者嗎？」「你有哪個好友，或者家人，是在治安單位工作的嗎？」「你認不認識哪個曾被控告或者宣判有罪的人呢？」「閒暇時間，你喜歡做些什麼？」大部分人回答問題的時候，聲音都好小（雖然律師一直提醒他們要放大聲量），所以我其實也聽不到他們的回答。坐在房間右邊前排的人離陪審席最近，有個女的回答她和誰同住時，他們都笑起來。我抬眼看去，發現法官也在笑呢。不知道她到底是說了什麼。

穿著水牛比爾T恤的男人答說「有的」——他本人，或者他的好友或家人，有人曾經是某個罪行的受害者；法官問道，先前在問卷裡頭他是否已描述過了，男人回答說是。噢，媽的。我記得是有這個問題，但答題當時我沒有多想。我很確定，我答說「沒有。」而如果我說「有的」的話，我應該也只是想到我的皮夾曾在巴黎被偷過吧，所以我有可能只是簡單寫下「一九八四年，被扒走皮包」。我倒也不是說謊。總之，不是故意的。我的的確確是一直沒有以那種方式去想過米雪琳娜——畢竟，我們那時只有八歲大啊。

說起來，先前在填問卷時我完全沒提到那件事，感覺上好像也是天意。我人在這裡，是有原因的。原先我根本不知道要陪審的是什麼案子，我大可以答說「有的」，然後寫下事發經過，那一來，八成我就會被請回家了。而這，以當時我的心情來說，不是正合我意嗎？所以說起來，當時我好像是刻意不提一樣。但其實我是很希望給請回家啊。如果當時我想到了這一點，我就應該會給個肯定的答案吧。

法官問完第七個人以後，午休時間到了。我在外頭走啊走的，想要決定下一步。我到底是該告訴他們呢，還是不要？我當然知道我應該要說。他們會問那個問題是有原因的。而我們則都宣誓過了——宣誓要實話實說。但我也曉得，如果直言無諱的話，他們對我是會有偏見的。他們會假定我無法公正陪審——認為我會因為米雪琳娜的案子，而無法無私看待此案。

午餐過後，接續未竟之事：法官繼續提出同樣的問題，而陪審席的人則繼續答題。我闔上雙眼。

突然，我某個記憶湧現了：過程生動，如同夢境，但我卻是清醒得很，百分之百知道我自己身在何處——就坐在法庭裡頭，背景傳來嗡嗡的問與答。我們當時是念二年級。這我曉得，是因為喬登小姐人在裡頭，而她就是我們二年級的老師。大家都好愛她，因為她年輕漂亮，尤其前一年我們又是被透納太太教過。那一天有個警察來到我們班上，跟我們宣講交通安全。比方說過馬路要停、聽、看，而且一定要走斑馬線等等。警察說完了以後，問大家有沒有問題要問，有兩個孩子舉了手，一個是叫提米什麼的男孩，他升五年級以後搬到外地去了，另一個就是米雪琳娜。提米問警察說，他有沒有開過槍。而米雪琳娜則問說，走過鬼屋的時候，有什麼安全守則要遵守。

大家全笑起來了，包括警察先生和喬登小姐。不過我知道她不是在搞笑。米雪琳娜和我每天上下學都是一起走。現在回想起來，我覺得我們的父母應該不會那麼放心才對——不過當時的大環境確實是不同於現在。學校裡所有住在靠湖邊的孩子都是同時走在同一個方向的，雖然不是集體行動，但絕對不至於落單。米雪琳娜跟我則是住在很遠的另一頭，所以每回走過紅屋的時候，都是只有我們兩個。

我們其實已經擬出了我們自己奉行的安全守則了。經過紅屋的時候，我們一定會屏住氣。我們會在信箱旁邊深深吸進一大口氣，然後屏住那口氣，直到我們抵達另一頭的那棵樹下，摸到樹幹為止。我們盡可能快步前進，可是不能跑。而且也不能看那房子。我們會直直看著前方，盡量不要眨眼睛。我還真搞不懂，我們怎麼不過街走另一邊就好了。

法官問完最後一個人以後，跟律師談了幾分鐘。他要陪審席的人稍等一下，因為律師可能還有問題要問，至於我們其他人，今天就到此為止，可以先行離去。他們要我們禮拜一早上十點再來。外頭天氣挺好的，而要回辦公室也嫌晚了，所以我決定乾脆就走路回家。

我其實也沒有真的相信，紅屋是間鬼屋。我覺得當時我搞不好連鬼屋的真正意思都搞不清楚。那屋子相當老舊，油漆斑駁甚至剝落了，而且裡頭沒有人住。前頭的草坪雜草叢生，車道於下雪時也沒人鏟過雪。通往前方門廊的台階有一階破掉了。我還記得到外地念大學時，有一次我回鄉探望，發現老屋給拆掉了，上頭已經蓋了一棟新房子。這我無法相信——紅屋竟然不見了。我問母親到底是怎麼回事，我問紅屋的屋主是誰，他們是什麼時候賣掉房子的？她說她不曉得我在講什麼。就是那間老紅屋啊，她不是開車經過那兒幾千次了嗎？搞不好幾萬次都有了，就是老爸稱之為「天下第一醜屋」的那間啊。她還是想不起來。

我整個週末都盡量保持忙碌，不希望自己的思緒被這個案子拖著走。法官說了，我們最好不要談論這件案子，或者閱讀相關的資料；他說我們要避免接觸到任何相關的文章，或者新聞報導以及談話。他說我們是可以告訴別人我們有可能陪審的是哪件案子，不過只能點到為止。但我決定連這點都不要透露。我可不想承受別人跟我談論此案的風險，也不想提到米雪琳娜。

我從來都沒搞懂為什麼米雪琳娜失蹤一事，從來就不像幾年之後米羅．雷希特的案子一樣，引起全國的矚目。她失蹤了，對我們當地人來說當然是天大地大的事。那之後，我聽了大人的談論，也讀過報導，但我搞不清我到底記得多少，又是知道多少。我只曉得海倫到米雪琳娜的房間要叫她起床上學，但她的床上沒人。她不見了。她的父親到外地出差了，所以家裡頭只有她們兩個。屋子的後門沒上鎖——不過很多人其實都習慣不鎖後門。海倫先前喝了酒。後來我讀到的新聞報導裡頭，焦點都擺在垃圾桶裡的一個空酒瓶，以及料理台上一只半空的瓶子。她倒在沙發上睡著了：當晚屋裡不管發生了什麼，她都無知無覺。

海倫跟其他媽媽不太一樣，而且她朋友不多。她跟彼特是他在法國工作的時候認識的。他們從巴黎搬過來，是因為彼特給調到他們公司的紐約分公司——就在米雪琳娜和我開始上一年級前的那個夏天。海倫跟其他媽媽不一樣，她不會跟著我們班一起去郊遊，也不會到學校圖書館當義工，或者幫萬聖節遊行做準備。我媽媽對她就很不滿——也許所有的媽媽都不滿吧。我從米雪琳娜那兒回到家以後，講到海倫說我可以叫她媽咪，還說她幫我倆都噴了她的香水，說她讓我們幫著她做蛋糕，我們搞得一團糟，她卻笑得好開心——我們把糖粉撒得到處都是呢。所有這些，我媽聽了好像都沒感覺。在我家呢，米雪琳娜會很有禮貌的稱呼我媽媽為艾禮斯太太，有時候我媽會特別開恩，讓我們窩在房間裡，用迷你餐桌吃電視餐。我媽媽後來說過，海倫穿得那麼時髦去參加葬禮，真是叫人不舒服——瞧她還抹了口紅，圍上絲巾呢。我還記得我媽跟我爸說：「天下哪有這種母親啊，竟然紮了條絲巾去參加自己小孩的葬禮咧？」

第三天

拜託選我，拜託選我，拜託選我。這一天一開頭的時候，是由法警另找人選，取代先前因為與法官問答不合需求而被剔除的兩個人。我試圖回憶那兩個空座位先前坐的是誰，他們到底是說了什麼才給淘汰的。法警轉動曲柄，抽出一張卡片，這回是要選出三號座位的人。拜託選我，拜託選我，拜託選我。不是我。下一個名字是要取代九號。不是我。法官對這兩個新來的人重複問了先前那一系列問題。問完以後，他和律師耳語交談起來。我猜他們是要討論這兩個新人是否ＯＫ吧，然後法官便表示待會兒便要交由律師接手了。他先是稍微解釋了一下陪審員資格審查的過程，並要求旁觀席上的我們注意聽（要仔細思考自己將如何做答噢），然後他便將後續交給控方律師了。

起先我還滿喜歡她的。這人看來滿有能力的樣子。她講話大聲，頗具權威，而且像是很習慣即席演講。她談到她和她的組員即將展示的證據，及其所將指證之事。她也談到辯護律師有可能展示的證據。而等她開始提問時，你可以看得出來，她已經背下每個座位上的人的名字了。「康東先生，你聽取證據時，應該能夠運用常識來決定該證據是否可靠，對吧？」康東先答說是的。「而你，華德先生，也一樣嗎？你也能應用你的生活經驗以及常識，來判定證據是否可靠嗎？」華德先答說是的。「其他每個人都一樣嗎？這兒有沒有人無法運用自己的常識呢？羅梅托先生？你的名字我唸對了嗎？」我可以看得出來，可憐的羅梅托先生搞不清自己是該針對她的哪個問題做答。

她解釋說，控方的第一個證人將是米羅的母親溫蒂．雷希特，而她出庭作證時，很有可能會感情用事。「米羅遭到綁架謀殺已經是三十八年前的事了。有誰——？」

「我有意見，應該說是『據稱』遭到綁架謀殺吧，」辯護律師提出抗議。

法官轉頭面對陪審席的眾人。「除非已經證明綁架謀殺之事確曾發生，否則請牢記，我們只能說那是『據稱』已經發生。請繼續。」

她再次開口時，刻意強調「據稱」兩個字，語氣像是在安撫不聽話的小孩一樣。她問說，是否有人覺得溫蒂．雷希特「應該忘記過去」算了？眾人集體答道「不」。而當她問說，大家是否同意現實生活其實跟影集《法網遊龍》不一樣時，我就沒再聽她講話了。

有很長一段時間，我一直認為米雪琳娜出事是我造成的。有一天我倆放學後一起回家，經過紅屋的時候，有個什麼引起我的注意。我的頭幾乎沒動，只是斜了眼往左瞄去。然後我便停下腳步，轉過了身。有個男人坐在門前台階上，撥弄著破掉了的那一片木台階。我抓住米雪琳娜的手，指向他去。「瞧！有個妖怪呢。」我們全力衝刺到我家。我們沒跟我媽提起這件事，因為我很擔心如果破壞紅屋守則的話，我倆會惹上麻煩。如果當初我們跟人說了這件事的話，不知道結果會是如何。也許後續發展就會不一樣了吧。

那之後，我們又看到那妖怪三次。有兩回，他是坐在一輛停在紅屋前頭的骯髒的白車子裡；還有一回，他是站在門廊上抽菸，就在前門旁邊。他的長相平凡，是個大人，不過年紀不大，戴了眼鏡，留著長髮，衣服鬆垮垮的。我們最後一回看到他時，他笑著朝我們揮揮手。我倆嚇都嚇死了。

控方律師繼續提出她那些問了等於沒問的問題，而陪審席上的人則繼續提供她正確答案。「身為陪審員，你們有責任聽從法官的指示。這點你們做得到嗎？行嗎？陳先生？弗羅利先生？」「如果某人沒受過教育，你們覺得他講的話能信嗎？」我的天哪，她問的這些問題真是驢到了個不行。搞不懂這種問法是怎麼能夠幫她篩選陪審員的。我抽出我的書，一直讀到午休時間。

辯護律師就好多了。至少看得出來，他是有在用心了解跟他對答的人。他在提問之前，先花了很多時間講話。他談到證據不足的問題，以及合理的懷疑，還有定罪之前應該假設被告無辜等等。他談到原告那方所要面對的挑戰，因為根本沒有目擊證人，沒有DNA，也沒有治安攝影機拍下的影片。而且米羅的屍體一直都沒有找到。

米雪琳娜的屍體是她失蹤三天以後，在湖裡給發現的。她是遭人勒斃的，而且在置入水裡以前，就已經死了。這些細節當時我都不知道——我是多年以後，才有辦法從我媽媽口中問出來的。面對一個八歲的小孩，你要怎麼告訴她，她最好的朋友是在她母親入睡以後，被人從床上帶走，殺害，然後棄置湖中呢？

我打從一開始，就知道她失蹤了。那頭一個早上，大家都驚恐萬分，還編不出一個可以拿來安撫小孩的故事。等她的屍體被發現以後，我媽告訴我說米雪琳娜去了一個非常遙遠的地方，而且永遠不能回來了。我之所以知道她死了，是因為學校有些信教比較虔誠的小孩說她已經上天堂了。我媽媽八成是從哪兒聽來或者讀來了一種說法——說是一定要讓小孩把自己的感覺說出來才行，所以那天晚上她送我上床時，倒是沒有跟我講個真相的消毒版，而是要我告訴她，我覺得事情的真相是什麼。我說一定是妖怪幹的。是紅屋那個妖怪把她帶走的。我媽覺得就算她和我爸要編個故事哄我，最多大概也只能做到這樣，所以她就抱了我一下，然後躺在我旁邊陪到我入睡為止。

律師問了好幾個關於智商以及心理測驗的問題。有人做過智商測驗嗎？各位都聽說過Briggs Myers性格測驗吧？他不像先前那位問一堆是非題。他是隨機挑著不同的人，問及他們的經驗，或者他們對某件事的看法。他談到精神疾病，並詢問眾人，他們和精神病人有過什麼樣的接觸。他說審判期間，控方將提出證詞，宣稱被告曾於一九八〇及九〇年代期間吸了好幾年的毒。他詢問說，得知此事之後，大家對被告的看法會有所改變嗎？大家會覺得他有可能因此犯下罪行嗎？而家暴問題也是一樣——他和他的前妻之間曾鬧過幾次家暴。我知道律師的意圖何在。他是想把醜事先攤出來，他可不想裝著沒事，假稱這人是個天使。他問這些問題是想知道，有誰可以過濾這些負面資訊，不會因此就假設這人很可能犯下殺人罪行。

妖怪從來沒給逮到。或者該說，如果他曾被逮到的話，應該也跟米雪琳娜的案子無關。我雖然在那一次談話裡跟我母親提到我曉得是妖怪把她抓走了，但後來都沒有人跟我問起這事。警方並沒有派一個慈眉善目的女警，要我為她畫下妖怪的長相，也沒有哪個駐校的心理醫生發願要幫我找到一個可以跟大人溝通的方法。在一九七一那個年代，是不作興這套的。

米雪琳娜失蹤後沒多久，海倫和彼特就搬走了。後來我媽告訴我說，聽說他們分開了，說是海倫已經回到法國。我大三那年是在巴黎當交換學生。那一整段時間，我好希望能找到海倫，但其實我也沒真在找她，只是想著或許我會在地鐵或者哪家咖啡店碰到她——而且還擔心著，如果真的碰到了，後續會是如何。我希望看到她，是想跟她道歉，我希望她能告訴我說，錯不在我。幾年前，我在網路上看到她的訃聞。搞半天，她早在一九八二年就過世了——那是我去法國前一年的事了。

辯護律師花了許多時間談到認罪問題。他說，審判期間控方將提出證詞，宣稱被告已經認罪——在不同的時間，跟不同的對象認過罪。他提問說，一個人會承認自己沒犯下的罪行，會是基於什麼原因呢。他說被告的智商只有六十七，曾被診斷出有精神性幻覺的問題，而且他是在經過警方七個小時的偵訊之後才認罪的——那當中的過程，大半都沒有列入記錄。他目前已經服刑四年，等著接受審判。

辯護律師說，「據稱」發生過的綁架根本沒有目擊證人。他問眾人說，大家是否可以想像一下真正的事發過程。米羅失蹤，除了綁架之外，有沒有其他合理的解釋？有人答說，他也許是逃家了，要不就是迷路。他們是在說米雪琳娜有可能是逃家嗎？不可能。她不可能逃家。要不就是海倫傷了她嗎？絕無可能。

辯護律師在差幾分鐘五點的時候結束談話，並請我們於隔天早上十點回來報到。這一整天都是酷刑，而我只能在一旁觀看、聆聽。此刻我只想快快回家，鑽進被窩裡——停止思考，停止回憶。

第四天

法官感謝我們這幾天的耐心，並解釋說，如果沒被選為此次審判的陪審員的話，也只是表示辯、控雙方律師無法達成協議，讓你為此次審判陪審而已。他告訴我們接下來的步驟：法警將讀出那十六人當中，被挑選為陪審員的人的姓名。「法警叫到你的名字時，麻煩站起來。至於其他人，請仍就座。」我注意到，他就是頭一天早上出現在樓下大房間的法警。也許他是一直都陪著我們呢。「三號座位，愛麗西亞．梅森。」她站起來。「十四號座位，羅貝托．迪亞茲。」他站起來。我們等著法警唸出下一個名字。一片沉默。

我們是花了好一會兒才領悟到：就這樣了——搞了這麼久，他們只選出兩個人而已。這場陪審員挑選戰有得熬了。

法官告訴那十四個被淘汰的人後續得做的事，然後便要那兩名中選的人宣誓「就職」。之後，這兩人便跟著法警去填寫通訊資料了。法官要他們下禮拜一前來報到。

從我坐著的地方——也就是辯方座桌後頭的第三排——我可以看到被告剃光了頭的後腦勺，還有他頸背上方的那圈肥肉。米羅是三十八年前失蹤的，當年嫌犯才十八歲。事發那天，米羅說了他是要去嫌犯工作的那家熟食店買午餐吃的。此人有吸毒和家暴的歷史，而且老天在上他也認罪了啊。要將他定罪，實在是太容易了。然而萬一不是他呢？他們說他在認罪以前，被警方偵訊了七小時之久。而且顯而易見，他罹患了精神疾病。這人的智商才六十七。我不知道正常的智商是多少，不過六十七聽起來好像不太妙。他的心智年齡會不會等同於八歲小孩呢？想當年我八歲的時候，我跟母親說，是紅屋的妖怪把米雪琳娜帶走的。

法警正在搖動曲柄，從金屬桶中抽出了十六個新的名字。和先前一樣，他先唸出名字，然後拼出字母，先是名然後是姓。那唸誦聲已成了背景噪音，我沒再聽了。我抬眼望去，發現一不留神間，已有九個座位坐了人。我闔上眼睛。這個經驗對涉身此案的每個人都是個嚴酷的考驗。**不要選我，不要選我，不要選我。**起先我還以為這將是我為米雪琳娜伸張正義的機會，然而現在我領悟到了，這樣子是不會有好結果的。**不要選我，不要選我。**事實擺在眼前：誰也不會曉得事情的真相。或許這也無妨——因為就算知道了真相，又能幫得了誰呢？也許大家都太強調真相大白的重要性了。也許我人在這裡的原因，就是這個：就是要讓我了悟這點。我已經聽夠了。我不需要再聽下去了。我伸手從我擱在地板上的包包裡抽出書來。

「十一號座位，V-E-R-O-N-I-C-A E-L-L-I-S（Veronica Ellis 薇若妮卡．艾禮斯）。」

這一回，法官提問的速度加快了一點。我們已經知道接下來的流程。他於十二點五十分，結束了和我旁邊的羅莎利亞小姐的問答。法官說，我們可以提早午休吃飯，並於兩點十五分以前回來。我在法院旁邊的公園裡找到一張可以照到陽光的長椅子。我坐在上頭，往後一靠，闔上了眼睛。

我本人，或者我的好友或家人，有誰曾是某個罪行的受害者嗎？我不知道正確答案是什麼。我可以回答說不。那是四十五年前的事了。我們都只是孩子。當時我並不曉得到底發生了什麼。我不是目擊者，警方一直沒有找我問過話，我對那個案子或者當時的調查毫無所知。那是古早前的事了。我已經好多年都沒再想過那事了——直到眼前這個案子朝我砸了過來。

這是不公平的。這案子根本就不歸我管啊——應該是由律師決定答案吧。他們受雇拿錢就是要做決定，我呢則是根本沒錢可領。我於是下定決心，不要再管。我已經宣示過要說實話，所以我打算就照實說了。我本人，或者我的好友或家人，有誰曾經是某個罪行的受害者嗎？我會答說是的。如果法官問我，先前填問卷時，我有沒有寫下事情經過的話，我會答說沒有。如果法官問我，是否想要和他們單獨討論的話，我會說好。我會告訴他們，我認識米雪琳娜．葛萊帝。那個案子他們或許知道，或許不知道。不管他們問我什麼，我都會照實回答。眼前的案子不歸我管。

我在長椅子上坐到兩點十分。我踏入法院，走在保全走道的圍欄之內，上樓步入法庭。法警領著今早坐在陪審席的我們坐上位子。我們等著觀眾席的人（那些還沒被選上或者已被淘汰的人）一一入座。

「午安，你是艾禮斯小姐，對吧？」

「是的。」

「你是住在曼哈頓的哪裡？」

「上城東區。」

「你是哪裡人？」

「紐澤西人。」

「你在上城東區住了多久？」

「二十八年左右。」

「你的學歷呢？」

「我有碩士學位。」

「研究領域呢？」

「金融。我拿到了企管碩士。」

「你目前有在上班嗎？」

「有的。」

「你的工作性質是什麼？」

「我在銀行業服務。我在一家銀行的財務部門工作。」

「我們先前談過了。重複性很高的工作，對吧？」

「沒錯，我提過了。」

「你目前和誰住在一起？」

「我一個人住。」

「你本人，或者你的好友或家人，有誰曾經是某個罪行的受害者嗎？」

我的心臟猛跳。不知道坐在十號座位的羅莎利亞小姐是否聽得到呢。

「是的。」

「太不幸了。這會影響到你陪審本案的公正性嗎？」

且慢，什麼問題啊？拜託倒帶啦。照說他是不該問這個問題的。

「呃，不會。應該不會吧。我是說，不會。不至於有影響。」

其實他是應該問我，先前填問卷時，我有沒有寫明當時的經過才對吧。我到底該——

「你有哪個好友，或者家人，是在法治單位工作的嗎？」

「沒有。」

怎的沒人講話呢？大家都有在注意聽嗎？我望著坐在桌子後頭的兩位律師。應該要有人出來講話啊。

「你認不認識哪個曾被控告或者宣判有罪的人呢？」

「不認識。」

「閒暇時間，你喜歡做些什麼？」

「呃我——我練瑜珈。我喜歡閱讀，還有看電視。也愛玩填字遊戲。」

「很好。謝謝你，艾禮斯小姐。下一位是科龍先生對吧？」

李·查德（Lee Child）

曾是法律系學生、電視導播、工會幹事以及劇院技師。後來由於所屬公司裁員，他賦閒在家，靠著救濟金過活之時異想天開，打算寫一本暢銷小說，結果還真的一炮而紅，解除了家庭經濟危機。他的頭一部小說《地獄藍調》風靡全球，廣受好評，而他所寫的浪人神探傑克·李奇系列小說的第十一本《夜校》，則已於二〇一六年十一月出版上市。系列主角傑克·李奇是虛構人物，同時也是個善心人，李·查德拜他之賜，閒散時間甚多，得以大量閱讀、聽音樂，並觀賞洋基隊及英國Aton Villa足球隊的比賽。

李·查德出生於英國，目前定居紐約，除非外力迫使，絕不輕言離開位於曼哈頓島的住處。有關他的小說、短篇故事，以及由湯姆·克魯斯主演的浪人神探系列電影《神隱任務》以及《神隱任務：永不回頭》，讀者都可上網站www.leechild.com查到更多資訊。

Bouquet of Chrysanthemums by Auguste Renoir, 1881

Oil on canvas, 26×21⅞ in. (66×55.6 cm.). The Walter H. and Leonore Annenberg Collection, Bequest of Walter H. Annenberg, 2002.

皮耶、路西安，和我

頭一回心臟病發作，我撐過去了。不過等我恢復到可以坐在床上時，醫生卻來到病房告訴我說，我一定會有下一次的——只是遲早問題而已，他說。頭一回發作就表示我的身體潛藏了問題，而這一發作，則是讓問題更加惡化了。下一次發作有可能是幾天之內，或者幾個禮拜，最多就是幾個月了。他說打從現在開始，我有必要把自己視為病人。

我說：「看在老天分上，現在已經是一九二八年了。咱們都可以接收到無線廣播了耶。難道還沒發明出什麼藥來嗎？」

無藥可醫，他說。完全沒輒。也許去看個表演好了，或者寫幾封信吧。他告訴我說，大部分人最最後悔的，就是有些話來不及講。然後他就離開了。然後我就離開了。這會兒我已經在家待了四天。什麼也沒做。只是等著再次發作。再過幾天吧，或者幾個禮拜，或者幾個月。我無從知曉多久。

我沒去看表演——還沒有。我得承認這個建議頗為誘人。有時候我會想到，醫生指的也許並不只是娛樂而已。我可以想像自己選了個嶄新的音樂劇——聲光效果十足，五彩繽紛歡樂無限，而且收尾時聲勢浩大，全場觀眾都會起立鼓掌叫好，而我則會一把抓住胸膛，然後如同一件從栽倒的椅子滑落而下的雨衣一樣，倒地不起。不知情的群眾在我周圍頓足歡呼之際，我會當場死在那裡。我的臨終時刻將在歌聲舞影之中度過。這種死法挺不賴的。不過依我個人從不走運的歷史經驗來看，只怕我會走得過早。過早來到的某樣刺激很可能就會引爆，也許就在我要踏出地鐵的時候吧，走在通往四十二街人行道的那道陡峭的鐵皮樓梯時，我會跌了個倒栽蔥，摔在滿地的灰礫上頭，而過往的行人則都會把我當成街頭無賴一樣，別開眼睛繞過我而行。要不就是我有可能走到了劇院，但卻死在通往樓座的階梯上（如今我已窮得買不起頭等座了），但我也許還可以聽到一絲仙樂：我一手抓住欄杆，氣喘吁吁心臟猛跳，然後便於樂團仍在調音時，翻倒在地，我最後聽到的，將會是小提琴拔高拉長的弦音——在試音呢。這可不妙，而且這就有可能壞了其他所有人的興致。演出有可能因此取消。

所以我還是老話一句（但這話現在已經越來越不中聽了）：搞不好以後我會來場表演秀一手噢。

而且我也還沒提筆寫出半封信。我很清楚醫生的意思。也許你跟某人講的最後一句話很不好聽；也許你從來沒有花點時間告訴人家，你很珍惜彼此之間的友誼。不過以上兩種錯誤我可都沒犯。我這人一向是一根腸子通到底。通常我都話挺多的，大家都知道我心裡在想些什麼，我跟朋友們的相處皆頗愉快。我可不想寄出一封病態兮兮的訣別信來煞風景。

所以囉，怎的有人會想寫信呢？

也許是因為他們有罪惡感吧。

我可沒有。大致來說是沒有。幾乎根本沒有。我是不會宣稱自己一生完美無瑕啦，不過人生的路上，我都是照著規則打牌的。這個世界本來就是你爭我奪各自求生嘛，而且總是少不了壞人的，所以我晚上可從來沒有失眠過。一直沒有。我沒犯過什麼必得修正的大錯——小錯也沒。我心裡頭沒擱著事情。

只除了一件事也許，只是有可能啦——如果你硬要逼我講的話，我或許會說那就只有波特飛德小子了。他確實是我一樁小小的心事，雖然當初其實純粹只是在商言商而已。俗話說傻子和他的錢是很快就會分手的，而年輕的波特飛德就是個十足十的傻子，而且他也擁有十足多的錢。他的父親是腥聞週刊筆下的匹茲堡巨頭，老頭子將他在鋼鐵業賺得的資金換得了一個更大的石油王國之後，他的孩子們便一個個搖身成了百萬富翁。他們全都在第五大道買下了豪宅。他們全都想往自家的牆上掛些什麼。笨鳥一群嘛，這些人——只除了我的那位：他是一隻好笨鳥。

我頭一回碰到他是九年前的事，也就是一九一九年年底。雷諾瓦（譯註：雷諾瓦的全名是皮耶．奧古斯都．雷諾瓦）才剛在法國過世，電報把消息傳來了美國。當時我在大都會美術館工作，但我只是卸貨區的工人。不是枱面上的工作沒錯，不過我確實是抱著能夠晉升的希望啊。藝術我還懂一些——就連那時候都懂呢。當時我和一個叫做安奇羅的義大利小夥子合租了一間房，他的志向是要到夜總會表演，不過暫時先在證券交易所附近的一家餐館當夥計。有一天午餐時間，來了這麼個富豪四人組。皮毛領子、真皮靴子。幾百萬幾百萬現金價值的股票啊，他們的身價。全都是年輕人，如同王宮貴族。安奇羅偷聽到其中一位在說，得趁著藝術家還活著的時候買下他的作品，因為只要他翹了毛，價格肯定要一飛沖天——屢試不爽的。市場的力量、供需的道理，外加提升了的神秘感以及地位吧。第二個人馬上回應說，這麼說來他們其實都沒趕搭到雷諾瓦這艘船啊——這人在新聞跑馬燈上看到了消息。不過第三個人（亦即波特飛德本人）則說，也許還來得及吧，搞不好市場不會隔夜立刻反應啊，搞不好在價格飛漲以前，會有個緩衝期。

然後安奇羅這隻笨豬不知怎的竟在波特飛德踏步離開的時候，硬生生攔下了他表示說，他（安奇羅）現在的室友在大都會美術館工作，對雷諾瓦相當了解，而且他還是個尋找難尋之畫的專家呢。

當晚安奇羅跟我提到這事的時候，我問他說：「媽的你那樣說是幹嘛啊？」

「就因為我們是朋友嘛，」他說。「因為我們都想要出人頭地啊。換做是你，也會幫我吧。你幫我，我幫你，我們這就可以步步高升了。畢竟我倆都有才華啊，還有運氣——就像今天。那個有錢人開口在講藝術呢，而你剛好又在美術館工作。請問我有哪句話說錯了不成？」

「我只負責卸貨，」我說。「我看到的就只有板條箱。」

「你這是從基層做起。你會一步步往上爬的——不容易啊，這我們全都曉得。所以呢你就應該省掉樓梯，只要抓著機會就搭電梯上去吧。機會不是隨時都有——那人可是標準的凱子喲。」

「我還沒準備好。」

「雷諾瓦你應該清楚。」

「我知道的還不夠。」

「絕對夠了，」安奇羅說。「你知道他的流派。你的眼力挺好。」

這話過獎了，不過倒也有幾分真實吧，我想。我在報紙上看過他的複製畫。我雖然偏愛較古的畫作，不過我一直都有在增添新知。馬內和莫內的畫作我是分得清的。

果不其然，隔天早上美術館郵件室的小弟就不顧嚴寒跑到卸貨區來找我，他遞了張厚實的信封給我，裡頭的字條紙質精美。是波特飛德的邀請函呢。他邀我盡早到他家去，想跟我討論一件大事。

他的豪宅得往南走十個街口，就在第五大道上，入口處的黃銅大門像是遠從義大利翡冷翠哪個古老的宮殿移植來的。應該是一艘大肚船運送過來的，八成還搭配了有模有樣的船工哩。管家領我走到書房。波特飛德於五分鐘後抵達。當年他二十二歲，一副精神抖擻摩拳擦掌的模樣，粉紅色的大圓臉上掛了個其蠢無比的笑容。他讓我想起我表弟以前養過的一條小狗。好大的腳掌，滑啊溜的，蠢蠢欲動的模樣。我們等著男僕端上咖啡，然後波特飛德便跟我講起他的緩衝期理論。他說他一直都很喜歡雷諾瓦，他想拿到他（雷諾瓦）的一幅畫作。或者兩幅，或者三幅。這對他來說，可是意義重大。他希望我能去法國一趟，看看能找到什麼。他的預算很慷慨，他會幫我寫幾封引薦函交給當地的銀行，而我呢，則是要擔任他的採購專員。他會買一張二等艙的蒸汽船票，讓我趕搭第一艘船出航。我所有合法的支出他都會給付。他講啊講的。我聽啊聽的。我心想他跟城裡其他有錢的蠢蛋差不多有百分之八十的相似度吧：家裡餐廳貼的壁紙上頭，有太多的空間需要填滿。不過我有個感覺是，他心裡頭好像有個小小的部分還真是喜歡雷諾瓦。也許不完全只是想要投資吧。

最後他總算是閉上了嘴巴，而我不知怎的竟然說道：「好吧，由我來。我這就馬上出國。」

六天以後，我到了巴黎。

前途無望。我啥都不知，也不認識半個人。我如同常客一般到各家畫廊走逛，但雷諾瓦的價格已經是沖天高了。根本沒有過渡期。先前在餐廳裡發言的頭一個傢伙說的沒錯——是波特飛德太樂觀了。不過我覺得責任在身，所以還是繼續苦撐。我聽來了一些八卦。某些經紀商很擔心雷諾瓦的小孩會把他畫室裡頭的作品全都放進了市場，打亂行情。顯然他畫室的牆邊是以一組六幅豎疊的方式堆放了大量作品吧。畫室是在一個叫做濱海卡涅的小鎮——位在坎城後方的山間，是法國南部的小漁港，就在地中海沿岸。我可以搭火車到坎城，然後也許可坐上什麼驢拉車繼續上路囉。

我去了那裡。怎的不去呢？不去的話就只能搭船回國，回到一個顯然已經給我搞丟了的工作那兒。我是不假出國啊。所以我便買了臥鋪的票，來到一片炎熱的黃土地上頭。一輛輕便的二輪馬車把我帶到了山間。雷諾瓦的地方望眼是一片舒適：好幾畝整理過的田園，外加一棟低矮的石砌房子。他已經紅了好幾年，不是瀕臨餓死邊緣的藝術家。不再是了。

屋子裡沒人，只除了跑來一個年輕人，他說他是雷諾瓦的好友。他說他名叫路西安．米濃。他說他就住在那裡。他說他是個畫畫的同道。他說雷諾瓦的小孩來過，但又走了，而雷諾瓦的妻子則是住在尼斯的一個朋友家裡。

他講英文，所以我便說了各色各樣真心誠意的致哀之詞，好讓他幫我轉達給所有相關人士。我是代表紐約市裡所有雷諾瓦的仰慕者——我們有一大群，而且大家都很想知道（原因我則講得像是純屬學術性的好奇，甚至帶著感傷），到底畫室裡頭還有多少畫呢？

我覺得米濃應該會回答，因為他是藝術家，應該對錢非常敏感，沒想到他竟然沒接口。沒有直接回答。他反倒是跟我談起了他自己的生活。他是畫家，原先是雷諾瓦的仰慕者，其後成了他的朋友，然後則是常相左右的夥伴。像是他的弟弟一樣。他已經在這房子裡住了十年。兩人年齡的差距雖然頗大，然而他和雷諾瓦之間卻發展出了極其深厚的友誼。真實的連結。

這話聽來頗為詭異——有些人會被送到精神病院其實不是沒有道理的。之後則又更糟了。他帶我去看他的作品：跟雷諾瓦的畫作很像，幾乎是一筆一劃照著臨摹的，風格、筆觸，還有主題都一樣。而且全都沒有簽名，好像是刻意要製造出大師親筆繪下的錯覺。挺怪，挺卑屈的一種向大師致敬的方式。

畫室是一間寬敞、高闊、很方正的房間。頗為涼爽，而且光線很好。雷諾瓦有些畫作給掛在牆上，而米濃有些畫作則是掛在它們旁邊。很難看出其間的差異。在這些展示出來的作品下頭，確實有很多油畫是六幅一組給堆靠在牆邊的。米濃說這些作品是雷諾瓦的小孩特意保留下來的。它們是父親珍貴的遺產——不給人觀賞，也不讓人觸摸，因為它們都是傑作。

他講話的方式好像是在暗示說，它們之所以傑出是來自於他的幫助。

我問他是否還有哪些畫作尚未尋得買家呢——不管是在法國的哪裡。他指著對面的牆上算是回答。那上頭掛了極少數雷諾瓦小孩不要的作品。有一幅其實就只是一條波浪狀的綠色線條，由左到右橫過了空白的帆布面而已。也許原意是要畫風景吧：起個頭，但馬上又放棄了。米濃告訴我，雷諾瓦其實不太喜歡在戶外作畫。他喜歡在室內畫他的模特兒。粉紅色＋圓滾滾的。大多是村裡的姑娘，顯然其中一位已經成了雷諾瓦夫人。

有一幅孩子們不要的作品，它的下半部畫了風景：十幾道綠色的筆觸，效果不錯，含蓄內斂，但有點試驗性質，好像沒有很認真在畫。上頭沒有天空。又是一幅作廢的畫——給擱到了一旁，不過之後卻又為了旁的目的給重拾起來。原本應該是天空的地方畫上了靜物：綠色的玻璃瓶，上頭插著粉紅色的花。靜物是畫在畫布的左上角，往側邊斜向了未完成的風景畫，約莫只有八乘十吋的大小——上頭的花是玫瑰和秋牡丹。粉紅是雷諾瓦的註冊商標。米濃和我一致認為，沒有人畫的粉紅能夠比得上雷諾瓦。花瓶本身是廉價品，幾文錢從市場買來的吧，要不就是在家裡拿了個空酒瓶，往裡頭注入六吋高滾燙的水，然後擎了個鐵鎚在上頭輕輕敲出一些裂紋。

這是一幅美麗的小品，看來是帶著愉悅的心情畫下來的。米濃告訴我說，它的背後有個小故事。某一年的夏日雷諾瓦夫人到花園裡摘了一些花，她將花瓶湊向了幫浦注滿水，並精心插起花來，然後她便捧著花瓶穿過畫室的門要進屋裡去。她的丈夫看到了花，立刻興起要將它入畫的慾望。慾望一發不可收拾呢，米濃說。所謂藝術家的特質吧。當時雷諾瓦立刻停下手中的事，就近抓起了一張可用的畫布（也就是那幅未完成的風景），將它垂直立在畫架上，然後將花朵畫在原本要畫天空的空白處。他說他實在無法抗拒那隨意插出來的野性美。他的妻子先前花了不只十分鐘插花，這話她聽了笑一笑，沒搭腔。

我當然是提出了交易。

我說如果我可以拿走這幅靜物小品，純粹只當做我個人的收藏，當成紀念品的話，那麼我就會買下米濃創作的二十幅畫作，賣到紐約去。我跟他出的價是十萬美元（波特飛德的錢）。

米濃當然是點頭說好。

還有一件事，我說。他得幫我把靜物從大張畫布的左上角切割下來，然後將這斷片裱進另一個畫框裡頭。就像一幅小品的真跡。

他說沒問題。

還有一件事，我說。他得將雷諾瓦的簽名畫上去——完全只是要滿足我個人的需求。

他猶豫起來。

我說他曉得這是雷諾瓦親筆畫的。這點他很確定，因為是他親眼看到當中的過程啊，所以這就不算欺騙了吧？

他同意的速度夠快，我對自己的前途也因此充滿了期待。

我們將那半風景、半靜物的帆布面抽出畫框來，並從中割下我要的那八乘十吋的長方形（外加足夠的空白邊緣可以將它鑲上框）。米濃就近拿了些木頭和鐵釘做出一個框來。我們裱好畫以後，他便拿了一管深褐而非黑色的顏料，擠出一滴來，然後便提起一枝細駱駝毛畫筆，將雷諾瓦的名字塗在畫面的右下角。只是簡簡單單的雷諾瓦（Renoir）而已：起首字母是花體的大寫，之後便是流暢的小寫字母了，很法國風，而且和我在畫室周遭看到的幾十幅真跡上的簽名完全一樣。

之後，我便選了二十幅米濃的畫。我挑的當然是最最搶眼而且最像雷諾瓦真跡的作品囉。我開了張支票給他——十萬美元整——然後我們便將那二十一幅畫分別拿紙包好，並將它們裝上馬車——這車一逕都在外頭等著我，靜候我的指令以及波特飛德慷慨的小費呢。我揮了手，乘著車揚長而去。

之後我再也沒看過米濃了。不過說起來，我們算是繼續合作了三年之久。

我在坎城一家挺豪華的濱海旅館租了個房間。服務生敲門送進了我的包裹。我走出門去，找到一家美術用品店，買下一管暗褐色的油畫顏料，以及一枝細駱駝毛畫筆。我將我那幅靜物架在梳妝台上，然後臨摹起雷諾瓦的簽名，總共簽了二十次，分別塗在米濃那二十幅畫作的右下角。然後我便下樓到了大廳，打電報給波特飛德：**花了十萬美元買下三張雷諾瓦的傑作。將直接回國。**

我於七天之後回到了家。第一站是為了我的靜物，我去了一家裱框店，之後我便將該畫放置在我家客廳的壁爐上頭；第二站則是波特飛德位在第五大道的豪宅，我帶了三幅米濃最棒的畫作過去。

而這，也就是罪惡感的種子萌發的起點。波特飛德樂得個什麼似的。媽的飄飄欲仙呢。他拿到了他的雷諾瓦。他開懷大笑，樂得像個聖誕節早晨的小孩。三幅畫都棒透了，他說。而且便宜得離譜。一幅三萬三。他還給了我賞金。

我很快就熬過去了。不熬過去也不行，我還有十七幅雷諾瓦要賣——結果確實也都賣掉了，在三年的期間內慢慢的一張張脫手了，為的是不要打亂市場行情。我就像我在巴黎碰到的那些畫商。我可不希望供過於求。我拿著賺到手的錢買下一棟住宅區的豪宅。我再也沒跟安奇羅同住了。我碰到一個傢伙跟我推薦美國無線電公司的股票，所以我就買下了一堆，結果慘賠。錢差不多都給搞光了。也沒什麼好抱怨的——這叫自食其果。我既然做得出來，能怪別人也做到我頭上嗎？在這世態炎涼的城市裡，我的世界縮小到只有我跟我的家，唯有靠著壁爐上那束玫瑰與秋牡丹所散發出來的光芒，來提振自己。我想像著波特飛德家裡頭同樣的氛圍，我們就像地圖上的兩根大頭針。兩個雙胞般的快樂＋喜悅的中心點。他有他的雷諾瓦；而我，也有我的。

然後就是心臟病發，然後就是罪惡感來襲。我要怎麼跟他解釋啊？我只能將我的雷諾瓦拿下牆面，裹進紙裡，然後走上第五大道，並穿過黃銅製的義大利大門，來到他房子的前門。波特飛德不在家。這倒無所謂。我將包裹遞給了他的男僕，並說我想將這幅畫送給他的老闆，因為我知道他喜歡雷諾瓦。然後我便離開那裡，回到我的家。我仍舊和先前一樣，坐在家裡，靜靜等著第二次病發。我的牆面看來空曠，不過也許這樣子反而比較好吧。

尼可拉·克力斯多佛（Nicholas Christopher）

出版過十七本書，其中包括六本小說、九本詩集、一本評論黑色電影以及美國城市的文集，還有一本為孩子們寫的小說。此外，他也編輯了兩本詩選。他的書已翻譯為多國語言。目前定居紐約。

Girl with a Fan by Paul Gauguin, 1902

Oil on canvas, 92×73 cm. Museum Folkwang, Essen, Germany.

拿著扇子的女孩

1

一九四四年六月五號那一天，一名年輕男子踏出了於九點十三分離開里昂的火車，覷瞇著眼迎向了晨光。他的身材高瘦，臉孔不太對稱：右眼比左眼高，左頰刨下去的角度比右頰要尖。他穿了套褐色西裝，搭配著黑色襯衫和黃色領帶，戴著頂褐色軟呢帽。他的西裝起皺，靴子也磨損了。他提著一只黃銅釦的皮製公事包。他的褲腳微微濺上了些黃色的油漆。

他走下月台的時候，身後拖著長長的黑影，才走了一小段距離，便有兩個穿著皮外套的男人從他後頭包抄而上，緊緊抓住他的手臂，其中一人拿了把槍抵住他的體側，另一個人則攥住了他的公事包。他們把他帶離了火車站，粗暴的將他拉到一條小巷子裡。那兒等著一輛車，一名戴著暗色眼鏡的男子就坐在駕駛盤後方。這人是個禿頭，頸背上方可以看到一個老鷹的刺青。

兩個男人先是搜了年輕人的身，並取走他的皮夾，然後便將他推上後座，夾在兩人中間。司機從後視鏡裡瞥了他一眼，說道：「胡柏．狄特瑪，歡迎來到亞爾。」

坐在他右邊的男人打開他的皮夾。這人掏出了十一塊法郎、一張穿著紅外套的金髮女郎的照片，還有三張名片，上頭印著：

路易·文生
證券交易員
克萊瑞&凡尼爾公司
比利時布魯塞爾　馬里貝爾街15號　63 21T

另外還有一張登記了這個名字的比利時身分證，上頭註明他的眼睛是棕色，頭髮是黑色，身高為五呎十吋，出生於一九〇八年十一月三十號，出生地為列日。

事實上，他是出生於一九〇八年十一月二十九號，出生地為奧爾良。然而他真正的名字其實並不是胡柏·狄特瑪，也不是路易·文生。

2

打從四個月前他開始執行任務時，胡柏·狄特瑪就一直在擔心這一天的來到。他原本打算在亞爾待到當晚，然後搭乘六點十分開往里昂的快車離開。他以前就安排過這種當天往返的行程，包括亞維儂、盧昂、利摩日，還有佩皮尼昂：待的時間是越短越好。他的上級誇讚他智勇雙全，然而他卻擔心自己曝光太多，而且這一趟旅程（預定是他最後一次了）需要的恐怕是另外一種勇氣了。

他們開車經過了大片玉米田以及長滿薰衣草的草地，之後則穿過一座山毛櫸樹林，然後又是更多玉米田。胡柏兩眼緊盯著路面。男人命令他清空口袋。自來水筆、鑰匙、公事包鑰匙、小刀子、菸斗、菸草袋、火車票。他們也拿走了他的黃玉戒指，以及瑪瑙手錶——錶面背後刻著L.C.V.。

坐在他右手邊的男子打開了公事包的鎖，在包包裡翻找起來。那裡頭有一本空白的素描簿，以及裝在皮盒子裡的一組十二枝彩色鉛筆。一張法國的鐵路地圖。還有兩個棕色的檔案夾，其中一個內含股票清單以及市場圖表，另外一個則是夾了兩張打了不知是哪國文字的頁面。

「這是什麼啊？」

「財務報告，」胡柏答道。

「什麼語文呢？」

「加泰隆尼亞文（譯註：這是西班牙的官方語文之一）。」

「沒有數字的財務報告嗎？」

「數字是拼音出來的。」

胡柏左手邊的男人橫出肘子，撞上他的體側，而且動作純熟，所以他雖然因此嗆了好一陣子，不過肋骨倒是沒斷。

司機瞥瞥打字的頁面。「是密碼吧，」他說。

「不管是啥玩意兒，反正你得翻譯出來，」左邊的男人說。這可不是問句。

「我不懂這個語言，」胡柏說——屏氣等著下一擊。

結果那一擊是從右邊襲來的，而且這回撞斷了一根肋骨。

而且他尖叫了起來。

3

他們抵達拉馬丁廣場2號（一棟兩層樓的黃色屋子）的時候，一隻黃綠相間的鸚鵡從屋頂飛進了樹林。兩個男人踏出車門時，屋門口站著的警衛——一名黨衛軍下士——立刻喀一聲碰腳立正。胡柏好痛苦的折著腰。男人將他拖到門口。胡柏於失去意識以前，抬眼瞥見了倒映在窗口的一方綠色天空。

半個小時以後，有人朝他甩了兩個巴掌，把他打醒過來。他是坐著的，手腳都給綁在一張木頭椅子上。一圈水銀燈光打到他這個方向，而燈後頭，他卻是什麼也看不到。這個房間陰冷潮濕，低矮的天花板上縱橫交錯著一道道管子。這是地下室。他的外套和鞋子都不見了。他的襯衫給撕裂了，而他的領帶則給絞在他的脖子上。

黑暗中，一個平緩的聲音朝他發起話來。

「我們可不會浪費時間討論，你其實不是叫做路易．文生。」

「那是我的名字。」

「你是從里昂過來的？」

「嗯。」

「在那之前呢？」

「巴黎。」

「我們已經容許你撒了一個謊，你不能再撒第二個了。我再問一次：里昂之前，你人在哪裡？」

胡柏猶豫起來。「日內瓦。」

「所以你是雇了一輛車穿過瑞士邊境，到了里昂，對嗎？」

「是的。」

「你在日內瓦是做什麼的？」

「我在銀行業服務——信貸部門。」

「又是一個謊言。」

胡柏還沒來得及回應，便聽到後頭傳來了腳步聲，緊接著便有人拉緊了套在他喉頭上的領帶。緊得他以為自己就要昏過去了。不過猛一下，他又給放開了，猛喘了好幾口氣。

「在瑞士的時候，你去拜訪了宇果．巴泰羅先生，對吧？」

胡柏點點頭。

「你跟他有什麼樣的生意關係？」

「他的投資。」

「股票和債券嗎？不許說謊。」

「都不是。」

「那麼是什麼樣的投資？」胡柏聞到一絲絲麝香的味道——掐住他脖子的男人擦了古龍水。

「你遲早都得說的。饒了你自己吧。」

「藝術品，」胡柏說。

「巴泰羅是收藏家？」

「是的。」

「那他為什麼找你諮詢呢？你不是證券交易員嗎？」

「因為我懂藝術。我為他收購藏品。」

「你怎麼會懂藝術的？」

「我學過畫。」

「可是你成了證券交易員。」

「我畫得不好。」

「你仿造得很好。」

「什麼？」

他的領帶再一次給絞緊了。他覺得自己腦袋裡的血流給堵住了，血正澎澎的鼓動。他的肺收縮起來。十秒、二十秒，時間滴答過去了。他覺得自己的心臟就要爆了。他又給放開來。香水的味道更濃了。房間繞著他在轉。

「你仿造畫作。你仿製巴泰羅偷走的名畫，對不對？」

胡柏喘不過氣來。「是的。」

「巴泰羅屬下的小偷集團盜取了屬於納粹德國的名畫，然後用你仿製的贗品取代。依照德、法先前的協議，法國所有的畫作現在都是納粹德國的財產了。我們在將畫作運到德國之前，都是先將它們存放於倉庫裡；預計一九四六年以前，所有的畫就都可運抵德國境內了──包括巴泰羅偷走的那些。巴泰羅擺明了就是同盟國的走狗！」他停了口。「我們知道你為什麼來到亞爾，狄特瑪先生。」

胡柏覺得自己就要吐了。綁帶割進了他的手腕和腳踝，他斷裂的那根肋骨像是插在他體側的一把刀。

「大半的梵谷都已送到了柏林，」那聲音繼續說道。「巴泰羅雖然攻進了我們的倉庫，不過我們也已滲入了他的斥候和信差網啦——你就是其中一員。我們刻意誤導，讓他以為某些佚失的高更畫作已經重見天日，在邊境畫廊等著轉運。但其實那裡根本沒有高更，而且邊境畫廊也已經關門大吉了。他都派你直接到現場研究真跡，對吧？」

「是的。」

「身為仿造者以及小偷，絞刑你是逃不了的——除非……」

胡柏等著。

「你呢我們倒是無所謂，我們要的是巴泰羅。義大利政府倒台的時候，他因為人脈夠廣，逃掉了。由於他是帶著那些畫作躲到瑞士，而且下落不明，所以目前我們也動不了他。他和他的小偷集團之間，至少隔了兩個中間人，所以那些偷兒甚至連自己是在幫誰偷都搞不清，不過待遇倒是挺優渥的。他付給你的錢想必更多。你是少數幾個可以貼近他的人——跟他有私人接觸。你知道他的下落。所以囉，如果你講出來，同時也交出你同黨的名單以及你假造的畫作的清單的話，你就可以免了絞刑——只是得進監牢而已。」

如果胡柏笑得出來的話，他是會笑的。「你們要的其實只是真品的清單，」他說——雖然他知道其實別說比較好。「因為你們搞不清到底哪些是贋品。」

「我們當然曉得，」那聲音拔尖起來。「我們只是要你確認而已。」

他們當然不曉得，因為他仿造的技巧高過他們的預期了，胡柏想著。不過這會兒他沒出聲。

「你得在悔過書裡頭確認哪些是贗品。等我們查證完畢以後，贗品就會給燒掉。你懂嗎？」

他感覺到脖子又給領帶箍得更緊了。

「懂。」

領帶鬆下來，香水味也消失了。一個男人從燈光底下走向他。胡柏看不到男人的上半身，他只看得到對方的黑長褲以及鞋子，還有他手中的皮下注射器。

「這可以幫助你吐露實情，」男人說。這是個不同的聲音。他將胡柏的襯衫拉上他的左肩，然後將針管插進他的手臂裡。

黑暗中，原先那第一個聲音說道：「你知道你現在在哪兒嗎，狄特瑪先生？」

「在亞爾。」

「你知道這間屋子嗎？」

胡柏搖搖頭，朝著燈光直眨眼。

「你就在黃屋裡頭。」

他的臉雖然痛僵了，不過他還是露出了驚訝的表情。

「你當然知道這代表什麼吧——這就是梵谷當初住的房子啊。高更於一八八八年秋天，來到這兒做客九個禮拜。兩人一起在二樓作畫。這屋子目前則是有幸成為蓋世太保在本區的總部。請務必謹慎做答：首先，你要告訴我們的是巴泰羅先生的地址。」燈光暗了下去，一名戴著眼鏡的瘦小男子從暗影裡走出來，他穿著一身黑色制服，腳踩一雙高筒靴。「藥效快要出來了，」他點了根菸說道。

4

一九〇二年五月一號，馬克薩斯群島（譯註：馬克薩斯群島是法屬玻里尼西亞的一部分，分布在太平洋的中南部海域）正中央的希瓦歐島上，一名年輕女子正穿行於山中的一處林子裡。這是一個炎熱的午後，太陽即將落下。在這條塵土小徑的兩邊，處處可見翠綠閃亮的蕨類如羽扇般恣長著。一串串紅與橘的花朵如同火焰般在燃燒。竹枝在微風中微微發出沙喀的聲音。遠處更高的山間，飄起了細雨。

這名女子名叫朵荷道娃。她一頭紅髮——對馬克薩斯群島的人來說，並不尋常——眼睛則是深褐色。她光了腳踩著輕盈的步伐。她白色的纏腰裙就紮在她裸露的乳房底下，並止於她的腳踝之上。她今年十八歲，是希瓦歐島的巫師哈普阿尼的妻子。哈普阿尼只有二十五歲，但因他懂得魔法，又具有神力，島民都對他敬畏有加。據說他可以讓物體飄浮，將石頭變成水，甚至還能讓死去的鳥兒復生。每逢新月或者滿月的晚上，他會喝下由榴槤種子泡出來的濃茶，並在高聳於海邊的斷崖上頭通宵跳舞。他披著一條鑲有黃色流蘇的猩紅色披風，手持一把鐵木權杖——這上頭刻有他親手雕刻的動物臉龐。他的黑髮垂肩，左耳夾了一串緬梔花做為裝飾。朵荷道娃於十四歲的時候嫁給他。她的父親（鄰近的摩丹島的酋長）是在希瓦歐島北端的黃森林為他們主持婚禮的——希瓦歐島上，所有的花都是黃色，而所有的棕櫚葉都是金色的。

她走的這條小徑通往一個開闊的山谷，山谷的另一頭有個空地，上面矗立著好幾棟柚木小屋。其中最大的那一棟，一樓設有廚房和臥室，而戶外則搭了十幾層台階引向樓上的畫室。畫室裡裝飾著綠岩刻的提基神像（譯註：提基是玻里尼西亞神話中人類的始祖）以及一些木雕，牆上則釘著分屬於創作過程中各個不同階段的素描及畫作。畫室的正中央擱著一個畫架，而那對面則擺了一張雕工精緻的座椅。

朵荷道娃撩起裙腳爬上台階，然後探眼瞥進畫室。她來早了，畫家不在裡頭。她繞行一圈，審視起那些畫作和藝品，然後駐足於椅子旁邊。油畫顏料以及薰香的味道好濃。她走下台階，找到了他的廚子瓦伊荷——她正在準備一道氣味刺鼻的蕃薯湯。她告訴朵荷道娃說，畫家是去溪邊沐浴了。

朵荷道娃回到了屋子的前方，發現她的丈夫竟然出現在台階底下。她搞不懂自己先前怎麼完全沒有看到他。

「你是跟蹤我來的嗎？」

「我是從另外一個方向過來的，」他說道，一邊伸手指向屋子後頭幾百碼以外的一座陡丘。她知道那一頭根本沒有小路，幾乎是無法通行的：那兒的土地太過崎嶇，而且又密密麻麻的長滿了竹林以及樹藤。不過如今她已經知道她的丈夫並非常人，而且她知道他從不說謊。

「我想要看著他畫你。」

「你跟他談過了嗎？」

「我不需要跟他談。你是我的妻子。」有時候，在光線逐漸暗下時，他眼睛的顏色看起來好像和他的披風一樣。他微微一笑，聲音柔和下來。「不過，沒錯，我今早是跟他講過了。」

空地的另一頭有張石頭長椅，從那兒可以看到海——是樹梢頂端的一道藍。她執起他的手，領著他走向椅子。「我們可以在這兒等他，」她說，於是兩人便並肩坐了下來，看著太陽於雲霧間緩緩沉落，在水面上燃起了火。

5

一八八八年，寡婦維尼沙珂是梵谷所租黃屋的房東，而隔壁那棟粉紅色建築裡的餐館也是她的。梵谷和高更常常在那兒共用晚餐：他們都是靜靜坐著，襯衫和外套沾滿了顏料。他們點的永遠是燉牛肉或者烤雞，並搭配著盛在玻璃水瓶的酒（直接汲自酒桶）。在黃屋住了幾個禮拜以後，高更告訴寡婦說，住處隔壁就是餐館真是太幸福了。「文生喜歡自己熬湯，」他說：「不過他都是根據顏色而不是味道，來調配食材的。」兩位畫家過世之後很久且都享有盛名時，她會跟用餐的客人講述許多兩人發生的趣聞來娛樂大家。

瑪莉．維尼沙珂是一位鄉下醫生的女兒，嫁給了亞爾一家旅館的老闆。四十歲時她便守了寡，而且由於欠下大筆債務，她失去了他們位在植物園附近那棟擁有十二間房的旅館。她將兩人原先的居所，也就是黃屋，租了出去，並買下隔壁的餐廳——而她則住餐廳樓上的小公寓裡頭。她於一八七七年時生了個女兒華內莎。女孩兒生得漂亮，就跟她母親年輕時一樣：身材嬌小，長著棕色的眼睛，細緻的五官，以及一頭火紅的頭髮。華內莎嫁給了一名玻璃工人米榭．拉法，和他一起快快樂樂的住在城市的另一頭——直到他被國家徵召，並死於一九一七年的帕雪戴爾戰役裡（Passchendaele）。一年之後，兩人的兒子因霍亂病逝，而華內莎的寡母則於一九一九年過世。她於短短三年之內就失去所有親人，她崩潰了。之後她罹患重病，闖了一趟鬼門關。那時她已繼承了黃屋以及隔壁的餐館，而由於不願意繼續住在她和丈夫以及兒子曾經同住的小木屋裡，她搬到了她母親的那間老公寓，並靠著經營餐館以及出租黃屋維持生計。她做夢也沒有想到自己會變成第二個寡婦維尼沙珂——她不許任何人這樣子稱呼她。不過她的生活確實就過得跟她母親在世時一樣：每天監督著她麾下的廚子、女侍，還有洗碗工和雜工。十年之後，法國陷入經濟蕭條，另一場戰爭又在醞釀中，她不免慶幸起自己能擁有一份可靠的收入。這一年，她五十三歲——雖然仍舊精神奕奕，但卻覺得自己的裡頭已經老了好多。

在這一切發生之前的遙遠的過去，也就是一八八八年秋天她十一歲的時候，她的母親經常會差遣她為兩位畫家送午餐吃的便當。每回梵谷起了熬湯的念頭時，高更便會趕緊跟寡婦訂餐。當年的梵谷大半都是在田野間作畫，而他在畫室工作時，則不喜旁人打擾；不過高更作畫時，卻是很高興有華內莎作陪：她通常都坐在牆角和他聊天。他會編出一個個奇幻的故事，聽得她好入神。他講到馬丁尼克島的鳥，牠們會因季節變換而改變羽毛的顏色，還講到一個穿著石鞋的暹羅人穿行於隆河的河底，單只靠著一個山羊皮囊裡頭的氧氣維持呼吸。而華內莎呢，則是告訴他她父親年輕當水手時，在一個熱帶島嶼上的經歷。

「他找到了一個神奇的紅色海螺殼呢，夜裡他透過海螺的殼唱歌給我聽。他的聲音越過兩片海洋來到我這裡。我就躺在床上聽，我還可以聽見那後頭有海浪拍打的聲音呢。」她聳聳肩。「你覺得我真有聽到他的歌聲嗎？」

「那當然。有一天我會住在那樣的地方，而且我也會去找一只紅色的海螺殼的。」

「然後就開始唱歌嗎？」

「是的，唱給你跟我的小孩聽。」

「謝謝。」她猶豫著。「我媽媽說，你很少跟他們見面。」

「沒錯，是不常。我得畫畫啊，而且我喜歡到處旅行。」

「你都不住家裡。」

「我的家就是我帶著我的顏料寄居的地方。」

這句話華內莎想了好久。她很同情他的孩子，不過也很高興他目前是跟她在一起。還好目前他是把黃屋當成自己的家。

六年前，他辭掉他證券交易員的工作，並離開了他住在哥本哈根的丹麥妻子和他們的五個小孩。他寄了錢回家，不過他本人卻很少回去。他於重返馬丁尼克之前，先是造訪了布列塔尼，然後是梵谷住的亞爾，之後他則是去了大溪地，以及馬克薩斯群島。

十二月底一個寒冷的午後，華內莎為高更帶了一壺熱茶來。他正在畫一幅「梵谷在畫向日葵」的油畫。華內莎告訴他說，她正盼著聖誕節快快來到。前一年她的母親為她織了一條有橘色滾邊的鮮黃色圍巾。高更轉過身來告訴她說，今年聖誕呢，一當他畫好向日葵油畫之後，他就要為她繪一幅肖像當禮物。華內莎聽了好樂，立刻衝回家去告訴她母親。

不過高更在亞爾卻是待不久了，因為梵谷出了意外——警察立刻派了車將他送到醫院。華內莎起先並不清楚事發當時的狀況，而當她再下一次看到梵谷時（也就是聖誕夜），只見他的頭上紮了繃帶，而他的弟弟西奧則已經從巴黎趕搭了火車過來照顧他。幾天以後，西奧和高更一起搭車前往巴黎。

高更在步行到火車站以前，先到餐館點了個煎蛋捲，以及一杯咖啡。寡婦維尼沙珂走出來跟他道別，而華內莎則拿了個好大的信封跟在後頭。她把信封交給高更。

「你非走不可，我好難過，」華內莎說。「這是我送你的聖誕禮物。」

信封裡頭包著一支白色的羽扇，扇柄上方有個紅點。

高更從華內莎手裡接過扇子，然後抬眼看著她的母親。

她點點頭表示同意。「扇子是她的——她最珍愛的寶貝。」

「這我不能拿，」他說。

「我非送你不可，」華內莎說。

「我丈夫年輕的時候在海軍服務，」寡婦說。「這是他從爪哇帶回來的。」

「好美啊，」他說。「你確定你真的想送人嗎，華內莎？」

「我確定。」

「謝謝。我會把它當成幸運符一樣隨身攜帶。而且有一天我會回到這裡，為你畫一幅肖像。」

6

胡柏．狄特瑪在宏亮的教堂鐘聲裡醒過來。是早上了。此刻他已經不是在黃屋的地下室裡，而是在一個二樓的房間，這兒只有一扇窗，上頭掛著不透光的布幔。幔間的縫隙露出了鋼條，那是新裝上的。這房間是個牢房。他躺在一張帆布床上，身子被剝得只剩內衣，裹在一條薄毯子底下。旁邊有張小桌子和椅子，上頭堆著他的衣服。他環目四顧，發現自己的視野已給切掉一半，因為左眼這會兒腫得都睜不開了。

就在他寫了悔過書以後，他們還是毫無必要的繼續施暴。矮小的那名軍官猛一記捶下，他的鼻孔馬上噴出血來。軍官不斷的捶了又捶。他的臉頰給撕裂開來，嘴唇凝有血塊，左耳也被打聾了。胡柏沒有吐露半句實話——畢竟他是受過這方面的專門訓練了。他告訴他們說，那兩頁加泰隆尼亞文確實就是密碼，而巴泰羅則是將所有的畫作都存放在波昂的一個金庫裡。他開了一張他說是他畫的贗品的清單——其中大半其實都是他根本沒有見過的真跡。事實上，從德國人手中偷回來的油畫都是輾轉經由一條迂回曲折的路線，交由一個又一個英勇的男女來處理，它們經由卡車、摩托車，以及驢拉車，以及最終的馬匹運過了庇里牛斯山，然後穿過西班牙某些不知名的山路，再送達當時的中立國葡萄牙。畫作都是儲藏在位於斗羅河口的波多港，交由當時法國流亡政府（基地在倫敦）的間諜來保管。

一名制服警衛將胡柏牢房的鎖打開來，他領了一名女子走進來。她滿頭轉灰的紅髮，手上捧著個托盤。「給他吧，」警衛說道：「不許跟他講話。」

她緩緩湊近了胡柏，瞪眼看著他的臉，盡量不要露出心裡的恐懼。他一隻眼睛轉向了她，不過還是面無表情。這是打從德國人霸佔黃屋以後，她見過的最悽慘的囚犯。他到底做了什麼呢？她知道德國人之所以讓她就近看到他們的囚犯，是為了警告她——要她知道，如果她膽敢抗命的話，下場會是如何。

她為胡柏端來一碗湯，以及一片發霉的麵包。德國人老是把湯稀釋掉，還抽走裡頭的肉。他們告訴她說，囚犯是納粹德國的敵人，他們能有得吃就已經不錯了。有時候，如果她很確定他們沒在監看的話，她會加幾杓真正的湯到碗裡去。今天她一直還沒得著機會。

她將托盤放下，努力擠出了一絲笑容要給胡柏看，不過他並沒有注意到。

「出去，」警衛說。

7

六月六號晚上，風聲傳到亞爾：盟軍已經登陸諾曼地了，美國的傘兵從天而降，戰艦正在轟炸海岸線。法國反抗軍等這一天已經等好久了。他們的軍旅已經包圍了南部各大城市。由亞倫・迪夏爾隊長（他在戰前是藥劑師）領軍的四十九名突擊隊員於七號進入亞爾。某些隊員則是深入了城中心，躲在庇護所裡伺機而動。迪夏爾驍勇善戰，且又桀傲不馴（穿著紅色外套，意思是要自成標靶，跟德國人挑釁），所以自然就成了敵方獵捕的頭號目標。他們於佔領亞維儂時，殺了他的妻子和兒子，並燒掉了他的藥局。他有幾個屬下覺得他是抱著一死的決心在打仗。大家都很驚訝說，一個靠著調配藥劑維生的人，耍起機關槍和獵刀時竟然可以如此嫻熟。而且他雖然毫不顧惜自己的生命，但卻是盡了全力不讓屬下暴露於過多的危險之中。

迪夏爾下令兵分兩路出擊，一個目標是維提耶街上的德軍指揮中心，另一個則是拉馬丁廣場2號的蓋世太保總部。他要屬下盡可能斬盡殺絕，而且務必毀掉敵方的通訊設備。此外，蓋世太保總部裡頭還囚禁了一名高階囚犯，如果他還活著的話，務必將他救出。迪夏爾被告知了這名男子的名字以及長相，也得知此人被捕為的是要啟動盟軍本就安排好的策畫：提供德方大量的假情報。迪夏爾知道，在逼供過程中所說的謊言，無論如何精心編造，其實要不了多久就會給揭穿的。他得快快行動，他決定要親自率軍攻擊蓋世太保總部。

得知盟軍進攻的消息時，華內莎・維尼沙珂正在餐館的廚房裡切高麗菜。她有點不敢置信，因為她原本一直以為這場戰爭還會再拖好幾年。法國的維琪政權當初是迅速向德國投降，而且又完全配合敵人行事，所以她對法國其實已經不再抱持希望了——心想盟軍應該不會想要為一個傀儡國家流血吧。

她知道蓋世太保得知這個消息以後，一定會變本加厲更加惡毒的——如果有這可能的話。她告訴底下的人要盡量保持低調，什麼也別說。結果當天中午只有五名蓋世太保來到餐館用餐，她本想著其他人應該是沒了胃口吧。然後她才得知，蓋世太保的成員大半都給徵召去參與一項鎮壓行動了。也許是盟軍大舉進攻，德軍內部起了暴亂吧，她想著。然而事實上，他們是去應付迪夏爾主導的一個突襲——他的目的正是要盡可能將德國人從各個指揮總部引開。他派了三名狙擊手到市中心的屋頂上，並下令他們於十一點整時，同時開槍掃射所有他們在街上看到的德國人。他們總共殺死了九名德國人，也因此引發了德方的報復行動。有一名狙擊手於逃跑時被殺，不過另兩名倒是順利逃走，並於正午時分和迪夏爾以及十七名隊友會合，然後一起攻入黃屋。

蓋世太保的成員和黨衛軍士兵都措手不及。他們其中十人被殺，另有四名軍人被擄，而迪夏爾只失去了兩名屬下。阻礙都清除了之後，他便帶著一名副手爬上樓梯，攻向胡柏牢房外頭的警衛，將他擊倒在地。迪夏爾割了他的喉嚨，然後將牢門踢開。

胡柏遍體鱗傷，滿身是血。他的胸膛和手臂上都是淤青。迪夏爾和他的副手小心翼翼慢慢的為胡柏穿好衣服，盡量不要使力。迪夏爾心想他還有十分鐘可將他的屬下和胡柏帶離黃屋。他不知道敵方是否在通訊設備遭毀之前，發出了求救訊號——可能性相當大。

他扶著胡柏走下樓。維尼沙珂夫人和她的員工就等在大門外，雖然先前一片騷亂，但她看來相當冷靜。

「感謝老天他還活著，」她說。

「我得把他帶離這裡，夫人。他需要醫生。」

眾人跟著迪夏爾走進了黃屋和餐館之間的院子。迪夏爾的兩名屬下已下令那四名被擄的軍人排排靠著一面牆站好。他們的手都叉在頭頂上，其中三名軍人雙眼直視，一動也不動；而最年輕的那第四個，則是已經尿濕了褲子，正在哭泣。

迪夏爾轉身面對胡柏。「痛打你的那隻豬玀可在這裡？」

胡柏朝四個人瞇眼看去，他花了好幾秒才定好焦距。他朝尾端那名矮小的軍官努個頭。

迪夏爾往那人湊近了。「是你揍他的嗎，矮冬瓜？」

軍官怒目看他。

迪夏爾猛個將左輪從臀後抽出，甩向軍官的臉頰，先是啪一聲擊中他的骨頭打破了他的眼鏡，然後又甩向他另一邊的臉。然後是他的嘴。

軍官折了腰，吐出了幾顆牙，然後迪夏爾便轉頭面對維尼沙珂夫人。「請回到餐館裡吧，」他說。「我們待會兒就過去。」

迪夏爾一把將軍官推到牆上，擎起槍柄捶上他的下巴。

槍聲在院子裡迴響時，餐館裡的維尼沙珂夫人強自鎮定。一聲槍響後頭又跟了三聲，之後迪夏爾和他的屬下又往幾名軍人的胸膛發了四槍。

他們扶著胡柏坐下來。隔了幾張桌子之處，只見那些前來用餐的德國人都癱倒在血泊之中。食物和餐盤散落在翻倒的餐桌四周。胡柏啜了一口水，吞下一片乳酪。

迪夏爾蹲在他的椅子旁邊。「你現在很安全。我們馬上就要帶你走。盟軍攻佔了諾曼地——情勢已經翻轉。」

胡柏瞪眼看著他，一臉茫然。

「你來這裡是幹嘛呢？」迪夏爾說。

「畫作，」胡柏結結巴巴的說。「把它們從德國人手裡偷回來。雷諾瓦、莫內、盧梭——我國的寶藏。」

維尼沙珂夫人拿來一條濕的繃帶，並往胡柏的杯子裡倒入白蘭地。

迪夏爾站起身來。「要大家集合了，」他朝一名屬下叫道。

他們原先搭乘的幾輛貨車就停在轉角處，司機都在待命中，引擎空轉著。

「夫人，」迪夏爾說：「你得跟我們一起走。」

「我是不會離開我的家的。」

「德國人會把你殺掉啊。你別無選擇。」

「我很感謝你，不過我確實是有選擇的。請把我綁起來，拿布塞住我的嘴，然後把我關在儲藏室裡頭。我會跟他們說，是你制伏了我。」

迪夏爾搖搖頭，不過他沒再多說。他沒剩多少時間了。

「情況很複雜，」胡柏結巴說道，他想繼續解釋清楚。「首要的任務是里昂……高更在馬克薩斯群島所畫的作品。」

迪夏爾正專心集合屬下，所以聽得有點心不在焉。不過維尼沙珂夫人倒是一個個字都聽進去了，她的眼睛發亮。

「他就是死在那兒的，」她說。

胡柏點點頭。

「我認識他，」她說。「在我十幾歲的時候。我還看過他作畫呢。」

三個禮拜以後，胡柏仍在南特的一家庇護所休養，他聽說英國皇家空軍大舉轟炸亞爾，特定目標有好幾個，包括德軍軍營、他們的火車以及戰車、還有黃屋——當時仍是蓋世太保的總部。他不知道維尼沙珂夫人是否生還了。他雖然四處打聽，但卻好像沒有人知道。

8

朵荷道娃看著瓦伊荷爬上台階走進畫室，十分鐘後她又出來了。畫家出現的時候

（他已在溪間沐浴完畢），一隻黃綠相間的鸚鵡從森林飛出來，棲息在屋頂上。他戴著一頂草帽，穿著白色外套以及寬鬆的綠褲子。他拄了根枴杖，跛著腳慢慢的在走。他臉色蒼白，兩手布滿肝斑，他草鞋裡的腳是腫脹的。三年前他抵達這座島嶼的時候，健康狀況就已經不穩了，而現在則又惡化許多。他的眼鏡隨時都戴著，就連白天最熱的時候都穿著外套或者雨衣。

他朝著坐在長椅上的朵荷道娃和哈普阿尼揮揮手，然後步履蹣跚的往屋子的方向直直走去。兩人走進畫室找他時，他是背對著他們的。他正在調色板上調和顏料。房間明亮，是因為廚子瓦伊荷已經點上了蠟燭和燈籠。空氣中瀰漫著琥珀色柔和的光。畫架旁邊的桌子上擺放了幾管顏料、兩個塞滿畫筆的錫罐子，以及一只紅色的海螺殼。畫家轉過頭來，朝他們彎個身。哈普阿尼坐到角落裡的一張板凳上，而朵荷道娃則走向了那張雕工精美的椅子——上頭擱著一把白色羽扇。她坐下來，審視著手中的扇。那上頭純白的羽毛是她在這裡所有島上的鳥兒身上都沒見過的。她伸出指頭，摸著扇柄上方的紅點——紅點給包在白圈之中，而那外頭則又圍了個更大的黑圓圈。

畫家調好色以後，轉頭看著她，於是她便照著她心中畫家的意思，以右手舉起扇子，讓扇柄垂直立在她的左大腿上面——羽毛覆住了她的右乳。感覺上，這樣很自然。他點頭稱許，並伸手示意要她稍微往左傾斜一點，將手心壓在椅面上，並抬起左肩（因為重心稍移了一些些）。她坐定之後，兩眼前視，但看的並不是畫家或者她的丈夫，而是穿過了開著的門，越過空地，凝神望向淹沒了森林的那一片黑暗。

9

維尼沙珂夫人穿著黑色外套，圈了條黃色圍巾，爬上蒙佩利爾城美術館的台階。她是遠從亞爾搭了巴士過來的——她就住在那兒巴克街上一戶公寓裡，俯望隆河。她養的兩隻花斑貓最喜歡坐在陽台上的向日葵之間。她所有的家產都在盟軍大進擊之後的一次空襲裡毀掉了。她在一片瓦礫之中，只找到了個小小的保險櫃——先前是給藏在地板下。那裡頭擺著梵谷送給她母親的禮物：兩幅在他預定要畫下黃屋之前所繪下的素描——而且都簽了名。維尼沙珂夫人將素描賣給了馬賽一名畫商，從此下半輩子都不愁吃穿，過著富裕舒服的生活。

由於戰爭期間遭到嚴重破壞，美術館花了三年的時間整修，並於最近重新開幕。維尼沙珂夫人的鞋子喀喀響在大理石階上。她在櫃枱付了兩法郎的票錢，並於諮詢服務人員之後走下一道長廊，然後往左轉，穿過了塞尚、馬蒂斯和畢卡索以及布拉克的展覽室，來到一間專屬於梵谷和高更的畫廊。

她特意來看的畫就掛在遠端那面牆上最受矚目的位置。她坐在畫作前方的長椅子上，凝神看著畫中白衣女孩專注的眼神——女孩和她一樣，也長著棕色的眼睛和火紅的頭髮。她的手裡握著維尼沙珂夫人六十年前送給畫家的白色羽扇。他一直沒有回到亞爾來為她繪下肖像。一直沒有從他那座島上，透過一只海螺的殼對她唱歌。不過在他生命的最後一年，她想著，伸手抹掉了一滴眼淚，他卻是畫下了世界另一頭的這個女孩——手裡握著原屬於她的扇子。他為她留下了一抹黃屋珍貴的殘跡——還有她的童年。想來，他是知道有一天她會看到這幅畫吧。

麥可・康納利（Michael Connelly）

許多作品都是以洛杉磯警局的警探哈瑞尼米斯・鮑許（Hieronymus Bosch，簡稱哈瑞・鮑許）為主角。哈瑞警探不只對愛德華・霍普的《夜遊者》心有戚戚焉，他和與他同名同姓的十五世紀荷蘭畫家所繪製的三聯畫《人間樂園》也相當投緣（譯註：三聯畫是繪在三片接合起來的木質屏風上的畫作。在基督教藝術早期就已經出現，是中世紀祭壇畫的常見形式。後來又被文藝復興畫家們採用。用這種形式創作出的作品也易於拆分運輸）。以下這篇故事便是受到其中的第三幅畫的啟發而寫的。

The Garden of Earthly Delights (third panel) by Hieronymous Bosch, ca. 1500-1505

Oil and grisaille on wooden panel, Center panel is 7'2½×6'4¾ in. Each wing is 7'2½×3'2 in.
Museo del Prado, Madrid, Spain.

第三幅畫

警探尼可拉斯・澤林斯基正看著第一具屍體的時候，督察喊著要他到屋外去。他踏步而出，將防毒面具拉到下巴底下。督察代爾・亨利就站在華蓋亭帳下頭，躲開沙漠裡的太陽。他朝地平線打個手勢，澤林斯基這才看到遠處有一架黑色直升機越過了灌木林地，在太陽底下俯飛而來。飛機往斜裡一偏時，他在機身的側門上看到了三個白色字母：FBI。直升機繞著屋子轉，一副找不到空間降落的樣子。但其實這屋子是單獨矗立在眾多縱橫交錯的塵灰路之上啊——十年前爆發金融危機以後，原本計畫好的社區建設全都停擺了。這裡根本就是鳥不拉屎之地——和蘭開斯特相隔七哩，而蘭開斯特離洛杉磯又有七十哩之遠。

「我還以為你說了他們是要開車來的，」澤林斯基在吵雜的直升機聲音之下，大聲說道。

「跟我聯絡的那個傢伙迪克森是這麼說的啊，」亨利大聲回道。「大概是想到開車過來，來回就要花上大半天吧。」

直升機終於找到了個停機的地方，降落下來，旋轉翼激起的亂流噴得塵灰四射。

「媽的笨豬，」亨利說。「這人降落到順風的方向了。」

駕駛員關掉渦輪引擎，旋轉翼逐漸放慢轉速之後，有個男人從機上走下來。這人穿了套西裝，戴著飛行員護鏡。他一手拿著條白色手帕覆在口鼻上頭，好濾掉塵灰。他的另一隻手攥著個通常是用來攜帶藍圖或者藝術品的硬紙筒。他快步走向亭帳。

「典型的ＦＢＩ探員，」亭利說。「竟然穿著西裝來到多屍殺人現場哩。」

西裝男子走到了亭帳。他將硬紙筒夾在胳膊底下，以便握手，而另一隻手仍然是摀住口鼻。

「迪克森探員嗎？」亭利問道。

「是的，先生，」迪克森說。「抱歉掀起了這麼多塵灰。」

他們握了握手。

「在犯罪現場的順風處降落的話，就會有這個結果，」亭利說。「我是洛杉磯郡警長辦公室的亭利督察，我們通過電話。這位是主掌本案的警探，尼克．澤林斯基。」

迪克森握握澤林斯基的手。

「你介意嗎？」迪克森說。

他指向工作桌上一個擺放著許多口罩的紙盒子。

「請自便，」亭利說。「順便也換上紙拖鞋和防護衣吧，屋子裡到處瀰漫著化學毒呢。」

「謝謝，」迪克森回答說。

他走到桌子旁邊，放下硬紙筒，並戴上了代替手帕的口罩。然後他就脫下外套，穿好白色的防護衣，再套上拖鞋以及乳膠手套。而且他也將防護衣的頭套拉到了頭頂。

「我原以為你是打算開車過來呢，」亨利說。

「沒錯，不過後來我發現直升機今天正好有空檔，」迪克森說。「只是能用的時間不長——今天下午高官巡察的時候會用到。好吧，這會兒咱們就進去瞧瞧囉？」

亨利朝著屋子敞開的門擺擺手。

「尼克，請你帶他逛逛，」他說。「我人就在外邊。」

迪克森踏過門檻，走進一方小小的玄關——此處前後兩面都裝有強化門，也就是改裝成了捕人的裝置。這是大部分製毒場典型的做法。澤林斯基也跟著走進去。

「我猜你跟督察講電話的時候，他應該是把基本的狀況都跟你說了吧，」澤林斯基說。

「什麼也別猜，探員，」迪克森說。「誰管督察說什麼啊，我是寧可從主事人的嘴裡聽到案情。」

「嗯。這地方是二〇〇八年金融危機時蓋好的樣品屋，不過從那以後這一帶就什麼也沒再蓋了，所以這裡就成了最最理想的製毒場所。」

「了解。」

「屋裡有四名受害者——各自倒在不同的地方。三名製毒人，還有一個應該是他們的保全吧。屋裡有幾件武器，不過他們好像都沒機會拿來防身。老實說，我覺得應該是他媽的忍者幹的。四個人都是中箭而死——短箭。」

「拉弓射出去的嗎？」

「很有可能。」

「動機呢？」

「看起來不像搶劫，因為每個房間裡都是一袋袋還有一鍋鍋的毒品，而且全都是攤出來任人拿取的樣子。來人只是殺了人就走。另外有件事我們沒寫在公告上——也許你會想要知道。」

「電話上你們督察好像提到了，這兒是『聖徒與罪人』的活動基地。」

「沒錯，蘭開斯特和帕門德爾就是他們的地盤，而且他們也是這屋子的屋主，所以應該不是地盤爭奪戰。」

「好吧，咱們再看下去。」

「請容我先問個問題，ＦＢＩ怎麼一看到我們發出的公告，就急著趕來現場呢？」

「箭，還有弓。這起謀殺有可能跟我們目前在處理的一個案子有關聯，等我確定了以後，就會告訴你。」

迪克森穿過了第二道門，然後停下腳，仔細看著這屋子的廳堂。這個空間的擺設就像一般住家的客廳，放了兩張皮沙發、另有兩張軟墊椅子，以及一張咖啡几，而牆上則豎起一面很大的平板電視。咖啡几上另外放了一台較小的銀幕，四個角各架設了一台攝影機——所以從銀幕上就可以看到環繞在屋外的灌木林地以及沙漠。

保全銀幕正前方的沙發椅上，坐著一名死人，他的身體轉向左側，右手臂則越過他的體前，伸向左手邊的小几——那上頭擱著一把鋸短了的獵槍。他沒能拿到手。一只黑色的石墨箭由體後往前刺穿他的胸膛（正如澤林斯基所說，一箭穿心），戳破了他身上那件印有「聖徒與罪人」機車俱樂部標誌的皮背心：咧嘴而笑的骷髏頭，上頭長著魔鬼的角，並頂著個歪了點邪樣角度的天使光環。幾乎沒流什麼血，因為那根箭是以極高速穿入體內的，刺入與刺出的傷口都在箭的邊緣密合了。

「我們將這人列為受害者一號，」澤林斯基說。「他名叫艾登．凡斯，因販毒以及暴力行為多次被捕——攜帶槍械，企圖殺人。在加州科拉瑞蹲了五年牢，是典型的機車幫派的打手。不過看來這會兒是對方佔了上風。顯然他沒能在銀幕上看到有人侵入，也沒聽到他們撬鎖或者穿過捕人裝置。總之發現時已經太遲啦。」

「神鬼不覺，」迪克森說。

「我就說了嘛，是忍者們幹的。」

「忍者們？不只一個？」

「你要問我的話，我會說一個人可幹不來。」

「四台攝影機——有數位錄影嗎？」

「沒這狗運。完全只是現場監看用的而已。我猜他們是不希望留下自己進進出出的影像證據——有可能把他們送進牢裡。」

「也是啦。」

他們繼續往裡頭走。屋子裡有好幾名鑑識人員、攝影師，以及探員在忙著。迪克森放眼看去，到處都貼著黃色的證物標誌：包括地板、家具以及牆面上。這地方是給用來當做安公子（譯註：meth，又名窮人的古柯鹼）的製毒場所——而安公子就是「聖徒與罪人」俱樂部最主要的進帳來源。澤林斯基解釋說，這家俱樂部在洛杉磯東北方的沙漠地帶擁有多家製毒場，這裡只是其一。而最終的成品則是轉運給毒販；之後，這種恐怖的成癮藥物便會散發到許許多多不幸的受害者手中了。

「所以這裡是起點，」迪克森說。

「什麼起點？」澤林斯基問。

「人類苦難之路的起點。在這間屋子裡製造出來的東西，會摧毀人命。」

「嗯，的確可以這麼說。這種地方啊，製造出來的產品總有七、八十磅跑不掉。」

「所以他們是死有餘辜囉。」

屋子裡有三間臥室，每間臥室都是獨立的製毒間，應該是一天二十四小時都在運作，每天分個兩、三班，由幾名製毒人和保全輪番上陣。每個製毒間裡，都可看到有人利箭穿心，癱倒在地。每一個都穿著防護衣，戴著口罩，但都沒有流血——每一個都是乾脆俐落的一箭斃命。一路走去，澤林斯基一邊跟迪克森說起每一名死者的姓名以及犯罪等級。

迪克森好像並不在乎他們的身分——他只關心他們的死法。他蹲下來，研究起刺入每具屍體的箭，好像想找什麼線索。也許是想根據每個箭鏃上的記號確定某種想法吧。

澤林斯基最後才領了迪克森進主臥室，因為這裡出現了唯一一個異常狀況，且又可以看到血跡。這一名受害者是側臥著趴倒的。他防護衣上的袖子給拉起來，右手從手腕處給人俐落的切斷了。

「兩位，」澤林斯基說。「麻煩讓開一下。」

兩名鑑識人員馬上退後，離開他們原本在取樣的牆。一張擺放了安公子調製鍋的折疊桌上頭的牆面，插了把很可能就是用來切除受害者手腕的長刀——而刀下，則正是那隻斷手。手指經人擺弄過。大拇指以及前兩根手指都往上伸出，併攏著；無名指和小指則是往下折到掌心。牆面上這隻手的外緣，則是以受害者的血畫了個圓。

「你可曾見過這種景象呢，迪克森警探？」澤林斯基問道。

迪克森沒有回答。他往前傾身，仔細的研究起那隻手。血，從牆上滴落到那底下的調製鍋上。

「我覺得有點像是幼童軍敬禮的手勢，」澤林斯基補了一句。「你知道，兩根指頭豎起來？」

「不對，」迪克森說。「不是那個。」

澤林斯基沉默下來。他等著。迪克森直起身來，轉頭向他。他抬起手來，做出牆上那隻手的形狀。

「這是文藝復興時期的畫作和雕刻裡頭，常見的神祇手勢，」迪克森說。

「真的嗎？」澤林斯基說。

「你有沒有聽過哈瑞尼米斯．波希呢，澤林斯基警探？」

「呃，沒有。這是人名嗎，還是啥玩意兒？」

「我已經看夠了。咱們到外頭談吧。」

他們將亭帳下的工作桌清出空間，然後迪克森便拔出了硬紙筒一端的套蓋。他從硬紙筒裡抽出捲起來的複製畫，將它攤平在桌上，並拿了裝著乳膠手套和紙拖鞋的盒子分別壓住畫作的兩端。

「這是跟真跡大小相同的複製畫，原作是一組三聯畫裡的第三幅，就掛在西班牙馬德里的普拉多美術館，」迪克森說。「那是五個世紀以前畫的，畫家的名字叫做哈瑞尼米斯．波希。」

「好吧，」澤林斯基說。光這麼兩個字，就聽得出他的語氣是在說：他知道這個本就頗為詭異的案子，這下子可要變得更詭異了。

「這組三聯畫是波希的傑作《人間樂園》。你也許從來沒聽過這人，不過他可是文藝復興時期專畫人性黑暗面的名家啊。米開朗基羅和達文西在南邊的義大利畫著大天使和長了翅膀的可愛小天使，而波希呢，則是在北邊的荷蘭創作出這麼個噩夢樣的圖像。」

迪克森伸手指向複製畫。那上頭可以看到殘暴的活物以各式各樣充滿性暗示以及宗教性懲罰的方式，在折磨甚至切割人體。牙齒尖利的動物將裸體的男男女女推過一個暗黑的迷宮，移向地獄噴出的火。

「這你以前看過嗎？」迪克森問。

「媽的沒有，」澤林斯基說。

「媽的沒有，」亨利督察再補一句。這會兒他已經湊到桌邊了。

「目前我手邊並沒有前兩幅畫——兩幅都是顏色明亮，以藍為主，因為它們的主題是人間事物。第一幅描繪的是亞當和夏娃，還有伊甸園跟蘋果啊什麼的，也就是聖經裡的創世故事。第二幅，中間那幅，畫的則是後續發生的事。人類開始墮落沉淪，毫無道德與責任感，他們不再敬神了。而這一幅，也就是第三幅，講的是審判日，還有罪的工價所帶來的結果。」

「我只能說，這人的腦袋還真是天殺的有夠扭曲，」亨利說。

迪克森點點頭，指向這幅畫正中央的一張臉。

「據稱這位就是畫家自己，」他說。

「好個敬虔的狗雜種啊，」亨利說。

「好吧，」澤林斯基說。「就說這人是滿腦子陰啊黑的什麼的好了，不過他已經死了五百年，應該不是咱們的嫌犯吧。所以你這是想跟我們說什麼呢？難道這畫跟我們這案子有什麼關聯不成？」

「這案子就是在演出第三幅裡的暴亂場景，」迪克森說。

「媽的什麼跟什麼啊？」亨利問道。

迪克森伸出手指，輕輕敲著複製畫上的幾個影像。

「先從箭談起吧，」他說。「你們也看到了，這兒畫的武器是箭。照說呢，波希畫作裡的箭是象徵『信息』。總之學者們是這麼說的。從某甲射向某乙的箭象徵的就是某甲在傳送信息。畫裡頭說的是這個，而這裡也一樣。」

迪克森開始用力敲打起畫中的某一個點。澤林斯基和亨利便朝著桌面彎下腰來，想看清楚細節。在畫作左下角，只見一個男人被一魔物推上了一座墓碑，那魔的背上扛著個圓形的藍色盾牌。盾牌上穿刺著一把插入斷手的刀——手指的排列方式跟這家製毒場那面牆上展示出來的，還真是一模一樣。

「所以結論是什麼呢？」澤林斯基問道。「宗教狂嗎，宣講世界末日的瘋子不成？我們到底是在找什麼人？」

「我們也不清楚，」迪克森頓了一下，然後說。「這是我們十五個月以來看到的第三個類似的場景了。共同點就是，受害者都是人類苦難的製造者。」

他指了指屋子。

「他們在這兒製造安公子，」他說。「而這，就是通往上癮以及苦難的路啊。三月間，我們在橘郡一家人口販子使用的倉庫裡看到了類似的場景。那兒死了三個人，也有石墨箭。人類苦難的製造者。」

「有人在發出信息，」澤林斯基說。

迪克森點點頭。

「橘郡之前的四個月，我們是給引到了聖伯納迪諾：中國三合會有四名成員慘死於一家麵館的廚房裡。他們專事勒索，從中國大陸走私勞工到美國的餐館當奴工——三合會將他們在故鄉的家人當成勒索的人質。三個場景，總共死了十一個人，全都跟這組三聯畫裡的第三幅有關聯。畫當中有一部分給複製到這三個場景了。」

「是誰幹的？」澤林斯基問。「你們有嫌犯嗎？」

「沒有特定的嫌犯，」迪克森說。「不過犯案的組織是叫做T-3-P——第三幅畫（The Third Panel）的簡稱。在一天之內，也許兩天，他們就會以某種方式跟你們聯絡，宣稱這是他們幹的；而且他們還會宣誓要再次代天行道，因為法律根本不管用了。」

「天老爺，」亨利說。

「我們認為，他們應該是兩年前在歐洲起家的某個集團的分支。當年是波希逝世五百週年，而他的作品則是展示在一家荷蘭的美術館，有成千上萬的人前去參觀，也許那就是整起暴亂的起始點吧。從那時候開始，法國、比利時和英國就開始出現多人死亡的攻擊事件，目標全都是人類苦難的製造者。」

「有點像是打擊惡棍的恐怖分子，」亨利說。

迪克森點點頭。

「下個月初國際警察和蘇格蘭場將召集一次國際會議，」迪克森說。「細節到時候會通知你們。」

「我搞不懂的是，你們怎麼還沒把這個消息公諸大眾呢，」亨利說。「外頭肯定有人知道這群人到底是誰吧。」

「開完國際會議以後，應該就會公諸於世了吧——迫於現實不得不然。」迪克森說：「我們原本是希望前兩個案子就是全部——也許有機會可以神鬼不覺的查出罪犯身分，逮人結案。」

「目前這個案子絕對得曝光才行，」亨利宣誓道。「我可不想等著他媽的國際警察來宣布。」

「這個決定只怕是超過我的職權範圍了，」迪克森說。「我現在只是過來確定事件之間的關聯性，而且我得趕緊把直升機開回去了。主掌ＦＢＩ洛杉磯分部辦公室的特派員會和警長辦公室聯絡，共同討論成立專案小組的事宜。」

迪克森轉頭面向直升機。駕駛艙的窗口有反光，所以無法看到駕駛。迪克森舉起手臂，一根手指在空中轉了轉。渦輪引擎幾乎是馬上就發動了，旋轉翼片也開始慢慢轉起來。迪克森動手剝下防護衣。

「複製畫你們想保留嗎？」他問。「我們還有其他的。」

「嗯，也好，」澤林斯基說。「我要好好研究一下這個天殺的玩意兒。」

「那就送給你囉，」迪克森說。「我只需要這個硬紙筒——我的最後一個了。」

直升機的旋轉翼片又開始揚起一片塵灰，眼看著亭帳就要往上飄了。澤林斯基趕緊攥住一根支柱。迪克森穿上他的西裝外套，不過口罩還是戴著，以便擋住灰土。他拾掇起空紙筒，再度套上蓋子，然後將筒子插進腋下。

「如果有需要的話，你們有我的聯絡方式，」他說。「再談了，兩位。」

迪克森握了他們的手，然後快步走向直升機，此時渦輪的響聲已經蓋過其他所有的聲音。沒多久後他就坐進了駕駛艙——直升機要離地了。飛機升空時，澤林斯基看到FBI字樣裡頭的F開始剝落了，這是因為旋轉翼帶出了下行的氣流。

機身往左一斜，朝南而去，飛回洛杉磯。

澤林斯基和亨利看著飛機離去：機身是保持在離地表建築不超過兩百呎的高度穩定行進。直升機飛向地平線的時候，兩人才注意到有一輛車正噗噗開了過來，揚起一片塵土。車上頭有好幾盞燈閃啊閃的，而且速度超快。

「媽的這又是何方神聖啊？」澤林斯基說。

來車花了一分鐘開到他們旁邊。車子抵達時，很明顯的看得出這是一輛公家車，它就停在並排於製毒場前方馬路的其他好幾台車旁邊。兩名穿著西裝、戴著太陽眼鏡的男子踏步下車，走向亭帳。

他們走近時，掏出了警徽——澤林斯基認出那上頭ＦＢＩ的徽記。

「亨利督察嗎？」其中一人說道。「我是ＦＢＩ的特派員羅斯．迪克森。我們先前談過話了對吧？這位是我的搭檔柯斯葛羅。」

「你是迪克森啊？」亨利說道。

「沒錯，」迪克森說。

「可媽的剛才那個又是誰呢？」亨利說。

他指向地平線那頭的黑色直升機——這會兒已成了蒼蠅樣大小，而且是越來越小。

「你這是什麼意思，亨利督察？」柯斯葛羅問道。

亨利的手仍然舉著，一邊指著地平線，一邊開始解釋起那架直升機，以及先前下機的那個男人。

澤林斯基轉身面對工作桌，看著攤放在那上頭的複製畫。他突然醒悟到：直升機那人在戴上手套以前唯一碰過的東西，就是硬紙筒，但他已經把它帶走了。他把壓住畫紙兩端的盒子移開，然後將紙翻了面。那背後印了一個信息。

T－3－P
我們將繼續奮戰
苦難的製造者
這是警告
T－3－P

澤林斯基踏出遮陽的亭帳，瞭望起遠方的地平線。他放眼掃過，瞧見了那架黑色的直升機：它飛得很低，只怕聯邦航空管理局的雷達也偵測不到訊號了。它已成了沙漠灰色天空裡一個遙遠的小黑點。

沒多久後，它便消失了。

傑佛瑞・迪佛（Jeffery Deaver）

曾經當過記者、民謠歌手，以及律師。他是國際知名的暢銷書作家，作品已被翻譯為二十五種語言，銷售於一百五十個國家。

迄今他已出版了三十七本小說，三本短篇小說集，以及一本非小說類的法律專書，另外，他也曾為一張西部鄉村音樂的唱片作詞。獲獎無數的迪佛曾以《謊言迷宮》一書榮膺國際驚悚作家協會提名為年度最佳小說。此外，他神探萊姆系列中的《破窗》及《險局》也都曾獲此獎項提名。愛倫坡獎的提名次數，更高達七次。

他寫的《少女墳場》曾被改編為HBO電影，由詹姆斯・嘉納主演，而他的小說《人骨拼圖》則於一九九九年被環球影業翻拍成電影，由丹佐・華盛頓飾演癱瘓的警探林肯・萊姆，安潔莉娜・裘莉飾演他的女助手愛蜜莉亞・薩克斯。

迪佛的父親是一位知名畫家，他的妹妹茱莉則致力於耕耘青少年小說園地。迪佛多年前曾嘗試以手指作畫。不幸的是，大師的畫作早已蹤跡杳然，這是因為當年母親大人一聲令下，他只好將所有的畫作都從他臥室的牆壁刷除掉了。

The Cave Paintings of Lascaux, discovered 1940

Mineral pigments on cave walls. The Axial Gallery in the caves of Lascaux, France.

有意義的發現

「這是良心的考驗啊，不折不扣的考驗。我們該怎麼辦呢？」他將紅酒倒入她的杯子裡，兩人啜起酒來。

他們坐在一間空曠的廳堂裡，前方是座古老的石砌壁爐，兩人的扶手座椅並不搭。這家客棧也許有兩百年的歷史了，但顯然並非遊客們的最愛。至少不是這個季節——清冷的春天。

他又嚐了口酒，並將目光從酒瓶的標籤移上了女人深邃的藍眼。她正低頭看著蟲蛀的地板。她的臉和兩人初次相遇時一樣美麗，只是稍顯滄桑了些，畢竟十年已經過去了，而這段期間他們又都是在戶外不甚友善的環境裡度過的：帽子和高係數防曬油能夠提供的保護是有限的。

「我不確定。我也沒個頭緒呢，」黛拉．凡寧針對她丈夫的問題這樣回答道。她將她暗金色的頭髮撥開了眼睛。

羅傑比她大了十五歲，外表比她蒼老許多，不過他認為（在他心情好的時候），戶外生活帶來的折損其實讓他看來更有個性：他的臉因而更顯粗獷。他濃密的短髮大半都保留了年輕時的棕，另又夾雜著太陽照亮而成的金，以及他的年紀所帶來的灰。

他伸個懶腰，覺得骨頭啪了一下。忙了一整天，真是累人。「這件事可以從兩個角度來看。你知道，大家都說要做正確的事，但其實並沒有那麼簡單。」

她順水推舟道：「而且有時候，你還真得選擇看起來是錯的決定呢——因為這樣對大家會比較有利。」

他問說：「你覺得我們是該這麼做嗎？」

此時客棧老闆把頭探進門裡，打斷了兩人的談話。他笑著用法文問他們還需不需要別的什麼。他抬眼瞥瞥時鐘：晚上十一點了。

他和黛拉的法文都很溜。他回答說，不用了，謝謝。黛拉補充了一句：「Bonne nuit（晚安）。」

羅傑等男人走了以後，才若有所思的說道：「做正確的事。」他搖搖頭，又啜了幾口杯中的普羅旺斯酒。

是的，這真是個兩難的複雜狀況。他這一整天幾乎都為了這個心神不寧，而且他很確定，黛拉應該也是一樣。

然而這個困境的起源卻遠遠不只是一天前的事，而是一萬七千年以前了——或多或少。

上禮拜這對夫妻先是飛往巴黎，然後轉搭火車來到了法國這個區域，為的就是要參加一場以拉斯科洞窟壁畫為主題的會議。

這些壁畫是人類有史以來最偉大的考古發現之一：舊石器時代晚期的部落，於洞窟內畫了九百幅多彩繽紛的壁畫，主題是各樣動物，以及人類的手的輪廓，還有一些象徵符號。洞窟則是位在法國西南部多爾多涅省的蒙特涅克小鎮。

過去幾年來，這類的會議已經開過幾次，與會來賓包括了像羅傑以及黛拉．凡寧這樣的考古學家，還有人類學家、環境科學家，以及法國內政部官員。由於法國政府對洞窟加速剝蝕的狀況甚為擔心，所以目前除了極少數的研究人員以外，洞窟已不再對外開放了。惡化是濕度、霉菌和細菌造成的，在某些石窟裡頭，情況甚至嚴重到壁畫都要消蝕不見了。這次會議主要是想找出方案來解決石窟所面臨的生態問題，並提出有關這些壁畫的最新學術性分析，並讓每一位與會者都有機會發表論文，提出他們對所謂的「裝飾性洞窟」——無論是在此區或者其他地方——所做的最新研究與探討。

昨天（禮拜天）是開會的最後一天。午間黛拉參加了一組研討會（針對造成石窟局部損壞的新品種霉菌，最近研究出了幾種試驗性的對策），而羅傑則是參加另一組（某人提出一篇論文，分析洞窟牆上抽象符號所代表的可能意義）。

中場休息喝咖啡時，羅傑坐在一個百分之百典型考古學家長相的男人旁邊——羅傑在考古學領域裡，從來沒見過哪個人的相貌和身手是跟印第安納．瓊斯走同一個路線的

（譯註：印第安納．瓊斯是《法櫃奇兵》等一系列傳奇冒險電影中英勇的男主角，為知名的考古學博士

和探險家）。這個書呆子瘦巴巴的，頭上罩了頂軟塌的草綠色帽子，鼻子上架著一副厚片眼鏡，褐色的西裝都起皺了。他的手腕戴了只破舊的天美時手錶，龐大的錶面已經破損了——是那種三〇年代的考古學家有可能展示的錶。

喝著喝著，他們開始自我介紹起來。

「崔佛．霍爾，」他握握手說。

「羅傑．凡寧。」

霍爾一聽這名字就揚起眉毛，顯然是久仰大名了。他解釋說，他讀過羅傑和黛拉共同撰寫的考古學部落格（內容豐富，而且花了很多版面討論拉斯科洞窟的困境）。霍爾誇讚他們耗費心力，點出該洞窟面臨的種種問題，並鼓勵各界人士捐款相助。霍爾來自西雅圖，他走訪此地一方面是要參加會議，另外就是想花幾個禮拜時間尋找其他尚未被發掘到的裝飾性洞窟。這是專業以及業餘考古學家都很熱中從事的休閒活動。

他的眼睛帶了點迷茫的感傷。「我本以為得了個好線索的，沒想到卻是白忙一場。我原先真的好興奮。興奮過了頭。」

在考古領域裡，這種事屢見不鮮，就像漁夫談論起漏網的大魚一樣。

霍爾繼續說：「我在另一頭的山谷健行時碰到一個農家男孩，他告訴我說，他無意間聽到有人談到一個Loup附近的小巖洞，說是裡頭好像有壁畫。」

許多裝飾性洞窟都是當地人在原野間健行或者騎單車時無意間看到的。傳聞說，拉斯科洞窟是一九四〇年時，由四名法國學生以及一隻叫機器人的狗發現的。

「Loup（譯註：法文Loup的意思是狼，此處或可中譯為狼鎮，但為順應故事的發展，保留原文）？」

「沒錯。那是離這兒約莫十五哩的小鎮。男孩只知道這一點，但想不起是誰提的。我上禮拜在他媽那個小鎮附近好仔細的一畝畝搜過了，什麼也沒有。」他今天下午就得離開了，尋寶已經結束。「我沒那福氣可以來個卡特大驚奇，」他擠出一抹酸酸的笑容。「從來沒有過，也許這輩子都碰不到吧。唷，也罷。」

他指的是霍華．卡特：一九二二年在埃及發現法老王圖坦卡門古墓的那個考古學家。這應該是考古史上最最有名的發現了。

羅傑從來沒聽過這種形容法：「卡特大驚奇。」不過他和黛拉當然聽得懂其中意涵：你的發現驚動了全世界，你也因此一飛登天，成了舉世聞名的探險家。

在這個領域裡，對這種驚人的成就也不過就是很低調的稱之為「有意義的發現」罷了。

會議繼續進行，羅傑回到了他的位子，漫不經心的看著講者。他心不在焉是因為有個字不斷的盤旋在他的腦子裡：Loup，Loup，Loup。

黛拉和羅傑．凡寧是經由不同管道來到考古學領域裡的。

羅傑這輩子都和考古有密切的關係。他是一名學者的兒子（老羅傑的專長是中東研究），由於老爸經常得飛往約旦、葉門和阿拉伯大公國從事考古挖掘的工作，所以小羅傑也就得以跟著父母四處遊歷。他會走上類似的一條路其實也很自然。只是他長大以後，覺得中東世界的探勘工作太過辛苦（而且往往過於危險），所以寧可選擇歐洲這條走起來比較輕鬆的路。

他在他父親的母校——俄亥俄州中部的葛斯芬納學院——找到了一份教職，而且每年都要花三、四個月的時間做田野調查。他的專長是研究法國、德國和義大利的考古遺址。

而他就是十年前在這所學院裡遇到了黛拉。當時還很年輕的黛拉，婚姻生活甚為無趣，而她所從事的公關工作也頗無聊，所以她便回到了學校，攻讀企管。由於一時興起，她修了一門凡寧教授所開的考古學入門。黛拉愛上了這個領域，於是便轉系換了跑道，並拿到了這個學科的碩士學位。

畢業以後，她展開新生活：和她的丈夫離婚，並辭掉了辦公室的工作。她和羅傑很快就結婚了。兩人的蜜月是在帳篷裡度過的，地點是法國亞爾露天劇場附近的一個史前遺址。由於經常在外旅行，兩人沒有小孩，他們將生命完全奉獻給了考古。兩人出版了許多擲地有聲的論文，交出不少漂亮的成績單，並贏得了學界的注目與讚揚。他們在每一次出席的會議裡都很受歡迎——畢竟是舉止迷人言談機智的一對啊，而兩人近乎模特兒般的外表也不無小補。

然而他們一直都還不曾碰到過「有意義的發現」。這是兩人最大的遺憾，他們的美名彷彿也因此黯然失色。此外，這方面的失敗也影響到最基本的經濟來源。考古學和醫學或者物理、電腦科學不一樣的就是，你不能倚仗諮詢或者專利權而得到大企業的資助，不過如果你有了重大發現並能引來媒體關注的話，你任教的大學就有可能將你的薪水加倍（因為擔心你另覓枝頭），而且你的演講費也會一飛沖天。此外，如果你懂得怎麼寫作文的話（黛拉和羅傑都是箇中能手），你就有機會可以出版一本暢銷書了。而如果你跟凡寧夫婦一樣外貌出眾的話，電視訪談節目也會是個可能。

羅傑在會場（一家旅館）旁的小公園裡等著黛拉時，他就一直想著：這會不會正是他們期待已久的大好機會呢？

等她一現身，他便立刻將崔佛．霍爾的話一一轉述給她聽了。

「唔，」她微笑著說。「寶藏耶。他不知道是誰跟那男孩講到洞窟的事嗎？」

「不知道吧。曉得的話，他一定會想辦法找到那人的。可憐那傢伙花了一個禮拜在田野裡賣力搜找哩。」

羅傑伸手探入背包，掏出了這個區域的導覽書，並翻找到地圖。她也湊近來看。他瀏覽一下之後，找到了Loup——位在一大片農地中央的小鎮。「哪，這兒。」

「以洞窟地質學來看，應該不會在這地點吧，」她說，眉頭皺了起來。

「嗯，說的也是。」

洞窟之所以形成，是因為火山、地震，或者侵蝕活動造成的。侵蝕的原因通常與水有關，而這個區域的洞窟毫無例外，都是侵蝕帶來的結果。當然，切過洞窟的河流，應該也是幾百萬年前就乾涸掉了，但如果石窟夠大，適宜人居的話，很可能就是比較靠近水源——只是Loup附近其實並沒有水源。

羅傑開始往外圍的田野搜找，他循著多爾多涅河看過去：這是一條寬廣的水道，綿延了好幾百哩，很可能是形成其他洞窟的原因，然而幾百年來已不知有多少考古學家沿著這條河的岸邊來回搜尋過不知幾遍了。羅傑專注在找的是離他們旅館較近的小支流。

他歪著頭，覷瞇起眼睛。「天老爺，你看，」他掏出一枝自動鉛筆，圈出他瞪眼看著的地方。這是一道極小的藍線，代表小溪——它是從丘陵地流向一條匯入多爾多涅河的小支流。

而這條小溪是有個名稱的。

Le Loue。

Loue在法文裡的發音跟Loup（狼）完全一樣。

「農家男孩跟霍爾講的其實是這條溪啊。他搞錯了。」

黛拉說：「這溪離我們這裡只有差不多十五哩路呢。」

兩人你瞪著我，我瞪著你。羅傑說道：「明天到鄉間晃個一天，你覺得怎麼樣？」

「我還真想不出更好的點子呢。」

禮拜一早上，他們從旅館搭了一輛計程車來到Loue溪附近一個小村子裡。

他們找到一家破舊但頗古雅的小客棧——蹲踞在一塊長著茂盛雜草的空地上，旁邊有條小路。店名叫做L'Écureuil Roux。

意思是紅色的松鼠。

聽起來比較像是一家英國酒館，而非法國的鄉間旅社。

羅傑想要租個房間，老闆支吾了半天像是很為難，雖然顯而易見這地方等於是空無人居。這人說他比較想要現金，還歪了頭一副等著收現的模樣；磨蹭好一會兒之後，他才很不甘願的收下信用卡。兩人將行李搬到房間，然後拎著登山背包回到大廳。他們想借兩輛自行車騎車到田野間去——羅傑先前看到車庫後頭高聳的雜草之間停放了好幾台單車。

付了二十歐元租金以後，他和黛拉便往Loue溪的方向行去。

小溪緩緩流過一道淺谷：一側是石崖與青草，另一側則是花樹以及薰衣草。道路偏近石崖，與其平行，他們沿著這條路騎下去，路上一個人影也沒有。幾輛老舊的雪鐵龍和豐田無視於路面上的單車客，咻咻駛過。兩人每在地表上看到有可能支撐石窟的露頭巖層時，便停下車來，然而每一回卻都只能找到石灰岩層間的裂隙，窄得不可能擠身而過。

黛拉煞車停了下來，環顧著周遭起伏有致的景色。「太陽馬上就要落下了。」

他們離客棧已有幾哩路之遠，不過羅傑仍然意猶未盡。「再找一處就好，看看那邊吧。」他指著一個突出於路面的新月形巖層，就在溪流上方三十呎處，那上頭堆聚了好些岩塊、卵石以及砂礫。兩人將單車停放在頂端之後，便一起走到巖層的底部。起先羅傑不太樂觀，因為這地方離路面以及溪流都很近，如果有洞窟的話，應該老早就被登山客或者船伕發現了吧。不過他馬上又發現到，這片巖層的底部雜亂的疊蓋了一堆堆樹枝和灌木。兩人於是戴上皮手套，開始清理起來。

「你瞧！」他說，兩眼瞪著清理後露出的坑道：約莫三乘四呎的開口，往巖層內部延伸約莫一碼。而這內部，卻是給一堆砂礫以及塵灰堵住了。羅傑手腳並用清除灰礫，終於打開了一道八吋長的縫隙。

那後頭是一片黑暗，並透出了陰濕霉味的空氣。

一方洞窟。

「噢，親愛的！」黛拉也湊過去，盡可能貼近那狹窄的開孔。她將手電筒交給他，他喀聲摁亮了，並將光束打入那孔裡頭。

「天老爺。真的是耶！」

經由小小開孔處從那個角度望去，其實是看不太到洞窟的內部，不過可以確信的是，羅傑的眼睛所對上的正是一幅壁畫的局部。他認為是一匹馬。

「你來瞧瞧。」

他們換了位置，由她來檢視牆面。「噢羅傑，我真不敢相信！」她往那堆砂礫上方再攀高了些。「沒辦法再看到更裡頭了。」她將光束打在那幅畫的一小部分上頭。

兩人退出來，研究起那堆堵著洞口的石塊和砂礫。他說：「要清出通路的話，少說也要一小時。天要暗了，今天也沒辦法做什麼。不如明早再過來吧。」

他伸出手臂抱住她，熱情的吻起來。

有意義的發現啊……

終於等到了。

不過，當然，他們還有一件事得要解決。

「這是良心的考驗啊，不折不扣的考驗。我們該怎麼辦呢？」

「我不確定。我也沒個頭緒呢，」黛拉說著。

這會兒是禮拜一晚上，兩人坐在客棧的大廳裡，討論起來。

他伸個懶腰，骨頭啪響了一下。他說：「這件事可以從兩個角度來看。你知道，大家都說要做正確的事。但其實並沒有那麼簡單。」

「而且有時候，你還真得選擇看起來是錯的決定呢——因為這樣對大家比較有利。」

「你覺得我們是該這樣做嗎？」

此時客棧老闆打斷了兩人的談話，露出一臉假笑。「你們還需不需要別的什麼呢？再一瓶酒吧？威士忌？還是吃的呢？」

這個狡猾的傢伙，滿腦子只想再多賺一文錢。

「Non, merci.（法文：不了，謝謝。）」

男人不太高興，而且是等黛拉說了：「Bonne nuit.（晚安。）」之後，才肯離開。

羅傑等男人走了以後，才若有所思的說道：「做正確的事。」

就跟許多兩難的局面一樣，他們這個良心的考驗其實相當簡單：到底要不要承認崔佛．霍爾有功呢。

承認這是他的「卡特大驚奇」，這是他有意義的發現。

羅傑想起了這人說他不曾有過任何偉大的發現時，那副陰鬱的表情。

從來沒有過。也許這輩子都碰不到。唷，也罷。

然後她的聲音柔和了起來。「我們已經一年都沒有出版東西了，親愛的。」

近來他們的事業確實是有走下坡的味道。而且到歐洲不管是探勘或開會，他們基本上都得自己支付開銷，學校其實只肯負責一小部分旅費而已。而且兩人又才剛搬到了一棟比較大的屋子，房貸成了不小的負擔。

如果能發現一個新的裝飾性洞窟的話，他們的生活必定會大有改善。

片刻之後，她柔聲問道：「霍爾其實也不會曉得吧？」她搖了搖頭。「抱歉，我不該這麼說的。」

羅傑聳聳肩。「我跟他做了自我介紹。他會發現的。」

良心的考驗很難躲得過的。

兩人陷入沉默。聲音從四處傳過來：樓上咿咿嘎呀的響聲，遠處一隻貓頭鷹在叫，壁爐裡的火焰啪啪響著。

羅傑解釋起他的想法：這是個現實的世界。如果霍爾當初有足夠的毅力挺下去的話，也許就能找到洞窟。如果他的腦子再靈光些——跟他和黛拉一樣的話——成果就是他的啊。

她補充道：「而且他其實也沒必要跟你透露資訊吧。如果他真的那麼在乎要居功的話，應該就保持沉默，以後再回來找啊。」

「的確，你說的真是沒錯。何況如果不是我們堅持下去的話，哪會有什麼天殺的發現可言哪。」

然而霍爾的那張臉真是帶著迷茫的感傷啊。

到底要不要分他一杯羹呢？

良心的考驗……

正如其他所有類似的困境一樣，解決的方法其實相當簡單且有療效呢。先把罐子踢到遠處吧。

「咱們明天早上再做決定好了。」

「這樣最好，」她說。

他吻了吻她散發出洗髮精香味的秀髮，然後兩人便爬上嘎吱嘎吱響的樓梯，走進臥房。

羅傑於六點半醒來。現在是禮拜二早上，他全身都噴發出滿滿的精力。他把黛拉叫醒來，不過這一回他可沒像往常一樣，情不自禁的摟著她又親又摸的。他馬上翻身下床淋浴，沒有費事刮鬍子；而她起床後，也是匆匆淋浴完畢，並換好衣服。他們穿的是牛仔褲、T恤，還有毛衣和外套，因為就算洞窟不深，裡頭還是有可能很冷的。兩人的腳都套上了舒適的登山靴。

羅傑往背包裡塞進了折疊式的鏟子、手套，還有照相機、手電筒、一本素描簿跟原子筆，以及精力棒和幾瓶水。

不到十分鐘——早餐只喝咖啡——他們便已騎著單車上路了。天空烏雲密布。不久之後，兩人來到了洞窟。

羅傑隱隱然覺得會有其他考古學家蜂擁群聚於此——要不就是會看到崔佛・霍爾守

在洞口。不過沒有。這地方放眼不見人影。

兩人將單車停在地表巖層的頂端，並跨過一堆堆散落的石塊和砂礫，走到底端。羅傑拿了露營用的鏟子，清出不少雜物。終於可以通行了。

他喘個不停，是因為費了力勞動且又興奮的關係。他轉身面對妻子。「準備好了嗎？」

「上路吧。」

他們費了點勁滑下洞窟的開口處，進到裡面。

這洞約莫三十呎長，二十呎寬，十呎高。地面跟大部分洞窟一樣是石灰岩，上頭並沒有積聚的死水或者小窪。洞頂完好無損——這是為了安全，兩人直覺會做的觀察。此處結構毫無問題，兩人相當滿意。他們轉身看著羅傑昨天瞧見局部的那幅壁畫。洞裡有好幾十幅呢。

「噢，老天，」黛拉耳語道。

羅傑簡直說不出話來了。

他從來沒看過色彩如此明亮、輪廓如此鮮明的洞窟壁畫。感覺上，這方空間好像是打從創生以來就給嚴密的封實了——從來沒有侵入任何濕氣或者什麼氣體來污損或者毀掉裡頭的壁畫。

她猛然抓住他的手臂。

這風格顯然是舊石器時代的，和拉斯科洞窟的壁畫非常類似：形體先是以暗色描出輪廓，然後以紅、米黃以及赭來上色。畫中有好些動物，大部分是牛，另外則是幾匹馬。奇怪的是，這個區域的部落民族雖然是以馴鹿為主食——後人挖掘出來的骨頭即是證據——但在壁畫上卻完全找不到這種生物。拉斯科洞窟和此處都是如此。

不過最讓人瞠目結舌的倒不是動物本身，而是這牆面正中央處的一系列人像。

羅傑屏住了呼吸。

黛拉訝詫得瞪大眼睛。

在這個區域裡，無論是拉斯科或者其他舊石器時代的洞窟，都絕少看到人形，而就算偶爾確實出現時，人類也只是個圓圈加上幾條線的極簡版而已。人類學家認為，這是肇因於遠古的某些禁忌或者原始宗教的禁令：不得描摹人的圖像。

然而此處的人形卻是畫得跟動物一樣仔細：先是描出輪廓，然後仔細上色。他們應該是演化學裡所謂的現代智人，生理結構和現今的人類相似（但和尼安德塔人以及直立猿人已有一段距離——這兩個物種是在舊石器時代出現洞窟壁畫之前就已經滅絕了的人類祖先）。藝術家（可假設為男性，但不一定）的畫風相當原始，但已懂得嘗試以透視法來畫出立體形象了。畫中人呈現出粗略的五官線條，身著寬鬆的棕色衣服（有可能是動物的皮）。

羅傑耳語道：「這有可能是人類有史以來，頭一次試圖以寫實的方法畫出人像。」

「搞不好我們是找到了一個前所未見的部落。」

他點點頭。「能畫出這樣的人像，也許就表示他們已經超越至少一種原始禁忌呢。老天在上，咱們這會兒看著的，搞不好正是人類進入『行為現代性』的大躍進呢。」

從考古人類學的觀點來看，遠古時代非人類的物種能夠蛻變成現代智人的關鍵，便是所謂的「行為現代性」：人類從此以後開始能夠抽象思考、展現藝術創造力，並懂得前瞻性的規畫，也能從事象徵性的活動，以語言文字來溝通了。這裡的壁畫會不會是表明了：也許「行為現代性」發生的年代，要比現今學界所認定的還要早呢——至少在某些部落裡是如此。

「這就是了，」羅傑說道。他激動得無法自已。

有意義的發現……

這是一直折磨著兩人的心事啊。

他倆相互對看，然後她點了個頭。「還是告訴他吧——那個崔佛·霍爾。」

羅傑笑起來。「嗯，是得告訴他。」

她也咧嘴笑了。

做正確的事。

良心的考驗有了完美的結果。

羅傑終於放下了心裡的大石頭。

無所謂啦，因為他們絕對是功不可沒的——畢竟帶頭進入這個石窟的是凡寧夫婦啊。他們會和霍爾共享這份榮耀，一起撰寫論文，一起出席新聞記者會。他倆的光環是會因此稍稍減弱一些，不過這一來至少可以換得夜裡的好眠。

「咱們先拍些照，再回旅館去。我沒有霍爾的電話，不過我知道他是來自西雅圖。我們會找到他的。」

「羅傑？麻煩你在這兒打個光好吧。」

他擎起手電筒，一片亮光潑撒在斑駁的灰色牆面上。她指著的圖像就在正中央——人類和動物畫到了一起。她指著一個站在十幾隻牛旁邊的男人。他的腳邊粗略的畫了隻黑貓。舊石器時代晚期，這個區域確實是有獅子和豹以及其他大型的貓科動物。我們現今所知的家貓當時也有，但大半都在北非，歐洲就少見多了。

「天哪羅傑……你看那些牛！」

他懂她的意思。他細聲說道：「牠們是被畜養的。」

我們現今所知道的畜牧——豢養並宰殺家畜，而非靠著打獵取食——是新石器時代才開始的。幾乎所有在拉斯科以及其他洞窟的壁畫，描繪的都是被捕獵的動物；但在這幅畫裡頭，動物卻是成群圈養起來的。身旁立著一隻黑貓的男人像是在看顧這些動物的樣子。他留了把鬍子，頭髮微禿。

「牧牛人嗎？」

「有可能。在那麼久遠以前就有了畜牧生活，還真不可思議。從沒聽說過。」

「而且你瞧瞧右手邊吧，」羅傑說。

黛拉將手電筒的光束打到牧牛人旁邊的圖像上頭。畫面上還是他，不過這一回他是站在一名長髮女子的旁邊。貓咪就在他倆腳邊。

「畫的是家居生活囉。」

「羅傑你看——這些畫是一系列的呢。在講一個故事，就跟漫畫一樣。」

更多進階的「行為現代性」的證據了——發生在不可思議的遠古期。

他們繼續往下看。

這第三幅裡可以看到前一幅畫中的長髮女子，不過現在她是站在第三個人身邊——一名沒留鬍子的男子。微禿的大鬍子則是獨自站在稍遠處，貓兒仍然守在他腳邊。

羅傑和黛拉繼續往右移行，看著這一系列的最後一幅畫：微禿男子和他的貓這一回是單獨立在一座小丘上頭。

「有點怪，」黛拉說道。她皺著眉頭湊上前去，伸出手碰了碰。

「親愛的！」羅傑低聲勸阻道。考古遺址裡的任何圖畫，是絕對不能觸碰的，因為手指出的油有可能會毀掉脆弱的畫作。這是考古學裡最最基本的常識。

她一臉驚嚇，扭頭看著她的丈夫。「你說這會是什麼顏料？」

「木炭，從動植物提煉出來的色素？」

「都不是，你仔細看看。」

羅傑往前踏步，從背包裡掏出一只折疊式放大鏡，然後湊近牆面仔細的審視起大鬍子以及他所站立的那塊土地。他搖搖頭，嘆了口氣。「天殺的。」

「騙局，」她說。

他點點頭。「壓克力顏料畫的，搞不好是去年才上的色。」

「有人正笑得樂不可支呢。」

考古學裡所謂的新發現，歷年來曾出過不少是假造的，比如卡地夫巨人（the Cardiff Giant）、密西根古物（the Michigan Relics），以及皮爾當化石人（the Piltdown Man）。有的是為了賺錢，有的是為了要提升某個探險家的名望，有些則純粹就是惡作劇。

「差點給騙了，」羅傑嘆了口氣。

黛拉搖搖頭，笑起來。她仔細看著壁畫。「怪了，我們以前還真養過一隻黑貓哩。」

「哦？」羅傑心不在焉的說。他正掏出照相機想要拍照。他會把照片寄給崔佛，跟他報告這個最新的轉折。

「我的前夫佛瑞德和我養過——就在我重回學校念書的時候。」

「貓嗎?牠後來呢?」羅傑漫不經心的問。

「她啦。離婚以後，她歸佛瑞德養了。我是無所謂——沒跟他爭。」

羅傑知道黛拉因為自己和教授有了外遇覺得很愧疚，她是不可能跟前夫爭奪那隻貓的。

她的臉整個皺縮起來。「而且你知道嗎？你瞧這群牛——」她朝牆面上那群畜養的牛努努頭：「以前佛瑞德和我就是住在一家乳牛場附近。」她的呼吸急促起來。「而且他也是微禿，留了鬍子……羅傑，有點詭異呢。」她攥住他的手臂。「崔佛長什麼樣啊？」

「挺瘦的，五十幾歲吧。沒留鬍子。」不過羅傑馬上想到了：刮鬍刀。

「禿頭嗎？」

「戴了帽子。」

「你從來沒見過佛瑞德，不過你看過照片。」

「嗯，好像很多年前有看過。」

黛拉問道：「他是不是戴了只破舊的手錶？」

「沒錯，天美時錶。金色的。」

她猛抽了口氣。「錶是他父親的。他從不拿下來！」

所以是她前夫假扮成那個崔佛．霍爾了。羅傑看著壁畫：佛瑞德自己；佛瑞德和黛拉；羅傑和黛拉一道時，佛瑞德孤單的立在一旁。「天殺那婊子養的。他刻意把我們引到這個窟裡來，等著我們對外公布好消息以後，全世界都發現這是一場騙局。我倆準定要給砸雞蛋了。」

黛拉問道：「他難道真以為我們會不經查證，就捧著這個發現公諸於世嗎？這根本——」話沒說完，她倒抽了一口冷氣。

此刻她看著的是這一系列的最後一幅畫。

佛瑞德站在丘頂上。

那是一座古墳。

「噢，老天。快逃！快啊！」

然而他們還沒來得及踏出半步，頭頂上便傳來轟隆的聲音。

不，不……

羅傑一臉慘灰，他知道那是一輛配備了推土機鏟具的卡車或者拖拉機，而佛瑞德就坐在駕駛盤後頭，將巖層頂部的卵石和砂礫全推到底下。才過幾秒，砂石便轟隆隆的傾入坑道，在洞窟裡揚起一團團塵灰，將光線阻絕了。

羅傑和黛拉開始嗆到無法呼吸了。

短暫的停頓，然後是更多傾盆而入的砂石——佛瑞德倒了車，然後再一次將車開到洞口邊沿，繼續將他們活埋於洞窟裡。

「不要！佛瑞德！不要！」

不過不管多大聲的叫啊吼的，聲音都無法穿透石頭和沙土。

「電話！」

黛拉叫道。

兩人都拿起自己的手機，想打電話求援。然而根本沒有訊號。

當然沒有。佛瑞德全都計畫好了。這個想法他應該是已經醞釀多年——搞不好打從他得知老婆外遇以後就開始了。想來他應該是幾個月前看了羅傑和黛拉的部落格，知道他們即將前往拉斯科開會，於是他便開始策畫下一步。他找到最理想的洞窟，開了卡車將石塊和砂礫運到該洞上方的小丘。他也研究過原始的壁畫，並如法炮製，描摹在這裡頭。之後他就以崔佛．霍爾的名字報名參加這次會議，並於逮著機會可以和羅傑單獨相處時，把隱藏的洞窟當成釣餌引他上鉤。

「親愛的，」她嘶啞、恐慌的聲音在這小小的空間裡迴盪起來。

「沒問題的。」他往入口處打了光。「看來大部分都是砂礫。我們可以一路挖到外頭的。是要花點時間，不過應該可行。」

兩人將手電筒舉起來，照亮前方那堆石頭。他們先是丟開較大的石塊，然後拿起小鏟子挖掉砂礫。

他們往前挖了約莫兩呎時，羅傑因為缺氧，覺得一陣暈眩。

「我看恐怕……」黛拉開口道。

「沒問題的，我們有進展了。」他吸入灰濛濛的稀薄空氣時，開始嗆起來。不夠，不夠……這就好像口渴的時候，在喝鹹水一樣。「我們先停一會兒好了。需要休息一下。只要……只要幾……秒鐘。」

他往後躺到牆邊。黛拉丟開手裡的石頭，爬到他身邊，她噗通倒在地上，將頭靠在他肩膀上，大口喘著氣。

一把手電筒的光暗成了黃，然後熄掉。

沒多久後，他感覺到妻子的身體軟掉了。

很好，很好，羅傑想著，他的腦子開始昏糊了。她是在保存能量。

他說：「我們只是休息……一……下……子。」

這話他不是才說過嗎？

他想不起來了。

「只要五……分鐘。我們躺個一會兒吧。我們差不多算是脫險了。只要……再過……」

他的頭往後倒上了石塊。

羅傑看著剩下的那把手電筒：光束變成黃色，然後暗成琥珀的顏色，如同埃及帝王谷上逐漸沉落的太陽。霍華．卡特就是在那裡發現了圖坦卡門的古墓。

只要再過幾分鐘，我們就可以繼續挖了。沒問題的，他對黛拉這麼說。但也許他什麼也沒說。

光線已滅，黑暗瀰漫了整座洞窟。

喬·蘭斯代爾（Joe R. Lansdale）

寫了四十幾本小說，以及四百篇短文，其中包括了短篇及中篇小說、報導類文字以及為別人寫的序。他編輯過十二本文集。他的某些作品曾拍成電影，其中包括《七月寒潮》以及《聖誕節僵屍》，另外電視劇《Hap and Leonard》則是改編自他的同名短篇小說。他的長篇小說曾得過多項大獎，包括愛倫坡獎，以及終身成就獎。他和妻子凱倫養了一隻鬥牛犬和一隻貓，他們目前住在德州。

The Haircut by Norman Rockwell, August 10, 1918

理髮師查理

查理．里察斯認為自己的手藝要比一般理髮師高明。他人挺瘦的，眼睛明亮，掛著要笑不笑的表情，鬢角開始出現灰髮了。他喜愛剪髮，而他的女兒米麗則是他最愛的工作夥伴。他們是就他所知唯一的父女檔，他相當以此自豪。而且他也很高興，她還是跟自己的父母一起住在家裡呢——至少目前是這樣。

明年她就要到大城達拉斯去了。幾年前她從高中畢業以後，沒出去找工作，只是幫著剪髮，不過現在她已經決定要到一家美容造型學校進修了——這就可以學習女子美髮的技巧了，而且她也要修習美妝課。她說等她念完以後，她就可以為女人打扮著參加晚宴，還能幫停屍間的女人化個美美的妝哩。查理全心相信她有這能力辦到。米麗學東西快得很，而且又能吃苦耐勞。

查理將搭在顧客頸子上的毛巾一把抽起來，再往頸背大方的撒了好多爽身粉——粉末飄散在空中，如同清晨起的霧一樣。男人站起來，從臀上的褲袋掏出皮夾來付帳。查理接著便叫道：「下一個。」

除了米麗目前快要處理好的顧客以外，就剩兩個在等了。魏佛先生——他是退休的郵局員工，長得像是打出生時便是一副老態；另外就是小夥子比利．湯姆森了，這個年輕人據說是挺棒的足球後衛，人挺好的。

查理等著下一名顧客坐上椅子時，瞥了瞥米麗。她長得高高瘦瘦滿漂亮的，而且跟她母親一樣是黑髮、黑眼睛。她正用心的在處理她那顧客的一頭亂髮——十一歲的小毛頭，手裡捧著漫畫看得正起勁呢，而且滿嘴都是口香糖。

外頭的秋風正呼呼的吹。落葉從公園吹過來，打到這兒寬敞的前窗以及理髮椅後頭的小窗子，聲音聽來像是有人正在揉弄玻璃紙。查理突然因此懷起舊來。他當初就是在這種天氣裡和康妮第一次約會的，那是戰爭開打之前好幾年——他只是個年輕的理髮師，而她則在一家二手車廠當秘書。

他們頭一回約會是在公園裡野餐，不過因為狂風刮得落葉滿天飛，兩人只好跑到他的理髮店避難。當時那家店要比現在這個小——是他跟一家汽車輪胎店合租的空間。他算是有自己的一個小空間，理髮時他可以聽到液壓式車架將汽車舉起和放下的聲響——舉起是要方便將輪胎取下，換上新的，然後轉個面。

兩人將漢堡和可樂擱在店子一角的小茶几上頭，他們吃著聊著，結果竟然擁吻起來——還真是個意外。一等兩人的嘴唇分開，他們心裡就明白了，跟電影一樣呢：有個什麼發生了，而且你並不想要反抗。從那以後，他們就再也沒有分開過。

除了戰爭期間。

他不喜歡想到戰爭。先前浮出的笑容立刻消失了。最好還是不要多想吧。

米麗打點好了她手下的小毛頭。他從椅子上站起來，從口袋裡掏出一塊錢付給她，然後就出門了——如同被風吹走的魂一般經過店面那扇大窗子。

查理瞥瞥時鐘。快五點了。比利的頭歸他剪，而米麗則要負責魏佛老頭那圈白色的絨毛髮。之後，就可以打烊囉。

米麗就跟拍寵物一樣，拍了拍她前頭的椅背。她說：「魏佛先生，輪到你了。」魏佛老頭緩緩的從等候椅上站起來，他將先前在看的《生活》雜誌放到桌上，然後便如同穿行於快乾掉的水泥一般，跋涉到她那兒去。查理真希望他動作能快一點，因為他們有個規定：你如果在五點以前進門的話，是可以坐下來等著理髮，可是一到五點，他們就會鎖上門，拉下大窗上頭的百葉簾，並將小窗子上的布簾拉好。等處理完晚到的顧客以後，店子就會打烊了。

查理本想當時就鎖門的，只是由於還差幾分鐘才五點，他不想破壞行之已久的儀式。不過一等五點到了，他就要走到門邊，將告示轉個面，然後上鎖。

他的思緒飄向了冰涼的啤酒以及晚餐。康妮今晚要做燉牛肉。

比利走上前來，坐在查理的椅子上頭。兩人寒暄一陣子談起足球，然後查理就開始動工。比利的頭髮有點難搞，這是因為他前後都各有個髮旋，不過如今查理的經驗已經夠多，知道要如何順掉髮旋。重點是不要將髮旋剪得過短，要不然的話，頭髮會一根根豎起來的。

至於魏佛老頭呢，他的頭髮雖短，不過其實卻更難搞。剪得太靠頭皮呢，他會抱怨，而剪得不夠，他也抱怨。有時候，如果你剪得恰到好處，他啊還是抱怨。米麗處理起老頭來，通常都比較順心，所以查理很高興這會兒他是給吸引到她的理髮椅去了。

查理碰碰電動髮剪的開關，可是卻沒反應。這髮剪就跟死人一樣囉。說來這把時髦品牌的電剪他已經用了好久，都快成了老友，沒想到近來有好幾次，它卻是滋滋啪啪的在警告說它的壽命已經不長。而這會兒，大限終於來到。

查理將插頭拔掉，覺得自己好像是把一個朋友的呼吸器給拔掉一樣。他放手讓它進入那廣大藍空裡更大的理髮店裡頭——經由他理髮椅旁的垃圾桶。

查理說：「請等一下哦，比利。」

查理已經開始流汗了，他得面對自己的恐懼。想要避開這種恐懼的話，就得將新買的設備改放到另一個儲藏空間才行，然而他卻遲遲沒有付諸行動，因為改換空間，就等於是承認了他不願承認的事，就等於是在向過去那場戰爭低頭啊。

光用想的話，會覺得有啥好怕啊，然而真得面對時，卻又不一樣了。他得走到後頭，打開密室的門，進到裡面，並探手到上層的架子去拿新買來的電剪才行。這本身並不是問題，問題是出在密閉空間。他得先步入裡頭，舉起手來扯扯拉繩才能打亮燈來，驅走黑暗。然而就算燈亮了，四面牆壁還是太過逼仄，燈光也太昏暗。感覺上，在他關燈出門之前，像是得熬許久的時間。

走在通往密室的路上時，他覺得自己彷彿是加入了巴丹死亡行軍的隊伍。而一抵達密閉門的前方時，感覺就好像是要打開通往地獄的門一樣。每一回，他都是在這個時刻告訴自己，他非得在店裡闢出一個開放空間擱置儲物架才行。儲物非得搬離密室啊。媽的什麼要戰勝恐懼，真是見鬼了。

然而他卻一直沒有付諸行動——因為這就等於是宣告投降。

查理深深吸了一口氣，他覺得自己額頭和掌心上的汗珠都起了泡，出了油。我辦得到的，他為自己打氣。這裡又不是菲律賓巴拉望的小營房。這裡可不是墳墓。

查理打開門來，越過六呎長的距離，望著對面牆上的架子。頂層架上擱著裝了電剪的紙盒子。那是他要送貨員放上去的——也許他是想測試自己吧。在這片黑暗裡頭，他無法看到盒子，不過他可以在腦裡看到圖像，清楚知道它的位置在哪裡。

在戰俘營裡，他的營房就跟這間密室一樣大小——日軍挖進岩石的側邊，又加裝了木板隔出空間來。他是和另外兩名士兵一起給關進去的，活動的空間好小。另外還有別的營房以及戰俘，當然，不過他跟他的兩名同伴給關進去的是那個空間。當時的狀況好慘，而如今戰爭雖已結束，但甩不掉的戰時回憶卻又比置身其中還要糟。他滿載著回憶的腦袋已經變成殘酷的刑具了。

某一晚，日軍決定要清空戰俘營——這是高層下達的指令。他們將營房狹窄的單向出口通道拿板子堵死了，然後就放火打算燒掉營房。煙霧給吸進他的肺裡，火舌竄上他的肉。他和同伴立刻衝到唯一可以逃生的門去，他們頂起肩膀猛力往前衝，總算將門撞開來。

他們闖出去以後，刺刀和汽油立刻朝他們身上飛來。他雖然躲過了火攻，但兩名同伴卻沒能逃過。他們的身體被橘紅的火舌舔上——那火舔著汽油，也舔人肉。而現在，如果他閉上眼睛的話，他仍然可以看到他們如同發亮的火炬般熊熊燒著，然後癱倒在地，被一片火浪吞噬掉了。他們身上發出的惡臭仍然在他的鼻孔裡縈繞不散。

營區裡火光四起。沒逃出的人困在其他營房裡頭，哭得跟女人一樣。查理想要逃跑，但卻給刺刀戳上了肚子。他疼痛難忍，昏死過去。他醒來時，四周一片漆黑，還聽到刮擦的聲音。他幾乎無法呼吸，也沒有力氣動彈。身上有壓著重物的感覺。慢慢的，他才意識到自己的處境。他們以為他已經死了，正在將他活埋。

接著是搖鈴叫吃晚餐了。他知道那個聲音，他先前已經聽過好多次了。那鈴呼喚的不是戰俘，而是他的加害人。日軍通常用完餐後，便會捧著一碗碗煮得像拉稀大便樣濃稠的蟲蛀米飯給戰俘吃。不過今晚連那個都沒了；他和他的同伴們已經吃過了得賞的最後一餐。

晚餐鈴響後，日軍暫停了埋他的動作，扔下手裡的鏟子走開——他們假定，看來已死的肉體在他們回來的時候應該還會在那裡。

查理發覺自己能夠呼吸，是因為他臉上的灰並沒有壓實，他的鼻子和嘴巴都還暴露在空氣裡。

他努力將頭撐起來，睜開雙眼。

天還是黑的。他跑到外頭的時間並沒有太久。此刻要比先前黑了，因為少了火舌四竄的營房和人體。感覺上，在他昏迷的那段時間裡，夜晚就如同雪崩一樣落到他的身上。土壤貼著他的軀體，密實且潮濕。他只能稍稍移動一下手和腳。他扭動著四肢，伸展手指，甩掉手上的灰，然後他便有辦法坐直上身，伸手將下半身的灰土撢掉了。他並沒有被埋得很深，不過只要再鏟五分鐘的土，他就不會有活路了。

他從墳墓探出手後，肚子裡的痛加劇了。他沒辦法將腿抽離。他往前一彎身，將腿部四周的灰土挖開。一隻手從他的兩腳間豎起，手指張開，彷彿是要抓住什麼。有一名同伴就躺在他的兩腿之間——死去的同伴。

查理奮力抽開自己的身體。他受了傷，又使盡全力要脫身，身體實在是吃不消，但他還是勉強爬出了墳墓。灰土填實了他的傷口，堵住血流。禍中有福。

他只有足夠的力氣可以爬行，所以就一路爬到森林，在那兒躺了一會兒。他可以聽到日軍在營地說笑聊天的聲音。有人在唱歌呢。他想起有些美國大兵說，他們很愛從日軍身上割下戰利品，比方說耳朵和鼻子，有時候是生殖器。戰爭不是人類的朋友。戰爭會改變一個人的——就算你覺得沒有。

然而當時他腦裡想的，並不是這個。恐懼給了他力量繼續爬行，他爬進濃密的林子裡，朝著應該會矗立著岩塊的海邊而去。他才往樹林行進幾呎，有隻手就觸碰到了個什麼。是一隻靴子呢，然後是另一隻，然後是腿。查理抬起頭來，只見有個人低了頭在看他——是一名日本兵。這人手裡擎著一把來福槍，而槍上又拴著把刺刀。他揚起來福槍。一排咬緊的牙齒閃現於黑暗中，然後……他慢慢的放下來福槍，捧在胸前。

士兵蹲坐下來，將臉湊近了查理抬起的頭。查理看不清他的五官。天太黑了。男人只是大略瞧了瞧他，然後便立起身來，往側邊一退。查理開始繼續爬行，暗暗等著刺刀捅下來——但結果並沒有。等查理鼓起足夠的勇氣轉頭往回望時，士兵仍然站在原處，只見他舉起手來示意，是在揮手，意思是要查理繼續前行吧，然後士兵便提起腳走掉了——一拐一拐的。

查理再度開始爬行。過了一會兒，他停下來，趴在地上喘口氣休息。後來他才想到，那名士兵有可能是在躲著營區發生的事，不想介入其中，也許還大受驚嚇呢。總之不管他的原因何在，他是放過了查理。

爬爬停停，查理終於來到岩塊之間，甚至還有辦法站起來，蹣跚而行。石塊之間以及一路沿著海岸線，都可看到美國大兵的屍體。不少人雖然想了辦法逃到此處，但結果還是逃不掉被逮被殺的命運，不是活活燒死，便是死在刺刀之下。

查理在岩石間休息一會兒，而他也就是從這個時間點開始，無法再思考之後到底是發生了什麼。他需要跳過那段記憶，讓自己的腦子來到一天之後：菲律賓平民發現到他，為他治療傷口，協助他復原。

他是少數得以從巴拉望營地大屠殺中生還的美國大兵，然而他卻將那記憶帶回了家鄉——連同他內心的黑暗，以及他因受困於營房和墳墓所留下的傷痕。

而現在，當他站在這密室的前面時，他覺得自己就像要走進一段黑暗的記憶裡。這只是個儲藏間而已，他告訴自己，然而就因為他必須置身其中，這個認知其實根本於事無補。

而他之所以能夠走進去——每回都一樣——靠的是大戰前的一次經驗。那時他還是個少不更事的理髮師，準備要理他的第一個頭：對象是個小男孩，給他媽媽帶過來的。男孩頭髮挺長，而且坐在椅子裡簡直是要打仗的架勢，體格和力氣都大過他那年齡該有的。

如果那不是他第一次正式幫人理髮的話，他有可能乾脆就請他們走路了，然而他總得起個頭吧，何不就先從難處下手呢。所以他便聚精會神，將男孩的頭按穩了，並柔聲跟他說話，一邊拿起老式的理髮器修剪起來。幫那男孩理髮，簡直就跟打算進行轟炸一樣。一等那孩子靜止不動時，他便立刻推了剪子下去，然後又得等下一回出現新的標的時再下手。他花了一個鐘頭才剪好男孩的頭髮。從那以後——就連作戰時也不例外——他只要碰到需要專注的時刻，首先就會聚焦在那皮小孩的頭殼上，伺機理上頭去，然後再深吸一口氣，等著下一個目標出現。這個方法雖然笨，但卻挺簡單的，而且還算有效。

查理想像起這個男孩來，一邊將通往黑暗空間的門打開，他感覺到牆壁壓了過來，天花板塌下，地板升起。

他迅即走進密室，抓住拉繩，將燈打開。雖然裡頭是亮了點沒錯，但對他來說，那亮光就像日軍放火要燒營房時點起的第一道火舌一般。他全身僵住，鼻孔裡滿滿都是煙霧以及燒焦的肉味。

他再次想著那孩子——他頭一次理的頭。而這，就給了他足夠的定力，可以探手到架子上的電剪，然後再次拉動繩子……噢天哪，這恐怖的黑，然後他便朝著門口的亮光走去——比較舒服的光——幾幾乎是小跑步一樣，逃出去了。

回到家以後，入了夜時，他一定得點亮床頭的燈才能入睡。康妮已經習慣他夜裡起床喃喃說著：「拜託不要，」一遍又一遍的說。然後她會碰碰他，再抱抱他，於是事情就過去了。暫時如此。

查理回到他的理髮椅去，插上電剪的插頭，開始上工。

米麗暫時停下她修剪魏佛老頭頭髮的動作，問道：「爸，你是太熱了嗎？」

「什麼？」他說。

「你在流汗呢。」

「噢，」查理說，他舉起手來，擎起理髮服的袖子抹抹前額。「我還好啦，是剛那裡頭嫌熱了點。」

米麗點點頭，然後笑一笑，而這就讓很多事情都ＯＫ了。

查理的注意力又回到比利的頭髮上，他剪髮時，電剪愉悅的嗡嗡響著，然後他便從外套口袋裡掏出剪子來，修一修髮旋。處理這個，剪子會比較好用——讓髮旋不要翹起來。等他認定自己已將問題頭髮控管好了之後，他便將剪刀歸回口袋，再次拿起電剪進行修剪。

他和比利又談起了球賽，還有比利的家人。魏佛老頭和米麗則是在聊天氣，還有今年初鎮上辦的番茄豐收節，以及魏佛的孫女離鄉到泰勒鎮去教高中歷史的事。就是通常在理髮店裡會有的那種經驗，查理相當樂在其中。

就在查理快要剪好比利的頭時，門口的鈴叮噹響起來，兩個年輕人走進來。一個是街頭混混型的帥哥，但另一個就沒那麼帥了：他的臉彷彿是給噴燈點了火燒到，而那火焰則是拿了把園藝用的耙子給刮熄的。

查理馬上感覺到他倆的態度很不友善，一副目中無人的德行。兩人坐在等候椅上，伸手拿了桌上擺的雜誌翻閱起來。偶爾他們會抬頭看看米麗；而這，查理看在眼裡還真是有點不爽。

查理知道米麗長得很美。他知道自己身為父親，確實是保護過頭了，而且他曉得，走進這店裡的每個四十歲以下的男人，幾乎都會忍不住多看她兩眼，不過他大半的主顧都是四十歲以上。此刻一見到這兩個男人，他忍不住加快了手裡的進度，差點就決定要打破行之多年的規矩，告訴他們他就要打烊了，請他們離開。

魏佛老頭的頭剪好了。他從椅子上爬下來，付了錢，然後離開。一等他到了店外頭，米麗便將門上的告示翻個面，從「營業中」變成「打烊」。

她走到大窗子前頭，往外看。「你們兩個是走過來的嗎？」她說，一邊轉頭看著他們。

「是啊，」火燒臉說。「我們喜歡走路。」

「走路對身體好，」帥哥說。「我在雜誌上讀到的，搞不好就是在哪家理髮店讀到的。忘了哪。」

「你們兩個我好像從來沒見過呢，」她說。

「我們是來這兒拜訪親戚的，」帥哥說。

「誰哪？」比利說。

「少管閒事，」帥哥說。

「抱歉，」比利說。「我沒別的意思。」

「不過這可不表示，我們沒聽出別的意思噢，」火燒臉說。

「別傷了和氣，」查理說。「他只是隨口問問而已。」

「是啊，沒錯，」火燒臉道：「和氣。我們就是想要這麼來著的。和氣。」

米麗回到她的理髮椅，說道：「下一位？」

「應該就是我，」帥哥說。

「難不成我得讓他來理我的頭嗎？」火燒臉說：「漂亮小妞歸你啦？」

「人各有命啊，」帥哥說。

帥哥將雜誌放回桌上，然後坐上米麗的椅子。

「你想怎麼剪？」她說。

「髮型不變，修短就好。」

米麗開始動手修剪。查理繼續理髮，不過他時不時就要看一眼火燒臉，瞥瞥米麗椅子上的小白臉。

「小鎮裡的理髮師啊，生意都挺不錯的是吧？」火燒臉說。

「還過得去，」查理說。

「依我看，你們應該不只是過得去而已。我敢賭說，你們還真賺進不少銀子噢。男人總得理個髮保持體面，對吧？你應該挺喜歡體面的男人是吧，老爸？」

查理停下手裡的動作，看著滿臉瘡痍的那一位。「看來我得做個簡短的說明才行了。請別叫我老爸，而且請立刻走人。兩個都給我走。我不喜歡你們講話的樣子。」

「嘿嘿，沒問題，因為我們也不喜歡你講話的樣子，」火燒臉說，不過他沒動。帥哥仍然坐在米麗的理髮椅上。

「要我頭髮剪一半就走嗎？」帥哥說。「這我可沒辦法。」

「是的，你可以，」查理說。

米麗停下理髮的動作，往後退了一步。帥哥並沒有站起來。他說：「湯米，把門鎖上。」

火燒臉湯米站起身來，將門鎖上。他走到大窗子前頭，拉下百葉窗。他起步朝小窗子走去。

「天殺的你們是想幹嘛啊？」查理說。

「我們是在幫你關店，」帥哥說。「把我的頭理完，小妞。」

「請走吧，」查理說。「自個兒買把電剪，自己動手好了。」

「自個來我是沒問題，」帥哥說：「不過我不想要。」

帥哥從理髮椅站起來，掀開他的外套。他的腰帶上掛著把點四五的自動手槍，軍用的。

「你這是想幹嘛？」查理說

「放輕鬆，老爸，」米麗說。

「是啊，」火燒臉說。「放輕鬆，老爸。」

「你們這裡有錢，我們正好用得上，」帥哥說。「這樣講最是言簡意賅，直中要害了，雖然有時候其實我還挺愛滔滔不絕，講個沒完哩。不過今天呢，我的談興不高。唉啊我還是說白話文吧，鄉巴佬比較聽有懂啦：我們喜歡你的錢，我們要把錢拿走，而且我們會在這裡窩一陣子喔。」

湯米笑起來。

帥哥輕鬆的將手槍從腰帶上抽出來，貼在腿側。他手執槍管，輕輕敲著大腿。「這你不反對吧，嗯……老爸？」

「拿了錢就走，」查理說。「全部拿走，但請立刻離開。」

「只怕不行喲，」帥哥說：「我們方才出了點狀況。搶了本地的銀行，不太順利，因為櫃枱女孩兒正遞錢給我的時候，警察上門了。有人叫起來。我非打死警察不可，而咱們的湯米則是非得把尖叫的那位給斃了才行。」

「你斃了條子以後，我其實不用宰人，」湯米說。「只是手癢啦。」

「承蒙指正，」帥哥說。「好啦，咱們一步一步來，首先請把錢交出來，老爸。就是現在。」

「還有你喔，」湯米指著比利說道。「你也有點錢，是吧？」

「夠付理髮的錢，」比利說。

湯米咧嘴一笑。「聊勝於無，俗諺裡那個朝著大海尿尿的老奶奶不就說了嘛：幾滴也有幫助啊。」

比利站起來，往褲袋裡頭摸了摸，找到幾張一元紙鈔。湯米走過去，收了錢。「媽的，理髮跟刮鬍子的錢都有呢——如果你要刮的話。去去，坐在那張椅子上，不准動。

輕舉妄動的話，小心我們送你去見閻羅王。」

比利走過去，坐在一張顧客椅上頭。

「來吧，小妞，」帥哥說。「理好我的頭。而你呢，老爸，你就乖乖坐上理髮椅，要不我倆可要不乖了，懂吧？你也一樣——叫啥名字的，比利是吧？」

查理繞到椅子前方，坐下來。他可以看到坐在走道另一頭的比利。他一副火冒三丈的模樣，查理很擔心他會貿然行事。

「我在想啊，我要來幫你剪個頭，」湯米對查理說道，然後便邁著步拐到了查理的椅子後頭。「頂上的頭髮修一點，然後搞不好我就要拿顆子彈幫你分髮線囉。我也有把槍喔，老爸。」

湯米把注意力轉向了米麗——她攥著電剪，一動不動。帥哥又坐回椅子去了。「而你哪，美眉，」湯米說。「我們搞不好要跟你一起玩個挺不一樣的分髮線遊戲喲。」

「不要扯上她，」查理說著便要站起來。

湯米甩了查理一個耳光。查理的頭嗡嗡在響。「閉嘴啦，老爸，除非你是想要馬上開趴了。」

「讓她跟比利走吧，」查理說。「留下我在這兒。他們一個字也不會說的。」

湯米又甩了他一個耳光。查理的臉抽搐一下。

「以為我們真會信啊，」帥哥說，他往後斜靠在椅子上，挪到更舒服的位置。他把槍擱在膝蓋上頭。「誰也不准離開——要走也是我們先走。再說呢，有你們三個陪著還真挺不錯的，是吧湯米？」

「不錯得很哩，」湯米說。「不過我覺得美眉好像要比另外兩位更不錯。」

比利準備站起來了，查理趕緊抬起擱在膝頭的手，擺了擺。比利只好按兵不動。

「這才對嘛，」湯米說。「激動起來想要英雄的話，就只有死路一條。」

比利的臉炫紅起來，不過他還是沒動。

帥哥在理髮椅上轉了個面，看著米麗。

「你跟我見過的理髮師都不一樣，」他說。「我說啊，美眉，我需要你說幾個字，不用多，不過總得說個什麼來聽聽。」

「什麼，」米麗說。

「喝，耍酷哪，」湯米說。「咱們可得來點硬的。」

「不礙事的，ＯＫ啦，」帥哥說。「我挺喜歡潑辣些的娘兒們。滅滅她們威風，也挺好玩的。爬得越高，栽下來的時候就更有看頭了。你有皮包嗎，美眉？」

米麗點點頭。

「我想聽你說出來。」

「是的，我有個皮包。」

「很好。裡頭有錢嗎？」

「幾塊錢。」

「再跟他們說一次你的感想吧，湯米。」

「俗諺裡那個朝著大海尿尿的老奶奶不就說了嘛，」湯米道。「幾滴也有幫助啊。」

「就這句話，小妞，」帥哥說。「把皮包拿給我。」

米麗轉過身，伸手到一個架子底下，抽出包包。湯米走過來，接了過去，一邊趁機摸了她的手一把。米麗縮了一下。

「唉喲，小美眉，我也沒那麼糟吧，」湯米說。

「才怪，」帥哥說。「他是挺糟的沒錯。」

湯米將米麗的下巴捧在手裡，說道：「我覺得你應該要吻我一下。」

湯米竊笑起來，放了她，又走回查理的椅子後面。他開始翻起皮包。幾分鐘後，他找到了個小皮夾。他丟了包包，打開皮夾，抽出幾張紙鈔放進口袋，然後將皮夾扔到地板上皮包的旁邊。

「理髮店的進帳在哪兒？」湯米說，他斜身歪到查理的肩膀上頭。

「就在你後面，擺在架子上那個雪茄盒裡頭，」查理說。

「沒有收銀機嗎？」湯米說。

「沒有，」查理說。

「你有看到收銀機嗎，湯米？」帥哥說。

「沒。」

「那你問這是幹嘛哩？」

湯米聳聳肩，他找到了雪茄盒，打開來，指頭探了進去。「什麼，一百塊，就這麼點零頭？我看你乾脆收折價券算了。」

「我們就只有這些了，」查理說。

「後頭有些什麼？」湯米說。

「理髮用具、洗手間、後門，還有停車場。」

「錢呢？」

「沒有，」查理說。

「我們的車得留在這裡囉，」帥哥說。「應該說是別人的車——偷來的啦。這會兒得另找一台才行。剛我在後頭看到了一輛，那是你的嗎？」

查理點點頭。

「我們要了，」帥哥說。「有鑰匙總比另外再偷來得強嘛——我倆都不是箇中高手唄。鑰匙給我。」

「就掛在前門旁邊的勾子上頭，」查理說。

「湯米，」帥哥說：「去拿鑰匙。」

湯米拿了過來，遞給伸出手來的帥哥。帥哥一把將鑰匙插進外套口袋裡。

「幫我理完頭吧，小妞，」帥哥說。

米麗舉起電剪，開始理髮。她的手微微在抖。

米麗剪完帥哥的頭以後，他爬出了椅子，照照鏡子。他走到鏡子前方的架子，找到一把梳子和一瓶紅色髮油。他倒了點油到手掌心，往頭上抹了幾下，再梳一梳。

「咱們可以在這兒先避個風頭，」湯米說。

帥哥點點頭。

「是可以啦，不過如果他們沒回家的話，只怕有人會過來找呢。」

「這我倒是沒想到，」湯米說。

「你想得到才怪。」

湯米的前額皺起來。「你有必要這樣講話嗎？」

「是沒必要啦，」帥哥說。

「這會兒，你們三個得到後頭去才行。」

查理和比利站了起來，米麗起步要跟上去。

就在米麗快要走到查理旁邊的時候，湯米說：「蜜糖啊，我得捏捏你的屁股才行哪。我打一進門，就一直想捏呢。」

湯米伸了手就要摸去，但他手才一碰上，查理便往後撤開，伸出肘子擊上他的臉。

那一擊力道很大，湯米踉蹌幾步鼻子噴出血來。

帥哥一閃身，槍柄馬上抵到查理頭側。先前那一擊相當漂亮，但查理其實只是稍微動了一下而已，帥哥好像有點驚訝。他動手要打查理，不過此時湯米已經從他外套裡掏出一把左輪。他說：「由我來吧。」

「也好，」帥哥說。

湯米掄起左輪就要擊向查理。他打下去時，比利馬上揪住他的手腕，叫道：「住手。」

湯米掙脫開來，瞄準手裡的左輪。

帥哥說：「除非必要，不要開槍——聲音太大啦。」

「是有必要，」湯米說。

「才怪，」帥哥說。

「好吧，」湯米說著便將手槍插上了腰帶，然後一手伸進褲袋裡頭，掏出一把折疊刀。他喀一聲亮出刀刃。

比利還來不及反應，湯米已經一刀刺進他的肚子。比利往後撞上了理髮椅。查理趕緊伸手一抓，把他拉離了湯米，擋在他倆中間。

比利軟軟癱上地板。鮮血如同機油，從他身上汩汩流出。

「往前走吧。胡來的話，我也可以割你喔，老頭子，」湯米說。

「我是被割過了，」查理說。

「夠了，」帥哥說。「要鬧待會兒有空再說，先把他們帶到後頭。搞不好得把他們押做人質，所以得留活口才行——除了這個比利。我可不要他。他的情況不妙，濕答答的。帶走的話，免不了要把他丟到馬路邊，還得幫他收拾爛攤子。」

「孬種，」米麗說。「不要臉的孬種。」她渾身都在打顫。

「放輕鬆，小乖，」查理說。

「是啊，」帥哥說。「放輕鬆，小乖。」

「到後頭去，現在。還有，把地板上這婊子養的抬起來，要不我就在這裡解決掉他！」湯米說。

查理彎下腰來，手臂伸到比利的腋下，將他扶起來。「抱歉，小子，」查理附在他耳邊說道。

「我還好，」比利說，不過他的面色蒼白，臉上冒出一顆顆的汗珠。

查理一把拉下搭在椅子上的毛巾，摺起來，按在比利的傷口上。「你好好壓著，小子。」

比利壓實了毛巾，一邊呻吟起來。毛巾開始染紅了。

米麗湊過來，繞到比利的另一頭，兩人一起扶著他往後面走。

「我其實還好，」一路走著，比利說道。

「很好，」查理說，不過根據他過去的經驗，他知道比利搞不清楚狀況。像那樣的戳刺，起先有可能覺得只是腹部被揍了一下，但之後就會覺得像是地獄之火流竄在整個肚子裡。慢慢就要開始痛了。而且比利又流了好多血，他的生命就像從排水管排去的水一樣，正在流失中。

「不會有事的，比利，」米麗說。

大夥兒移行到了店子後頭時，帥哥走到後門，猛地把門打開。他探頭往外看了一下，然後輕輕關上門。

「後頭有個公園，」帥哥說。「裡頭人可真多。如果帶他們出去的話，搞不好有人會注意到，發現有異。」

「那該怎麼辦呢？」湯米說。

「這個比利啊——他不能出去，這是當然。先把他們關進密室裡頭吧，我再想想看。」

查理的心裡有個巨大的陰影在晃著。什麼不好來，偏就是要給關進密閉空間裡。進去一把從頂層架子上抓下電剪是一回事，然而真要給關在裡頭呢——這他可絕對幹不來。

查理瞥瞥米麗。她的眼睛大睜，嘴唇緊緊抿成一條線了。他知道這種表情。他在即將踏進戰場的士兵臉上看到過；他在戰俘營的牢友臉上天天都可以看到。

湯米從店子前頭抓了把椅子過來，而帥哥則是擎著手槍笑臉看著他們。湯米將椅子擱下，放在密室旁邊，然後打開房門。「你們每一個，都進去吧。」

「老爸，」米麗說。

查理沒動。他一隻手臂還撐著比利，米麗則是站在另一頭。

「進去啊。」

查理擠出他沒想到自己還有的那麼一點點意志力，抬起腳來，沉重的邁向黑暗的入口。

*只要燈一開，我就沒事了，*他告訴自己。*雖然還是不妙，但總要好些吧。只要打亮了燈，總是舒坦些啊。*

查理站在門口，覷眼看向黑暗，他差點就要拔腳溜掉，不過不行。他沒辦法。畢竟米麗和比利都在這兒，他非進去不可。三個人走進小空間時，他趕緊抬起手來，扯扯拉繩，打開頂上的燈。他倆讓比利背靠著架子，然後緩緩放下他，讓他坐上地板。

「不行，」湯米說，他踏進密室，往上一跳，拿槍打掉了燈。「得保持黑暗才行。而你哪，美眉，等我們準備要走的時候，你也得一起來。咱們可以找個地方開趴。」

湯米往後一退，身影嵌在門外的亮光之中，緊跟著他便關上門，黑暗籠罩了所有的人。之後他們便聽到湯米嘎吱一聲將椅子拖過地板，卡在門把底下，不讓他們出去。

查理深深吸了口氣。現在他也只能坐在密室的地板上發抖了。他知道自己是在密室裡頭，但感覺上卻像是給埋進墳墓。

我怎的不能動呢，他想著。我怎的不能做個什麼呢？當年我就做了啊。現在為什麼不能？

因為你知道下場會是如何——對你跟米麗還有比利來說。不過你也曉得，無論如何，下場其實都會一樣。你知道當年你做了什麼，而如果你放下所有的顧忌的話，搞不好你就會重蹈覆轍——但那卻不是你想要的。不能以那種方式。永遠不能。

「老爸？」米麗說。

她碰碰他的手臂。他好尷尬，因為她可以感覺到他在打顫，而且他還流了一身汗，衣服都搞濕了。

「我們該怎麼辦呢，老爸？」

他再次想起他頭一回理的頭，不過一點幫助也沒有。如果他確信自己走得了的話，回想這事也許還有用，然而這會兒灰土好像是壓實在他身上了，何況就算他逃出了墳墓，外頭還是黑的啊，而且還有森林、士兵和海邊的那些石塊，以及——以及他所做過的那件事。

查理告訴自己，別再為你做過的事憂心了，只要想想你當年是怎麼做的吧，就讓心裡頭的憤怒跟飛彈一樣衝出地表吧。他可以聽到日本兵在營房外頭講話的聲音。不對，不是營房，是那兩個流氓——他們正在密室外頭講話。只是他媽的密室而已，不是營房，不是墳墓。

「我跟女孩一起出去，」查理聽到帥哥在說。「我們可以從從容容的走出後門，然後再讓她把車開到店門口，我們會在那兒接你上車。」

「不曉得耶，」湯米說。

「不曉得什麼啊？」

「要是你們繼續開下去呢？」

「我幹嘛那樣啊？錢不是在你口袋裡嗎，對吧？」

「對啊，不過如果你不管三七二十一還是走掉呢。你跟她。你可以跟她痛快的玩一玩，然後丟了她，再繼續開啊。而我卻給扔在這兒。」

「我不會那樣對你的，湯米。」

「不會嗎？」湯米說。

然後他們應該就是移行到店子前方了，因為突然間談話聲消失了。

在密室裡頭，查理感覺到米麗擠身挨向了他，抓著他的手臂握緊了。「噢老爸，要是他們真把我帶走的話，怎麼辦？」

「沒事的，」查理說。他的心已經冷靜下來，而他身上的汗也跟著涼爽起來了。他想起一件事：他理髮服外套口袋裡有把剪刀。他探手將剪子掏出來。

然後他便放任自己恢復失去的記憶，想起當初他爬到了海邊，躲在石塊之間。他原本不願意想起來的過程，這下子全都回來了。那段失落記憶的起點是在那放他逃生的日本兵其後又回來的時候——也許是一個小時後吧。當時查理已經爬到了石塊之間，他可以聽到浪潮拍打的聲音，而透過石間的罅隙，他可以看到海灘上其他成堆的石塊以及沙土——這所有的景象，都沐浴在銀色的月光下。

有一名擎著刺刀來福槍的士兵正沿著海灘走來，他蹲伏著身，不斷的左右張望。這人有點跛，就跟先前放他走的那個人一樣。他很確定是同一個人。

查理不知道這名日本兵是給派過來搜索逃犯呢，或者他是回想起自己一時心軟放走人犯，覺得後悔了，所以又回到這裡想把查理解決掉。

查理的心中登時一把無名火起，雖然傷勢不輕，但他覺得自己精力十足。傷口上的灰土止住了大部分血流，現在血已經凝成塊了。此刻的查理彷彿瘋性大發，他裡頭像是有什麼東西在爬：一窩子盤蜷的毒蛇正在昂首吐信呢。他當下便拾起一塊石頭。挺重的，而且有一端稍尖，他穩穩的將它握在手裡。

這名日本兵在石塊間行進，擎著刺刀來福槍一副備戰狀態。月光在刀刃上跳舞。日本兵行經石間的罅隙時，查理就躲在岩石的陰影裡，日本兵還沒來得及轉頭看往他這方向時，查理已經一躍而起。

在那一瞬間，查理覺得自己像隻豹子一般。他跳到日本兵身上，將他擊倒在地，日本兵如同老鼠般吱吱的叫。石塊揚起石塊落下，一股潮濕的溫暖噴上查理，其中有一些噴進了他嘴裡，燙燙的，有點銅味，嚐起來有復仇的滋味。石塊揚起石塊落下，然後傳出像是有人踩在蛋殼上的聲響。石塊揚起石塊落下。

他騎在日本兵身上——先前放他走的那位——滿腦子想的就是多少個月來所受的折磨：挨打、挨餓，還有火燒，還有刺刀的戳刺。石塊揚起石塊落下。

等到查理因筋疲力盡而停手時，日本兵的頭已經沒了——只剩下一灘血水，內中混雜了砂粒以及碎骨。月光的顏色變了，陰影的形狀也不同了——此時暗影已覆住查理和那名死去的士兵。查理這才意識到，他已不知擊打了士兵多久。他幾乎無法動彈，所有的力氣都耗盡了。就在那一刻，查理看見自己裡頭的真相——他的所作所為，已超過了僅只是殺人的需要而已。他的憤怒帶出邪惡的報復，就跟他所知道的某些美國大兵的做法一樣：他們曾割掉死去日本兵的器官當做戰利品，而有的則是砍掉日本兵的手腳，手持噴火器以燒人為樂，就跟當初俘虜了他的日軍一樣。查理發現，他也成了同樣的人。

查理跳了起來，猛撞密室的門。他的肩頭啪聲抵上了個什麼，他往後一彈，但他又繼續撞了過去，而這一回他則是聽到椅子嘎吱沿著地板滑走的聲音。查理放任他壓抑在心頭的那物出閘——自從那回跟日本兵在岩石間過招之後，他就一直極為恐懼且極力壓住的那物。門的絞鏈咯吱從牆上脫落，門也跟著彈開來。查理手裡揝著剪刀，踉蹌跌到密室外頭的亮光底下，撞上了個什麼——而那個什麼正是湯米。

查理如同一輛特快車般出手擊打。湯米往後一栽，拌到了查理才剛逐走的椅子，一頭砰個猛然撞上地板，他的槍從他手中滑出，沿著磁磚地板一路滾去。

帥哥此時站在後門旁邊，他因受了驚嚇，立刻舉槍開火。這一槍沒打中查理，而是打到了牆壁，不過查理可以感覺到子彈掃過他的頭髮。帥哥想要再次開火，不過手槍卡住了，他拚了命一發再發都沒用，而查理則是已經朝他走去，剪刀握在手裡。

帥哥喉間發出的噪響讓查理想起多年前那個夜晚裡的士兵，然後查理便撲上去了。剪刀閃閃發光（石塊揚起石塊落下），伴隨著一聲尖叫，起先他以為是帥哥在吼，然後才發現其實是他自己——他裡頭湧出了高漲的怒火。鮮血噴濺到他的臉上，有那麼一會兒他彷彿又置身於石塊之間，然後他便聽到米麗的叫聲。這一次他很確定叫的是她，而不是他。

「老爸，不要，拜託不要，」她說，她的聲音穿透了響徹他耳內的咆吼。他的怒氣消了一些，他兩眼前方迷濛的薄霧開始慢慢散去。

他俯身看著帥哥。他就騎在帥哥身上，他揚起的手握著血淋淋的剪刀，他看到他已劃破了帥哥的臉頰，狠狠打上他的肩膀和胸膛。他可以在肩與胸上頭看到鼓漲的紅點，鮮血穿透帥哥的襯衫和外套往外滲出，流到地板上。帥哥哭得像個小娃兒一樣。

查理扭頭越過肩膀往後瞧，只見米麗已經撿起湯米的左輪，舉著槍指向他。湯米在地板上癱軟成一團，但正試著要動。

查理站起來。他將剪刀塞回他理髮服外套的口袋裡，然後撿起躺在帥哥身邊的槍。他看出了問題，稍稍測試一下，清好了彈膛。這把槍跟他在大戰期間用的那把是同個款式。

他舉槍指向帥哥，並往後退到他可以同時看見他倆的地方。「不許站起來，小混混，」他對帥哥說。「而你呢，湯米，爬到他旁邊待著別動。你們想手握手的話，也行。」

「我受傷了，」帥哥說，說完之後他就開始哼唧起來，如同受虐的狗。

「是啊，沒錯，」查理說。「而且哪，如果不是米麗勸阻的話，你早就沒命了。」

這話沒錯，而且還有可能更慘。查理原本是有可能讓自己體內的那物整個兒出閘的，就像多年前在石塊間和日本兵過招時一樣，不過米麗的聲音是救星，她那微弱但光明的聲音擊敗了他火燒般亟欲殺人的慾望。他女兒的聲音。

我沒有殺人是因為沒這個需要，查理想著。**我是個人。我是個丈夫，是個父親。我已經可以控制自己了。多年前是戰爭期間，以前的歸以前，現在的歸現在。**

湯米拖著腳爬過去了，仍然是一臉迷茫。他坐在帥哥旁邊的地板上。他沒有抬頭，所以也就沒看到查理正在對著他微笑。

查理深深吸了口氣。心魔還在裡頭，不過已經小了些，也許將來哪一天，他甚至可以完全克服呢，要不至少也可以讓牠變得小到無關緊要吧。他並沒有痊癒，也許永遠也沒辦法，不過他覺得自己確實是好了些——這是多年來都沒有過的感覺。

「米麗啊，寶貝，」查理說，他的槍指向地板上的那一對。「撥個電話報警去吧，告訴他們要派輛救護車來載比利。今天大家都可以活下去。」

蓋兒・李文（Gail Levin）

為藝術家寫傳記，也寫藝術史以及小說。她是藝術策展人，而且也展出她自己的藝術作品。目前李文是紐約市立大學研究中心以及博魯克分校的特聘教授，教學的科目包括了藝術史、美國研究，以及女性研究。

她是公認的美國寫實畫家愛德華・霍普的權威，她所寫的書《愛德華・霍普：私密的傳記》，於二〇〇七年獲得《華爾街日報》所給的殊榮，被列為有關這位畫家之生平的五本最佳書籍之一。她也寫了有關女性藝術家的傳記，其中包括了茱蒂・芝加哥以及李・克斯納。

Red Cannas by Georgia O'Keeffe, 1927

Oil on canvas, 36⅛×30⅛ in. Courtesy of the Amon Carter Museum of American Art, Fort Worth, Texas; 1986.11.

追索喬治亞・歐姬芙的花

喬治亞・歐姬芙終於同意跟我會面的時候，我好興奮哪！要說服她改變心意可真不容易。起先她根本就沒回我的信，但我還是再接再厲——你知道，就是打死不退。後來，我總算打電話聯絡到了她的秘書。等我跟歐姬芙直接對話的時候，她跟我抱怨說，多年來實在有太多人訪問她了。我一問之下，她才表示對方大半都是男記者。

我翻閱了許多老舊的剪報資料，發現過去確實是有太多媒體追逐她了。我也可以了解為什麼某些訪談的結果會讓她不開心，《基督科學箴言報》的亨利・泰瑞爾就是個例子。早在一九一七年時，他就帶著渲染的口吻寫道：「歐姬芙女士直視自己的內心，然後便以無意識的天真，畫下了一個女孩內在最深處的開展過程，就像一朵逐漸綻放的花……」這種評論她無法接受。想來是「天真」這兩個字冒犯到她了吧。不知她的憤慨之情是否延燒至今呢？是這段回憶讓她拒人於千里之外的吧。「我為什麼要點頭？」我要求訪談她時，歐姬芙就是這麼問我的。我回答說：「因為我是女人。我對藝術的看法和那些男人不一樣。」

我寫信告訴她說，是她回顧展中的畫作引導了我以全新的方式看待藝術的。我念藝術學院的時候，原本專攻的是抽象幾何圖形，然而在她的影響之下，我改而在大自然中尋找題材。我看待世界的方法也因此有了改變。我放眼觀看外界時，往往輕易就能發現到象徵女性的隱喻。

我於作畫之時，帶出了大自然裡的女性，而且我也將這個新發現付諸文字，寫下了一篇關於歐姬芙新近展覽的評論，發表於《女性空間》雜誌裡。由於擔心觸犯到她，我並未提及我相當認同這本雜誌的女性主義觀點——有些人或許會稱之為「極端」吧。我們想要改變藝術圈以及整個社會，而且我們期許自己能將父權至上的觀念完全剷除。身為女人，我們必須獲取屬於我們自身的權力。

對我來說，歐姬芙的藝術和事業就代表了這種權力。當我在她所繪的放大花朵中看到了女性形體的力量時（比方說，她於一九二〇年代早期所畫的《紅色美人蕉》），我就知道我找到了我要的封面。她任何一幅類似的畫作都可以勝任啊（我寫的有關女性藝術家的書馬上就要出版了）。出版商曾警告我說，歐姬芙截至目前為止，從未將她的畫作轉印權讓渡給類似的出版品——也就是主題並非只限於她的書籍。不過我已下定決心要扭轉她的想法。我希望她能借我一張她的花之作的彩色幻燈片，好讓我將其轉印為書封。

說起來，我應該算是身負高貴使命的革命鬥士吧。我一定要說服歐姬芙說，她的作品對我們這個世代的人來說，深具革命性的改變力量。我最恨那種老掉牙的俗諺了——只知道把畫花的女人當成笑柄看。「畫花的女人」啊，只合於裝飾絹扇罷了，查爾斯．

狄更斯如是說。而喬・霍普（她嫁給了那個頑固守舊的維多利亞人愛德華）則老愛抱怨說，她的先生非常看不起歐姬芙以及其他許多女畫家，因為她們全都只是「畫花的女人」嘛。相對於這種約定俗成的刻板印象，歐姬芙的花卻是讓人驚艷與訝嘆。她的作品是在對全世界各地的女人說話，也是為她們說話啊。然而我要怎麼做，才能讓她理解到這一點呢？如今她至少已經同意要跟我會面了，這多少也算是個小小的勝利吧。

想到就要跟她面對面進行頭一次對話，我還真有點焦慮起來。因為打從我立意要訪談她以後，我就聽來不少暗示說，她有可能很難搞。想說服歐姬芙讓渡她的花之作做為我的書封，只怕還得費點功夫才行。不過我認為她的花之作確實是人類藝術史上堪稱典範的傑作！它們預示了現今女性藝術的形貌——而我指的正是我自己以及跟我同一代的藝術家的作品。

總之，我就是滿腦子塞著這些念頭，一個人在大太陽底下開了整整兩天的車，一路從南加州的威尼斯海灘穿過亞利桑納沙漠，來到了位在新墨西哥州北方的雅比丘，然後抵達目的地——歐姬芙就住在景觀壯闊的基督之血（Sange de Christo）山脈底下。其實無需多大的想像力，就可以在她所畫的多彩繽紛的岩石奇景中，看到女人的形體與線條。就連風化石崖和平頂孤丘的玫瑰紅色調，都會讓人聯想到肉體。

我實在忍不住滿腔興奮了。到了她家門口時，我和歐姬芙的助理打了照面。她看來還真有點嚴峻。她伸手接過我的袋子，並簡短的說明：「不許拍照，也不能錄音。」

助理粗魯的態度我沒放在心上，因為我希望自己和歐姬芙見面時，能夠帶著全然只是敬畏的心。對我來說，她是所有女性藝術家的典範。我希望她的成功便是在預示我前程的美景。我在她的畫作以及事業裡，看到了顯而易見的力量；只可惜當今的藝術圈中，掌權者仍是男性。如今已八十六歲的歐姬芙，看來自信滿滿。她頭一回展示自己的素描是半個多世紀以前了，之後她又在紐約展出了水彩和油畫。如今，她很清楚自己已是實至名歸。掌聲越來越多，而她身為她那一代藝術家中的佼佼者，已是毋庸置疑了。

親眼看到了歐姬芙，我是喜中帶驚。她的皮膚布滿了許多細細的皺紋，她的頭髮大半已灰，往上梳了個嚴整的髻，她的眉毛仍然是又粗又黑。她將自己瘦弱的形體包裹在優雅的黑裡頭。她的臉和她的身體，在在都反映了她儉樸的環境：四面素白的泥磚牆面。她連自己的作品都沒有展示出來呢。在這斯巴達式清簡的居家空間裡，歐姬芙散發出了濃濃的主權在我的味道。這種效果——或許是精心營造出來的吧——確實相當具有威懾性。

歐姬芙歡迎我的到來，她說：「午安，一路開車過來還好嗎？」

我回答道：「歐姬芙女士，非常感謝你願意見我。能和你會面我深感榮幸。身為藝術家，我受到你的啟發甚多，所以我特地帶來了我的作品的拷貝照片，希望能夠和你分享。」

歐姬芙的回答嚇了我一跳：「我沒辦法看，我的視力現在極差。有人告訴我說我眼睛的問題很特別，別想求得解方。而說這種話的，都是那些自認為是專家的人呢，所以我就決定乾脆繼續創作吧。現在我是開始捏陶了。我的眼力不行，應該不會給你帶來困擾吧？」

我驚魂未定，也有點羞愧，我答道：「抱歉，我原先並不曉得。我很愛你的作品，你的畫對我影響很大。」

「維吉尼亞·郭德法，你是打哪兒得來這個名字的？」歐姬芙換了個話題。「現在好多女人都開始用地名當名字了，像是汪達·西岸囉，還有茱蒂·芝加哥、麗塔·阿布奎克，甚至還有個男的，叫做羅柏·印地安納是吧？」

「不、不，維吉尼亞是我父母取的名字，這是因為我的外婆就叫做維吉尼亞。其實我是在舊金山出生長大的。」

歐姬芙現在好像放鬆了點，她就著這個話題繼續說：「我的名字是出生時取的。其實我的出生地是威斯康辛州的日原市，離喬治亞州還滿遠的。我不喜歡利用名字耍噱頭，因為如果作品的力量夠大的話，根本就沒有必要藉由改名達到目的吧。」

她犀利批判的態度顯而易見。我知道如果我想達到此行的目的，恐怕得費很大的功夫呢。「歐姬芙女士，我看了你在惠特尼美術館的展覽，真是愛死了！你是我們這一代女性藝術家的最佳典範。」

「你說『女性藝術家』是什麼意思？」歐姬芙語氣尖銳。我可以感覺到，她並不希望被貶低成什麼流派的女性主義者。她好像有點懷疑，我們這些女性主義者根本搞不懂她這一生所面臨的難題以及她面對困境的方式。

「我指的是那些藉由自己的作品來闡釋女人經歷的藝術家，那些呼籲大眾正視性別議題以及兩性不平等問題的女人。」

歐姬芙聽了以後，答說：「我曾經全心支持女人的投票權，而且也加入了全國女性政黨。我認為女人應該要自食其力。」

「我指的也是那些可以認同《我們的身體，我們自己》這一類新書的女人。女性主義鼓勵女人要對自己的身體感到自豪，要保有身體的自主權。女性主義藝術的精髓就是對這一點的認知。」

這話歐姬芙聽了很反感：「我聽一個朋友說，有這麼一位『女性主義者』，她花了好大一筆錢買下某家知名藝術雜誌的全版廣告。她只戴了一副太陽眼鏡，抱著個好大的人造陰莖全裸入鏡，意思就是要把鎂光燈吸到她跟她的藝術身上吧。」

我知道她所講的這位藝術家是誰。這人耍弄的花招確實是製造了不少話題，但對女性主義其實毫無助益。在我還來不及反應之前，歐姬芙又繼續發表她的觀感了：「某些人竟然還膽敢將她那種攻擊性強烈的性展示，拿來跟史蒂格利茲幫我拍的裸照相比呢。簡直是荒謬到極點！當年的我跟史蒂格利茲是親密的愛人啊！這名年輕女子運用這等自戀的策略來推銷自己，我可不希望他的作品給貶低成只是她廉價的樣板而已。史蒂格利茲自己就曾聲明過：『我每一回拍照，都是在做愛。』」

我很希望她能針對這一點再多說幾句，我想更加了解歐姬芙和史蒂格利茲的關係。我很好奇，她是如何面對他所扮演的多重角色：他是她（以及其他人）的藝術經紀人，也是攝影家，而且也是她的愛人，其後則又成了她的丈夫。不過最好還是別提吧，畢竟史蒂格利茲比歐姬芙大了將近四十歲，而且又已過世超過四分之一世紀了。更何況，有人說他曾對她不忠。她應該是不會想要重述那段戀史還有他們的婚姻，以及他的外遇和背叛的。她最後是離他而去，獨自定居於新墨西哥州。

我曾讀到過，她對史蒂格利茲本身的成就——他的攝影——評價很高。史蒂格利茲曾經專心一志的拍攝歐姬芙——她的藝術、她的臉、她的手，還有她的裸體。我很確定，這對她的生活以及事業絕對是帶來了革命性的影響。所以我決定還是就這一點提出下一個問題好了：「他以你為題材所拍下的照片裡，有許多都成了經典之作。不曉得你當他的模特兒，是不是覺得很辛苦？」

「史蒂格利茲拍肖像的企圖心很大，一張是不夠的，」歐姬芙解釋道。「他的理念是要從孩子剛出生時拍起……他理想中的肖像其實是影像日記。需要很大的耐心才做得到——對模特兒來說。記得當年他拍我的時候，每一次都要花不知幾個小時呢。我得學著一直保持不動，感覺像是永遠也不會結束。」

這話引發了我的好奇，但我覺得還是別問的好，所以我便改了個話題。「歐姬芙女士，」我問道：「你還記得現代美術館於一九二九年所舉辦的第二次展覽嗎？展名叫做『十九名當代美國人的繪畫』，而你就是那當中唯一的女人。當時你有什麼感覺呢？」

「沒錯，這我還記得。你也許曉得艾佛瑞．巴爾是策展人，不過想必你並不知道，那場展覽的參展藝術家其實並不是他挑的，而是由美術館的董事會投票決定的。你也許會覺得十九這個數字很怪，不過他們投票的結果就是這樣：不是十五，甚至也不是二十。說起來，當時某些董事就已經收藏了我的一些畫（以及其他幾名中選的畫家的作品），鄧肯．飛利浦斯就是其中之一。每個董事免不了都想要促銷他自己的藝術家。多虧了史蒂格利茲的幫忙，他們大多數人都還算熟悉我的畫。」

「你的意思是說，董事會並不熟悉、也不欣賞其他女畫家的作品嗎？」

「也許是不夠喜歡吧。也許喜歡的方式不一樣吧。」

「歐姬芙女士，」我鼓起勇氣說道——我是打算唸一段某個藝評人對她作品的評語。「我想你應該還記得保羅．妻山飛德吧？他曾經將你的作品形容成是『精神化了』你的『性別』。」他寫說：『她的藝術是對女性的禮讚。她那痛苦與狂喜兼具的奔放線條，終於讓我們了解到男人一直都想了解的黑暗大陸了……女性獨有的器官在說話了。』」

「大錯特錯！保羅的評斷大半都太過簡化。我聽說女性主義者現在也都發出類似這般的愚蠢論調。她們當中有一個曾說，她的藝術——她的抽象花卉——代表的是『積極主動的陰道形態』，而且還把我早期所畫的花卉形態形容成是『消極且順服』。這名年輕女子擺明了是想藉著貶損我的作品，來提高她作品的身價。像這樣的新聞報導，我看了真的只能搖頭。而我最最惱火的就是，她厚顏無恥的想要竄奪我在歷史上的地位，順便還消費了我曾有過的創造。搞不懂這些年輕人怎的沒事硬要拿花來瞎搞呢？」

「我們這一代有很多人，都把你所畫的巨型花卉當成女性主義的最佳代表了。我們很能認同把花卉當做生殖器官的隱喻。你是眾人推崇的前導人物。你畫過各種形態的花，包括海芋、東方罌粟、天南星、曼陀羅、鳶尾花以及紅色美人蕉。如今它們已成了我們的精神象徵，以及我們的革命性圖像了。」

「狗屁！實在太過分了，」歐姬芙呻吟起來。

「我們一定要對自己的身體握有掌控權啊，」我宣告道，頗有點自我辯護的味道。「把我們自身的存在當成反抗的形式，這點我是ＯＫ，可接受的。我們需要有個強力的象徵來做為抗爭的工具。」我到底該怎麼措辭，才能讓她了解我們的立場呢？歐姬芙跟我們不同，她並不是以性別化的眼光來看待她所畫的花。就算花卉對她曾經有過什麼意涵，但經過這幾十年來不斷的否認，如今她是堅持說，她的花就只是她細微觀察大自然的結果而已，她只是以她特有的熱情和奔放的生命力（隨你怎麼形容了）如實將其描繪下來。她認為自己早已超越了女性主義特意塑造的刻板印象，超越了長久以來的種種爭論。

「你通常都是怎麼選擇作畫的題材呢？」我再一次試圖平撫她的情緒。「你跟大自然之間，是什麼樣的關係？」

「念書的時候，老師都要我們畫下眼裡所見的。不過那樣的觀點也太狹隘了吧！如果我們只能複製大自然的話，得到的結果絕對是比不上原始版本壯觀啊——那又何必要畫下來呢？」她看著我，彷彿是在說我非得了解不可。

我又試了一次：「可是身為女性，你覺得你和男人的差異是什麼呢？」

「我只是一直不斷的在實驗，而到了最後，我總算是決定要忘掉男人教過我的一切，完全只照著自己的感覺去創作。」

「噢，沒錯！」就這句話嘛。我脫口而出：「我想再多加了解你的花，以及你所畫的女性圖像，我想了解它們和女人的性慾以及女性自主權的關係。」

「你看著我的花，你以為你看到了我所看到的，但其實你並沒有，」她喃喃提出抗議。

「你畫作裡頭那些正中心的凹洞和內在空間，又是怎麼回事呢？」我問道。

「凹洞嗎——聽起來像是牙醫在講話！我畫下那些內裡的空間，就跟我從我自己的家往外看到的景觀一樣，也跟我從夏瑞登旅館的高樓所看到的東河河岸景象是一樣的意思。所有那些水泥建築，那些高樓大廈……」

噢，不對，我趕緊打斷道：「我的意思是說，那些花看來像是女體解剖圖的隱喻，代表了女人的性慾。」

「什麼隱喻啊！我的作品是我盡可能客觀作畫的結果！想來我之所以那麼費盡全力要保持客觀，就是因為我很討厭眾人強行要把這類詮釋套在我的圖像上。」她繼續說道：「據我所知，最近好像有家常春藤名校辦了個什麼女性藝術家聯展之類的，而且有個女性主義人士竟然把我作品的幻燈片，跟其他藝術家的作品擺在一起。她還厚著臉皮宣稱說，這些女人——包括我自己，還有路易絲・布菊瓦，以及什麼米莉安・沙皮諾之流的人——創造藝術的時候，都是採取類似的模式呢！說是什麼迴圈形的、器官樣的，所謂『生物形態的孔洞』，而這些個洞啊孔的，就暗示了女人對她們自身內在空間無微不至的關注哩！多可笑的論點，」歐姬芙下了這個結語，她盯著我瞧的眼光滿是猜疑。

我趕緊再度轉換話題：「你為什麼決定要把你的花畫得那麼大呢？」

「每個人對花都有許多不同的聯想。你會伸出手來碰它，或者往前探身去聞，要不也許會不自覺的嘟起嘴來吻上去，或者將花送給人想要討人歡心。可是一般人很少會耗費時間真心去看一朵花。我畫的花是我細心觀察的結果，我畫得很大，是希望觀者可以看到我所看到的花。」

最後，我只好直截了當點出我的來意：「我好愛你的花，也希望你能同意讓我將其中的一朵用在我的書封上。」

「什麼樣的書？」

「我這本書探討的是具有指標性意義的女畫家。」

「書名叫什麼？」

「書名是：從文藝復興到現代的偉大女性畫家。」

這會兒歐姬芙顯而易見是真的發火了。她可不希望我（或者任何人）把她圈進一個狹窄的框框。她抬高了音量，斥道：「我不是女性畫家！」

我真是沮喪到極點了，因為歐姬芙已經站起身來，意思是要結束這次訪談。她怒聲道：「搞你自己的作品吧，我的作品你別沾手。」

華倫・摩爾（Warren Moore）

南卡羅來納州紐百瑞學院（Newberry College）英文教授。於不在課堂上討論喬叟或者約翰生博士的時候，他創作出了小說《破碎的華爾滋》，以及幾篇短篇小說，其中也包括了《光與暗的故事》當中的〈夜晚的辦公間〉。他目前和妻子與女兒一起住在紐百瑞城。

他很感謝他的父母將達利的畫作介紹給他，也很謝謝蘇珊・弗邁爾醫生提供他專業上的建議。

The Pharmacist of Ampurdan Seeking Absolutely Nothing by Salvador Dali, 1936

Oil and collage on wood, 30×52 cm.

Ampurdan

（譯註：城市名，或可音譯為安普爾丹，但為順應故事的發展，保留原文）

艾倫．波林又在走路了。科羅拉多秋天的金色陽光撒落在他腳下鏽色與棕色交雜的土地上。而他後頭，則是本城。這裡的空氣涼爽，遠離商店、學校，還有Ampurdan城廓的邊緣。

艾倫搞不懂這個城市為什麼會叫做Ampurdan——啐，城市呢，別往自己臉上貼金了，頂多也只能算是個小鎮吧。他曾在某處讀到過，這個字原本是西班牙一個地名，而那兒現在則是叫做Emporda。他私下是把本城稱做「Ampersand」：一個介於另外兩地之間的地方，它的連結作用是來自於……來自於什麼呢（譯註：英文單字Ampersand代表的是標點符號「&」。另舉一個例子comma，這個單字代表的是標點符號「，」可直接翻譯為中文的「逗點」，只是Ampersand在中文裡並沒有相對應的字詞）？一個Ampersand到底要如何才能連結兩樣東西呢？應該是需要有個人，以他的大腦來行使自己的意願，才做得到吧。唯有這個說話的人，這個思考者，選擇他心中想要連結的兩樣東西來做連結，Ampersand才派得上用場啊。然而在艾倫的生命裡，他所能看到的唯一連結，便是日復一日彷彿沒完沒了的疊合而已，所以這個生命其實是沒辦法劃上句點的：只是一串串如同省略詞的日子而已——直到最終的無言無語。

「如果老用這個方式思考的話，搞不好我會陷入逗點狀態呢（譯註：逗點的原文comma，音與形都類似coma——意指「昏迷」），」波林想著，臉上泛起一抹笑意。他知道他是不會把這笑話說出去的，不管是待會兒回去上班，或者之後去雜貨店時，他都不會提。太難解釋了嘛，何況又談不上有多機智。

幾分鐘以前，他看到了另一個走路人——或許是遊客吧？艾倫笑出聲來，不過也只有灰塵才聽得到吧。這地方遊客是不會來的，不是因為這兒的山路崎嶇不平，或者犯罪率很高，而是因為這兒根本沒什麼好看的。只有一條河和平原，外加坐落在河邊的小鎮而已。是有一座山沒錯，不過這山距離太遠了，外地人可不會特意到這城裡來看山景啊。山裡四處可見一道道山溝，但並不是遊客喜愛一遊的小峽谷之類。鎮上有商店、幾家餐廳，還有兩家診所，外加艾倫開的藥局。人呢，當然是有的，但只是普通人而已，跟其他地方的人差不多，做的事情也一樣——不外就是吃喝、工作、交配，還有長大或者死掉。

還有走路。艾倫已經走了很長一段時間了。想不起是多少年前開始的，而他也不太記得原因，總之某一天下午，他就是從藥局走了出去。下午生意通常都頗清淡——有他的助理馬歇爾，還有藥劑師應付，就綽綽有餘了——於是他便順著自己當時心裡的驅使，離開櫃枱去了別處。他告訴馬歇爾說，他想到外頭抽個菸（為什麼呢？他又不抽菸啊，不過那頭一回，他覺得好像非給個理由不可），然後他便離開店子，走入鄉間。他回到店裡已是三個小時以後了。當時就算馬歇爾以異樣的眼光看了看他，但他（馬歇爾）可沒說話。幾天以後艾倫再度出遊，甚至再過幾天，他又出走時，馬歇爾也都沒發表意見。

而到後來，走路則是成了每天的例行公事。就算馬歇爾思想過艾倫每天的行蹤，他可從沒說過什麼。或許有一陣子，他以為艾倫是在城裡的哪個公寓或住家養了女人，不過他從來沒問起，而艾倫也從來沒提。

沒有什麼女人啦，當然。倒也不是說艾倫已經免疫了，他偶爾是會約會的，何況他的工作也挺好的，自己開了個店——他可以說是黃金單身漢呢。不過真要說起來，他確實是有過一個女人。她的名字叫做凱洛琳，皮膚白皙、頭髮烏亮，眼睛像是沙漠玻璃的顏色。她有可能是他的理想對象，但結果她卻選了別人。幾年以後，在她的丈夫德瑞克死後，而她的名字還在艾倫的腦子裡縈繞不去時，她卻在他還沒來得及找上她以前，又選了另外一個人。時間過去了，她和她的新任丈夫搬走了，而艾倫也不曉得他們是去了哪裡，他只知道自己是在何處：仍然窩在Ampurdan啊——這個他在四周圍繞著走的城市。

其實艾倫還真是說不出多年前，他為什麼會開始走起路來，而且他也搞不清自己現在為什麼還在走——都這麼久了。有時候，光是感覺到腳底下踏實的土地，他就覺得很滿足，因為他知道自己在某一段時間裡，行過了某一段距離。這就算是出遊過了吧？他還記得大學時代上的一堂物理課：「力（force）作用在物體上，使其移動某段距離（distance），就叫做『作功』（work done）。你也許使了很多力，」教授說：「你也許開始覺得筋疲力盡，你的肌肉也許很疲勞，韌帶也拉傷了，然而不管你使出多少力，如果受力的物體最後還是回到原點的話，你其實根本就沒有完成任何『功』。」每回走路走到最後，艾倫都還是回到藥局，回到製藥公司寄送的藥片以及化合物當中。他這算是出遊過了嗎？

偶爾有人會看到他朝郊區走去，走向聯邦政府的公有地，那裡是道路的終點，放眼只能見到土地與天空，於是他們就會跟他說：「啊，波林醫生！看來你是在健走囉。」艾倫只是笑而不答，並稍稍往下瞥了瞥，半舉起手來，然後繼續走下去。跟他打招呼的人很慶幸自己反應挺快的，不過艾倫明白他根本不是為了健康而走的。沒錯，走路對他是很好——醫生當然都這麼說，而他也因此保持了健美的身材。不過他可從沒把這當成原因之一啊，更別說是唯一的原因了。他走路，是因為……

他走路，是為了走路。

而這，應該就夠了吧。在大部分的日子裡，確是如此；而如果哪一天感覺不一樣的話，也許當天他就不走了。而今天在他走路的時候，徐徐吹來的微風還真涼爽，他頸背上的汗毛微微豎了起來。

凱洛琳的嘴唇也曾給過他這種涼爽的感覺，不過那是在她告訴他，她打算接受德瑞克的求婚以前。艾倫機械化的跟她道了喜，並告訴她說，他祝福他倆幸福快樂。也許他倆確實是有過快樂的時光吧——在癌症帶走德瑞克以前。也許她現在跟另外一個男人在一起，也過得很快樂吧。

一段時間以後，艾倫開始回頭往鎮上走去了：走向他的店子，走向他需得調配的或新或舊的處方，走向他或常或不常看到的主顧——他們的健康好壞各異。就在他快要走到小鎮邊緣，即將踏上通往購物區的道路時，他看到了一個小男孩。等他湊近了點時，他認出男孩的臉——是喬丹．霍普金斯。喬丹的父母在號稱是市中心的地方開了一家教學用品店。他問起喬丹他前一陣子喉嚨痛的狀況好些沒，喬丹答說他沒問題了，而且也只有兩天沒去上課呢。學校辦園遊會以前，他就已經復原了。「阿奇黴素大獲全勝，」波林笑著想道。

「你要上哪兒去啊？」男孩問道。

「回去上班，」艾倫說。「我剛是去走路。」

「你是想找什麼東西嗎？」

「沒有啊。」

「如果我走路的話，我應該會要找個什麼的。」

「比方什麼呢？」

「寶藏？還是妖怪？」喬丹想了一下。「總要找個什麼才行。」

「這兩樣東西我在這附近可從沒看到過；哪天如果看到了，我會告訴你的。不過你還是別找妖怪為妙——小心惹上麻煩。」

「我才不會惹上麻煩呢，」喬丹說。「我懂魔術。」

「還是小心為上，妖怪是惹不得的。」男孩聳聳肩。等他開步要走的時候，波林又說：「什麼都不找，也是有好處的。」

「什麼好處？」

「保證你絕對可以找到。」不過孩子已經轉開身了，所以艾倫．波林便繼續往藥局的方向走去了。

當晚，在他洗好晚餐用過的碗盤，並熨好隔天要穿的衣服後，艾倫．波林想到了凱洛琳。偶爾他是會這麼來著的，幾乎從來不是刻意要想她。

他會躺在床上，聽著音響上葛倫．顧爾德彈奏的巴哈，讓自己的腦袋於入眠前四處遊蕩，有時候他會立刻睡著，有時候他會想起隔天要做的工作。不過有時候，他卻會想到凱洛琳，倒也不完全是帶著遺憾的感傷，而是訝嘆於他所做過的選擇，還有她所做過的選擇，以及他倆的生命是如何有了交集，然後又各分東西。他不知道到底是巴哈的什麼讓他想起她——她的品味比較傾向於皮亞佐拉（Piazzolla）——然而事實便是如此。

也許是因為巴哈的音樂總有好幾個聲部的旋律依次出現，相互應答相互追逐，總是那麼的工整嚴謹而且優雅吧。

他想到了她選擇德瑞克之後的那幾個月。他強逼著自己要雍容大度——Ampurdan只是個小鎮——而且他的外表也看不出明顯的悲傷。然而一天又一天過去，收音機上播放的歌曲卻是叫他神傷——不是「他們的歌」，因為他們從來就沒有過這樣的共識，然而總是會有一首歌，伴隨著她的影子迴盪在他心裡頭。有時候是他在某一本雜誌上，看到哪個女人以某種方式微微偏了頭，要不就是有一片彩色玻璃讓他想起她的眼睛，然後他就會哀傷的抽了一口氣。任何東西都有可能讓他想起她。不管走到哪裡，他看到的都是她的「不在」。

一個月過去了，又是另一個月，艾倫逐漸明瞭到，就算在一個小鎮裡，想要避開不想見的人，其實並沒有那麼難。於是隨著時光的流逝，他也習慣了目前的景況——就如同舌頭開始適應了缺牙所留下的空隙。不過遺憾還是難免的。有時候到了晚上，他免不了還是要想著，如果他早些認識她的話，如果他說了個什麼，或者沒說個另外的什麼，也許一切都會改觀吧——某一次的決定導向了某個決定，又導向下一個。

一年年其實可以就這樣過下去，也的確就是這樣過去了，直到有一天，波林收到一家診所開來的訂單：有一名化療案例必須暫停口服治療，得另外為他配製針劑才行。這種事有時候確實有其必要，因為病人無法再服用藥片或者膠囊了；不過卻很少見，因為針劑在人體內的作用，效果其實並不好。

他盯著那份訂單，看到病人的名字：德瑞克．立普頓。他再次看看那處方：醫百幸注射劑；同時他也看到了病名：急性骨髓性白血病（AML）。波林大感驚訝，是因為AML通常不會這麼早發病。總之前景不太樂觀，治癒率不到五成，而立普頓目前甚至是得以打針的方式進行化療，這就更不妙了。其實對立普頓來說，最好的辦法也許就是乾脆……

一了百了嗎？波林搖搖頭，繼續工作。

每個禮拜注射單都會寄來，每個禮拜艾倫．波林都會調製針劑。一個又一個禮拜過去了，波林開始想著，到底立普頓是在診所裡打針呢，還是在家由凱洛琳幫忙。他想著，不知立普頓到底能夠撐多久，而凱洛琳的日子又有多難捱；不知道她是否仍然盼著他康復呢，還是說她其實也不抱多少希望了。

這對她來說一定很痛苦吧，他想著。而當他想到，如果他將自己的念頭付諸實行的話，其實應該也等於是為凱洛琳和德瑞克解套啊。總之以這個角度來看，他想做的事其實也是無可厚非，不是嗎？何況，像立普頓這樣的病人，在……呃……在那個之後，應該不會有誰想去仔細觀察吧。波林想起了一首詩：

請你想像你置身於我的處境，親臨現場——

手裡拿著一管微型機具。你看到了嗎？
就像這樣打下去……你該不會吊死我吧？我想應該不會。

（譯註：這是詩人Edwin Arlington Robinson所寫的十四行詩〈Annandale歸西之途〉的最後幾行，此詩是以即將為病人Annandale施行安樂死的醫生的語氣，所發表的獨白）

而結果呢，他們也確實沒去觀察他——甚至連檢查的手續都免了。如果德瑞克簽過了放棄急救同意書，波林也不會驚訝的。他在報上看到了立普頓的訃聞，於是便想著要找個恰當的時機去安慰凱洛琳。

他就是從那時候開始走路的。

而到了多年之後的現在，他仍在走路。一旦養成習慣，他暗自想著，就沒有力氣改變了吧。

德瑞克過世以後——艾倫忖度著——也許哪個下午他於出門在外、四處遊晃之際，他會碰到人吧，而且搞不好就是凱洛琳。所謂的不期而遇。而有那麼一個下午，他於走路之際，果真就看到了她。

她坐在某個公園的長椅子上，跟一名身著西裝的男人聊天呢。從那一天開始，雖然他其實也沒辦法說出原因，但艾倫．波林已經明白，他的機會是永遠不再。過去的一切都是虛擲生命。自從她選上德瑞克以後，他經歷了多少痛苦，多少無眠的夜晚。他所做的一切，他為德瑞克調製針劑，結果就只是讓凱洛琳踏上了另一條路，走向另一個男人。一個不是他，也永遠不會是他的人。她也許是因為他，才走得更加順遂吧。

他掉頭走向藥局，而且再也沒有回到那座公園了。就算在他得知那第二場婚禮以後，也一樣。相反的，他的路線開始朝反方向移去了：穿過城市邊緣那片平坦的褐土地，更往遠處而行。他踏步走時，總盡量放空腦袋，專心一意只想著每一步的距離，還有每一回合的呼吸。他數算起自己的腳步，就像修行人持誦著梵咒。

而一月月，然後是一年年過去以後，他甚至已經有辦法將他的所作所為埋進了自己內心的極深處。如果有人問起來——不過沒有人會問的，因為沒人知道——也許他會說，那只是一時之間的軟弱，他選擇原諒自己了。畢竟，他在那之前，還有那之後，都曾做過許多善事啊。而且說起來，也許就是靠著他那管Annandale的「微型機具」，凱洛琳（噢，凱洛琳！）和德瑞克．立普頓才得到了解脫。Annandale和Ampurdan這兩個字彷彿在他腦袋表層底下的某處溶為一體了。Annandale Ampurdan Ampersand Carolyn，這四個字於他走路時，彷彿是在為他的腳步打出節奏——雖然他其實並沒有聽到拍子。

他經常會走上先前碰到過喬丹．霍普金斯的那條路，而且偶爾也會看到那孩子。他不是拿了個球玩拋接，就是看著螞蟻搬東西，要不就是在做著一般男孩用來打發午後時光的什麼。他們會相互微笑點個頭，偶爾艾倫會問他找到了寶藏沒。男孩會答說沒有，今天沒有。

「妖怪呢？」

「沒，也沒妖怪。」

「嗯，其實也還好，對吧？」

男孩會聳聳肩，然後又開始拋球了。「那你找到妖怪了嗎，波林醫生？」

「沒，我想是沒有。不過我其實也沒在找牠們啊。」

「那你都在找些什麼呢？」拋。接。

「這我跟你說過了吧——如果你沒特意要找什麼的話……」

「你準定就可以找到它了，」男孩幫他收了尾。拋。接。而艾倫．波林則是起步回去工作，然後下班回家，然後聽聽音樂或者思考起圍棋謎題，而且也許根本就不會想到立普頓夫婦了。

然後一年年過去了，老去的艾倫．波林將藥局交給了仍然比他年輕，但也老去了的馬歇爾經營。喬丹．霍普金斯已經長大了，他去了遠方的一家藥劑學校就讀。真是巧啊。波林暗地裡希望男孩有一天會回到Ampurdan，把藥局接收過去，不過他其實也沒真預期會是如此。凡是離開Ampurdan的人——也就是那些有辦法的人——其實都不會回來了。

凱洛琳就沒有（噢，凱洛琳！）。她還活著嗎？波林不曉得。某一段巴哈或許仍然會在他的腦子裡喚起她，然而那也只是記憶中的記憶而已。他還記得她嘴唇的涼意，以及她那雙如同沙漠玻璃般的眼睛——反映出他影像的玻璃啊，將他剔除在外，從來沒有將他迎進裡面。然而這些回憶或許只是他認為自己應該記得的部分；他念念不忘、時不時翻出來複習的，也就只有這些「應該」記得的回憶。

大部分的日子裡，他還是如常走路。Ampurdan的天氣長年乾爽，午後又更是宜人，相當適合老年人外出走動。而他就是在這麼一趟出行的時候，看到了眼前一陣騷動。是隻鳥，一隻狐狸，還是一隻老鼠呢？他不太確定。總之他就那麼踩空了一步扭到腳踝，然後跌進一個久遠前給雨水沖刷出來的山溝。

他跌到溝底時，覺得臀部好像走位了。當他一手搭在土石之上，將手往體側拉去時，簡直是痛到無法呼吸了。他想撐起左側身體，將自己拉抬成類似坐起的姿勢，但艾倫．波林就是在這個當口感覺到，然後是看到，他手上的鮮血。他的眼光往下移去時，他看到了大腿上的彎折，不，是曲折，以及大腿周遭起伏有致的暗色土壤。

他想起了大一時念過的解剖學。股動脈破裂是非常危險的，除非立刻拿止血帶綁住，否則有可能很快便會因為失血過多而死亡。波林伸手想解下自己的腰帶，然而他的年紀實在太大，而且他又好累了，他的手指已經不再聽他使喚。這點波林很清楚，而且他其實也無所謂，因為多年來，他已走過太多太多的路了。

他突然覺得好冷，他猛地拚命眨起眼來，而且有那麼一會兒，他覺得自己好像看到凱洛琳就坐在山溝的邊沿，黑髮裡頭也許夾雜了點灰，眼睛則是介於藍和紫之間。「你終於來到這裡了，真好，」他這麼想著，或者說著，或許是想著他說了，不過之後他再眨個眼睛，卻是看到了德瑞克．立普頓，還有好幾張處方訂單，然後便是公園裡的那個男人，之後則是喬丹．霍普金斯，然後又再一次是凱洛琳（噢，凱洛琳！）。然後他吞個口水，他們便全消失了，而他就只是一個困在Ampurdan某個山溝底部的垂死老人了。如今他已沒有半點意願要拿個Ampersand來連結什麼跟什麼了，而且就在一切都變成灰色且逐漸淡褪之際，他才領悟到他已找到自己長久以來一直在找的東西了。

絕然的無有。

大衛・摩瑞爾（David Morrell）

寫過備受好評的《第一滴血》，他在這本書裡創造了藍波這個角色。他於賓州大學拿到了美國文學的博士學位，並曾於愛荷華大學的英文系擔任教職。他有過許多作品登上了《紐約時報》的暢銷書榜單，其中包括經典間諜小說《玫瑰兄弟情》。這本書其後拍成了電視迷你影集——這是美國電視史上，唯一於美式足球超級盃轉播賽之後播放的影集。

Cypresses by Vincent van Gogh, 1889

Oil on Canvas, 36¾×29⅛ in. (93.4×74 cm.). The Met, Rogers Fund, 1949.

橘色代表焦慮，藍色代表瘋狂

梵東的畫作頗具爭議性，這是當然。他的作品於十九世紀晚期在巴黎的藝術圈裡引發的醜聞，日後則是成了傳奇。梵東鄙視傳統，揚棄約定俗成的理論，他抓住了藝術的核心本質，並奉獻了自己的靈魂。色彩、構圖，以及質感。他秉持著這幾項原則所創造出來的肖像與風景畫，帶出了全新的風格：畫作的主題彷彿只成了梵東將顏彩塗上畫布的藉口而已。他熱情揮灑的明亮顏彩或呈塊狀，或成渦流狀，且那厚塗的顏彩如同淺浮雕般從畫布突出了八分之一吋，輕易便可攫住觀者的目光——相對於技巧而言，畫作描繪的人物或景色只能退居其次了。

風行於十九世紀晚期的前衛理論——印象主義——主張作畫要模仿眼睛的慣性，將周邊物體的邊沿模糊掉。梵東則又更進一步，特意強調物體之間沒有差別，他讓它們彷彿是相融起來，成了相互關聯、合而為一的彩色大同世界。梵東的樹，枝枒成了靈質般的觸鬚，伸向了天空與草地，而天空和草地也彷彿伸出了觸鬚，奔向他的樹，所有的物體都融合成了一個明亮的渦流。他致力於呈現的，好像並不是光線所製造的幻象，而是真實世界本身——或者至少是他有關「真實」的概念。樹木是天空，他的技巧如此宣稱。草地是樹木，而天空是草地。萬物合一。

梵東的技巧在他那個時代的理論家看來並不合宜，所以他往往連一幅花了好幾個月辛苦完成的畫作，都換不了一頓飯吃。他飽受挫折，以致崩潰。到了最後，他甚至自殘，而他曾經有過的朋友如塞尚和高更也因此退避三舍，和他保持距離。他死的時候是窮困潦倒，默默無聞。直到一九二〇年代，也就是他死後三十年，他的畫作才得到天才之作該有的重視。一九四〇年代時，他飽受折磨的靈魂成了一本暢銷小說的主題；而到了一九五〇年代，根據這本小說改編成的電影，則為好萊塢帶來輝煌的勝利。時至今日，就算他最最微不足道的作品，至少也要賣到三百萬美元了。

啊，藝術。

事情都是因為邁爾斯和史岱文森教授那次會面而起了頭。「他同意了……不情不願的。」

「怪道他竟然會同意呢，」我說。「史岱文森最恨後印象派了——尤其是梵東。你怎麼不找個容易點的，比方說老頭布列福？」

「因為布列福的學術聲望爛到爆了。如果寫篇論文卻沒辦法出版的話，又有什麼意義啊？只要找個德高望重的教授來指導我的論文，就不怕出版社冷眼相看了。更何況，要是我說服得了史岱文森的話，又有誰說服不了的？」

「說服他什麼啊？」

「史岱文森也是這麼問我的，」邁爾斯說。

這幕情景我仍然歷歷在目：邁爾斯挺直了他瘦長的身軀，把眼鏡推上鼻樑。他的眉毛猛力一皺，那上頭的紅色鬈髮都鼓了起來。

「史岱文森說，先不管他多討厭梵東吧——老天在上，那個踐王八講話的那副死德性——他實在搞不懂我幹嘛要浪費我一年的生命，去寫一個不知已經有多少書本和文章都討論過的畫家呢。怎的不選個無名，但有潛力的新表現派畫家賭一把，搞不好日後我的名氣可以跟著他水漲船高呢。當然，他推薦的藝術家就是他的最愛之一囉。」

「當然，」我說。「他講了名字吧，我想他應該……」

邁爾斯說出名字。

我點點頭。「史岱文森這五年來都在收集他的作品。他希望退休以後，畫作轉手得來的錢可以為他在倫敦買下一棟房子。所以你是怎麼跟他說的呢？」

邁爾斯張口要答，但又遲疑起來。他若有所思，轉頭面對梵東那幅《窪地裡的柏樹》。這張複製品就掛在一座高抵天花板的書架旁邊，架上滿滿都是有關梵東的傳記、畫評，以及精裝的畫作集。他沉默不語，彷彿看到了熟悉的畫，他仍然是嘆為觀止——雖然那上頭印出來的顏色根本比不上原作明亮的色調，而印刷的過程自然也無法重現畫布上一層層浮雕般渦流的細緻質感。

「所以你是怎麼跟他說的呢？」我又問了一次。

邁爾斯呼了口氣，沮喪和讚嘆之情都有。「我跟他說，畫評人講到梵東，根本都是胡言亂語滿口垃圾。這點他倒是同意——不過卻暗示說，梵東的畫本就容易招來垃圾。我說，就連很優的畫評人都沒能點出梵東的精髓呢：他們都沒看出其中奧妙。」

「什麼奧妙？」

「沒錯，史岱文森就是這麼問的。你也知道每回他只要失去耐性，就會開始一直點菸斗。我得加快講話的速度。我說，我也不知道我在找什麼，不過畫裡確實是有個什麼——」邁爾斯指指那幅畫——「裡頭確實是有——但都沒人注意到。梵東在他的日記裡其實也有暗示。我不知道關鍵在哪兒，不過我很確定，他的畫暗藏了一個秘密。」邁爾斯瞥了我一眼。

我聳起眉毛。

「唔，如果沒有人注意到的話，」邁爾斯說：「那就一定是秘密了，對吧？」

「但如果你也沒注意到……」

邁爾斯忍不住再度轉頭看著畫，他的聲音滿是嘆服之意。「我怎麼會知道內藏秘密，對吧？這是因為啊，我只要看著梵東的畫，就可以感覺到它。我有感應啊。」

我搖搖頭。「我可以想像史岱文森對你這話的反應——這人把藝術品當成幾何了。總之，根本就沒有什麼秘密可言——」

「他跟我說，如果我打算走神秘主義路線的話，我就應該去念宗教系，而不是藝術。不過如果我打算自討苦吃，搞死我的前途的話，他會很樂意幫我一把的。他說他很喜歡以身為開明之士自居。」

「媽的搞笑啊。」

「相信我，他可不是開玩笑。他說他滿喜歡福爾摩斯的。如果我覺得我已經找到了個謎題，而且有辦法解開的話，那就請我放手一搏吧。這話一講完，他就丟了個他最最不可一世的笑容給我，還說今天開教職員會議的時候，他會跟大家提到這事。」

「那就沒問題了吧？你已經是如願以償——他同意要指導你的論文了。可你的語氣怎麼——」

「今天根本就沒有開教職員會議。」

「噢，」我的聲音一沉。「你給耍了。」

邁爾斯和我是同一年到愛荷華大學念研究所的。那是三年前的事了。我倆感情很好，一起在校園附近一棟老舊的大樓裡租了相鄰的公寓。大樓的房東是個老處女，閒暇時喜歡畫水彩——得補一句，這人一絲絲天分也沒有。房間她只肯租給藝術系學生，目的是要跟著學畫。但她對邁爾斯倒是破了例。他和我不一樣，他不是畫家，他念的是藝術史。大部分的畫家都憑直覺作畫，而且不擅長以文字表達自己，不過邁爾斯的專長則是文字，而非顏彩。他的即席演講很快就贏得了老小姐的歡心，他也因此成了她最最鍾愛的房客。

不過那一天之後，她就很少看到他了。我也一樣。他沒去上我們倆共同選修的課。我原以為他大半時間都耗在圖書館裡。某天夜裡很晚時，我發現他的門底透出光來，所以我就敲了敲門，但卻沒人應。我打電話給他——我透過牆壁，可以聽到給摀住的鈴聲響個不停。

有天晚上，我讓電話鈴響了十一下，而就在我要掛上的時候，他來接了。他聽起來是筋疲力盡。

「你都要成了陌生人囉，」我說。

他語帶疑惑：「什麼陌生人啊？幾天前不是還看到你了嗎？」

「你是說兩個禮拜以前。」

「噢，媽的，」他說。

「我這兒有六瓶裝的啤酒。你要不要——」

「好啊，挺好的。」他嘆了口氣。「上我這兒來吧。」

他打開門時，我還真不知道是哪一點比較嚇人：是邁爾斯的外表呢，還是他公寓裡的景況。

我先講邁爾斯好了。他一直都很瘦，不過這會兒他則是面容憔悴，成了不折不扣的皮包骨。他的襯衫和牛仔褲都皺巴巴的，他的紅髮亂成一團，他眼鏡後頭的那雙眼睛布滿了血絲。而且他沒刮鬍子。他關起門來伸手要拿我捧著的啤酒時，手都抖了起來。

他的公寓滿滿塞著——覆蓋著梵東的複製畫。我真不知道該怎麼形容那一大窩明亮的雜亂所帶出來的陰鬱效果。每一吋牆面、沙發、椅子、書桌、電視、書架，還有窗幔、天花板，以及地板，都覆蓋著梵東的畫——只除了地板上留了一條狹窄的通道。渦流狀的向日葵以及橄欖樹、草地、天空和河流，包圍著我，淹沒了我，它們像是伸手朝向我來。我覺得自己彷彿要給吞沒了。畫中物體的邊沿模糊，物與物相融；同樣的，每幅畫也像是融入了彼此。我站在那重重雜亂的顏彩當中，說不出話來。

邁爾斯大口吞下了好些啤酒。他看我對這房間的反應如此強烈，似乎有點羞慚。他指著那一圈圈的渦漩表示：「說起來，我是浸淫在我的論文裡，都快淹沒啦。」

「你最後一次是什麼時候進食的？」

他一臉迷惑。

「我就知道。」我沿著滿地複製畫當中隔出來的狹窄通道走向電話。「披薩我請客。」我跟離這兒最近的必勝客訂了他們的超級特大餐。他們啤酒不外送，不過我的冰箱裡還有個六罐裝的——我覺得我倆應該會有需要。

我放下話筒。「邁爾斯，媽的你這是在搞什麼？」

「我跟你講了啊。」

「浸淫在你的論文裡嗎？饒了我吧。你翹了一堆課。天知道你多久沒洗澡了，你看起來跟個鬼一樣。你跟史岱文森達成的協議可不值得你拚掉小命。跟他說你改變主意好了，找個比較容易過關的指導教授吧。」

「史岱文森跟這可沒半點關係。」

「老天在上，那這是跟什麼有關呢？資格考結束了，就要展開論文的藍色憂鬱期了不成？」

邁爾斯吞掉剩下的啤酒，伸手再拿一罐。「不對，藍色代表的是瘋狂。」

「嗄？」

「模式是這樣沒錯。」邁爾斯轉身面對渦流般的複製畫。「我照著年表研究過。梵東越是瘋狂，使用的藍就越多。而橘色則代表他的焦慮。如果你把他的畫跟傳記裡頭描述到他個人危機的時期相互對照的話，你就會發現橘色確實是對應到某種情緒。」

「邁爾斯啊，你是我最好的朋友，請原諒我實話實說：我覺得你已經瘋了。」

他又灌下更多啤酒，聳聳肩，彷彿是在說他也沒寄望我真能了解。

「聽好了，」我說。「說什麼個人的顏色密碼，還有情緒和顏彩相互對應，全是一派胡言。這點我應該很清楚。你念的是藝術史，不過我是親筆在畫畫的。我跟你說，不同的人對顏色會有不同的反應。先別管廣告公司跟他們搬出什麼理論說，某些顏色的產品比其他更好賣。其實全都要看情況啦。看流行。今年風靡的色系，到了明年就不吃香了。不過至情至性的偉大畫家用到的會是他認為可以製造出最好效果的顏色啊。他全心投入的是創作，不是販賣。」

「梵東還真是需要賣掉幾幅畫哪。」

「那當然。可憐那傢伙根本活不久，沒能趕上流行。可你說什麼橘色代表焦慮，藍色代表瘋狂啊？把這話講給史岱文森聽去吧，管保他要把你踢出辦公室。」

邁爾斯摘下眼鏡，按了按鼻樑。「我覺得不太……也許你說的沒錯吧。」

「沒什麼也許啦，我說的就是沒錯。你需要吃個東西、沖個澡，還有睡個好覺。一幅畫就是顏色和形狀的組合──有人喜歡，也有人不喜歡。藝術家只是照著自己的直覺，採用他熟稔的不管什麼技巧，然後盡力而為罷了。總之如果梵東的作品裡真有什麼秘密的話，也不會是顏色密碼。」

邁爾斯喝掉了他第二罐啤酒，沮喪的眨了眨眼。「你知道我昨天發現了什麼嗎？」

我搖搖頭。

「那些全心全意研究梵東的畫評人……」

「他們怎麼樣？」

「他們都發瘋了，就跟他一樣。」

「什麼？不可能啦。我也研究過梵東的畫評人。他們都跟史岱文森一樣，保守而且無趣。」

「你說的是主流學者──打安全牌的那一夥。我講的是真正有才華的人。這些人的天分不受肯定，就跟梵東當年的命運一樣。」
「他們怎麼了呢？」
「受苦啊，跟梵東一樣。」
「他們也給關進了精神病院嗎？」
「比那還糟你信嗎？」
「別賣關子了，邁爾斯。」
「相似之處還真是驚人。他們每一個都試圖要作畫——以梵東的風格。而且跟梵東一樣，他們都挖出了自己的眼睛。」

你們這下子應該已經懂了——邁爾斯正是所謂的「易感激動型」人物。我這倒沒有貶意。他這人容易激動，其實正是我喜歡他的原因之一。另外就是他豐富的想像力了。跟他在一起絕對不會無聊。他喜歡新的點子，學習是他最大的熱情。而他也將他的熱情傳染給我了。

事實上，我還真是需要靈感的啟發啊。我的畫倒也不差，一點也不差。但話說回來，我也不是多偉大的畫家。就在我快要念完研究所的時候，我才很痛苦的醒悟到，我的作品頂多就只能做到「有意思」而已。這點我不想承認，不過我最終應該就是只能到廣告公司上班了。

然而那天晚上，邁爾斯的想像力卻一點啟發性也沒有——應該說是挺嚇人的才對。他熱中的偶像老是在換。艾爾．葛雷柯、畢卡索、波洛克。每一個都曾讓他愛到近乎執迷不悟的地步，然而最後卻又會讓位給另外一個藝術家。先前我看他執迷於梵東，以為那也只不過是另一個過渡期而已。

不過這會兒看到他房間裡散亂著不知多少梵東複製畫，我覺得他顯然是罹患了極其嚴重的強迫症。他口口聲聲堅持說，梵東的作品藏有秘密，這點我委實存疑。畢竟，偉大的傑作是無法解釋其中道理的。你可以探討它的技巧，你可以研究它的對稱性，然而說到底，那裡頭總是隱含了無法言傳的奧秘。天才是無法用語言來分析的。依我看來，邁爾斯根本就是把「秘密」當成「無法言喻之偉大」的同義詞了。

當我醒悟到，他說梵東的畫裡藏有秘密，其實就只是字面上的意思時，我相當驚駭——而他眼裡的沮喪也同樣嚇人。他說瘋狂的不只是梵東，連他的畫評人也一樣時，我開始擔心起邁爾斯自己就要崩潰了。老天在上，挖掉他們自己的眼睛?!

我跟邁爾斯一起熬夜，搞到了清晨五點，我想安撫他，說服他他需要睡幾天好覺。我們喝完了我帶去的六罐裝啤酒，還有我冰箱裡的另外六罐，外加我跟走道另一頭房間的藝術系學生買來的六罐。到了破曉時分，就在邁爾斯打起瞌睡、而我歪歪倒倒的打算走回我的住處時，他模糊的低聲說著我是對的。他需要休息，他說。明天他就要打電話給家人。他要問他們是否可以支付他回丹佛的機票錢。

我因為宿醉，搞到隔天近傍晚時才醒過來。錯過了好幾堂課我很懊惱。我沖了個澡，滿嘴昨晚披薩的味道好難聞。我打電話給邁爾斯但卻沒人接，這我可不驚訝。他八成跟我一樣喝酒喝得爛醉了。可是日落之後我打電話然後敲門都沒人應時，我開始擔心了。他的門已經鎖上，所以我就下樓跟女房東要了鑰匙。而我也就是在這時候，看到我信箱裡塞著的字條。

說到做到。需要休息。返家去也。
會再聯絡。保持冷靜。好好作畫。
愛你啊兄弟。永遠都是你的朋友。

邁爾斯

我的喉嚨發痛。他再也沒有回來了。那之後我只看過他兩次。一次是在紐約，另一次則是在……

我們還是來講紐約吧。我完成了畢業展的作品，也就是一系列讚頌愛荷華景色的畫作：一望無際的藍空、肥沃的黑土，還有茂密的山林。一位在地人付了五十美元買下其中一幅。我將三幅送給了大學附設醫院當禮物。而其餘的到底流落何方就只有天知道了。

發生太多事情了。

一如我所預期，這個世界對我「好但不甚好」的努力並不熱中。我後來則是到了我所歸屬之地，成了麥迪遜大道一家廣告公司的商業藝術家。我畫出來的啤酒罐，是這一行裡的首選。

我碰到一位聰慧迷人的女士——她在一家美容用品公司的行銷部門上班，而該公司則是我們的客戶。專業會議的碰面之後，則是私下的晚餐之約，以及通宵達旦的親密共處。我求婚了。她同意了。

我們以後要住在康乃狄克州，她說。當然。

時機到時，我們也許會有小孩，她說。當然。

邁爾斯打電話到我的辦公室來——我不知道他是怎麼問出我的下落的。我還記得當時他喘不過氣來的聲音。

「我找到了，」他說。

「邁爾斯嗎？」我咧嘴笑了。「真的是——你好嗎？你都跑哪兒——」

「我是在跟你說，我找到啦！」

「搞不懂你是在說——」

「還記得嗎？梵東的秘密！」

剎那間，我想起來了——邁爾斯總是有辦法引發熱情，青春年華時那些充滿憧憬的美好談話啊。一個個白日，尤其是夜裡，多少勃然生發的點子以及美好的將來在跟我們招手。「梵東嗎？你難道還——」

「沒錯！給我說對了！真是有個秘密呢！」

「你這瘋小子，我才不管什麼梵東呢。我關心的是你！你怎麼——你不告而別，我永遠都不會原諒你。」

「我非走不可啊。我可不能讓你拖住我。不能讓你——」

「我是為你好啊！」

「你以為啦。不過我沒說錯喔！」

「你現在人在哪兒？」

「就在你預期會看到我的地方。」

「看在咱們老交情的份上，邁爾斯，拜託你就有屁快放吧。你人在哪兒？」

「大都會美術館。」

「你不會跑掉吧，邁爾斯？我這就搭計程車過去，我還真等不及要看到你了。」

「我也等不及要讓你看到我看到的呢！」

我延緩了一個deadline，取消了兩個約，然後告訴我的未婚妻說，當晚我無法和她共進晚餐。她聽起來很不爽。不過全天下我就只在乎邁爾斯啊。

他站在入口處的廊柱旁邊。他的面容憔悴，不過眼睛卻亮得像星星。我一把抱住了他。「邁爾斯，看到你我好高興——」

「我要帶你去看個東西。快點。」

他拉住我的外套，大步往前。

「你這一向都到哪兒去了？」

「這以後再談。」我們走進了後印象派的畫廊。我滿心疑惑，跟著邁爾斯走去。他焦躁的將我安置在梵東那幅《日出時的冷杉》前方的長椅子上。

我從來沒看過原作。複製畫根本不能比。為女性美容用品畫了一年廣告以後，我簡直是灰心喪志到極點了。梵東的力量把我帶到了……哭泣邊緣。

因為我只剩下匠氣的手藝。

因為早在一年前我就放棄了年輕時的大志。

「你看！」邁爾斯說。他舉起手臂，指向那畫。

我皺起眉頭。我看過去。

這要花時間——一個小時，兩個小時——也需要邁爾斯耐心的誘導。我集中精神觀察起來。然後，終於，我看到了。

滿心的讚嘆變成了……

我的心跳急遽加速。邁爾斯這是最後一次以手循著畫作的線條而行，而開始緊密盯著我們的警衛也踅了過來打算阻止他碰觸畫布之時，我突然覺得眼前彷彿有雲霧散去——我的焦距終於對準了。

「天哪，」我說。

「你看到了吧？樹叢、樹木、枝枒都是？」

「沒錯！老天，真的耶！怎的我以前都——」

「沒注意到是吧？因為複製畫裡頭看不到，」邁爾斯說。「唯有原作才有。而且那其中的技巧驚人，你得仔細研究——」

「一輩子。」

「感覺確實是要那麼久。不過我原就曉得了。我講的沒錯。」

「一個秘密。」

記得小時候，我父親——我真是愛他啊——曾帶著我到野外採集菌菇。我們開車出了城，翻過鐵絲網圍籬，然後穿過一座森林，來到一個長著死榆樹的斜坡。我父親要我到斜坡頂上去搜，而他則負責坡底。

一個小時以後，他拎了兩大紙袋的菌菇過來了。我連一個菌菇也沒找著。

「看來是你那邊運氣比較好，」我說。

「不過你這兒也全都是啊，」我父親說。

「全都是？在哪兒？」

「你看得不夠仔細。」

「我已經來回走了五趟啊。」

「你找是找了，可是你沒真用到眼睛，」我父親說。他拎起了一根長枝子，然後朝地面點去。

「眼睛注意看著枝子的底端。」

我看過去了……

我永遠都忘不了當時竄過我胃部的那股興奮的熱流。菌菇彷如變魔術般的出現了。它們其實原本就都散在四處，當然——完全融入了周圍的環境，顏色如同枯葉，形狀則像是一段段木頭以及一片片石塊，所以無知的眼睛根本無法辨認出來。可是一當我的焦距對準了，一當我的腦子重新評估它所接收到的視覺資訊以後，我就看到了菌菇無所不在，彷彿有成千上萬個。我一直都站在它們上頭，走在它們上頭，看著它們。但卻無知無覺。

當我看到邁爾斯引導我在《日出時的冷杉》裡頭認出那些小小臉時，我的驚嚇更是鋪天蓋地而來。臉容還不到四分之一吋大，只是細微的暗示而已——點與曲線——和周遭的景致完美的融合在一起。它們倒也不完全是人類，雖然那上頭確實都有口、鼻，和眼。每張嘴都是黑漆漆的張大的咽喉，每隻鼻子都是個鋸齒狀的切口，而眼睛則是暗黑的沮喪的洞。扭曲的臉面像是極其痛苦的在尖叫。我幾幾乎可以聽到它們焦慮的嘶吼，它們悲切的哭嚎。我想到了詛咒。想到地獄。

當我注意到這些臉孔時，它們便突然以萬馬奔騰之姿從畫作層層的渦流裡頭大量湧現出來：風景彷彿成了幻象，奇詭的臉龐則成了真實。冷杉轉化成一叢叢可憎的聚集：多少扭曲的手臂以及備受折磨的軀體啊。

我大驚失色，往後一退，差點就撞到正想把我拉開的警衛。

「不要觸碰——」警衛說。

邁爾斯已經趕到另一幅梵東前面了：《窪地裡的柏樹》的真跡。我跟了上去，而且由於我的眼睛已經知道要找什麼了，所以我便在所有的枝枒以及石塊上頭，看到了痛苦不堪的小小臉容。畫布上密密麻麻的都是它們。

「天啊。」

「還有這幅！」

邁爾斯快步走向了《豐收時節的向日葵》，而且再一次，彷彿是鏡片改換了焦點，我看到的不再是向日葵，而是焦慮的臉面，以及扭曲的四肢。我踉蹌而退，感覺抵到了一張椅子。我坐下來。

「你還真說對了，」我說。

警衛站在我們近旁，滿臉不悅。

「梵東確實是有個秘密，」我說。我不敢置信的搖搖頭。

「這就都說得通了，」邁爾斯說。「這些焦慮的臉容給了他的作品深度。它們雖然隱而不現，不過我們可以感知到。我們可以在那美的底下，感到焦慮。」

「可是他為什麼要——」

「我覺得他是別無選擇。他的天分把他逼瘋了。依我猜呢，這就是他看到的真實世界。這些臉孔是他必須對抗的惡魔——是從他瘋狂的心智裡頭流出來的毒膿。而且它們也絕不只是繪圖師耍弄的花招而已。只有天才才有辦法把它們大剌剌的畫出來，但又完美的將它們和景色融為一體，讓人完全看不出來，因為他是把它們當成可怖的真實了。」

「看不出來嗎？你不就看到了嗎，邁爾斯。」

他笑起來。「也許這就表示我也瘋了吧。」

「這我存疑，朋友。」我回他一笑。「這就表示你是鍥而不捨。你會因此而成名的。」

「不過我還沒完呢，」邁爾斯說。

我蹙起眉頭。

「到目前為止，我也只是點出了一個頗為驚人的『視錯覺』案例而已。受苦的靈魂在難以言喻的美底下掙扎扭曲——而也許美正是來自這點呢。我會把它們稱做是『次位性圖像』——廣告界也許會稱之為『潛意識圖像』吧。不過梵東跟商業主義藉由『潛意識圖像』誘導消費者購物可沒半點關係。他是個不折不扣的藝術家，而且也有足夠的才華可以將他自身的瘋狂當成他靈思裡的素材。我得再往深處挖掘才行。」

「你這是什麼意思？」

「這裡的畫作提供的資料還不夠。我曾在巴黎、羅馬、蘇黎世還有倫敦見過他的作品。我跟我父母借的資金，已經是多到了他們的耐心以及我的良心所允許的極限了。不過因為我看得已經夠多，所以我很清楚下一步該怎麼走。焦慮的臉容是開始於一八八九年，當時梵東灰頭土臉的離開了巴黎。他早期的畫作確實糟糕。之後，他在法國南部的維奇村定居下來。六個月以後，他靈思泉湧，爆發出無窮的創造力——於是他便開始狂熱的拚命作畫。他回到巴黎。他展示了自己的作品，但卻無人懂得欣賞。他繼續作畫，繼續展示，但還是被人冷眼相待。他回到維奇村，達到了他創作的顛峰，然後就整個人瘋掉。精神病院是唯一的選擇了，但在那之前，他已挖掉自己的雙眼。這就是我論文的主題。我打算重走一遍他的經歷，將他的畫作和他的傳記做個對照。我想證明：他的瘋狂越是惡化之後，臉容出現的次數就更加頻繁，也更加焦慮了。他將自身扭曲的視像強加在每幅風景上頭，而這，就印證了他靈魂裡頭的騷亂啊。」

這就是典型的邁爾斯：思想和觀點都走極端，而付諸行動時，又更是極端。請別誤會我的意思。他的新發現確實有其重要性，但他就是不懂得適可而止。我念的雖然不是藝術史，不過我讀的書也不少，知道所謂的「心理評析」是怎麼回事。試圖將偉大的藝術解析為精神官能症的表現，其實是學界所排斥的。如果邁爾斯將一篇心理分析的論文交給史岱文森的話，那個不可一世的狗雜種肯定是要跳腳的。

我對邁爾斯打算要走的下一步，是存了這麼個疑慮。而我更擔心的則是另一點：**我打算重走一遍梵東的經歷**，他說。我是等到我們離開了美術館走在中央公園時，才醒悟到邁爾斯這句話講的還真就是字面上的意思。

「我打算去法國南部，」他說。

我訝詫的瞪大了眼。「你該不會是想去——」

「維奇村嗎？沒錯。我打算去那兒寫我的論文。」

「可是——」

「你想得出更恰當的地點嗎？那就是梵東歷經精神崩潰，而且終至瘋狂的村子啊。如果可能的話，我甚至還想租下他住過的那間房呢。」

「邁爾斯，你這也太超過了吧。」

「不過這樣做很合情理。我得浸淫在他的世界裡。我需要合適的氣氛，一種歷史感，這樣我才會有寫作的動能。」

「你上一回浸淫進去的時候，整個房間都塞滿了梵東的複製畫，而且是不吃不睡不洗澡。我希望——」

「我承認那次我是太投入了。不過上一回我根本搞不清自己是在找什麼，而現在我知道了，我已經進入情況了。」

「我看你的情緒好像不太穩定。」

「視錯覺啦，」邁爾斯咧嘴一笑。

「走吧，我請你喝點小酒吃晚餐。」

「抱歉，我沒辦法。得趕飛機去了。」

「你今晚就要走了嗎？可是我們已經好久都——」

「你可以等我寫完論文以後，再請我吃這一頓。」

我從來沒這機會。我後來只再看到他一次，這是因為兩個月以後我收到了他寄來的信——或者該說，是他請護士寄來的信。她將他口述的話寫下來，然後又附上她自己的說明。他已經刺瞎了自己，當然。

你講的沒錯。我不該來這兒的。可是我這人又何曾聽過勸呢？老是自作聰明，對吧？現在已經太遲了。我那天在大都會美術館指給你看的——老天在上，還有更多更多呢。我找到了真相。無法忍受。不要重犯我的錯。永遠不要再看梵東的畫了，我求你。無法忍受目前的痛苦。需要休息。返家去也。會再聯絡。保持冷靜。好好作畫。愛你啊兄弟。永遠都是你的朋友。

邁爾斯

護士在她寫的附註裡，道歉說她的英文不夠好。她偶爾會照顧在蔚藍海岸度假的美國老人，她說，所以才學了英文。不過她聽講的能力要比讀跟寫來得強，希望她寫的東西我能讀得懂。我雖然不太懂，不過錯不在她。邁爾斯目前痛苦不堪，得靠嗎啡鎮定，所以思緒頗為混亂，她說。奇妙的是，他倒還有辦法前言對得上後語。

你的朋友目前是住在我們村裡唯一的旅館。經理說他睡得不多，吃得則又更少。他做研究非常執迷。房間裡都是梵東的複製畫。他甚至想要複製梵東每日的行程。他要來了顏彩跟畫布，拒絕用餐，而且也不肯應門。三天以前，經理被尖叫聲吵醒了。你朋友的門給堵住了，結果是找來三個人才破門而入：他拿了畫筆尖的那一頭挖出了自己的眼睛。我們這兒的診所很棒。你的朋友雖然身體可以復原，但視力卻是永遠毀了。然而我真正擔心的，還是他的腦子。

邁爾斯說他打算回家。這封信花了一個禮拜才寄到我手上。我想他的父母應該是馬上就接到電話或者電報通知了吧。也許他現在已經回到了美國。我知道他的父母是住在丹佛，但我不知道他們的名字或者地址，所以我就打給查號台，然後撥電話給丹佛所有姓氏是邁爾斯的人家，不過最後聯絡到的卻不是他的父母，而是一個在幫他們看房子的友人。邁爾斯並沒有被飛機載回美國——反倒是他的父母去了法國南部。我搭了最早一班還有機位的飛機。其實那個週末我原本預定是要結婚的，不過那已經不再重要了。

維奇村位在尼斯往內陸而行的五十公里處。我雇了輛計程車前去。道路蜿蜒於眾多橄欖樹園以及農地之間，攀行於柏樹林丘的頂上，並繞過了好幾處斷崖。車子行經某處果園的時候，我起了個似曾相識的詭異感覺。而車子開進維奇村以後，這種熟悉感又更強了。這個村落彷彿是給困在十九世紀，除了電線桿和電線以外，這裡簡直就跟梵東的畫裡一模一樣。我認出了因梵東將其入畫而聞名的卵石路以及鄉間小店。我向人問路。要找到邁爾斯和他的父母其實不難。

我最後一次看到我的朋友，是在禮儀師將棺蓋覆上他棺木的時候。我理不清他生命末期的許多細節，不過熱淚盈眶的我終究還是慢慢了解到：村裡的診所確實就跟護士在她字條裡聲明的一樣好。如果沒有旁生枝節的話，他應該是可以活下去的。

主要是他的腦子已經受到損害。他一直在抱怨頭疼，而他的情緒也是日益低落，就連嗎啡也幫不上忙了。護士才離開他一下子——因他看似已經睡著了。就在那麼短短的一分鐘，他竟然有辦法蹣跚下床，摸索著穿過病房，並找到了一把剪刀。他將繃帶扯掉，拿起剪刀猛力插進自己的空眼眶裡頭，打算剜掉腦子。他在達成目的以前就癱倒在地了，然而傷害已經造成。搞了兩天他才死掉。

他的父母臉色蒼白，而且由於驚嚇過度，已經有點語無倫次了。我則是勉強壓住自己的情緒，竭力安撫他們。雖然我對那可怕的幾個小時的記憶已經有點模糊了，但卻還記得自己注意到某些不相干的細節（是人腦試圖重返正常狀態所做的努力吧）：邁爾斯的父親穿了一雙Gucci的休閒鞋，手上戴著勞力士腕錶。念研究所時，邁爾斯一直是省吃儉用。我都不曉得，他是來自一個如此富裕的家庭。

我幫他們安排了將他的遺體空運載回美國。我陪他們去了尼斯。他們凝望裝著他棺木的板條箱給置入行李艙時，我隨侍在旁。我握握他們的手，抱抱他們。我看著他們拖著沉重的步伐哭著走下登機走道。一個小時以後，我又回到了維奇村。

我回去，是因為我做了承諾。我想要平撫他父母的傷痛——以及我自己的。因為我是他的朋友。「你們有太多事情要處理了，」我對他的父母說。「長程飛行返家。安排葬禮。」我的喉嚨好像堵住了。「讓我幫忙吧。我會處理好這邊的事，繳清他欠的所有的帳，打包他的衣物，還有……」我深深吸了一口氣。「還有他的書等等，並把所有的東西都寄回美國給你們。請讓我來。這對我來說，是個施捨。拜託了，我總得做點什麼。」

邁爾斯並沒有空口說大話，他還真是想辦法租到了梵東曾在村裡唯一旅館住過的房間。房間空著，其實並不奇怪。經理階層是把房間當成推銷旅館的工具了：他們掛了個招牌，宣稱此房深具歷史價值，家具的風格和梵東當年一樣，遊客只要付錢，便可貼身窺探天才留下的遺跡。然而這一季生意相當清淡，而邁爾斯的父母又是如此有錢。他願意付的金額相當大方，再加上他典型的熱情開朗的言談，所以旅館老闆便點頭答應了。

我租了個不同的房間（比較像是衣櫃吧），跟他的房間隔了兩道門。我走進梵東那間散出霉味的聖堂，打包我親愛朋友的衣物——我哭腫了的眼睛還沒消。觸目所及仍然盡是梵東的複製畫，其中好幾幅還濺了業已乾涸的血跡。我一陣心痛，將畫一張張堆疊起來。

而我就是在這時候，發現了日記。

念研究所時，我修了一門聚焦於梵東的後印象派課程，而且我也讀了他的日記——出版商將他手寫的真跡影印之後裝訂成書，並加上前言、英文譯文，以及附註。這本日記打一開始就很不好懂，而後來梵東越是執迷於畫畫，他精神崩潰的狀況越是嚴重以後，他的話語更是退化成了無解的謎團。他的筆跡就連他心智仍然健全的時候，都頗潦草，所以在他趕著要將腦裡狂亂的思緒化成文字時，他的字跡當然很快就失去控制，到最後甚至變成只是無從辨識意義的斜線與曲線了。

我坐在一張小小的木桌子前方，一頁頁翻著日記，也認出了多年前曾經讀過的字句。但我每讀一個段落，我的胃就變得更加寒涼——因為這本日記並不是印刷品。這是一本筆記簿，而且我雖然很想相信，邁爾斯是完成了不可能的任務，找到了梵東的親筆真跡，但我知道這只是自欺欺人：這本子裡的頁面並未因年份久遠而發黃變脆；此中的墨漬還沒有褪色褪到了棕勝於藍。這個本子是新近才購得，且載入文字的。這並不是梵東的日記——而是邁爾斯的。我胃裡頭的冰化成了熔漿。

我迅即將目光從本子移開，看到了桌旁的書架上還疊了好幾本筆記簿。我心生焦慮，一把全部抓了過來，心懷恐懼匆匆翻閱。我的胃感覺就要爆開了。每個本子都是一樣：字字句句。

我抖著手再次朝書架看去，發現到梵東手寫日記的翻版書，便拿來和筆記本做了對照。我呻吟起來，想像著邁爾斯坐在這張桌子前，表情專注且瘋狂的一字一句，一撇一劃全都照抄下來。抄了八次。

邁爾斯確實是浸淫其中，奮力將自己擺進梵東紛亂的心緒裡頭。而最後他也如願以償了。梵東用來挖出自己雙眼的武器，是一枝畫筆的尖端，而梵東在精神病院裡頭，則是拿起一把利剪戳進自己的腦袋做為了結——跟邁爾斯一樣；也可說是邁爾斯跟他一樣。邁爾斯最終崩潰時，他和梵東是否已成了難分難解的雙胞？

我兩手按住臉龐，我抽搐的喉嚨迸出了哀吟之聲。我抽泣了不知多久。我的意識努力想要控制心中的焦慮（「橘色代表焦慮，」邁爾斯說過），我的理性奮力想要減緩內心的沮喪。（「那些全心全意研究梵東的畫評人，」邁爾斯說。「他們的天分不受肯定，就跟梵東當年的命運一樣。這些人飽受折磨……而且跟梵東一樣，也挖出了自己的眼睛。」）他們也是拿了畫筆當武器嗎？我想著。其間的對應真有那麼精確嗎？而到了最後，他們難道也是拿了利剪戳入自己的腦袋？

我蹙眉看著我堆疊起來的畫作。我周遭還多得很呢：在牆面上，還有地板、床鋪、窗戶，甚至天花板上。顏彩的渦流。明亮的渦漩。

或者該說，我曾以為它們是明亮的。然而如今，因著邁爾斯的引領，因著我在大都會美術館受到的調教，我在陽光明燦的柏樹、稻田以及果園和草地後頭，看到了隱藏的黑暗，看到了微細的扭曲的手臂以及張大的口：黑點是受苦的眼，藍色的糾結是扭絞的軀體（「藍色代表瘋狂，」邁爾斯說）。

只要稍稍調整一下感知的角度，果園和稻田便消失了，剩下的就只有群聚於地獄裡的多少痛苦驚怖的靈魂啊。梵東的確是為印象派創造了全新的舞台。他於上帝榮耀的創造物之上，密密麻麻的強加了他自身的厭憎之物。他的畫不是讚頌，而是詛咒。梵東放眼所及，看到的盡是他私密的惡夢。藍色代表瘋狂，沒錯，而如果你執迷於梵東的瘋狂過久的話，你也注定是要瘋了的（「永遠不要再看梵東的畫了，我求你，」邁爾斯在信中這麼說）。在精神崩潰的最後階段裡，邁爾斯是否曾經稍稍恢復了神智，所以才會對我發出警告呢？（「無法忍受目前的痛苦。需要休息。返家去也。」）他的確是以我完全沒有意料到的方式，返家去了。

然後我又想到了他另一句驚人之語。（「那些全心全意研究梵東的畫評人，他們全都試圖以梵東的風格作畫，」邁爾斯一年前這麼說過。）我的目光像是給磁石吸住了一樣，急速越過了一堆堆凌亂交雜的複製畫，定焦於我對面的角落——有兩幅油畫原作就倚在牆邊哪。我渾身打顫，站了起來，踉蹌走向前去。

它們是業餘者的手筆——邁爾斯學的畢竟是藝術史。顏色上得拙劣，尤其是那一塊塊的橘與藍。柏樹畫得粗糙，而樹下的岩石看來則像漫畫。天空需要質感。不過我知道那當中一個個黑點所代表的意義，而小小的藍色線條又是所為何來。雖然邁爾斯欠缺足夠的才華，但我確實是看到了暗藏的細細小小的焦慮臉容以及無數扭曲的手與腳。他已傳染到梵東的瘋狂。他只剩下末期的階段要走了。

我打從靈魂的深處嘆了一口氣。村裡教堂的鐘聲響起時，我心中默禱著我的朋友已經得到安息。

我離開旅館時，天色已暗。我需要走路，好躲開房裡更大的黑暗；我需要解脫，需要思考。然而我的腳步以及一路的詢問，卻將我領到了一條通往村中診所的卵石路上——邁爾斯就是在這診所完成了他於梵東房裡所行的未竟之事。我跟櫃枱詢問，並於五分鐘之後，面對著一名三十出頭的迷人的黑髮女郎自我介紹起來。

這名護士的英文是在水準之上。她說她名叫克蕾莉絲。

「你照顧過我的朋友，」我說。「你寄了他口述的信給我，還附上你自己寫的字條。」

她點點頭。「我好擔心他。他真的是太沮喪了。」

玄關裡的日光燈發出嗡嗡聲。我們坐在一張長椅上。

「我想找出他自殺的原因，」我說。「我覺得我應該曉得，不過我想聽聽你的意見。」

她明亮慧黠的淡褐色眼睛突然現出了警戒之意。「他在他房裡待太久了。他讀書太多。」她搖搖頭，瞪著地板。「人腦可以是個陷阱，是個折磨。」

「不過當初他來村裡的時候，應該很興奮吧？」

「沒錯。」

「雖然是來做研究的，不過他看來像是要度假的吧？」

「確實。」

「那他後來怎麼變了呢？我的朋友的確是異於常人，我同意。所謂易感激動型的個性。可是他很享受做研究啊。他有可能會因為工作量太大，看來一臉病容，不過學習就是他的樂趣。他的身體也許不怎麼樣，可是他的腦子非常靈光。是什麼打亂了他的平衡呢，克蕾莉絲？」

「打亂了……？」

「讓他變得沮喪，而非興奮。他是得知了什麼，才會——」

她站起來，看看錶。「不好意思，我二十分鐘前就下班了。我約了要去朋友家。」

我的聲音硬起來。「當然，我沒有要耽擱你的意思。」

我到了診所外頭，在門口的燈光底下看了看錶——沒想到竟然已經快十一點半了。我因為勞累過度，膝蓋好痛。這一天所受的驚嚇搞得我全然沒了胃口，不過我知道我得勉強吃點東西才行，所以回到旅館餐廳以後，我便點了個雞肉三明治以及一杯Chablis白酒。我本打算到我房間吃的，不過沒能如願——梵東的房間和日記在跟我招手。

三明治和酒我都是食不知味。我坐在書桌前，周遭盡是梵東複製畫裡渦流的顏色以及隱藏的驚怖。我打開了一本筆記，想要讀懂。

一記敲門聲傳來，我猛轉過頭。

我再次瞥瞥我的錶，這才驚詫的發現到，幾個小時竟然恍如幾分鐘般飛逝。幾乎是凌晨兩點了。

敲門聲又響了，聲音不大，但頗堅持。是經理嗎？

「請進，」我用法文說。「門沒鎖上。」

門把轉開，門啪個打開。

克蕾莉絲踏步進來。她已換下了護士服，身上穿的是運動鞋、牛仔褲，以及一件緊身的黃色毛衣——襯托出她眼睛的褐。

「我要道歉，」她用英文說。「先前在診所，我太沒禮貌了。」

「一點也不會。你有約啊，我耽擱你了。」

她不太自在的聳聳肩。「我有時候下班太晚，都沒機會跟我的朋友見面。」

「這我完全可以體會。」

她伸出手來順了順她濃亮的長髮。「我的朋友累了。而當我走在回家的路上，經過了旅館，我瞧見這上頭還亮著燈。我覺得有可能是你，所以就……」

我點個頭，等著。

我覺得她原本好像是在迴避什麼，不過這會兒她卻是轉身面對了——面對著我找到的濺了血跡的複製畫。「那天下午經理打電話給我們時，醫生和我就盡快趕過來了。」

克蕾莉絲睜眼瞪著複製畫。「這麼多的美，怎麼卻帶來這麼多痛苦呢？」

「美？」我瞥向那些密密麻麻的張大的口。

「你絕對不能再待下去了，不要犯下跟你朋友一樣的錯誤。」

「錯誤？」

「你長途跋涉來到這兒，又受了驚嚇。你需要休息，要不你會跟你的朋友一樣，把自己累壞的。」

「我只是在整理他的一些東西。我打算打包好後，寄回美國去。」

「那就盡快打包吧。不要老想著他在這兒的經歷了，這是自找罪受。不要再置身於攪擾到你朋友的環境裡頭吧，這樣對你很不好。你現在已經是夠難受的了。」

「置身於？我的朋友會說是『浸淫』其中呢。」

「你看起來筋疲力盡。過來吧，」她伸出了手。「我帶你回你房間去，睡覺可以減輕你的痛苦。如果你需要吃點藥幫你……」

「謝謝，不過我用不上鎮靜劑。」

克蕾莉絲的手還是伸著。我牽住那手，跟著她走上甬道。

我回頭瞪視著那一張張複製畫，以及內藏的可怖。我為邁爾斯默禱之後，關上了燈，將門鎖上。

我們走下甬道。我進了房間，坐在床上。

「好好睡個長覺吧，」克蕾莉絲說。

「但願如此。」

「我真是為你感到不捨，」她吻了我的臉頰。

我碰著她的肩膀。她的唇朝我移來，她靠到我的身上。

我們一起倒上了床。我們在靜寂中做愛。

睡眠如同她的吻一般，輕柔的壓覆而來。

然而在我的惡夢裡，到處都是小小的張大的口。

明亮的陽光照進了我的窗戶。我睜開疼痛的眼睛，看了看錶。十點半。我的頭好痛。

克蕾莉絲在寫字台上留了張字條給我。

昨晚是出自不捨之情，為的是要撫平你的傷痛。完成你原本打算要做的事吧：將你朋友的衣物都打包好，寄到美國——請你也跟著走吧。不要重犯你朋友的錯誤，不要像你朋友說的那樣，「浸淫」其中。不要讓「美」帶給你痛苦。

我是打算離開的——我真心這樣以為。我打電話到櫃枱，請門房送一些紙箱上來。我沖完澡，刮好鬍子以後，便到邁爾斯的房間去，繼續堆疊那些複製畫。我把他的書和衣物也堆疊起來。我將所有的東西都裝進箱子裡，然後四下環顧，確定我沒有漏掉什麼。

邁爾斯畫的兩幅畫仍然倚在角落裡。我決定不要拿走——何必提醒我自己，他一直都在自欺欺人呢。

現在就只需要把箱子封好，寫上地址，然後寄出去了。然而當我動手要闔上箱蓋時，一眼卻又瞥到了裡頭的筆記本。

那麼多痛苦，我想著。那麼多無謂的浪費。

我再一次翻閱起筆記本。邁爾斯翻譯了日記裡好幾個段落。梵東因為事業不順，大為受挫。他離開巴黎來到維奇村，是因為受不了藝術圈裡惡意中傷、讓人窒息的氛圍，以及勢利的畫評人對他早年作品不屑的反應。*我得脫離傳統的束縛，揚棄美學政治的細綁，將毒素排出我的體外。我要找到全新的繪畫題材與方法。去感覺，而不要讓人告訴我如何去感覺。去看，而不要只是模仿別人的所見。*

我從梵東的傳記裡，得知他日後的窮困正是源自於他的野心。在巴黎時，他還真是吃了餐館後頭小巷子裡倒掉的廚餘。他能如願前來維奇村定居作畫，是因為有個當紅但傳統（如今飽受譏嘲）的畫家朋友借了他一筆小錢。梵東為了省下這筆資金，竟然老遠從巴黎徒步走到了法國南部。

而且你們應該也知道，在那個年代，這片山谷是個蠻荒之地，放眼只能看到連延的丘陵、岩石地、農田以及小村落而已。梵東拖著腳走到維奇村時的模樣，想必是一幅可悲的畫面。而當年他之所以選上這個荒僻的村落，就是因為它不同於傳統，因為它的日常生活景象和巴黎的沙龍截然不同——沒有任何其他畫家會有勇氣將其入畫的。

我要創造出人心未曾想像到的，他寫著。有那麼個痛苦的六個月之久，他是飽受挫折，每試必敗。搞到後來，他對自己產生了懷疑，決定乾脆放棄；但卻又突然來個大翻轉，於其後一整年奇蹟似勃發的創造力之下，給了這個世界三十八幅傑作。當然，那時他是連一幅畫都賣不了一頓飯的錢。不過時至今日，我們的世界已經學乖了。

他想必是陷入作畫的狂熱中了。他突發的能量想必是威力強大。對我而言——一個僅具技巧，但不具慧根、不成氣候的畫家——他已達到了藝術的顛峰。他雖然飽受折磨，但我還是非常羨慕他。當我把自己類魏斯（譯註：Andrew Wyeth，安德魯．魏斯，美國寫實派大家）的濫情風景畫和梵東開創新局的天才之作相比，我簡直是慚愧得無地自容。如果回美國的話，我就只能繼續再為雜誌廣告描畫啤酒罐和芳香劑啦。

我繼續翻閱筆記本，追循著梵東從沮喪難熬到靈思湧現那一路走來的歷程。不用說，他的勝利是有代價的：瘋狂，刺瞎自己，自殺。我忍不住想著：他於臨終之際，會不會希望自己能夠反轉自己的生命之路呢——如果可行的話？到後來，他應該知道自己的作品有多傑出，多驚人了吧。

但也許他並不曉得。他在刺瞎自己以前所畫的最後一幅畫就是自畫像。一個形容枯槁的陰鬱男子，逐漸稀薄的短髮，凹陷的五官，蒼白的膚色，還有雜亂的鬍子。這幅聞名的肖像讓我想起我心目中耶穌釘上十字架以前的面容——梵東就只少了一頂荊棘冠冕而已。然而梵東戴的是一種截然不同的荊棘冠——不在他頭上，而是在他的心裡。隱藏在他雜亂的鬍子以及凹陷的五官之下，無數小小的張大的口以及扭曲的肢體道出了內中的一切。他突然湧現的靈啟帶來了太大的後遺症。

一路讀下去時，我再度因為邁爾斯努力想要精準複製梵東痛苦的話語和筆跡，而感到沮喪。我讀到了梵東描述自己靈啟經驗的段落：**維奇村！我走來了！我看到了！我感覺到了！畫布！顏彩！創造以及詛咒！**

在這個謎樣的段落之後，筆記（以及梵東的日記）開始變得毫無道理可尋——只除了不斷重複的幾個字在抱怨嚴重的頭疼日益加劇。

克蕾莉絲於三點抵達診所準備輪班時，我就等在外頭。陽光明燦，照得她的眼睛一閃一閃。她穿了件酒紅色的裙子，套著藍綠色的薄衫。我在心裡輕撫著那棉柔的質地。

她看到我的時候，腳步一個不穩。她擠出了笑容，朝我走來。

「你是來告別的嗎？」她語帶希望。

「不是。我是想問幾個問題。」

她的笑容崩解了。「我上班不能遲到。」

「只花你一分鐘就好。我的法文字彙貧瘠，而且我又沒有字典。你們這個村子叫做維奇（Verge），意思是什麼呢？」

她拱起肩來，好像是在說這個問題無足輕重。「沒什麼有趣的意思，字面的翻譯就是『棍子』。」

「就這樣嗎？」

她看我蹙起眉頭，便又說道：「另外還有幾個意思：『枝子』、『柳條』。比方說父親有可能拿來處罰小孩用的柳條鞭之類的，」她看來不太自在。「也是陽具的俗稱。」

「沒別的意思了嗎？」

「間接的隱射倒也還有，只是離字面的意思遠了些。魔棒吧，或許，就是那種Y字型的分叉棒——有人宣稱可以架在胸前走到田野之間去找水源的那種。據說如果前方有水的話，叉棒就會往前倒。」

「我們都把那稱做是探測棒。我父親有一回告訴我說，他就親眼見過有人還真因此找到地下水了。我老懷疑那人只是故意讓棒子往前倒而已。依你看，村子取這名字，會不會是因為久遠以前有人靠著探測棒找到水呢？」

「我們這兒溪流、山泉多得很，哪用得著費事找啊？你怎麼突然對這名字起了興趣呢？」

「是我在梵東的日記裡讀到的。村名不知怎的讓他好興奮。」

「他本來就是很容易興奮的人。他瘋了啊。」

「是個怪人沒錯。不過他是在日記裡寫了那一段以後，才發狂的。」

「你是說他的症狀是等到那之後，才出現的吧。你又不是心理醫生。」

這我不能不同意。

「不好意思，只怕我又得無禮了。我真的得上班去了。」克蕾莉絲猶豫起來。「昨晚……」

「就是你字條裡講的那樣。只是因為同情我，想要減緩我的傷痛。你無意於跟我展開什麼關係。」

「請你聽我的話好嗎？快快離開，不要跟其他那些人一樣，毀掉自己。」

「其他那些人？」

「我是說你的朋友。」

「不對，你剛是說『其他那些人』。」我語氣急促。「克蕾莉絲，拜託講清楚吧。」

她覷瞇著眼昂起頭來，像是給逼到了牆角。「你的朋友挖出他的眼睛以後，我在村裡聽到一些傳言。老一輩的人。有可能只是以前流傳的一些謠言，後來又給誇大了吧。」

「他們怎麼說？」

她的眼睛覷瞇得更厲害了。「二十年前吧，有個男的到這兒來要研究梵東。他待了三個月，然後就精神崩潰。」

「他挖出了自己的眼睛嗎？」

「從英國傳回來的流言說，他在那兒一家精神病院刺瞎了自己。十年前，來了另一個人。他拿了剪刀刺穿一隻眼睛——直直戳進腦子去。」

我睜大了眼，無法控制住肩胛骨處不斷的痙攣。「媽的到底發生什麼事了？」

我在村子裡四處詢問，但卻找不到半個人肯跟我談。回到旅館後，經理告訴我說，他決定不再出租梵東的房間了。我得盡速把邁爾斯的家當搬走。

「不過我總還能續租我目前這間吧？」

「最好不要啦，但如果你想要的話我也沒辦法，因為我們畢竟還是民主國家嘛。」

我付了帳，走到樓上，將梵東房裡打包好的紙箱移到我的房間。電話響起時，我很驚訝。

是我的未婚妻打來的。

我打算什麼時候回家呢？

不曉得。

這個週末的婚禮怎麼辦？

婚禮得延期了。

她啪個掛上話筒時，我縮了一下。

我坐在床上，禁不住回想起上次我坐在這裡的時候——克蕾莉絲就站在我前方，然後跟我做愛。我是想毀掉我先前辛苦建構起來的生活啊。

有那麼一會兒，我差點就要回電給未婚妻了，然而心裡頭卻又起了另一股強大的力量逼著我瞥向紙箱，定眼凝看梵東的日記。克蕾莉絲於先前附在邁爾斯口述的信裡的字條告訴我說，他因過度執迷於研究，甚至還打算親身體驗梵東每日的行程。於是我便再度想到：到頭來，邁爾斯和梵東是否真的成了難分難解的雙胞？邁爾斯在此地有過什麼樣的經歷？其中的秘密是否就藏在日記裡呢——一如那些受苦的臉龐就藏在梵東的畫作裡一樣？我抓起了一本筆記。我一頁頁瀏覽下去，尋找有關梵東每日行程的記錄。而事情就是這樣子開始的。

我先前說過，除了電線桿和電線以外，維奇村彷彿是給困在十九世紀裡。不只當時的旅館還保留下來，就連梵東最愛的酒館，以及他早上固定會登門購買牛角麵包的那家烘焙店也都還在。他經常光顧的一家小餐館至今仍在營業。在村子的邊沿，有一條他偶爾會於午後坐在岸邊品嚐紅酒的鱒魚河仍然潺潺流過——雖然河川污染早就殺光了所有的魚。我一一造訪這些地點，而順序以及時間也都是遵循了梵東在他日記裡頭的記載。

早餐是八點，午餐兩點，然後便是鱒魚河邊的一杯葡萄酒，鄉間的漫步，之後則回到旅館房間。一個禮拜以後，日記我已倒背如流，不用再翻閱參考了。早晨是梵東作畫的時間。光線此時最好，他這麼寫著。而晚上則是回憶和素描的最佳時光。

後來我終於想到，如果我沒跟梵東一樣也畫畫、素描的話，那我就不算是真的在複製他的每日行程吧。所以我便買下了一本素描簿，還有畫布、顏料、調色板，以及拉拉雜雜的一堆，而這就是我打從研究所畢業以後，第一次嘗試提筆創作了。我採用了梵東喜愛的當地景色做為題材，並畫出了你也想得到的成果：梵東畫作的蹩腳版。由於沒有新的發現，也無法了解邁爾斯最終何以喪失心智，我很快就開始覺得索然無味了。我的資金已經快用光了。我打算放棄。

只除了……

我隱隱然覺得我錯失了個什麼。是梵東日記裡沒有明講的某些例行公事，或者是我沒注意到的某些有關當地人的資訊吧。

克蕾莉絲過來的時候，我正在「不再有鱒魚的」那條河邊啜飲葡萄酒。陽光明媚，我可以感覺到她的身影逼近，我轉過頭去，看到她正背著太陽朝我走來。

打從我倆在診所外頭那次不自在的談話之後，我就沒再看到她了——已經兩個禮拜。雖然陽光打上我的眼睛，但她看來比我印象裡還要美麗。

「你上回換衣服是什麼時候啊？」她問道。

一年前，我也問過邁爾斯同樣的問題。

「你得刮個鬍子。你酒喝太多了，氣色看來好差。」

我啜啜酒，聳聳肩。「噯，你也知道笑話裡的酒鬼是怎麼看待他自己那雙充血的眼睛吧。『你覺得看起來很糟是吧？等你從我這頭看過去才會知道厲害噢。』」

「不錯嘛，至少你還有辦法開玩笑。」

「我開始覺得我自己就是個笑話了。」

「你絕對不是個笑話。」她坐到我旁邊來。「你是快要變成你的朋友了。你怎麼還不離開呢？」

「是有這個念頭。」

「很好。」她碰碰我的手。

「克蕾莉絲？」

「嗯？」

「再回答一次我的幾個問題好嗎？」

她研究起我來。「為什麼？」

「因為如果得到正確答案的話，我有可能會離開。」

她緩緩點了個頭。

回到村裡以後，我將那一疊複製畫展示給她看。我差點就要跟她提起那裡頭隱含的臉容了，然而她若有所思的表情卻讓我卻步。她其實已經覺得我不太正常了。

「午間我出去散步時，我都是到梵東當年選擇作畫的地點去。」我攤開一幅幅畫。

「你瞧這個果園，還有這個農地、這個池塘、這個懸崖，而且另外還有很多呢。」

「嗯，我認得這些地方，我全見過了。」

「我是想說，如果我親眼看到了的話，也許就可以了解我朋友在這兒的遭遇。你跟我說過，他也去了這些地方。每個地點離這村子頂多就只有五公里。好些地方其實都隔不遠。要找到每個地點，其實不難——只有一個例外。」

她沒問是哪一個。她只是繃著臉，揉起手臂來。

先前將紙箱子移出梵東的房間時，我也把邁爾斯畫的兩幅作品拿過來了。這會兒，我將它們從床底拉出來。

「是我朋友畫的。顯而易見他不是藝術家，他的畫相當粗糙，不過你應該看得出來，上頭畫的都是同個地方。」

我將一幅梵東的複製畫從一大疊畫底下抽出來。

「就是這裡，」我說。「窪地裡的柏樹林，周圍都是岩石。這是我唯一找不到的地點。我問過村民了。他們都說不知道。你呢，克蕾莉絲？你能告訴我嗎？如果我的朋友竟然會執迷到畫上兩回的話，想必是有什麼深意吧。」

克蕾莉絲的指尖刮過了手腕。「抱歉。」

「嗄？」

「我幫不上忙。」

「這村子到底是怎麼啦，克蕾莉絲？大家是在藏著什麼呢？」

「我已經是盡了全力。」她搖搖頭，站起來，然後走向門口。她回頭哀傷的瞥我一眼。「有時候，追問到底是沒有好處的。秘密的存在，有時候是有其必要的。」

我看著她走下甬道。「克蕾莉絲……」

她回過頭來，只說了兩個字：「北方。」她在哭呢。「希望老天救你，」她補了一句。「我會為你的靈魂禱告的。」然後她便走下樓梯，消失了。

這是我第一次感到恐懼。

五分鐘後，我離開了旅館。先前散步到梵東畫作裡的地點時，我都是選擇最容易的路線：東、西，以及南邊。每次只要我問及北邊那些遙遠的林丘時，村民都會告訴我說，那個方向沒什麼東西好看的——跟梵東沒有半點關係。那麼窪地裡的柏樹呢？我問道。那些山丘裡根本沒有柏樹啊，只有橄欖樹，他們答說。不過現在我曉得了。

維奇村是在一個橢圓形山谷的南端，東西兩側都是山崖。我租了一輛車。我一腳踩上油門，噗噗揚起一陣塵土，然後便朝北開向那急速擴大的山丘而去。我從村子裡看到樹確實就是橄欖樹。然而樹木之間鉛色的岩石卻是跟梵東作品裡頭畫的一樣。我加速往前直開，然後轉向駛上山去。到了山頂，我找到一個窄小的空地停好車，並匆匆跨下車來。然而我該往哪個方向走呢？一時衝動之下，我選擇了左邊，在石頭和樹木之間匆匆前行。

此刻想起來，我做的決定不是沒有道理的。左側這邊的斜坡視覺上確實是比較戲劇化，較富於美感。充滿了野性美吧。有種深度，一種厚實感，就跟梵東的畫一樣。

我的直覺催促著我往前走。先前我是於五點一刻抵達丘陵的。時間很詭異的壓縮了。才沒幾下子，我的錶就已經指向了七點十分。太陽散發出猩紅色的光芒，往下移行，照耀在峭壁上。我繼續搜索，任由奇詭的景致引領我。山脊和谷地彷如迷宮，控制了我的方向。每轉一個彎，我不是碰到阻礙，就是轉了個方位得以前行。這就是我的感覺：我被操控了。我繞過一方峭壁，急步走下滿是荊棘的斜坡，無視於我襯衫的破口以及我手裡流出的鮮血。我停腳於一塊窪地的邊緣。窪底滿滿都是柏樹，而不是橄欖樹。樹與樹間矗立著石塊，形成了一個石穴。

窪底好深。我繞過了刺藤，無視於身上發燙的螯痛。石塊引領著我走下去。我壓住了內心的疑慮，一心只想速速抵達底部。

這個窪地，這個滿是柏樹與石塊的盆狀地形，這個周邊長滿了荊棘的漏斗，正是梵東畫作裡的圖像，也是邁爾斯試圖在畫布上捕捉的景色。然而這個地方到底為什麼會對他們造成那麼大的衝擊呢？

答案迅即來到了。我在看見之前先是聽到了，雖然「聽」其實並不能準確的形容我的感覺。那聲音非常微弱，但卻高亢，幾幾乎不在人耳可以偵測到的範圍之內。起先，我以為我是湊近了一個大黃蜂窩。我在窪地死寂的空氣裡，依稀感覺到了某種微妙的震動。我覺得耳鼓膜後頭好像有點癢，皮膚有點搔刺感，但那聲音其實是許多聲音的組合，每個都一樣，而且會合了起來，如同一大窩蟲子匯集起來共同發出的，但是聲音相當高亢，不是嗡嗡聲，而比較像是遠處傳來嘶叫與哭嚎的合唱。

我皺著眉，往柏樹林再邁出一步。我皮膚上的搔刺更難忍了，我耳鼓膜後頭的癢更是讓我受不了，我舉起手來摀住我頭的兩側。我湊得近到可以看見樹間有著什麼，而那清晰可見的恐怖影像則是讓我起了無邊的恐慌。我倒抽一口氣，踉蹌往後退去。但是已經來不及了。緊接著從那林間射向我來的那物實在太小也太快了，根本無從辨認。

那物擊上了我的右眼。那痛簡直讓我生不如死，彷彿有根白熱化的針頭刺入了我的視網膜，戳進我的腦子裡。我右手啪個猛地壓住那眼，尖聲大叫起來。

我蹣跚著繼續後退，疼痛加重了我的恐慌——那尖銳、燒燙般的痛急遽擴大，貫穿了我的頭骨。我的膝蓋一軟。我的意識模糊。我倒上了斜坡。

等我用盡全力開車回到村裡時，已是午夜過後。雖然我的眼睛不再有灼燒感，但我的恐慌卻已逼近了極限。由於先前昏倒過，我的頭仍然暈沉，我走入診所詢問克蕾莉絲的地址時，我是竭盡全力穩住自己。她曾邀我去她家的，我宣稱道。一名睡眼惺忪的助理皺起眉頭，但還是跟我說了地址。我絕望的把車子開向五個街口以外她住的小屋。

燈還亮著。我敲了門。她沒應門。我砰砰砰的更用力，更急促的敲了再敲。終於我看到了個人影。門打開時，我蹣跚走進客廳。克蕾莉絲緊揪著身上的睡衣，而她臥室的門則是打了開來，裡頭有個滿臉驚惶的女人坐在床上，緊抓著床單遮住胸脯，然後又趕忙起身，將臥房的門關上——這一切我彷彿都看在眼裡，但恍惚間卻有著不太真實的感覺。

「天殺的你以為你是在幹嘛啊？」克蕾莉絲厲聲質問道。「我可沒請你進來！我沒——」

我擠出了所有的力氣發出聲來：「我沒時間解釋了。我給嚇壞了，我需要你的幫忙。」

她把睡衣又抓得更緊了。

「我給螫到了，我覺得應該是感染到什麼怪病。拜託請幫我把我裡頭的不知什麼毒物給排掉。抗生素，解藥，所有你能拿到的什麼都行。也許是病毒吧，也許是真菌。也許跟細菌一樣。」

「到底發生了什麼啊？」

「我才說過，沒時間了。剛才我去診所的時候是可以求救，不過我曉得他們一定聽不懂。他們會以為我是精神崩潰，就跟邁爾斯一樣。你得把我帶過去。得幫我注射所有有可能把那物給殺掉的針劑才行啊。」

我聲音裡的恐慌戰勝了她的懷疑。「我會盡快換好衣服。」

我們一路趕往診所時，我跟她描述起事發的經過。我們一到診所，克蕾莉絲就打電話給醫生。我們等著的時候，她將消炎藥水點進我的眼睛，又遞來一顆藥片緩解我急遽惡化的頭疼。醫生出現了，他一看到我沮喪萬分，睡意朦朧的臉立刻警戒起來。他跟我原先預期的一樣，認定了我是精神崩潰。我馬上吼著要他順著我的意，幫我打進抗生素。克蕾莉絲盯著確定他注射的並非只是鎮定劑，他用上了許多不相排斥的藥物。如果我覺得馬桶清潔劑有效的話，我也會毫不猶豫的吞下去的。

我在柏樹林間見到的是小小的張大的口以及扭曲的肢體——就跟梵東畫作裡的那些一樣微小，一樣隱密。我現在知道了，梵東並不是將他瘋狂的視像強加在真實世界之上。搞半天，他其實並不是印象派啊。至少他那幅《窪地裡的柏樹》並不是。我很確定《柏樹》是他的腦子受到感染以後，他所畫的第一幅畫：他是如實描繪出他某一次出行時所看到的景象。其後由於感染日益嚴重，他目光所及之處，就鋪天蓋地的全都罩上了無數張大的口以及扭曲的肢體了。所以從這個角度來看，他確實不是印象派。對他而言，張大的口以及扭曲的肢體確實是存在於他後來所描繪的景象裡。他受到感染的腦子引領他畫下了對他而言是真實世界的景象。他的藝術是「再現」真實的。

這我清楚，請相信我。藥物全然無效，我的腦子就跟梵東的……或者跟邁爾斯的，一樣有病。我想盡辦法試圖了解為什麼他們於當初被螫之後，並沒有恐慌發作，並沒有立刻趕往醫院。我的結論是，梵東一直都在迫切企盼能得到靈感，畫下傑作，所以他便快快樂樂的忍受了那必要的痛苦。而邁爾斯則是一直都在企盼能夠了解梵東，所以他在被螫以後，也是心甘情願的承受了內中風險，為的是要更能認同他所研究的對象，然而等到他恍悟自己犯了大錯時，為時已經太晚了。

橘色代表焦慮，藍色代表瘋狂。真是沒錯。感染了我的腦子的不管何物，也感染到我對顏色的知覺。在我的世界裡，橘與藍逐漸蓋過了其他顏色，我沒得選擇。我已經看不太到其他了。我的畫作滿滿都是橘與藍。

我的畫。如今我已解開了另一個謎團。過去我老搞不懂，何以梵東會突然爆發出那麼大的創造能量，在短短一年之內，畫出三十八幅傑作。現在我知道答案了。我腦裡的玩意兒，那些張大的口以及扭曲的肢體，那焦慮的橘色，以及瘋狂的藍——是這一切帶給我龐大的壓力，搞得我頭痛欲裂，所以我得想盡辦法清出它們，將它們趕走。我從可待因換成Demerol換成嗎啡，每種藥物都只是階段性有用，但終究還是不夠。然後我便發現了梵東的秘訣，以及邁爾斯的意圖：把疾病畫下來，就可以將它驅除體內。但這只能保持一段時間，然後你就得再更賣力的畫畫，且畫得更快。只要能減輕痛苦就行。然而邁爾斯並非藝術家，他的病無法得到出口，所以他是幾個禮拜就退化到了末期，而不像梵東可以撐到一年。

不過我是藝術家啊——至少我曾希望自己是。我具備了技巧，只是欠缺靈視。而現在老天有眼，我終於有了靈視。起先我是畫下柏樹以及內中的秘密。我的成品可想而知就是梵東原作的模仿版，但我拒絕無謂的受苦。我仍然清楚記得，我於研究所時代所繪出的美國中西部風景畫：黑土景觀的愛荷華。我要讓觀者深刻感覺到那土壤的肥沃。以前我只是二流的魏斯，不過現在的我可不一樣了。如今我已創作出二十幅非梵東模仿版的畫作了——它們是我的原創，獨一無二。是疾病以及我生命經驗的組合。藉由強大記憶力的幫助，我將流過愛荷華城的那條河畫了下來。藍色。我將城外遼闊藍天下的玉米田畫了下來。橘色。我畫下我的純真。我的青春。畫裡頭隱藏著我最終的發現。美的底下隱隱然潛藏著醜。我腦子裡的可憎之物正在流膿惡化中。

克蕾莉絲終於跟我說了當地的傳聞。她說維奇村是中古時代建村的，當時有一顆流星從天而降，照亮了整個夜空。流星落在這村子北邊的山丘之間。火焰四射，樹林起火。當時夜已深了，目睹到的村民並不多。撞擊的地點離那少數幾名目擊者非常遙遠，所以他們並沒有摸黑趕去看那火山口。隔天早上，煙霧散去，餘燼也已成灰。雖然目擊者想要找到流星，但因當時尚未闢建道路，要穿過重重荊藤糾結的山林進行搜找，其實是大有困難的。那少數目擊者當中有幾個還是鍥而不捨。而那少數中的少數又再少數的幾個雖然完成了任務，但結果他們卻是步履蹣跚的回到村裡，滿口胡言，直嚷著頭疼，還說他們看到了小小的張大的口。他們手持木條，在塵土上畫出令人不安的圖像，最終甚至挖掉了自己的眼睛。傳言說，幾世紀以來，只要有人到山間尋找火山口後回到村子裡，一定都會發生類似的自殘。北邊的山林此後便成了禁忌之地，不再有村民前往該處——畢竟那裡是神的「權杖」碰觸到地球的地方啊。燃燒的流星撞擊地球之處從此有了個詩意的名稱：維奇村（La Verge）。

我不想說出顯而易見的結論，說什麼是流星帶來了大量的孢子，而孢子又在火山口裡大量繁殖，最後火山口內形成了窪地，並長出了滿滿的柏樹來。不——對我來說流星是因，而非果。我在柏樹當中看到了一個坑，那坑裡湧出了無數如同蟲子般的小小的張大的口以及扭曲的肢體——它們在哀嚎！它們緊緊附著在柏樹的葉子上，往後倒下時一個個都焦慮的扭動起來，但瞬間便被其他噴湧而出的焦慮靈魂取代了。

是的，靈魂。因為我堅信流星其實只是個因。對我來說，那帶出來的果，便是地獄之門大開。小小的在哀嚎的口便是被詛咒的魂靈。正如同我是被詛咒的一樣。為了求生，為了逃離那我們稱之為「地獄」的最終監牢，一名狂暴的罪人朝我撲來。他攫住我的眼，戳入我的腦——我靈魂的入口。我的靈魂。它在流膿啊。我作畫，是為了將膿清掉。

我持續講話——這好像也有幫助。克蕾莉絲記錄下我的話語，她的同性伴侶為我按摩肩膀。

我的作品獨樹一幟。世人將承認我是天才——這是我長久以來的夢想。

代價是如此之大。

頭疼又更嚴重了。橘色變得更明亮。藍色變得更加讓人不安了。

我盡了全力。我告訴自己我要比邁爾斯堅強——他的耐力只維持了幾個禮拜。梵東堅持了一年。也許天分便是力量。

我的腦子在腫脹，眼看著它就要迸出我的頭骨了。張大的口在孳長。無盡的頭疼！我勉勵自己要堅強。再撐過一天，再匆匆畫下另一幅作品。我的畫筆的尖端在招手。我真想持筆戳入我翻騰滾攪的腦袋，刺進我的雙眼以求狂喜的解脫。然而我必須忍耐。

在我左手邊的桌子上，剪刀等著。

不過不是今天。也不是明天。

我將勝過梵東。

喬伊思・凱蘿・歐慈（Joyce Carol Oates）

新近出版了小說《美國烈士之書》以及《娃娃大師：恐怖故事集》。她的短篇故事〈窗口的女人〉出現在《光與暗的故事》當中，並列入二〇一七年年度最佳美國懸疑故事的榜單。目前她是紐約大學研究所寫作課程的訪問作家。

Les beaux jours by Balthus, 1944-1946

Oil on canvas, 58¼×78⅜ in. (148×199 cm.). Hirshhorn Museum and Sculpture Garden, Smithsonian Institution, Washington, DC, gift of the Joseph H. Hirshhorn Foundation, 1966.

美好的日子

爹地拜託帶我回家吧。爹地我真的好抱歉。

爹地這是你的錯。爹地我恨你。

不，爹地！我愛你爹地，不管你做了什麼我都無所謂。

爹地我給魔咒鎖在這裡了。這裡的我不是我了。

我給關著的地方——應該是在阿爾卑斯山吧，我想。這是一棟好大、好古老的房子啊，就跟石砌的古堡一樣。透過高窗，你可以看到沼澤朝著地平線那頭的山峰延伸而去。放眼看去，全是灰灰綠綠髒髒的一片，好像海底。這裡永遠是昏暗的微光。黃昏是大師駕臨的時刻（譯註：「大師」原文為master，也有「主人」的意思）。我愛戀著大師。

不，爹地！我一點也不愛大師，我怕死大師了。

他跟你不一樣，爹地。大師嘲笑我、諷刺我，還伸出他瘦長冰涼的指頭纏住我的手指頭。我給擰痛到唉唉抽泣的時候，他只是冷笑。

如果你怕成這個樣的話，又幹嘛要爬到我們這兒來呢，小親親？

爹地請你原諒我。爹地請你不要拋下我。

雖然這全都是你的錯，爹地。

雖然我永遠都無法原諒你。

這地方有兩個名稱。「歌嵐行宮」是枱面上的名稱（譯註：原文為法文Le grand chalet，grand的意思是宏偉；chalet的原意是瑞士風格的農舍，引申義則為度假旅館。目前歐美有很多旅館都取名叫Le grand chalet。畫家巴爾帝斯Balthus於一九七七年在瑞士的旅遊勝地Rossinière買下的旅館也是叫做grand chalet，此後他便以此為家，直到二〇〇一年過世為止。本文將grand音譯為「歌嵐」）。而枱面下耳語相傳的稱呼則是「迷魂滿宮樓的歌嵐行宮」。

這裡真是壯觀哪，爹地。「行宮」裡最最古老的區域可以追溯到一五六三年（聽人說：如此久遠的年代，是我根本無從想像的）。環繞在宮外的是一大片如同護城河般的荒涼土地，狂風終日吹颳，所以就算我可以把自己縮到跟一隻嚇壞了的貓咪一樣小，就算我可以從哪一扇破爛窗戶鑽到外頭穿過沼澤往外跑，也防不了大師的僕人放出狼狗撲殺我。牠們會伸出尖利的狼牙把我撕成一片片的。

或者如果大師動了善念，不想以怨報怨的話，僕人們或許只會把困在巨網裡頭掙扎翻滾的我拖回去，然後將我丟在大師腳前的石板地上。

其他俘虜女孩就是這麼警告我的。

而大師自己也曾警告過我，但他沒發出聲來，只是照他的慣例伸出一根手指頭，按上了在我喉間惴惴打著節拍的小動脈，並施加了一定的壓力來做溝通：在所有的罪惡裡頭，小親親，背叛最是不可原諒。

我不太確定「迷魂滿宮樓的歌嵐行宮」到底位在哪裡，不過我想應該是在東歐某處吧。

一個沒有電力的荒僻之處，只有燃燒中的蠟炬：高大、壯觀的蠟炬，直徑和年輕的樹木一樣大，上頭布滿了畸形怪狀、硬掉了的熔蠟，看來就像是從熔岩當中刻出來的遠古雕像一般。燭光映照下，龐龐然的陰影起舞，如同餓昏了頭的禿鷹一般伸開奇大無比的翅膀，往頭上十二呎高的天花板飛去。這你能想像嗎，爹地？說來「行宮」和我們位在七十六街第五大道上的公寓，簡直是天差地遠啊。我們的家高高位在二十三層樓，往下可以俯瞰中央公園呢，然而（依母親所說）那裡頭的房間也是鬧鬼的，而居住其間的靈魂也都迷了途。

這裡可以看到一座座六呎高的壁爐，以及滿是煤灰的煙囪，而且耳語相傳說，萎縮成木乃伊的俘虜女孩，就是因為太想逃離大師而給困在其中：每當黑煙因此而漫入房間時，壁爐燃燒著的美麗火焰就得立刻熄掉才行——也難怪大師會怒不可遏。

這是一個荒僻之處，爹地。這裡的汽車都非常古舊，但卻相當高貴典雅，而且黑得發亮。和靈車很像。

「行宮」裡沒有電視。然而大師的居處也許有一台吧，只是我們從來不得進入其中，也無法一窺究竟，所以其實無法確定。但想想應該是不太可能，因為大師對「軟弱矯情的現代世界」只有無盡的蔑視，就連「二十世紀」在大師的眼裡看來，都跟個抽抽噎噎猛吸鼻水猛打噴嚏的女孩一樣俗不可耐。

不過這裡倒是有一台舊式收音機，「立地式」的呢。僕人們稱之為「無線」。它就擱在大師位於樓下的起居間，我們如果在大師的工作室表現可嘉的話，是有可能於當天獲准入內的。

在大師的工作室裡，風往往很大。風如同寒涼陰惡的手指一般，撬穿高窗的邊縫，撫弄我們搔弄我們，我們全身發抖牙齒格格打顫，因為我們奉令得立刻脫下衣物，而且不許反抗，我們得往自己冰冷的裸體套上過度寬大的絲質和服。不管我們如何緊緊紮住腰間的流蘇，和服還是免不了又會脫落。

我們在「歌嵐行宮」經常都是赤腳走路，因為大師最仰慕（他說過）小女孩兒的腳丫子了。

何況，光溜溜的小女孩兒的腳丫子，可沒辦法在「行宮」牆外的荊棘和刺藤以及小石頭之間自在奔跑啊。

在大師的工作室裡，我們奉令要好幾個小時都坐得挺直，完全不許動，或者好幾個小時都站得挺直，完全不許動，而且我們當中較受寵的幾個還得攤開裸露的大腿，慵懶的斜靠在躺椅上，腦袋往後甩出一個好痛苦的角度。此外，我們當中的某些人（謠傳是最最得寵的），則是奉令要文風不動的躺在冰涼的大理石地板上，擬仿 le mort（法文：死人）的模樣——大師這麼說。

我們切切不可觀察畫架前的大師。大師在離我們只有幾呎之遠的畫架前方，矮著身凝神作畫時，呼吸急促雙腿發軟，整張臉也因痛苦、渴望以及狂喜之情而扭曲甚至抽動起來，但我們連快快橫掃一眼，都是切切不可的。藝術是個殘酷的主人，就連大師也受制於它。

有時候，貴為有教養的紳士典範的大師，會以我們大半的人都不懂得的語言大聲咒罵起來。有時候，大師會猛摔畫筆，或者猛丟一管顏料，就跟鬧脾氣的小孩一樣，因為他知道待會兒總有人（一名大人，僕人）會幫他撿起來的。

還好大師畫架底下的大理石地板上，鋪了一面污漬點點的帆布墊。

瞧見大師那一管管多不勝數的顏料，我們還真是嚇呆了。它們全給胡亂堆上了他畫架旁邊的桌子上：各種色彩的顏料管，大部分都髒兮兮的，有些則是給擠到乾得只剩個骨架而已，挺豐肥的那幾管是新近才買來的。相較之下，「歌嵐行宮」其他的空間簡直是乾淨整齊得如同幾何圖形一樣。

大師工作室的天花板高闊，牆面雪白，據說這是全世界最知名的畫室之一呢。早在我們當中最大的那個出生以前，「迷魂滿宮樓的歌嵐行宮」便有了工作室，而且當然，在我們當中最小的那個過世很久以後，工作室也還是會在。大師的工作室將永存永續，因為它已成為傳奇，就像大師自己一樣。據說他是少數幾位作品得以在羅浮宮展示的當代藝術家呢。

大師不喜出名，也不喜商業性的成功，然而諷刺的是，大師卻是聞名遐邇，成了所謂的「現代世界」裡最成功的畫家之一了。他的畫作都是超大尺寸，而且是很龜毛的畫了又再重畫：結構工整，近乎嚴謹，而且「古典」——雖然畫作的主題都是裸女，或者衣不蔽體、擺出慵懶姿態的少女。

大師相當強調繪畫需得客觀，不帶私人情感。大師選擇了遺世獨居，遠離歐洲的大都會，如巴黎、柏林、布拉格，和羅馬。大師鄙夷菁英主義的藝術圈，就如同他鄙夷媒體一樣，不過媒體對他還是趨之若鶩，不時派狗仔隊跟拍。大師廣受尊敬，是因為他對創作的嚴謹態度，以及他的完美主義：大師往往會花上好幾年來創作一幅畫，然後才肯將作品交給他在巴黎的藝廊。每回在他難得舉辦的展覽裡頭，大師都要再次發表他的宣言：

生命不是藝術
藝術卻是生命：充滿了未知的生命
專心凝視畫作吧

「餘者皆是虛空」

然而媒體卻是愛死了大師，他們將他視為貴族藝術家——自我放逐，遺世獨居於歐洲某一個浪漫、遙遠的角落。

在大師的工作室裡，時間不再存在。在大師的工作室裡，魔法如同乙醚一般充滿了我。我的手臂、我的腿、我仰臥於綠色沙發上的軀體——好沉重啊，我無法移動。

大師令我穿上緊袖上衣，大師將我緊身胸衣的釦子打開，露出我小巧的右乳；大師將我裸露的雙腿橫來擺去，大師同時也在我秀美的小女孩兒的腳丫兒套上了質地極細的緞面便鞋——穿著這雙鞋是幾乎無法走路的；大師將一圈項鍊圍上我的脖子，那上頭鑲著的小巧寶石絕對配得上風華正勝的美女——一如大師所說：項鍊有可能是他某一任的妻子所有。

而大師也給了我一面手持鏡，讓我得以攬鏡自照，讓我為眼中的所見而迷醉：嬌美的娃娃臉、小巧挺直的鼻梁，還有噘起來的豐唇——這就是我。

當初我是怎麼來到這被擄之地呢？——這是我腦裡唯一的念頭了。

爹地，我逃離了你。我逃離了她。

然而我頭一次到美術館，便是跟著母親去的——我在那兒流連多時，晃蕩於我們從第五大道的窗口便可看到的美術館。母親戴著一副太陽眼鏡，好遮住她紅腫的眼睛，而且認識她的人（以及認識你的人）都不會認出她來。母親拉著我和妹妹的手臂，催促我們登上壯觀的石階去尋找她也不知如何定義的什麼——撫慰人心的藝術，不帶感情的藝術，逃避現實的藝術。

藝術的神秘帶來了迷惑，卻也夾帶著強大的力量，癒合我們的傷口——或者撕裂我們的傷口，造成更大的苦痛。

很快的，我便偷偷獨自前來此地了。我成了美術館裡的異數，這麼小的小孩子呢，還是自己來……

不過我的外表（包括年齡和身材）看起來都比實際上還大。而且我有個本事：我會在通常顯擠的大廳裡獵覓理想對象，然後踏上前去，請求對方為我買票，並請她們帶我一起進館，彷彿我們本就同行一般……當然，我會付她們票錢。而且我挺聰明的，我甚至還會將母親的會員卡（特為這次看展取得的）借給她們，以便促成雙方合作。

我找的通常是女人。年紀不小，也不大，母親的年齡吧，不會太豔麗（和母親一樣），而且帶著母性的光輝。起先她們對我的要求會很驚訝，不過倒是滿慈和的，之後則是點頭同意。想要騙這些女人說，你或母親就在側翼的咖啡座等我其實不難；而入館以後，我就會偷偷溜開她們的視線。

沒多久後，我便會在美術館內一長排二十世紀歐洲藝術家的畫作前面，流連忘返了——我說的正是大師本人。

這些畫作施展的魔幻力量真是何其大啊！我哪曉得，這種引人迷戀、使人受困，且致人於無力狀態的魔力，會在將來的某一天如同妖邪的鎮靜劑一般，穿透我的四肢……

這一幅幅大尺寸的畫作帶著夢幻色彩，風格則是近似母親最喜愛的歐洲古典時期的藝術：風格嚴謹，帶著沉靜內斂的美感，然而它們的主題卻不是來自聖經或者希臘、羅馬神話故事，那上頭畫的都是女孩，有些甚至跟我一樣小。雖然畫作的背景和我的生活差異很大，女孩們對我來說卻好有親切感，比我自己的妹妹還親的感覺——妹妹比我小很多，又笨，老是嘰哩呱啦在講話，打亂我的思緒。

我尤其很愛盯著一個看來很像我的畫中女孩看，她就躺在一間老式客廳裡的小沙發上頭（當時我還不曉得法文chaise longue，是專門用來形容這種躺椅的）。女孩跟我挺像，不過年齡較大也比較有智慧。她的眉毛跟鉛筆畫出來的一樣好細好有美感，反之我的眉毛就粗了些，而且沒有那麼清楚的線條。她的眼睛跟我的一模一樣呢！——但較有智慧，像是在笑看人間。她銅色的波浪鬈髮和我的一樣，不過看來比較老式。她洋娃娃樣的五官、細緻骨感的鼻子，以及噘起來的陰鬱雙唇，都跟我一樣，不過她比我漂亮多了，也更輕靈。另外她還拿著一面小小的手持鏡，自戀樣的凝神靜靜看著她自己——我打死也不會來這套的，因為我是越來越無法忍受我自己的臉了。

這幅畫怪就怪在，沙發上的女孩好像完全無視於房裡另外一個人的存在，雖然那人離她其實只有幾呎遠：一名弓身彎腰的年輕男子，正在撥弄壁爐裡熊熊燃燒的火焰。站在這幅畫前面，你幾幾乎可以感覺到那團火所發出來的熱力與光芒。

事實上，如果你從稍遠處朝著畫作走來的話，你首先注意到的，會是那團彷彿撲面而來的火焰，之後你才會看到沙發上躺著的人形——正做夢樣的專心凝看自己的反影。

聽來滿怪的吧，爹地？然而，如果沙發上的女孩是在做夢，而女孩夢到的便是她自己漂亮的娃娃臉的話，那麼她會無視於另一人的存在就不奇怪了，雖然那人就在近旁；弓身的人形是個男子，但因為他弓著身，所以一定就是僕人，而不是主人（master）了。

每天放學以後，我都會來到美術館。我在這幅畫前面所待的時間，是一天比一天還要久。Les beaux jours。起先我以為畫名的意思是「美麗的眼睛」，不過jours的意思是「日子」，而眼睛的法文應該是yeux才對啊。

所以囉，畫名的意思是「美好的日子」。

一天又一天的迷戀與受蠱。但還不至於陷入「受困」的日子。

美好的日子，每天都是完美的平靜與祥和。平和的日子裡，你會凝神望入小小的手持鏡裡頭，無視於在你幾呎以外預備著美麗火焰的那位弓身且無臉的僕人，也無視於你腳上那雙單薄的緞面便鞋——如果你想穿著這雙鞋逃離此地的話，只怕是難上加難。

這名藝術家的其他畫作對我的吸引力也很大——他的名字我不能說，是因為我們萬萬不可指名道姓談論大師；「歌嵐行宮」裡所有的僕人也都一樣。其中任何一幅都有可能擄獲我的心：《做夢的泰瑞莎》、《打扮中的小女孩》、《和貓咪玩耍的裸女》、《受害者》、《臥室》。

模糊間，我彷彿可以聽到她們在哭泣——是畫作中的俘虜女孩，而不是（還不是）我。

那聲音真是模糊，我幾幾乎可以假裝沒有聽到呢。我四下瞥瞥美術館裡的其他人：偶爾來訪的觀畫人、無視於我的制服警衛。一個十一歲的小孩獨自在館內遊蕩，不知為何心生焦慮、全身打顫（這點我當時無法測透）。

（而美術館裡的警衛又是怎麼回事？他們難道也沒有聽到嗎？他們難道是日久無感覺，對美，以及痛苦，都已厭煩，彷彿牆上掛的只是塗了顏彩的帆布面，觸目只見表層，而無更深處可看？在我哭喊求救的時候，他們難道也是一樣聽不到嗎？）

出了美術館，便是紐約街頭的吵嚷與紛亂。高大的濃蔭綠樹，巨型的綠色公園。第五大道上，計程車於美術館前的路沿排隊——就在如同金字塔般的石階底下。

攤販的推車沿著街邊一路延伸。這些推車一律是美國退伍軍人所擁有的——這是法律規定。那熱騰騰的肉味，營養不良的我們聞得頭暈目眩。

我們位在七十六街第五大道上的公寓，高高位於二十三層樓，往下可以俯瞰中央公園。太高了，我們什麼也聽不到。街上的聲音無法上達我們的耳朵。當我兩手摀住耳朵時，我就聽不到哭泣聲了。我連自己的哭泣都聽不到——或者我心狂野的節拍。

我上一次生日是十一歲。那時你還跟我們一起住呢，爹地，雖然你老是投宿在外。而你當時就給了我承諾：親愛的我當然沒要離開你跟你妹妹和你母親啊；而且就算我離開你們母親——暫時的！這也不表示我要離開你跟你妹妹啊。不會的。

然而當你離開後，我們就被迫搬到另一間公寓，位在一條比較不起眼的街道，樓層也降低了。母親說，你離開我們是為了展開新生活。她痛哭流涕，她穿著她那套睡衣（薄得透明），好幾天都不肯脫下來。

一個個男人跑來跟母親同住，但都待不久。我們聽到他們大聲喧嘩笑鬧，我們聽到杯子、瓶子喀喀啷響的聲音。我們聽到母親尖叫。

我們於破曉時分聽到男人匆匆離開：踉踉蹌蹌，詛咒、威脅都來。粗野的笑聲。珍妮睜大了眼耳語道：他們其中一個會把她殺掉。勒死她。

（你或許覺得不太可能，一個八、九歲的小孩會說出這種話來嗎？就算只是耳語，而對象又只是她十一歲的姐姐？你就是這麼想的嗎，爹地？你希望一切都是如你所想嗎？）

（爹地是一個「想」要保護自己的人。他可沒「想」要保護他的孩子。）

大人的生活我們一無所知。然而，大人的生活我們也無所不知。我們習慣看電視。深夜時分照說我們該上床時，音量關小了。我們看著滿頭蓬髮、一臉橫七豎八的睫毛膏的女人（身上穿著單薄透明的睡衣），在床上給強姦、勒斃了。紐約市警局的探員無禮的瞪眼看著她們裸體。攝影師蹲伏在她們上頭，折著膝蓋拍照，鼠蹊都隆起來了。

不過母親沒有死，這你應該曉得。母親的尖叫聲四處可聞。就連在這兒，在「歌嵐行宮」裡頭，我都可以隔著一段距離聽到呢。不過也有可能只是我的俘虜姊妹們的哭喊聲吧——給墊子或者大師的手摀住了。

男人帶來了威士忌、波本。古柯鹼。

從母親的冰箱裡頭，搬出柔軟有異味的布里乾酪。硬梆梆的波羅伏洛乳酪。蝸牛和大蒜、熱牛油。他們狼吞虎嚥。他們直接用手大快朵頤。我們趕緊躲起來，遮住眼睛。蝸牛看起來好噁心啊，就像我們女孩兒細瘦腿間的那小小的突起的肉片一般，我們就連泡澡的時候，都沒辦法伸手去摸——那種觸感太過強烈了。

爹地，你不敢碰我們的那裡。久遠前你還是個年輕的新手爸爸時，你幫我們洗澡。那時我們還是小小女孩兒，才剛過了嬰兒期、學步期。那麼久以前的事，你（也許）已經忘記了。

爹地，我們可沒忘。當時你的眼睛閃閃發亮，因為知道我們的腿間藏有秘密，那是你沒有（允許你自己）觸碰的。

大師在我們的身上無處不摸。當然，大師也會碰觸我們的那裡。

爹地你為什麼離開呢。為什麼你的生命沒有我們呢。

母親一直不曉得，我們曾經看過她一次——那個從你的懷中翻身而下的女孩，她咕咕在笑。

年輕得可以當你女兒了，母親斥罵道。我想抗議說，我才是你的女兒！

那次的碰面是個意外。珍妮和我坐著你的私家車回到公寓的時間稍微早了點，要不就是你的朋友走得太晚。從你的懷裡咕咕笑著滑下來，臉好紅，結結巴巴說著：噢，不要想歪了啊，我不是壞人……

她先前喝了酒。你們兩個都有喝。我們覺得好驚訝，她可真高啊，不過不很瘦，不很漂亮，而且（也許）沒有母親想得那麼年輕，不過當然比母親要小很多囉。

她的緊身短裙拉到她豐肥的大腿上頭。她襯衫的鈕釦全給扯開了。

我不是壞人。請相信我！

在宏偉的美術館裡，我快步踏上氣派的石階，沿著高闊的一道道走廊走去，到了那間燈光昏暗、內有大師作品的畫廊。

我在迷宮般的美術館移行，如同只靠著嗅覺與觸覺尋路的盲眼小孩。然後，哇，我就赫然看到了它，在我眼前——美好的日子。

真是讓人訝嘆啊，這幅畫竟然完全沒變。歪身靠在綠色躺椅上的女孩，兩隻大腿斜張，她正專心看著手中鏡子裡的自己。女孩跟我很像，但大一些，也較有智慧，而且（似乎）因為明白這點，而有自得之色呢。

女孩對離她幾呎以外，那團熊熊燃燒的烈焰毫無所覺。

這是我頭一次聽到那微弱，呼求的聲音，也許不只一個人——**哈囉！到我們這兒來吧。**

或者她們是在哭求——**幫幫我們啊……**

週間下午的時候，這間畫廊通常幾乎都是空無一人。訪客都是一群群的穿行於特展場地，根本就不會到這間畫廊來。

沒有人聽到哭叫聲，除了我。

真是奇怪，美術館警衛從沒聽到過。應該是他們超級單調乏味的警衛生活，讓他們無法看出大師藝術的奇妙與魔力吧——雖然那幅畫就掛在他們前方：帶著勝利的姿態，無視於道德的批判。

所以這幅畫才會如此寂寞啊，爹地。希望你聽得到。

至於我們目前的公寓呢，則是位在比二十三要低的樓層，不過還是高於人行道——

高得足以在我的內裡翻攪出恐懼來。我爬到外頭的侏儒陽台，鼓起勇氣靠上黏著鴿糞的鐵欄杆，等著你來發現我，爹地，等著你來責罵我（但你都很少罵啊）——你在幹嘛啊！快快回到這裡來，親愛的。

大師從來不罵人。大師很少在我們的面前露出感情來，因為我們不值得。他對我們就只有憤怒、失望以及不悅的情緒。

爹地，快來吧！我很害怕大師會不喜歡我，我擔心他會覺得我膩味了，擔心他會把我一腳踢開——因為他曾踢開許多人。

好寂寞啊！然而，我愛大師。我很愛那在大師工作室裡重重壓到我身上的魔法呢，雖然我的四肢發疼，我的脖子好費力的想要支撐我頭部的重量，因為我得為大師擺姿勢，保持不動好幾小時。

如果你不過來帶我回家的話，爹地。如果你把我丟給大師的話，我會陷入那個魔法當中出不來，而且大師總有一天會厭棄我的，他會在我的脖子上圍個狗圈，然後繫上鍊子，將我緊緊拴在「行宮」最最底層的地牢裡頭。

到我們這兒來，幫幫我們
幫幫我們，到我們這兒來

我朝著美術館裡的那幅畫走近時，魔法開始在我身上作用了。如同空氣中的乙醚。近旁沒有警衛。沒有其他訪客。我全身發抖，往前湊去，低語道：好的！我會上你們那兒去。

因為依我看來，《美好的日子》裡頭的客廳真是美輪美奐，雖然有點奇怪而顏色也嫌陰暗了點所以整體看來不很清楚——一如夢境中的細節往往不太清楚；然而卻極具魅惑性，令人無法抗拒。

放學後於孤單寂寞的午後，我已養成習慣待在另外那個世界裡。當時我並沒有意識到那是大師的世界，因為畫作裡並沒有大師的身影，你只能看到你自己，而且這幅作品是以你這輩子從未見過也無法想像的熱情、渴望以及愛欲所畫出來的。

每一幅畫裡的每個女孩：她們好安靜、她們好完美。就算是怪女孩，就算是隱匿著沒露臉的娃娃臉女孩，也備受寵愛。這點，你是可以感覺到的。

生命裡如果沒有你的話，爹地，我就唯有在這些畫裡，才能找到快樂了。

來我們這兒吧，你是我們的一員——眾多聲音耳語著；而我的回答則是——好的。

我是你們的了。

Ma chere, bienvenue（法文：小親親，歡迎你）！——大師展臂迎向我。

Ma belle petite fille（*法文：我美麗的小女兒*）！——大師一看到我就發出歡呼聲，一副他從來沒有看到如此標緻的人似的。

在這之前，我置身於一間好大的老房子，在昏暗的長廊四處遊蕩，且因迷途而哭泣時，一個僕人發現了我。而後來我才知道，這房子就是「迷魂滿宮樓的歌嵐行宮」。大師讓我臉紅、心跳，而且簡直無法呼吸，因他往我的臉，我的手，和我裸露的手臂上猛吻猛親，濕答答的吻，搞得我差點昏倒。

你是從多遠以外的地方來的呢，小親親？——越過大洋，來到你的主人面前。

我當時還不知道，其實每個俘虜女孩都曾承受過大師如此盛大的歡迎，而且每個都以為*自己是他的唯一。唯有我。*

在那另一個我曾擁有的生命裡頭，我無法忍受在鏡中看到自己。

因為你當初離開我們的時候，爹地，你帶走了太多東西——你無法想像有多少。

然而在大師的工作室裡，當我照著大師的指示臥在綠色躺椅上時，我就得以看到我的臉並不平凡，並不可鄙，我長的是一張可愛的娃娃臉。我喜歡凝神看著大師給我的鏡子，看著那張可愛的娃娃臉。

那就像睡眠一樣——看著那張可愛的娃娃臉。很難醒來，很難把眼神移開娃娃臉。我的嘴唇幾乎沒有動彈——這是我嗎？那其中的神妙有很大的催眠力量，就像永不停止的愛撫一樣。

雖然我知道——我想——房裡另外還有個人……首先我感覺到的其實是熱：這個寒風凜冽的房間突然熱得不太舒服起來。

那是一團火焰的熱力。有人在旁邊。

大師扯一扯我的緊貼袖，將袖子拉下我的肩膀好露出我的右乳——小而堅挺，如同一顆未熟的蘋果。大師給我的這件緊身洋裝，裙子好短，而且往後拉去，露出了我大半段的腿。在其他房間裡的其他畫作裡頭，由於大師將我的腿的擱置方式不同，所以我白閃閃的小女生內褲就露了出來。不過在這幅畫裡，你就無法看到我大腿間那窄窄的一段棉白。

在大師的工作室裡，時間不再往前走。在大師的工作室裡，我們永遠不老。這就是大師的工作室給予的承諾。

大師嘲笑我們，不過他沒有惡意。**你們也知道你們來我這裡，是出自你們的意願，所以啊就別假惺惺的了。這裡不容虛偽的存在。**

我們必須長時間擺姿勢。我們的生活在我們的眼前如同一軸軸棉線般，虛擲於一面傾斜的大理石地板上頭。我們有些是新來乍到「歌嵐行宮」的，而有些則是已經在這裡一輩子了。我們必須長時間在這間寒風凜冽的工作室擺姿勢，否則就不許進食。我們絕不可打斷專心工作的大師，因為大師會雷霆大發，而且大師會以將我們打入冷宮來做懲罰。

口渴難捱時，我們只能從蹲伏在一旁的僕人手中喝到一小口水。如果我們要求「解手」的話，大師的怒氣指數絕對會破表的。

他們這裡都習慣講馬桶，而非洗手間。我對「馬桶」這兩個字非常敏感。他們的沖水設備非常老式，得用鍊子拉扯才行。老舊的水管會鏘啷啷的響起來，在這古老的大房子裡聽來，還真像是魔鬼的聲音。

我憎惡你。你！——大師細瘦的鼻孔會因怒氣而顫抖。

我們已經學到，身體只是一具臭皮囊。說穿了，美麗的娃娃臉只是曇花一現的假相而已。

母親曾怨毒的告訴我們說，當她頭一次懷孕時，你對她的愛就結束了，爹地。我的肚子，還有我的乳房，太大太腫了，她說，不再是個女孩，所以他覺得遭到背叛。可憐的男人起不了性慾。

我們不想聽這個！我們年紀太小，還沒辦法聽聞這等人間醜陋。

當然，婚姻還是持續下去。你們的父親連對他自己都無法承認，他——一個男人——的慾望是有限度的。

然後有一天，大師選了我來當一幅特別畫作的主題，標題簡潔但也嚇人：受害者。

我希望你能看到這幅肖像，爹地。我就是在美術館的牆上看到這幅畫的，但並沒有意識到那個擺著軟癱躺姿的女孩，並不只是像我而已。她就是我。《受害者》不像大師其他有名的畫作那麼夢幻、唯美。《受害者》展示出非常直白且直搗核心的影像：一名受害的女孩。大師無比有耐心，幾乎是溫柔的引導我躺到一面石板上，大師幾幾乎是充滿愛意的將我裸露的四肢翻來覆去喬姿勢。他伸出他如鋼鐵般堅硬的手指，調整我的頭。

在《受害者》裡頭，我覺得我並不美麗。我好蒼白啊，彷彿失了血一般。而他也沒有贈與我一面小鏡子，讓我欣賞自己美麗的娃娃臉。我的眼睛闔起來，視線不再。除了單薄的白棉襪以及小巧、只有裝飾作用的便鞋以外，我全身赤裸，一絲不掛。

慢慢的，彷彿進入狂喜狀態的大師畫起這幅肖像。好幾個小時以後，大師完成了一天的工作，他如同幻影般悄然離開了工作室，而一名僕人則是將我從昏睡狀態喚醒過來。那是一名侏儒婦人，她猛然拉開了厚重的簾子，陽光如同一道重擊潑撒進來——**起來吧，你。別耍花招了。你沒死——還沒。**

當我頭一次抵達「行宮」時，我受到的是公主的禮遇。就如同我出生時一樣，就如同好多年間我是你唯一的孩子時一樣，爹地。那時，你待我如同公主。

在「行宮」中我的房裡，擺著一瓶山谷裡的百合。就在我的床鋪旁邊。我的床的大小，則是恰恰適合於一名十一歲女孩的尺寸。山谷裡的百合所發出的甜美香味直到現在都讓我感到迷醉——在回憶中。

一名女僕為我洗澡，幫我洗頭，並拿著髮梳緩緩的，用力的為我梳頭。大師在一旁滿意的觀看。

Tres belle, la petite enfant（法文：好美啊，小小女孩兒）！

在早年美好的日子裡，偶爾我還會想著，這一切將永遠不變：大師從女僕手裡接過髮梳，親手為我梳頭。

有時候，我模糊記得，大師甚至為我洗澡，送我上床。

我必須很慚愧的向你供認，爹地，那時我其實並不想念你。我沒有想到你。當時，我的心裡只有大師一人。

在大師的工作室裡，大師穿著一件跟神父袍一般的純黑袍子。每天入夜時大師的袍子必定沾滿了顏彩，所以每天早上大師都會換上一件新的乾淨的黑色長袍。

他纖瘦的腳上套著黑色的絲質便鞋，大師穿著這雙鞋直挺挺的無聲移動，如同鬼魂。

我從來就沒有真的直視過大師的臉，爹地——我們不准看的。所以我也不算真的見過大師。我只知道他比你年長，而且頗具威嚴，他蒼白嚴峻的臉就像是雕出來的一般，不同於其他純屬肉體、等級較低的人類。

（你的臉是否變粗糙了，爹地？我不願意這樣想。）

（我不願意想到你的不好，然而母親卻一直都在跟我們數落你的不是。）

我們當中有些人已經領悟到大師其實並不愛我們，因為我們不是他的孩子。這點很難理解，而且滿傷人的。不過事實便是如此：所有我們這些大師的俘虜女孩，沒有一個是他親生的。大師本身寶貴的精子並非漫不經心的四處亂灑（據說），而是精心挑選土壤才下種的，而之後也生發茁壯起來。大師的這位獨子相當特出，但我們永遠不得見他（據說），因為他住在巴黎。他和大師一樣是位藝術家，雖然名氣遠遠不如大師。

另有謠言盛傳說，大師的兒子有一天會來到「歌嵐行宮」，解放他父親的俘虜女孩，因為大師的兒子對大師藝術的理念無法苟同。

然而一年年過去，大師的兒子卻一直沒有現身。

反倒是來了好些攝影師，他們無畏於迢迢千里路，越過阿爾卑斯山來到東歐這荒僻的地方。另外也來了記者，以及意欲採訪的人士。大師已吩咐過僕人，不許訪客進入「行宮」的外圍大門，不過偶爾大師興致一來（他最愛來這招），他會同意某一、兩名陌生人登堂入室——如果這人（女人的機率較小）是來自某一家知名的出版社，或者是個資歷輝煌的同行的話。

這些得到特權的訪客通常也只能進入「行宮」前端的幾個廳而已。僕人無時無刻都在監視他們，而且大師的狼狗群就駐紮在不遠處（據說），專心盯看陌生人的一舉一動，隨時有可能收到信號而發動攻擊。

大半訪客都只看到裝潢華麗的一個個房間，裡頭擺設有厚重的家具以及厚重的波斯地毯，還有色澤如同葡萄汁液的天鵝絨窗簾。窗簾如今已因陽光的照射，現出片片淡褪的不規則區塊。他們獲准拍攝這般場景中的大師——而這也是大師事先精心設計好的，就如同舞台的布景，因為大師（偶爾）會以如此設計為樂。當年大師身為學徒之時，他曾置身於達達主義風潮的邊緣地帶，而且又是曼．雷（Man Ray）的知心好友。訪客不許拍攝污髒的大理石地板、天花板上的縫隙和水漬、大師古董希臘雕像上所蒙的塵灰，還有馬桶內部嚇人的細節。大師的工作室只有在少數兩次特殊狀況下，曾經一絲不苟的嚴加整理過，並允許訪客入內。一次是德國公共電視台要拍攝關於他的紀錄片，另一次則是黃金時段的美國電視節目派了一名當紅的主播來採訪。

大師於那兩次採訪時，皆優雅作答——問題都是事先經由大師批准認可過的。大師是個口才便給的藝術家，他的每一句話都是精心雕琢而成的，如同詩一般。

藝術不是真理。藝術模塑真理。

藝術不是「美」——藝術比美還偉大。

藝術是那飛越在生命之上的生命的影子，永遠也不會受限於（區區的）生命。

採訪當時，我們在「行宮」的後廂房以及那（不可言喻、極其恐怖的）地牢裡唉唉哭泣，但卻無人聽到。

大師的底下有許多的「我們」，爹地。我們來到大師這裡，是出於我們的選擇，我們如同懵懵懂懂的小孩一般，將自己的自由交給他。也難怪僕人會嘲笑我們啊——起先是我的小親親，其後就成了我的俘虜啦。

大師將我們關在「行宮」的許多房間裡頭。我們有些是「婢女」——也就是奴隸啊。我們有些人脖子上圍著狗圈，並繫上鍊子。我們被迫要吃地板上擱著的碗裡頭的剩菜，而大師則在一旁笑看我們如同野獸餓瘋了的模樣。

小親親啊，你們是小小的寵物豬仔仔，對吧？你們不是天使！大家都很清楚。

沒有人聽到地牢裡傳來我們的哭聲。鎖上的房間，僕人們都會避開。這裡可聞到生鏽的鐵以及蜘蛛網的味道。沒有人想聽這個的，他們是給邀請到最最豪華的前廳去享受清簡但高雅的下午茶啊，那兒還展示出一台據說曾是貝多芬的鋼琴。

雖然幾十年來在歐洲的都會如巴黎、柏林、布拉格、羅馬，都謠傳說「歌嵐行宮」內藏秘密，但卻一直都沒有人想要一探究竟。沒有人有勇氣當面質疑大師，要求他將屋內所有上鎖的門一一打開，將大師的俘虜女孩從她們的慘況中解救出來，因為這可能會招來大師的狼狗群以及僕人的攻擊。

幫幫我們！拜託幫助我們。

將我們從大師的手中救出來……

在眾多地牢最最惡名昭彰的那幾間裡頭，女孩們都死在鍊子底下，身軀萎縮，如同老嫗的屍體一般。她們曾經是活跳跳的女孩，長著美麗的娃娃臉以及銅色的波浪頭髮，但最後則是枯萎成了四歲小孩的尺寸。

我們這些仍活著的人飢餓難耐，而大師的僕人卻吝於供給食物，因為大師非常聰明，且非常殘酷。他嚴格限制宮中食物，所以給女孩的越多，僕人自身得到的就越少。大師跟所有的暴君一樣，知道如何在人與人之間製造紛爭——**我們現存的世界很現實啊，你給得越多，留給你的就越少。給出太多的話，你就要挨餓了。**

我很羞於承認，爹地——剛開始時我非常天真，對自己往後的命運毫無所知。身為此地的新人，我受到公主般的禮遇，所以我就很同情其他某些女孩。她們在這兒的年資較久，但卻好像不如我受寵。我把自己的食物給了她們，因為我的每一餐都是個小小的盛宴，太多的美食我其實也吃不完。你知道，飽暖的人是會很大方的，所以我便表現得相當大方，但這其實只持續了幾個月而已。原本他是那麼看重我，很難想像有朝一日他竟然會突然翻臉。錯是在我，爹地。當初是我自己要跑到這裡來的：在《美好的日子》前面遊晃多時，直到有一天我發現自己竟然跑進畫中，來到了燃燒著美麗火焰的客廳，快樂如同神仙——哪知這是犯了大錯啊，因為我無法輕易逃出大師的房子，回到我原有的生活裡。

起先你是備受關愛。在大師的寵愛下，你沉浸在你自身的力量當中。然而那個力量瞬間即逝，因為它不是你的——那是大師的力量。我錯就錯在這裡。

然後有一天，有個攝影小組搭著一輛現代化的交通工具（小卡車）來到了「行宮」。來自倫敦的陌生人給迎進了「行宮」。那當中有一名聲音和悅的採訪人，他本身也是藝術領域裡的名人。

大師已經名聞遐邇了！他的畫作不知贏得了多少榮耀！大型美術館為他辦過多次大型展覽。他的名字在菁英圈裡是響噹噹的——雖然也許群眾不見得知道。他比他所有同代的名人都要長壽，而且許多更年輕的藝術家都比他更提早離開人世呢——他們的名聲永遠也無法超越他。如今他是德高望重被視為聖徒的長者了。隨著年紀增長，他的臉卻變得更加俊美，他臉孔的老化——褪色的皮膚和皺紋——都可藉由化妝來遮掩：蒼黃的膚色也可製造出大理石的效果；他稍顯凹陷的眼睛畫上黑色眼線，根根睫毛都分明；他漸禿的銀髮高雅的往後梳過頭骨。穿上黑色細亞麻袍子的大師是藝術的守護者——最高藝術。

大師說——然而我們活著是為了藝術啊。我們的藝術是唯一的生命。

採訪記者說——抱歉，先生？——我好像聽到了什麼——有人……

（採訪人聽到了我們。他聽到了！）

不過大師卻笑著說——不對。你聽到的只是風聲，從山上吹來的永無止盡的風。

（風嗎？應該是哭聲吧，不是風。不可能，這只是風在吹。）

採訪人猶豫起來。聲音和悅的採訪人一時之間無話，他突然覺得好冷。

大師的聲音更強勁有力了，雖然他還是和顏悅色——這裡是歐洲荒僻的一角啊，朋友。這裡可不是你們娘娘腔的「文化」哪，不是你們的皮卡迪利廣場、海德堡公園和肯辛頓花園。很抱歉，我們這兒憂鬱的風老吹個不停，害你們分心，讓你們感到悲傷！

大師帶著仿英國腔講話的語調真是迷人，沒有人發現到大師的聲音有點抖，意思是他快發火了。採訪人和他的助理交換了眼神之後，就沒再繼續提起這個不受歡迎的話題了。

畢竟，大師是個偉大的藝術家。不世出的天才。天才是可以為所欲為的。

就跟其他在「行宮」進行過的訪談一樣，這次訪談也是很順利的進行下去。影片只有一個鐘頭，但內容相當豐富，而且會經過精心剪輯；如果沒有大師以及大師的畫廊（強勢、巴黎）的同意，是不會在ＢＢＣ播放的。

只是聲音和悅的採訪人以疲累為由，拒絕了大師午茶的邀約，讓他頗為失望。他和他的組員必須立刻搭乘小卡車離開，好趕上飛往「娘砲」倫敦的飛機。

說得妙！有人笑起來。有人在握手。

大師平靜下來了，也許。不過大師心情還是不好，而且（我們有些人很清楚）仍然是個危險人物。

在「行宮」底層區域的我們告訴自己說，這位來自倫敦的知名採訪人聽到了我們的聲音，而且已經懂了——他不可能不懂。你只要看看大師有名的畫作，便可了然於心。他會為我們尋求援助，他會救我們的。

置身於「迷魂滿宮樓的歌嵐行宮」，我們唯有跟自己編出這樣的故事，才有辦法度過漫漫的長日與無盡的夜晚。

沼澤上的風，山裡吹來的風。也許不是阿爾卑斯山，而是喀爾巴阡山脈吧。其實離你並不是那麼遠啊，爹地！拜託。

現在還不會太遲，爹地。我還沒有被拖到最最底層的地牢，那兒的門是鎖上的，而那裡頭的人則將永不見天日。

你還沒有忘記我吧，爹地。我是你的女兒……

在《美好的日子》裡，你會看到我的，因為我就在那裡等你。來到美術館吧！進到這兒來，湊近《美好的日子》。我等著你。

救命！救救我啊！——我低語著。

如果我有辦法再放大音量的話，我想一定有人會聽到的——美術館的一名訪客，某個眼神空洞的警衛。他們會從迷昧狀態中醒覺。他們的心地都是好的，我知道——如果辦得到的話，他們是會幫我的。

如果你可以的話，爹地。我知道你會幫我的。你會吧？現在還不至於太遲。

我將這只手持鏡收起來了。我瞪著美麗的娃娃臉已經瞪夠了。有時候我可以看到——幾乎看到——畫框外頭，爹地。我可以看進美術館裡頭（我想應該是美術館吧，還會是別的什麼呢？）——在遠處，在活人遊走的彼端，有緩緩移動的人形和臉孔。

爹地，你是其中一人吧？請你說是吧。

如果我還留有往日的力氣，我是有可能爬出畫框的，爹地。我會自己來，無需你的幫忙。我會爬出客廳，然後我會跌落在美術館的地板上，我會躺在那裡，呆愣那麼一會兒，然後也許某個人，你們其中一個，也許是你吧爹地，就會發現到我，而且來幫我。

或者也許我會在活人的世界裡，再次找回我的呼吸，還有我的力量，並想辦法撐起我虛弱的雙腿站起來，然後斜倚著牆面緩緩移動，並穿過一排排掛在寂靜無聲的畫廊裡的畫作，走到我熟悉的石階上（母親就曾在此處拉著珍妮和我，緊緊攥住我們的手），然後我就會移行到宏偉的美術館的前門，踩著更多石階，踏上第五大道以及熙熙攘攘的市街生活裡頭——如果我還留有舊時的力氣的話。也許……

爹地？我在等你。你知道，我只愛過你一人。

湯馬斯・普拉克（Thomas Pluck）

曾在小餐館當過服務生，也當過碼頭工人，他到日本學過武術，甚至還曾在古根漢美術館掃過地（不過這並不是為了偷取名畫想出來的招數）。他來自紐澤西州的納特利鎮——該鎮也是知名犯罪分子瑪莎・史都華（譯註：瑪莎是美國知名的商業女強人，出版了許多暢銷的食譜書，也主持了許多烹飪節目，溫馨可親的形象甚受好評。她於二〇〇二年以內線交易的罪名被起訴，兩年後被關入聯邦監獄服刑五個月）以及理查・布雷克的家鄉，不過湯馬斯截至目前為止，仍未被警方捕獲。《壞男孩搖滾》是他的傑伊・德馬托犯罪系列小說的第一本書，而他所寫的傳奇冒險小說《惡名殺手》則被《愛書人》雜誌讚譽為「《法櫃奇兵》的通俗廉價版」。他和他的妻子以及兩人共同擁有的兩隻喵星人，目前是一起住在他的藏身處。喬伊思・凱蘿・歐茨稱他為「好可愛的貓咪男」。有興趣的讀者，可以參閱以下網址：www.thomaspluck.com。

La Verite sortant du puits by Jean Leon Gerome, 1896

Oil on canvas, 35.8×28.3 in. (91×72 cm.) Musee d'art et d'archeologie Anne de Beaujeu.

真理從她的井中爬出來羞辱人類

根據頭蓋骨碎裂的狀況來判斷，當初的執行者應該是老於此道了。顱骨和眼窩以及牙齒俐落的分開來了。他們可不是「消失的洛亞諾克殖民者」那種初嚐此道的食人族，所以才沒有留下參差不齊的敲痕。總之，不管當初的執行者是誰，他們一定有過經驗，而且是傳承已久的經驗。

狄文將頭蓋骨握在掌中，想起丹麥人於飲酒之前會說的那個字。

Skål。

意思是碗——飲酒用的碗（譯註：其實丹麥文 skål 有多種意思，其中之一是頭蓋骨；其發音近似英文的 skull）。

這是他從愛瑪．馥里卓口中得知的。而這一回邀他來到這裡的正是她——枱面上的原因是，他對曾在這一帶大肆劫掠與屠殺的銅器時代的部族很有研究；不過另外也是希望能夠藉由他的名氣，吸引到足夠的資金，來支持這次探勘工作。評論家（包括愛瑪在內）都認為，狄文所寫的書其實謬誤不少，拿來當做茶餘飯後閒聊的談資或許還可以，但卻完全不具備自然科學所要求的嚴謹論證。不過他的書確實是可以吸引大眾的注意，而這就表示，億萬富豪名下的各種非營利組織就有可能挹注龐大的資金給考古領域了——畢竟這是個冷門的學科，很難得到大企業的贊助。

「看來你是又找到了一個不幸碰上我鍾愛的古塚族的聚落囉，」狄文說，他捧著顱杯在掂重量。他身材高大，頭髮暗金，光滑的面孔頗為上相。

「我們還不確定呢，」愛瑪說，她指著她的學生說道。他們正拿著刷子、濾網，還有小鏟子，蹲在挖得齊整的壕溝四圍辛勤工作著——那兒到處都釘了木樁，圍上布條，還插上旗子。「某些方面，倒是跟赫新海姆遺址以及塔爾海姆集體墓穴滿類似的，不過某些地方卻又很不一樣。比方說，現在看到的這個我們稱做是『井』的玩意兒吧，它其實還比較像是貝殼垃圾堆。它跟我們在條紋陶器文化遺址發現到的東西都不一樣。我們現在已經都往下挖了八層，但還是可以找到遺物。」條紋陶器文化時代的人曾在德國境內開闢許多小型的農墾聚落——直到古塚族找到他們為止。

愛瑪對著他背後的豔陽的光暈覷瞇起眼。她打從高中畢業以後，便倏地抽長起來，長手長腳，但是屁股卻多了好多肉，暗黑的鬈髮以紅色的印花頭巾紮起來。她有一顆碎裂了的門牙暴露在嘴唇底下，看來還真像是這兒找到的某顆頭蓋骨。

「有女性受害者嗎？」

「還沒看到。」小紅旗在微風中飄舞著——一面旗子代表一具屍體。「只看到男人和男孩，全部是死在儀式性的屠殺裡。骨頭上有石刃刮割的痕跡。」這些新石器時代的刀刃看來粗糙，不過倒是頗為尖銳，連現代手術都曾以這種石刃為工具。堅硬的石刃——

外加搥石輔助——絕對足以撬開頭蓋骨。

「女人抓來當奴隸，敗兵全都屠殺掉，」狄文說。「吃人肉是一個可以考慮的新角度，而且我覺得應該有原因可循。也許是旱災造成了飢荒，也有可能是為了劫掠更多資源，他們就乾脆把被征服者當成可資利用的食物。」

他之所以將這群人稱為「古塚族」，是因為他們於四處劫掠之後，都會留下一個個集體墳塚，而每一座墳塚上則會豎起一尊形似男人的巨型石碑——是象徵某個首領入了土，而且還有跟著陪葬的成群妻妾，以及他鍾愛的銅刃和幾樣裝飾性的護身符伴隨他一起走上陰間路。

狄文很佩服他們大無畏的勇氣，他們是人類史上率先發動部落戰爭的族人。有人發表理論說，智人（Homo sapien）曾經大舉攻擊體格比他們更強健的近親尼安德塔人（Homo neanderthalensis），不過這種說法並沒有確切根據。而古塚族則是留下了大批證據：一個又一個滅村的大屠殺，男人屍橫遍野，女人成了奴隸。這是老掉牙的故事了，而且直到現在還是一樣，只是沒有那麼頻繁——如果你相信統計數字的話。不過狄文不信。對他來說，文明只是蓋在人類暴力史上的一層遮羞布罷了，但他也不忘善意的提醒觀眾和讀者說：想要得到自己沒有的東西其實就是人性，而能拿就拿則是男人的天性。

「馥里卓教授！」一名蓄了鬍子的學生站起來，揮著手。「小艾又找到了另外一個……呃……那種東西。」

愛瑪露出她那抹裂齒閃現的笑容。「等你看完整個遺址以後，再告訴我你的想法吧。」

「嗯，沒問題。」他將頭蓋骨遞給她。「Skål。」

學生找到的不是頭蓋骨，而是一尊小型石像。艾德蕾——這名女子手臂粗厚，戴著厚片圓框眼鏡——將石像遞上。「小心拿喔，布列肯。」

布列肯長著一雙跑者的腿，他戴著白手套的手裡捧著那具石像，由愛瑪將那上頭的塵灰撢掉。這尊粗糙的人像是以蛇紋石雕刻而成，五官不很清楚，一隻手臂舉起，乳房突出於手臂的正下方，另外一隻手則是擱在兩腿之間。

狄文越過她的肩膀覷眼看著。「應該是藉以祈求豐收的神像吧。」

毛刷再撢了幾下，石像的兩腿間露出像是葉片的東西。

「她是捧著一把劍呢，」愛瑪說。

「看來比較像是誇大了的陰道。維倫多爾夫的維納斯（譯註：這是一座十一點一厘米高的女性小雕塑，一九〇八年出土於奧地利維倫多爾夫村附近一處舊石器時代遺址中）不就是在離這兒不遠的地方給發現的嗎？」

「沒錯，不過它的年代比這起碼早了兩萬五千年，」愛瑪說。維倫多爾夫的維納斯乳房和臀部都是超級巨大，曾引發了許多人推測史前曾有過母系文化。「瞧這石像擺的姿勢吧，一隻手臂往上甩得高高的，另一隻在底下。是宣告勝利的意思。」

狄文皺起眉頭。這個雕塑不精緻，表面結了一層乾涸的血。雕像上頭的幾個鑿洞裡頭，塞進小小的藍石，充當眼睛、嘴巴，以及私處。

「還有紅赭石呢。」狄文說。「這通常都是出現在……」

「送給死者的禮物上，」布列肯接口道，他輕輕將小雕像腋下的塵灰吹掉。「為的是要，呃，安撫他們。」

「正確答案。」

飢餓的死者有可能把紅石當成了鮮血而得到滿足。不過這一帶曾有大批人類慘遭屠害，光是那麼一點點象徵性的血，其實是不可能滿足眾鬼的需要吧。

狄文伸出手來。「讓我瞧瞧好嗎？」

愛瑪幫他找來一只手套，布列肯將物品遞給了他。由於在地底下埋太久了，石像的觸感很冷，沒有眼珠子，嘴巴鮮紅。「這不是來自古塚族。搞不好是考古界的新發現呢。」

「我們在這兒找到好幾個哪，其中一個已經寄出去做光譜分析了。藍色是藍鐵礦。」

「這兒的水鐵質含量高嗎？」狄文問道。藍鐵礦是富含磷酸鹽的人肉溶入鐵礦的結果。

「含量不多，」愛瑪說，她將塑像放進一只塑膠鍊袋裡頭。「不過血裡頭的鐵含量很高。」

她總是有個現成的答案。這會兒她正動手將新發現的遺物做分類，狄文於是舉步離開。他爬上了因為這次挖掘工作而被切成兩半的丘陵，居高臨下看著木樁上一面面小紅旗在飛舞——它們標出了一具具骷髏被發現的地點。人體的血頂多就是兩加侖，不過這兒屍體很多。開挖的遺址以及道路另一頭的古風小村之間，綿延著一片片豐潤的草原。土壤肥沃。

狄文心想，她邀他來此或許是有意跟他和解吧。

多年前上古代史的課時，有一回歐戴爾博士又開始岔開話題，斥罵起全班都是笨蛋，竟然以為維京人戴的是角狀頭盔哩，狄文見狀，立刻想要博取老師的歡心，便把他父親有一回到哥本哈根出差回來後跟他講的話複述了一遍：丹麥人乾杯時，都會說聲skål，因為他們的老祖先維京人都是捧著敵人的頭蓋骨飲下蜜酒的。

小愛瑪不耐的嗤笑一聲，並從她埋頭在看的書中抬起眼來，說：「事實上，這個字的意思是碗。」

沒錯，歐戴爾老師說道。維京人確實是海盜，不過他們的一生並非只有強姦和劫掠而已。這種形象是強加於上的，是後人透過自身侷限的文化視野扭曲了的……

胖嘟嘟的萬事通小妞馥里卓笑容滿面，又回到她那本書上。她是在炫耀她熟知本課內容：就算歐戴爾講課時天馬行空，她還是可以邊聽邊讀著自己的書沒問題的。在這所明星高中裡，她儼然是個鶴立雞群的小天才。謠傳她已收到了普林斯頓的錄取通知了，不過她的父母要等她滿了十七歲才肯放行。第二天上課時，她私下塞了一本《紅色巨蛇：維京海盜傳》要給狄文看，他默默收下是因為不想橫生枝節惹惱她。

這回的考古挖掘地點赫森凱勒村離丹麥很遠，不過還是在當初維京人的統治範圍之內。他們全村集體慘遭屠害，而根據遺留下來的頭蓋骨以及殘骸來看，這應該是發生在北歐英雄貝奧武夫之前起碼五千年的事了。古塚族的假說是當初歐戴爾提出來的，而身為他的接棒人，狄文則是藉由撰寫科普書討論史前文化，外加開闢講述歷史秘聞的電視節目，來大力鼓吹其可信度：古塚族運用了他們先進的科技和武器擴大其文化影響力；而他們遺留給後人的，當然也包括了如今我們稱之為原始印歐語的語言（橫跨歐洲及印度）——也就是現代語言遙遠的前身了。這套說法正好可以解釋人類的語言何以只有單一一個起源，也說明了新石器時代的眾多部落何以會突然滅絕。

愛瑪爬上了丘頂，站在他旁邊。她指著離他們不遠處的一根木樁，那上頭飛舞的是一面藍旗。「那是他們撞上的第一座古塚族石碑，離古井約莫五十碼。這一帶本來是要開發成工業園區的——離村莊還有一段距離。他們開著推土機掃過土面，沒想到卻撞上古墳。」

另一個奇怪之處則是，這兒竟然發現了七座古塚人的石碑。石碑目前都已運到了博物館，而他從法蘭克福開著租來的賓士抵達此處之前，也曾順便上那兒參觀過。典型的戰士碑，共有七座，每一具碑像都雕了鬍鬚，還搭上一把配劍。照說應該也可以找到許多妻妾的骷髏才對，不過他們卻只發現到男人的殘骸，而且除了七具以外，其他人身上的肉都曾遭到割除，天靈蓋也給撬開了。另有幾個人的頭蓋骨頂上則是給鋸成凹洞，額骨還穿了個小洞，彷彿他們生來便長了角，然後又給拔掉似的。

「找到什麼武器了嗎？」

「七把古塚族鐮刀，」愛瑪說。「抵抗者——如果他們抵抗過的話——就只有石刃和搥石護身了。」

「井裡找到什麼了？」

愛瑪聳聳肩。「我們只是給它一個代號叫『井』——天知道它到底是啥玩意兒。某些有機物質，但還沒發現骨頭。石刃都擺在那間配有發電機的溫度調控室裡。」她帶他過去看。

石刃上有刮痕。如果頭骨上的痕跡不是那麼顯而易見的來自刀刃的話，他其實會以為當初那場割人頭大賽是以鐮刀為主角的。他掏出手機拍照。

「你有什麼想法呢？」

「噯……滿有趣的。」狄文卸下身上的棕格子外套。「我想去看看井，順便把我的手搞髒好了。」

「井是由藍妮負責，你可以幫忙篩土。」

狄文打從大學畢業以後，就沒有從事過考古挖掘的工作了，現在動手拿起了濾網，篩選珠子、牙齒以及骨頭碎片，感覺還真過癮。他在肥沃的土壤裡找不到任何東西。一個小時以後，他放下篩子，朝井裡看去。一個苗條的身影蹲踞在井底，正鏟了土倒進水桶——桶的手把上綁了根細繩，繩子直通到頂上，接在一座小滑輪上頭。井沿所砌的石頭粗糙不成形，石頭是細心堆好，並以塗料黏砌起來的，看來像個頂端給切掉了的巨型蜂窩。

「下頭那位啊，要我幫忙嗎？」

一名剪了個俏皮平頭的女孩瞇了眼往上看。「水桶還沒滿呢。」

滑輪旁邊堆放了許多平坦的石塊，繩子捲曲在那上頭。「你沒綁繩子下去啊？」

「是的。」

「那你是怎麼下去的？」

「土壁上頭有踏腳處啊，」藍妮叫道，沒有掩飾她的不耐。

他趴在井沿覷眼看著，一不小心撥到一塊卵石。「該糟！」

她趕緊護著頭，卵石砸上她的小臂時她罵了聲髒話。「幹！瞧你這麼好奇，那我就表演給你看吧。」

她蹦跳幾下暖個身，然後便一躍而上，雙腳各自踏在相對的土壁的硬石凹裡，她平衡好身體，接著就如同蜘蛛般攀行到頂端，然後抓住那上頭的橫木，翻身越過井緣，連一顆石頭也沒碰到。

「就像這樣囉。」

「厲害厲害。」

她指著她手肘邊如同鵪鶉蛋大小的腫塊，那正中央的皮有撕裂傷。「你剛差點就要把我的頭砸裂了呢。媽的那石頭好尖。」

「容我找個方式補償你囉，」他伸出手來。「狄文．賈瑞特，《遠古秘密寶藏》的主持人。」

她聳聳肩。「那就帶一瓶上好的酒給我吧，有錢人。我只收威士忌。」

好難應付的小妮子。「麥卡倫可以嗎？」

她蔑笑一聲。「我喝的是艾雷威士忌，就跟當頭送來一鏟泥炭是一樣的意思。既然在土裡頭工作，喝土也是理所當然吧（譯註：泥炭被大量用來當做製造蘇格蘭威士忌時烘烤已發芽大麥所需的燃料。由於蘇格蘭的艾雷島盛產泥炭，所以麥芽煙薰的程度比其他威士忌產區又大了許多——也就是「泥炭」（peat）香氣會更強）。」她走到棚子底下，抓起一瓶富維克礦泉水，咕嚕咕嚕灌下去。

她工作賣力大汗淋漓，沒有剃毛的腋下散發出一股味道，不過氣味並不難聞，而且和她鍾愛的那種烈酒還滿像的。

「一言為定。」

「如果愛瑪老師同意的話，我可以帶著你爬下去——不過你得先換下身上這套衣服才行。」

「明天好了。我得先去報到。」

「今晚帶威士忌過來囉。小艾今晚要做雞肉蔬菜濃湯，保證美味。」

她將水桶拉上來，開始篩土。

營地離最近的旅館都還有一段距離，所以學生們乾脆就搭帳篷露宿，而愛瑪和艾德蕾則是睡在她們開來的活動房車裡。如果他把這整個過程拍成影片的話——他覺得這集節目他的製片應該很能接受——節目小組應該就會把他那輛賓士全地形越野車船運過來，並拍下越野車從高速幹道一路駛向營地的畫面。而這，也正好可以搭配上他原有的節目形象：身手矯健的印第安納．瓊斯穿著麂皮肘口的花呢外套，身披多用途工具（取代正版瓊斯攜帶的鞭子與高檔偉伯利左輪），髮上紮著時髦的頭巾（取代正版瓊斯的軟呢帽）。說來他還真是需要來段影片釋放出全新的味道，好為下一季節目打出響亮的第一炮。

他找到助理先前為他預約好的豪華民宿。這是一棟巴伐利亞風格的小木屋，活像雪球裡頭的童話風景，窗口上掛了個以哥德式字體寫就的 Zimmer Frei（德文：內有空房）的告示。

他放下行李，跟櫃台說他想找離此處最近的戶外用品店，還有當地最好的酒鋪。兩家店都是位於鎮廣場上，就在一家老教堂以及一個叫做「赫森凱勒女巫博物館」的觀光景點之間。博物館其實就只是改裝過的穀倉，裡頭擺上一些刑罰工具——在一般人眼裡看來，就像是古董的木工用具罷了。他付了十歐元入館，仔細觀察了那裡頭的腳踏壓力機，以及一枚「痛苦之梨」——約莫拳頭大小，長得像個打上飾釘的鑄鐵手榴彈。行刑人會將該物塞進受刑人身上的某個孔洞，然後撥動按鈕，之後該物便會如同仙人掌花一般膨大起來，撐破下顎，或者是撐裂人肉——比起城外埋在地底下的石製頭骨碎裂器，要來得先進多了。

導覽員是一名年長的德國男子，藍眼濕黏，他告訴狄文說，該鎮鎮名的意思是「女巫的地窖」，取名自小鎮北方那座防擋強風入侵的小山峰。狂風繞著那峰的山尖迴轉嚎刮，就跟尖聲嘶叫的女人一樣。「久遠前，山上的女巫老是透過窗簾低聲細語，搞得家家戶戶的妻子都把家人殺掉，然後跑到森林裡頭當起狼人來呢。」

「她現在安靜下來了嗎？」狄文咧嘴笑道。

他一手揮向行刑人的刀尖以及行刑用具。「我們把所有的女巫都宰掉啦。」

狄文為羅蘭拿了份簡介。到了外頭，他想著：不知道在世界這一頭的土壤裡，除了骨頭之外是否還有別的什麼。

從這裡驅車到柏根貝爾森紀念館只要一個鐘頭。此處是小安妮．法蘭克和其他幾千人一起被掩埋的地方。這兒不是他會想要參觀的地方，不過由於他的節目製作人兼愛人羅蘭小姐曾有家人死於該地，所以他曾陪著她前往紀念館緬懷先人。當時，他覺得空氣中彷彿有股無形的重力沉沉壓下，自己的內臟像是給魚鉤抓住了好難受。他置身於女巫博物館時也起了這種感覺，而在曾有千百人慘遭滅村的開挖遺址處，他這種感受又更強烈了。狄文在世界各地類似的遺址都有過這種體驗，不過他從沒跟人提過。他只是吞下幾顆戀多眠，然後勇敢的面對下一天。

到了戶外用品店時，他買下一條工作褲，以及一件耐磨的排釦襯衫。之後在酒鋪裡，他找到了一瓶可以帶給羅蘭的羅絲玲白酒，而且為了搞笑，他還買下一瓶叫做Ratzeputz的薑黃色的荷蘭杜松子酒——味道搞不好就真的如其名一般，像老鼠（rat）的陰莖（putz）呢。再來便是一瓶貴得超級離譜的蘇格蘭威士忌了——滿臉皺紋的酒鋪老闆將它藏在櫃台後頭呢。一路開車回到營地，他將車窗打得大開。晚風涼爽，可以聞到新刈青草的清香。他豎耳想聽遠方女妖傳來的嗥叫，不過耳裡卻只響著輪胎滾過柏油路的聲音。

挖土人一個個找了石頭坐下，團團圍著升起的火，雞肉蔬菜濃湯在營火上頭的鑄鐵鍋裡噗滋噗滋冒著泡。見習生們啜飲著當地的啤酒之時，艾德蕾將濃湯一杓杓舀進錫碗裡。

「……早在農業興起以前，繁殖力便是人類崇拜的對象了，」愛瑪說道。「不過我們這位女神好像既非象徵農業，也不是象徵繁殖力呢。」

布列肯舉起手中的啤酒。「我敬你，賈瑞特先生。」

「我在鎮上找到了一樣工藝品，」狄文說著便從袋子裡抽出一瓶酒，他的手斜了個角度，瓶上標籤所印的金箔劍映照著火，發出閃光來。「這酒陳了二十五年，是艾雷島某個泥沼挖出的泥炭燻出來的好味道——艾雷曾有過一把銅器時代的葉片形石刃出過土。」

「有好酒啊，太棒了，」藍妮說著拍了拍她旁邊那塊平坦的石頭。

艾德蕾將一碗濃湯遞給狄文，然後大夥兒便在這個左有一長排高峰，右有一片森林阻隔了文明的所在吃喝起來。火光閃爍間，狄文起身，往眾人手中的塑膠杯一一斟上威士忌。藍妮嚐了一口後，舉手和他乾杯，告訴他說兩人已經前嫌盡釋。

「請你來談談，你對那個神像有什麼看法好嗎？」狄文說，一邊品嚐著威士忌裡含帶著海水與煙燻的味道。

愛瑪的手裡握著一瓶礦泉水。「我只能說我們這個發現很是驚人，不過其中的意涵只怕是個謎呢。」

「拜託拜託，我都跟你講了我的想法了。」

「你認定了是古塚族幹下的一票——雖然單是這個墳塚，就出現了七座石碑。這你以前見過嗎？」

「這次行動的規模比其他的大很多，死了更多人——你找到的殘骸夠多了吧。」

「不過這是食人族幹的，」艾德蕾說道，她拿起一厚片麵包，將碗裡的濃汁全部吸光。「而古塚族可沒有吃人肉的習慣啊。他們一向都只是綑綁俘虜，然後殺個精光。」

狄文聳聳肩。「他們餓了啊，先前的收成太差。」

「我認為是獻祭，」愛瑪說。「受害者營養不良，我們在他們的骨頭裡找到貧血的跡象。人腦是脂肪的重要來源，可以提供全身營養，這就可以解釋為什麼頭骨都給敲裂開來。」

「那額骨上的洞呢？」

「是癒合的結果，」艾德蕾說。「新石器時代最通行的環鋸術啊。石器時代約莫有百分之十的頭骨都有這樣的洞，目的有兩種：一是要解除腦傷所帶來的腦壓，要不就是為了舉行某種目的不明的儀式了。」

「我曾在某處讀到，有個男的把自己的額骨打穿一個洞，」布列肯說。「就像第三隻眼。說是感覺有點像……開天眼。」

「要不也許他只是腦子有問題，秀逗啦，」艾德蕾說。

愛瑪繼續說道。「我們在墳塚裡找到一個女人。一個女人，七個男人。」

「應該是古塚族的女戰士吧，這也符合有關維京人的最新說法。」過去，考古學家在維京時代出現的墳塚裡找到殘骸時，都忽略了要辨明性別，他們一律假設戰士全是男人。然而等到再做進一步的研究以後，這才發現其實有近一半是女人，而且骨頭都有癒合傷——意味是打鬥造成的結果。

「我們可不確定她原本的形貌，因為推土機破壞了她的殘骸。她的身上沒看到打仗帶來的傷痕。」

狄文笑起來。「也許她是皇后囉？你以前在學校裡，最愛談論遠古期曾有母系社會呢。」

「沒搞錯吧，你果真相信那個嗎？」藍妮蔑聲道，一手蓋住了嘴巴。

火堆裡，有段木柴嗶剝響了一下。

營火映照在愛瑪的鏡片上頭。「我是給當時流行的說法迷住了。那個理論宣稱人類在發展父系族譜之前，曾經有過一個男女平等、盛行自由開放的多角浪漫關係的時代，然而等到男人意識到性愛會帶來後代之後，他們便將我們女人綁上了鐵鍊。這個理論很討喜：想像遠古曾經有過一個伊甸園，在那兒女人是主宰。只是這種說法並沒有根據。」

「不過女人做主的說法到處都有啊，」狄文說。「希臘不是出了亞馬遜女戰士嘛。」

「重點是，太多文化裡頭都流傳這種故事啦，」愛瑪說。「這意味著什麼呢？我覺得應該是集體潛意識裡潛藏的罪惡感：小男孩長大的過程裡，看著媽咪如此卑屈順從，心想她怎的沒辦法跟自己一樣自由呢。」

「也許我們曾經有過自由呢，」藍妮道。「俗話不就說了嘛，推動搖籃的手統治這個世界啊。」

艾德蕾滾動起眼珠子來。「等你有了小孩再說這句話吧。」

「打死不生啦。」她將酒一飲而盡，伸出了杯子。

狄文為她和自己再斟了酒，坐得又更靠近她了。「也許女人的確曾經當家做主過，也許你們是應該重振雌風呢。維倫多爾夫的維納斯是出現於農業時代之前的一萬五千年。目前我們對那個時期的所知還非常有限，搞不好女性當時確實勢力很大哪。」

「全是鬼話，」愛瑪不屑的笑說。「男人一直都是把這當笑話來講。女人在遠古時代沒啥值得統治時，統領一切，之後換成男人出場，這才表現出了真正的統治手腕和能力——根本就是擺出高高在上的態度貶低女人吧。而且這種說法認定了女人就是照顧者的角色，是和平和善良的象徵。而且啊，每一個大胸脯的豐饒女神，都千篇一律要搭配一個帶來死亡的摩莉甘或者卡莉女神。我們在這兒找到的神像可不是光著腳丫懷著身孕喔，她是伸出拳頭的。問題是，這到底是表示勝利，還是警告？該文化的人到底是崇拜她呢，還是必須安撫她的怒氣？」

一陣涼風吹來，狄文壓下一個寒顫。他想到了印度的死亡女神卡莉，以及她那一圈掛滿割下來的陽具的項鍊。

「你們找到的那個皇后——她的頭骨狀況如何？」

「不曉得，」艾德蕾說。

「沒有頭呢，」藍妮說。「恐怖。」

「我們還在找，」愛瑪說。「挖土公司違反了不許破壞墳塚的規定。我猜呢，他們是找到了骨頭，但還是繼續挖，結果就撞上了第一座石碑，弄壞了他們的工具。所以有些骨頭和遺物或許已經找不到了。」

狄文皺起眉頭。「你確定那是女人的遺骸嗎？」

「臀部比較寬，因為有產道。不過那上頭沒凹痕，可見盂唇韌帶當初沒有撕裂傷。所以囉，不管她是什麼身分，應該都沒生過孩子。這下子就排除了你那個女王蜂的說法囉。」

「搞不好是剖腹生的。」

藍妮蔑笑一聲。

「我可沒說她活過了那個手術，」狄文說。「她很有可能是死於難產，但還是為首領生出了個兒子。」

「搞不好是處女犧牲儀式的受害者，」布列肯說。

「她的身上沒有戰爭留下來的癒合痕跡，」愛瑪說。「但卻是死於金屬利器。沒給吃掉，沒有割肉的痕跡。我看她應該不是犧牲品，也許是個女祭司呢。」

「薩滿女巫師之類吧。」

「我們還在等著『放射性碳定年法』檢測出來的結果，不過渠道裡很多骨頭的年份都比她要早。墳塚的年份較晚。墳塚不管當初是誰造的，他們是將她葬在北端，又拿了垃圾跟石頭堆到井上。」

狄文摸了摸他的酒窩下巴。「我這人最是勇於認錯了，不過我很難得犯錯喔。」他說，並提議要為大家再次斟酒。艾德蕾敬謝不敏，舉步回到她的帳篷。

布列肯和藍妮開始收拾晚餐。「我們來就好，」愛瑪說。「你們兩個今天做了很多苦工。」

兩人聳聳肩，各自回到自己的帳篷去了。狄文當然是熱烈附議，免得給貼個臭名。他們收拾完畢以後，他為自己斟了點酒。「你還喝酒吧？」

「如果你跟我說你是啥時變成英國人的話，我就會給個答案。」

狄文笑起來。「我的節目製片下令要我去找個發音教練——顯然觀眾很迷英國腔。這會兒我已經是習慣成自然了。」他拿起了酒瓶。

「一小口就好。」

她領著他走到井邊。月光下現出了暗影，暗黑的坑洞彷如深淵，兩人想起尼采的名言：不要直視深淵，以免深淵反撲而來。不過他們還是探眼往下看了。寒涼的石頭頗為潮濕，聞來有點刺鼻，像是金屬，就跟在學校遊樂場上的攀玩架攀爬之後，汗淋淋的兩手散發的氣味一樣。

狄文的下體稍稍顫了一下。「藍妮讓我想起年輕時候的你。」

愛瑪哼了一聲。「她的年齡比那瓶威士忌大不了多少，而且她跟我完全不像，她比當年的我們要聰明多了。」

「當年我好驢，我知道。」多年前他趁父母外出時，邀集同學在家中舉行畢業派對；當晚，他倆有過親密舉動。不過那之後兩人從未談及此事，狄文幾乎都要以為自己是做夢呢，因為隔早她已不見人影。

「我的意思是說，她不需要找個老男人來指導她。」

搞半天，她想的是這個啊。

「你又來了。歐戴爾或許是頭冥頑的沙豬，不過你總不能寄望我擺著大好的機會不要，就只為了公平起見吧。他選的是我啊。」

愛瑪抬起了她長繭的手掌。「哇喲，我邀你來這兒是因為你是古塚族專家，而且也希望藉著你可以為這遺址打點知名度。可別把高中的陳年舊事又挖出來吧。我對我現在的成就很滿意，謝了——本人偏愛田野工作，最討厭鎂光燈喀嚓喀嚓響個不停。如果你想擺脫什麼罪惡感的話，可別找我開刀。」

黑暗裡，她的眼鏡像似兩片黑色的鱗甲，遮住她的雙眼。

「當年的我是個小王八蛋，」說著，他一手搭上她的肩膀。

「而現在的你，是個老王八蛋。開車上路以前，別忘了先醒個腦。」

她留下他一人待在井邊。他蹣跚走向了租車，等著腦子裡的迷霧散開。他雖然專研遙遠的古代，但對自己的過去卻是鮮少回顧。一次婚姻，兩個小孩。和他的節目製作人羅蘭分住不同的公寓，維持了三年男女關係。這是公開的秘密了，不過在人前，兩人還是維持著該有的分寸。

他於民宿櫃台要了個雙人床大房，因為不能排除愛瑪邀他來此，其實是別有用心。民宿主人提供了昂貴的研磨皂，以及一罐高檔的沐浴乳給他。他泡在澡缸裡，緬懷著往日。

他的父親到城外出差，母親則去「跟閨蜜打牌」，意即當晚家裡是狄文的天下了。他打電話給朋友，朋友又打電話給朋友。大夥兒帶來了大麻和女孩，以及兩公升裝的可樂瓶子（裡頭有一半是伏特加）。愛碧．肯恩聲明，她得要有愛瑪陪同才會登門，所以他也只好舉白旗了。愛瑪就這麼一回，竟然可以默默坐在一旁不開口呢；而其他人則是放起〈瘋狂的愛〉，直到伏特加／可樂全部喝光，接著大家便攻向酒櫃，一起觀賞《藍絲絨》，然後便橫七豎八倒在沙發和地板上，醉得不省人事。

狄文被一陣笑聲吵醒，聽到他父母的臥室門喀一聲關上。他爬起身來，把裡頭的人趕跑。之後，安靜的愛瑪・馥里卓竟然爬到他的身上，將他的手按壓在自己乳房上頭，她散發出伏特加味道的雙唇湊上了他的嘴，吻起來。她膚色好白，在電視雜訊畫面的映照下，發出光來。她的雙乳比他當時交往過的每個女孩都要豐滿，於是他便吻了上去，滿腦子愛碧・肯恩的臉蛋，而當他勃起時，他便伸了隻手壓住她的頸背往下按過去。*我需要這個。*

他打死不退，所以她就解開了他的牛仔褲，捧著他的老二塞進嘴裡。她可不是校園蕩婦，不過如果她想幫他吹簫的話，誰又擋得了她哪？她那種青澀的矜持味兒以及迫切想要討好的心態，是他後來一再需要回味的經驗；而這，也是後來他不知下令多少見習生和妓女一再複製給他的饗宴。等他完事以後，她便一手捧著嘴，輕腳跑入浴室，而他則將自己的那話兒塞了回去，開始裝睡。

他原本以為她會蜷縮在自己身邊，將頭擱在他古銅色的健美肩膀上頭，沒想到卻只聽到悲怨的嘆息。他透過眼簾，想像著自己看到了她滿腔憤怒握緊拳頭；之後，醉酒以及高潮帶來的睏意便將他帶入了沉沉的睡鄉。

今晚窗外棉花球般的月亮在他闔上的眼睛裡，幻化成了愛瑪：她軟白的身軀悄無聲息的攀上墳塚頂端，如同追尋獵物的夜行動物一般。陰影間，彈跳出一名裸體女子，細長的手腳滿是刺青——藍色與土黃。他的皮膚起了雞皮疙瘩。沒有五官的女人一手高舉，另一隻手則是握著一把銅劍插在兩腿之間。她舉起了劍，他的臀部於她將劍刃置於他的陰莖之上時，繃緊起來。

狄文大喘一口氣醒過來，他猛抓著自己，指甲在皮膚上留下新月形的痕跡。他在肥碩月亮刺眼的光芒下，痛苦的縮著身子。他猛然拉下百葉窗，沖了個澡，才又回床睡覺。

早上他開車到遺址時，看到布列肯在路肩上跑步；抵達目的地後，只見艾德蕾拿了平底鍋在煎培根，旁邊則是一個形狀如同寬口酒瓶的咖啡壺。布列肯慢跑而來，上身精赤，泛著汗光。

「咖啡好香。」他在民宿吃的歐式早餐太過簡陋了。

她將滾水倒上咖啡渣上頭，哼嚕一聲表示聽到。

「是我昨晚說錯了話嗎？」

「只是月經來了啦，」艾德蕾說。

藍妮伸出手裡的杯子。「我的也來了，早兩個禮拜。媽的好煩。」

「你倆同步哩，」布列肯咧嘴笑道。「我一路長大，身邊都是女人：親娘、繼母、奶奶、阿嬤，還有我姐。她們有時候也同步喔。」

「嗯，」藍妮說。「好恐怖。這會兒愛瑪也來了，且看是不是三人同步囉。」

愛瑪的眼睛沒在看人。她搔搔頸背的一綹頭髮。「神像是誰拿走的？」

艾德蕾將黑咖啡傳給大家。「我把它擺在集物棚裡了。」

「我瞧瞧去，」布列肯說。「可別把培根吃光喲。」

愛瑪透過她杯子裡漫起的煙霧，望向前方的溝渠。

「我可沒碰，」狄文輕聲道。他就站在她後頭。

她一手插腰，擋住他的去路，害得他差點潑掉手裡的咖啡。

「你是個王八蛋沒錯，不過你沒那麼笨。」

早餐速戰速決之後，藍妮領著他走到井邊，她指著他一身典型觀光客的打扮搖頭直笑。「這身行頭花了你多少錢？」

她指指坑洞裡的踏腳處給他看，並將繩子解開，拉出滑輪底下。「我每次都直接攀岩而下不綁繩子，馥里卓博士罵了我好多次。不過你太高了，不綁不行。布列肯也一樣。當初挖洞的人，個頭都比較小。」

狄文避開頂端那些磨損了的踏腳處：砌石上頭，足弓以及卵石形的腳趾頭清晰可見。又是一個不可知的秘密：有誰會要站在一座井的頂端呢？下頭的踏腳處是為了攀爬而挖的，相當粗糙。雖然他每個踏腳處都用上了，但緊抓著繩索的嫩手還是如同火燒一般。他哼一聲落到坑底，頭皮擦撞到石塊。他捧著頭，往後靠上壁面，眨巴著眼。眼前除了一片黑，什麼也看不到。沒冒金星。

他一手探入花呢外套，想掏出暗藏的鎮靜劑。

曾經有那麼一次，他在曲棍球比賽時，一頭撞上了同隊隊友的頭，力道之猛，他一時竟然什麼也看不到。他大口喘著氣，呼吸聲在坑洞狹仄的壁面發出迴響。潮濕窒悶的氣味這會兒夾帶了血裡的銅味。等他恢復視力以後，發現頂端的井口像極了滿月。

「你還好吧？」

「擦破了頭。」他伸掌按住頭皮，覺得血液在傷口處鼓動，如同漏水的蓮蓬頭一般，往地上滴下血來。「需要繃帶。」

藍妮將她的頭巾丟下來。「緊緊按住傷口，做深呼吸。我去拿急救箱。我是搜救隊的醫護人員。」

他將頭巾捲實了，咬緊牙關忍著痛。肚子深處的鉤子往下猛扯。他啪地闔上眼睛，眼底的深藍泛起了一層層紅。涼森森的風刮過井口的石塊，往下竄來，搔弄著他頸背的汗毛。

好長的一分鐘啊，藍妮總算是攀了繩子垂降下來，她小腿的筋與肉一張一縮。她擎著一管筆式手電筒，擠身來到他旁邊。「得先檢查你的瞳孔，我剛聽到你在喃喃自語。」她捧住他的頭，將酒精抹上傷口。突來的刺痛真不是蓋的，他皺縮的臉埋上了她的肩頭，他嚐到她汗水裡的鹹。

他的父親看到血就會昏倒，狄文曾經很擔心自己遺傳到這種沒有男子氣概的弱點。

他頭一次撞壞了腳踏車時，膝蓋破皮，當時他看著鮮血汩汩流出，心裡放下了石頭。因為母親不在家，所以他便獨自在水槽清洗傷口，並拿了她的指甲剪將小石子挑出來。

「應該不用縫合啦，」藍妮說，她拿著手電筒，一手輕輕按住傷口。「不過你還是在上頭工作吧。我們把你拉上去。」

「我沒事，」他說，心裡明白剛才失去意識是因輕微的腦震盪，就跟多年前在曲棍球比賽時一樣，不過他可不想說出來。太丟臉了。他由著她將繩子綁上他的臀部，然後便撐著壁面的石塊，由布列肯握住繩子的另一頭將他拉上井口。

他喝了一瓶水。他說他會慢慢來，他說他會放下水桶給井底的藍妮，然後篩濾她所挖出的東西。結果其實大半都是布列肯在忙。

「可以拉上桶子了，」藍妮叫道，於是布列肯便拉起水桶，將內容物倒入篩子裡，搖一搖，再讓狄文從中挑揀出骨頭的碎片。

「石像找到了，」布列肯說。「我們四處細細搜找一遍以後，博士才慢騰騰的捧著那玩意兒從她的拖車走出來。是恍神吧。」

「你對這遺址有什麼看法？」狄文問道，他盯著一破片看去，覺得像似牙齒，但結果只是石英。他將那物丟進垃圾盆裡。

「我研究所都還沒念完呢，不過依我看應該是儀式祭典的犧牲品吧。人口太多時，就來這裡大開殺戒。看這一層層堆積物，雖然年代的鑑定還沒出爐，不過應該不是單一次的大屠殺。博士認為他們是每隔幾年會來這麼一下，為的是縮減人口。也許吧。」

「光挑男人。」

「欸，你也曉得，繁衍其實用不上多少男人的，就跟蜂巢裡的工蜂一樣。為了遺傳基因的多元化，太少不行，不過其實也要不了太多。」他咧嘴一笑。「像我爸啊，他就只是個精子捐贈人。」

「他拋下你們了？遺憾。」

「不是啦，沒什麼好遺憾的。他真的就只是個精子捐贈人。我的兩個媽媽說，何必要找精子銀行呢，就地取材找人買就行了。我是純手工擠出來的男人汁液的產物。那人就在矽谷當工程師，是運動健將型。我一路長大，週末都可以看到他。我們到現在還會一起混，一塊跑步。下個月還要一起去跑紐奧良舉辦的半馬呢。」

狄文蹙起眉頭，然後算了算自己和父親見面的次數。他沒吭聲。

「對了，你昨晚有沒有夢到什麼？比方說，春夢？」

「我看你應該不只是做夢而已吧，因為她一直貼著你。年輕小夥子真是好狗運。」

布列肯笑一笑，撇過頭去。「你搞錯了啦。」

「有新發現囉，布列肯！快把博士找來。」藍妮的迴音從坑底傳來。

原來是找到了牙齒：下顎一排牙，呈新月形。艾德蕾最擅長挖土，不過她有懼高症。藍妮為她綁上繩子，大夥兒緩緩將她放至坑底。這一整天她都窩在下頭，從那密實的腐質土當中，小心翼翼的將下顎骨解放出來。

「這是截至目前為止，保存得最好的遺物了，」愛瑪說，她戴著手套仔細審視著下顎。「在井底工作得更小心才行，如果踩到什麼寶物的話就糟糕了。我看底下最好就是一個人負責吧，我們可以裝置一條坐式束帶，讓大家一個個輪流下去挖。」

頭骨其餘的部分也因艾德蕾的努力而露出來了。藍妮背著數位相機爬到底下，並將頭骨的照片秀在銀幕上給大家看：兩只塞滿了沃土的眼窩，從坑底往上瞪視。

愛瑪拿來卡尺量了顎骨的寬度。「是成年女性。」下顎的兩顆門牙磨損得很厲害，犬齒也是。臼齒倒還好。「看來我們是找到她的頭了。」

大夥兒齊集於當地的地下啤酒屋，用狄文的出差費大快朵頤，狠狠慶祝了一番。豐盛的晚餐包括了烤豬腳、咖哩香腸，以及當地的啤酒跟紅酒。狄文開車把他們載回營地後，艾德蕾升起了營火，大家喝起盛在咖啡杯裡的威士忌。

他們團團坐在火堆四圍，品嚐好酒。美食、美酒，再加上當日重大發現所帶來的興奮之情，眾人的身體升起了舒適的暖意。

「搞半天看來還真是古塚族所為呢，」愛瑪說。「有人割了她的頭，將它丟進井裡。」

「還把她的殘軀跟七名戰士埋在一起。」

「搞不好後來她給玷污了。年份鑑定還沒寄過來。」

「大地女神的那套鬼理論，這下子就真的說不通了。就算有很嚴重的媽咪情結的傢伙，也不會想要砍掉親娘的頭吧，」藍妮說。

布列肯笑起來。

「就算史前的母系社會其實是瞎掰出來的說法，我覺得搞不好還真的可行呢，」狄文說。「男人把世界搞成這副德行，換個方式統治也不至於糟到哪兒去吧。」

愛瑪聳聳肩。「歷史上出了很多恐怖的女人喔。」

「那是野史的記載，」艾德蕾說。「正史不太談女人的。」

「巴托里伯爵夫人，」藍妮說：「她喜歡浸在年輕女孩的鮮血裡頭泡澡，為的是永保青春——可別動我的腦筋喔。」

艾德蕾頗不以為然。「那是童話故事啦，不過我的手肘慘灰，倒是可以用上一些嫩血。德國這兒的空氣真是媽的有夠乾哩。」

「黛芬．拉蘿瑞，」布列肯說。「她是紐奧良的連環殺人狂。我去她那間屋子參觀過。她會拿她的，呃，僕傭開刀，把他們折磨到死。」他瞪眼看進自己的杯裡。

「總之我們可不是弱者，」愛瑪說。「如果女人天生就痛恨戰爭和種族屠殺的話，我們是攔阻得了男人的。」

「幾千年前的希臘喜劇《莉絲翠妲》就描述過了。」

「聽說斯巴達女人都會鄭重叮嚀兒子別當逃兵——回家時一定要帶著盾牌，要不也得躺在上頭給扛回來。」

狄文歪了歪頭。「其實光是想著樂園的可能性，也滿好的。」

「想像著有個男女平權的人間天堂當然很棒，」艾德蕾說。「不過在大部分的文化裡，女人是到了近代才有權擇偶的，所以物競『性』擇的說法我還真是要打個問號。如果幾千個世代以來，父母沒有掌控女兒的擇偶權的話，我們也許會演化成很不一樣的人類呢。比方說，男人搞不好會跟雄孔雀一樣，長出五彩繽紛的尾巴哩。」

「我爹就是我娘自己擇的偶喔，」布列肯說。

「你的故事我們都曉得啦，人工受精兒，」藍妮推了他一把。

「我比較有興趣的其實是追蹤線粒體DNA，找出遺傳密碼，」愛瑪說。「物競『性』擇其實算不上是嚴謹的科學。」

「說到嚴謹的科學啊，我曾聽過一個生物學家說，人類演化過程裡還會選擇陰莖的形狀呢，目的就是要把前一個交配對象的，呃，精子給刮除掉。」布列肯咧嘴看進他的杯子裡。

「你可以休息去了，」愛瑪說。

藍妮嗤鼻道。「不管是誰有那想法的，應該先去研究倭黑猩猩。牠們的同性競爭很強，不過老二卻是跟這個一樣。」她伸出了小指頭。

「你也可以休息去了。我可不希望我的學生一個個跌進溝裡，摔斷脖子。在我的照看下，不能發生啦。」

藍妮和布列肯打鬧著一起離開了，艾德蕾則是回到了她的帳篷。愛瑪說她只能再啜一小口酒。「我是沒辦法命令你幹嘛啦，不過你今晚還是不要開車比較好。」

「我也沒打算開啊。」

她的眼睛隱藏在她鏡片閃爍的火光後頭，不過他看得出來，她沒有歡迎之意。

「我會小睡一下，讓酒意散掉。能分我一個枕頭嗎？」

她撇撇嘴角，捲起了她的外套，放在一塊石頭上。

狄文獨自坐在嗶剝響的火堆旁邊，想像著自己若是住在古塚族大舉滅村之前的這個村的話，會是何等滋味。他在節目上就曾這樣宣講過——由於預算有限，他都是以講述的方式代替真人模擬表演。他解釋說，雖然我們的外表或許跟祖先相似，然而「世代間如同鴻溝般的斷層」卻讓我們成為截然不同的人種。語言的隔閡是個原因，另外就是信仰了。

黑暗中隱藏著恐怖，夜晚的天空裡含納了嫉妒與無情之神的千隻眼睛，祂們下令人類必得獻祭。就連基督教的神都曾要求亞伯拉罕獻上獨子，為的是要測試他的信心。我們現在則是將自己的兒女獻給不同的神了。

比方說，名利之神瑪門。狄文希望孩子可以快快樂樂的長大，不過當前妻打算讓小孩爭取進入城內的資優幼兒輔導計畫時，他和她簡直是鬧得不可開交。他還記得自己在明星高中念了兩年以後，有一天母親很慎重的要他坐下。*你的表現還不夠好。瞧瞧你父親吧，你傷透他的心了。*

他絕不希望自己的小孩經歷他那一天所受的委屈。前妻難道認為，日後他會沒有能力供養小孩嗎？不要從小就給他們壓力吧。*人生的變數很大的*，他的前妻這麼說。意思是他有可能跟他父親一樣，心臟病發英年早逝。

狄文出版自己頭一本著作時，到各地巡迴打書。等到母親來電時，他的老父已經下葬多日，成了有待未來的考古學家挖掘出土的遺物了。*我不希望影響到你的心情；畢竟，目前你是已經找到你人生的目標了啊。*

狄文哼嚕一聲醒過來。營火已經燒成了灰燼。笑聲從開挖處迴聲傳來。寒風凜冽，他扣上外套的鈕釦。

他的頭暈暈的，勃起的老二發疼。遠處傳來一聲放浪的呻吟。他朝那個方向起步，沿著兩邊拉起的繩子走去，以免跌進溝裡。此刻的月亮懸在低空，看來比先前要薄。他已昏睡好幾個小時，錯過了不少好戲吧。

泥路上散落著馬靴，還有襪子。一路可見光腳留下的足跡。他其實還需要一點好眠，不過稍事偷窺，應該可以讓他打起精神開車回到民宿。

藍妮想必是趴在上面囉。韌瘦的肌肉，劃上刺青。他的屌如同探測棒一樣，領著他往前。

帳篷裡沒有交纏扭曲的疊影，壓低的聲音是來自底下。他的多工具帶裡頭有一管小手電筒，於是他便打了光，循著土牆間的小徑走向井邊。

一聲低吟，愉悅中混雜著一絲痛苦。來自暗黑的角落。他探身想瞧。

他看到的不是有刺青的棕色肌膚。井上頭，蒼白的肉體發出亮光。

愛瑪蹲踞在井邊，兩隻光腳穩穩的踩入踏腳處。她全身赤裸，皮膚上可見斑斑手印。

「你的眼鏡呢？小心跌下去。」

「我剛已經下去過了。」她齜牙咧嘴，醉酒樣的笑起來，身體打著無聲的節拍搖啊搖的。她低低發出一聲聲喘息，寒風中呼出一縷縷白氣。他往前湊近。

她看著他褲襠間漲起的那物，笑起來。「還真猴急，就跟當年一樣。」

「喂，是你想要我的好嗎？」

「那當然。」

她的姿勢真是有損形象：叉開腿往前蹲，就跟那些個維納斯塑像一樣浪蕩無恥。她的眼睛在月光下像是兩顆光滑的小石子。他的手如同蜘蛛一般解下褲子。

她勾起指頭，要他再靠近些。

她的鬈髮披散，如蛇一般落上肩膀。他湊近後，發現手印其實不是灰泥，而是一抹鮮血——她的以及其他人的手印，如同洞窟壁畫般印上皮膚。血從她的兩腿之間，嗒嗒滴到井內。

他驚得目瞪口呆。她嘿嘿的笑極其詭異，然後她便揮舞起手邊的石刃。他往後一倒，褲襠縫線應聲撕裂。

他撞到另一頭的土牆。他聽到自己的大腿啪聲一響，垮身落入溝裡的劇痛因驚詫帶來的麻痺而有了緩解。他孤身躺著，冷風刺骨，白色的月亮好模糊。腳步掀起他近旁的塵灰。他眨眨眼，月亮幻化成蹲伏著的愛瑪。

「我需要幫忙，」他啞聲道。

「總是惦記著**你的**需要。現在你想起來了吧？」

他和愛瑪等在歐戴爾辦公室的外頭，汗水直流，兩人透過毛玻璃，看著老師在安慰泰拉・班妮根——他倆唯一的對手。畢業生致詞代表板著臉匆匆開門而出，受傷似的跑下甬道。狄文的心臟噗通亂跳，他的手指沉入愛瑪如同泥塊的軟白前臂。

可別搞砸我的機會喲。我需要這個。

沒有眼淚。她生氣的握緊了拳頭，飛快跑掉，鞋子在這機構灰色的地板上啪噠啪噠響著。歐戴爾透過微開的門縫覷眼往外望，他露出共謀的詭秘笑容招手要他進去。**馥里**

卓不來囉？情緒化的女孩啊。

「抱歉……」

愛瑪黏答答的手指貼上他的嘴唇。「她是嗜血女神。你餵養了她，你喚醒了她。」她拍拍肚子下頭。「她謝謝你。」

他攥住她的手臂。「你非得把我弄出去不可！」

她擎起石刃往他大拇指的肉球猛力戳去。他奮力撥開那刃，瞪著自己皮內大張的紅色的口。

「她讓我看到過去。古塚族，還有他們的墳塚是吧？它們可不是為了紀念戰士搭的喔。」哼了一聲。「它們是保護傘，護著她。還有我們。」

多工具帶已給甩到他兩手無法觸及之處。他奮力伸掌要抓，她狠狠往他的傷腿踩下去，痛得他猛然閉上眼睛。

你是我的囊中物，量你也跑不掉。

他夢中的藍、土色刺青女巫在他的眼底說著。他尖叫起來。鮮血從沒有眼珠子的臉龐汨汨流下，她的嘶聲成了大笑。

「你們需要男人才能生養！」

上頭傳來笑聲。藍妮和艾德蕾斜眼睨看下來，滿臉是血。

「決定權在她，」藍妮說。「你是俎上肉。」

布列肯抖縮在她們腳邊，全身赤裸，一臉驚惶。他的前額橫著一個洞，血從洞裡流下鼻梁。

「她說最好能在青春期以前下手，」艾德蕾。「石器時代的腦葉切除術。」愛瑪揪住他的髮，將頭骨碎裂器壓上他的太陽穴。

龜裂的石器刺進肉裡時，狄文悶哼起來。「告訴我你的名字！」

「母親，」愛瑪說，一手舉起鎚石。

（譯註：本篇故事的標題〈真理從她的井中爬出來羞辱人類〉，人類的原文mankind照字面看是男人（man）和族類（kind）組合而成的字，亦可解讀為男人族）

S J 羅贊（S. J. Rozan）

曾贏得多項大獎，其中包括愛倫坡推理獎、夏姆斯獎等等，並於近年獲得了美國推理作家協會（The Private Eye Writers of America）頒給她的終身成就獎。她曾以本名寫過三本書，並以山姆．愛柏特的筆名與卡羅斯．度士合寫了兩本小說。此外，她也寫過五十多篇短篇故事，編輯過兩本文集。她最新的作品是以山姆．愛柏特為筆名所寫的《狼之膚》。她的網站：www.sjrozan.net。

Under the Wave off Kanagawa (Kanagawa oki nami ura),
also known as the "Great Wave" by Katsushika Hokusai, 1830-32

Polychrome woodblock print; ink and color on paper, $10\frac{1}{8} \times 14\frac{15}{16}$ in. (25.7×37.9 cm). H. O. Havemeyer Collection, bequest of Mrs. H. O. Havemeyer, 1929.

巨浪

池水絲一般涼涼的質感滑過她的肩膀、她的乳房、她的臀部。泰倫斯允許她隨時都可游泳，而且不限時。泳池就在地下室裡她套房的外頭。他要求她裸泳——就跟她當初一開始時一樣，那時她是自願來到這裡的，而每回游泳時那種水流滑順沖洗的舒服感，總讓她興奮不已，且激起了她的性慾，滿心渴望要他。如今性慾、渴望，以及愉悅的感覺當然都已不再；不過這種池水流過身體、包圍住她所帶給她的安全感——雖然短暫——還是讓她滿懷感激。

她吸了一口氣，跳下水。有力的踢腿以及強力的手划動作，推動著她穿行在這地下的水世界，而且雖然每次只要她的手指摸到了池水終止處的硬滑牆面時，她的心就會猛然下沉，不過只要她蹬腿一踢然後轉身，她就又是獨自一人，而且幾乎可說是自由的。泰倫斯沒辦法游泳。她的生活、她的身體、她目前的居處，他都會一直繼續不斷的侵犯下去；不過只要到了水裡，她就可以躲開他。她知道此刻他就坐在他那張藤椅上，身體前傾盯著她，所以只要她重新浮出水面打算改變方向游下一輪時，她就會改由另一邊來換氣。在泳池裡的這整段時間裡，她都可以不用看到他。

她盡可能的游很久。他從來不會催促她。有些日子裡，她覺得自己應該可以永遠待在水裡，游到夜幕落下，然後白日來臨然後是晚上，直到他累了乏了然後走掉，直到他慢慢的在那張椅子上腐化，直到她那間豪華的牢房的牆壁頹然傾塌，然後她便可以踏出水裡，走入陽光底下。

為了讓這荒謬的美夢成真，她有時候會游上好幾個鐘頭。不過到後來，她的手臂會開始發抖，她的呼吸會變得吃力，而到了最後她也只好浮出水面了。泰倫斯總是耐心的等在那裡，他會將她裹在她那件超大又厚的袍子裡，而她則會環抱起兩臂，一邊走著，一邊緊緊抓住袍子給她的溫暖。這個動作他覺得好有魅力。他會誇讚起她嬌柔輕盈的體態——他是絕不吝於恭維的——然後領著她走到那間地底下的寬敞空間裡。過去這兩年，三個月，以及十一天的日子裡，她已把這裡當成自己的家。

不，應該是說，他已經把這裡當成了她的家。

接著她會躺上那絲質的床單。他會俯下身來，輕柔的吻著她。她知道要怎麼做：她頭一次來到這裡時，他倆所做過的，那時他壓上來的力量好刺激，那時危險以及誘惑，恐懼以及愛欲，是合而為一的。

砂川談起海時，也是一樣的說法。*就算我可以置身他處，我也不會願意*，他這麼告訴她。*不過我一直都很怕置身此處*。

總之游完泳之後，她就跟泰倫斯做愛——以他所想要的任何方式，而且不限時。

起初，她拒絕了。噢不對：起初，當他將房門鎖上，告訴她她不許離開的時候，一道狂喜的電流穿過了她的身體。一個新的遊戲呢：想像中的賭注要比他們先前玩過的都要來得高。他提出要求的當晚，兩人才剛做完愛。她本以為兩人都已筋疲力盡，然而當他轉上鎖，回來坐在床邊而且開始輕柔的、小心翼翼的解釋說，他永遠也沒辦法放她走，所以她非留下來不可時，她可以感覺到自己的身體發燙，她的皮膚開始刺癢起來。於是她扮演了她的角色，他則扮演了他的；當晚，她達到了此生從未體驗過的高潮。

然而等到兩人真是筋疲力盡的時候，他卻給了她一朵美麗且悲傷的微笑，然後便走出去，把門鎖上。

有整整一天，她都還以為這只是遊戲的一部分。玩得太過火了，她說。放我出去。

我還有事要做。我會錯過我的班機！

沒錯，他說，你是會錯過你的班機。

這已經不好玩了。

好玩？

放我出去。

我沒辦法失去你。

你是當真了。

當然。

我也是。放我出去。

沒有回應。

我會回來的。這你也曉得。

你就要離開了。

只走三個月！去京都，去做研究！你可以去那兒找我。要不乾脆跟我一起走好了。這我們也討論過啊。

你打算離開我了。

沒有！在那一瞬間，其實她也不確定她所謂的「沒有」是什麼意思。

這間套房他是花了心思布置過的。從他的藏品中挑選出來的雕像、版畫，還有捲軸畫，這些都是珍貴的藝術品，他將它們擺在她的套房裡，讓她可藉以做研究，做冥想：一座他知道她很喜歡的青銅菩薩雕像、幾個伊萬里古董盤，以及一張套色完美的葛飾北齋的版畫《神奈川沖浪裏》。北齋對東西方藝術的諸多影響以及他悲劇的一生，會是她博士論文的主題。泰倫斯知道這點，所以他就貼心的為她帶來了她的書、美術館的目錄、藝術光碟片。而且只要他覺得時候已到，或者她提出要求的話，他就會帶來新的，替換舊的，為的是要提供她多元的視角，讓房間有點變化。這兩年來，她的牢房已搬進搬出不知多少藝術品，不過重沉的菩薩像以及北齋的作品倒是一直都在。她不能沒有它們。她藉由菩薩像學到了耐心以及靜心。有過兩、三次，她平心靜氣等了好幾個禮拜的時間，才又再次跟泰倫斯理性溝通，她慈眉善目不帶火氣的解釋說，她好愛他，她說她絕對會一次又一次的回來，他永遠不會失去她，然而目前這樣子的生活她真的是過不下去。他從來就沒有相信過她，而時至今日，他這個想法當然是對的了。

而他將藝術品擺在她的房裡，也是對的。如果沒有它們，她很可能會瘋掉。只要他一離開，她就會挑出一件作品，專心聚焦其上，尋求它的教導，並藉此對抗內心的恐慌、無助，與恐懼。有些日子裡她會聚焦於顏色，有些時候是形狀，有時候則是線條，甚或只是一平方英吋的範圍。她就跟過去她身為前途看好的碩士生時一樣，做起了研究——那時的泰倫斯是她的情人，也是她有錢的贊助者。

在這所有的藝術品當中，《神奈川沖浪裏》是她最常複習的作品。

海面上那滑落而下的藍白色條紋狀波濤，還有點狀的白色泡沫，以及如同彈指的浪花；遠處的富士山景，看來祥和安寧；而巨浪本身如同高塔翻身的線條，看來好像是完全無從走避。這是個出人意表，猛衝上來的瘋狗浪，它於一個風和日麗的日子裡，從子虛烏有處突然現身，將幾艘沒有遮篷的小船沖得就要翻覆了。

船上的男人：長野、廣瀨、木村、池田、平原、大關……她知道每一個人的名字。是前頭那艘船的船長砂川跟她講的。她住在這裡的兩年以來，她已經得知他們是誰，也聽到了他們部分的人生故事。就連砂川船上的人，那幾個較小的浪頭所遮蔽的人，她也認識了。她知道他們來自哪裡，還有他們內裡的恐懼以及力量，而且雖然砂川不肯談及他們或者她目前的狀況，但她心裡明白，他們是迫切想要從巨浪底下生還，回到家鄉。

他們都是帶著同樣絕望的心情：她身陷於豪華的地下室牢房，可享受所有的樂趣但卻沒有自由；而在那狂野的汪洋上頭，男人們又冷又濕，而且沒有任何可供攀附之物。

砂川是在她頭一回想要逃走之後，才告訴了她大家的名字，還有他們的故事。

她被關在這裡的前幾個月裡，在她跟泰倫斯談過之後，在他每回都悲傷的微笑並搖搖頭之後，在她終於對自己承認說，她不可能說服得了他以後，她突然靈機一動；而且這點子真的是簡單到她很慚愧自己先前怎麼從沒想到過。有一天，她於游完泳之後，就在他拉開了她的袍子時，她猛個一把抓住他的手臂，拉啊拖的將他丟進了水池。他瘋狂的大吼著拚命踢水時，濕淋淋的她便裸著身，往樓梯衝過去。

頂上的門是鎖著的。鑰匙，鑰匙在哪兒？在泰倫斯穿著的袍子裡嗎？她猛一旋身，回頭看向泳池，只見泰倫斯就在那裡，呼吸困難臉色死白，他正死命要把自己拖出水裡。

他把藝術品拿走了，還有她所有的衣服。她的房裡只剩下白色的牆，以及白色床單。她沒辦法把燈關掉。偶爾，他會捧著以塑膠碗盛裝的米飯進來，並附上塑膠湯匙。他沒講話。

最後他終於將一小幅捲軸畫歸回原處，將它掛在釘子上。她無限的感激之情把她自己都嚇壞了。

她已學到了教訓，於是東西便陸續又回到了原先的地方。他將《神奈川沖浪裏》重新掛上牆面——這是他慢慢回復她牢房原狀所帶來的最後一件藝術品。他離開之後，她立刻坐在畫前，而砂川則是頭一次出了聲，開始跟她談起他對海的熱愛與恐懼。

她好高興終於聽到一個不是泰倫斯發出來的人聲，她問砂川他叫什麼名字，問他關於其他人的事，還有瘋狗浪，問他他們以前是否也有過這樣的經歷。他拒絕談到巨浪的事，而她如今的牢獄生活也是他避談的話題。不過好幾個禮拜以後，砂川倒是跟她談起了他的妻子和成年兒子，也講到他們的漁船和各自的家人。他談到長野有三個年輕的女兒，而廣瀨自從妻子過世以後，就比較是獨往獨來了。他也談到富士山的側峰於秋天時現出華美的顏色，他們從村子裡就可以看到，而大浪打來時，他們則是在回家的路上。她跟砂川談到海洋美麗的藍，以及泡沫光輝的白，還有清澈的黃色天空，然後她才領悟到，她唯一的機會就是得跟大浪撲上船隻一樣，撲上泰倫斯才行。

她因游泳而強壯起來。青銅菩薩像是她頭一個想到的武器。她舉起它，試了試重量，雕像雖然不大，但卻很堅實，只是實在太重了。她是拿得起來，可是要舉起它甩出去只怕不太可能，她無法把它當成傷害或者謀殺的工具。她逡眼看著牢裡其他藝術品，開始想像起每樣東西的可用性，最後她才想到，唯一的可能就是框在玻璃裡的《神奈川沖浪裏》。

她不知想像了多少次那過程。她要在泰倫斯開鎖進來時（也許是要帶她游泳去吧），將版畫捧在手裡。等他看清了她是攥著什麼要朝他甩時，他肯定會驚得愣住。她可以趁這當口將版畫摔上他的臉，並於玻璃破掉時，順道拿起碎片攻擊他。之後她便可以從他口袋裡取走鑰匙，走向自由。

抱歉，她對砂川說道。請你代我向長野、廣瀨，還有木村道歉。因為她採取行動時，版畫肯定會被破壞掉。還有其他的複製品，她告訴砂川。我所看到過的那些都沒有這件來得完美，不過確實是還有很多——在外頭那個世界裡。

他沒有回答。

事實上，打從她決定了要犧牲版畫以重獲自由的那天起，砂川就沒再講話了。她在腦子裡將過程排練了好幾遍，也排練了一連串的動作。她將《神奈川沖浪裏》拿下牆來，抱住了，然後甩了甩。她再次將它掛起來，研究著畫，慢慢等著。

而在她決定要動手的那天來到時，她攥住版畫，站著傾聽開鎖的喀響。門打開了，但——

她下不了手。

完美下滑的藍，無暇的白，遠方的富士山，還有船上的男人，浪裡的船。她抓著版畫，無法舉起來將它甩過去。她無法以它為工具打死他。

泰倫斯看著她，一臉迷惑。

這上頭有個裂痕，她說。這裡的玻璃。

我什麼也沒看到啊。

我有時候會盯著它看好幾個鐘頭。我知道這上頭的每一粒原子。玻璃裂開了。如果裂痕變大的話，有可能會傷到版畫。拜託，把它拿去重新裱框吧。

他沒看到裂痕；上頭沒有裂痕。不過他只是笑一笑說道，好的，沒問題。

而現在，她已一無所有。

下一回他進門要帶她去游泳的時候，她已經準備好了。她裹在她厚暖的袍子裡，坐著盯看原先掛著《神奈川沖浪裏》的牆面。她站起來，但動作不快，免得他起疑。她環抱著自己的兩臂，一路走著一邊問起泰倫斯版畫的事，她問他裱框師進行得如何，畫作什麼時候可以送回來。他告訴她說很快就會好的。看來他是完全沒有感覺到異狀；兩人沿著牢房外頭的長廊走到底端的泳池時，一切平靜無波。

她開始衝刺了。她沒有停腳將袍子脫下，就直接跳進那迎向她的冷寒。泰倫斯的叫聲在她身後發出迴響，不過馬上就聽不見了，因為池水已經將她和菩薩像都覆住了。她先前是從白色的絲質床單撕下一片片布條將雕像綁到腰上，並將雕像拿袍子優雅的纏裹起來環抱在胸前。菩薩像拖住她，將她往下拉。如果她費力反抗的話，這尊美麗的青銅像其實並沒有足夠的重量可以壓住她，不過她沒有反抗。她順著拉力往下沉，並吞下大口大口的水，讓自己更重。她壓住體內的恐慌，壓住身體急切需要呼吸的感覺，不過她的心裡是在笑的：她一向都是靠著呼吸法來鎮住恐慌。

經由攏盪著的波紋水面，她可以看到泰倫斯在水池的邊緣又叫又吼，兩手拚命揮舞。她聽不到他的聲音。

當黑暗穿浸了她腦子的邊緣時，她確實是聽到了聲音，最後的聲音：是砂川。

我們結果沒有回到家，他告訴她說。

一個都沒有嗎？長野沒回到他的孩子那兒？廣瀨，沒有回到他的樹嗎？還有木村跟平原呢？

我們都沒有生還。

沒有，她說，這回她是真真切切的了解到她說「沒有」的意思了。不，我們沒有。

克莉絲汀・凱塞琳・羅許（Kristine Kathryn Rusch）

紐約時報暢銷書作家。她寫作的文類範圍很廣，而且幾乎每種文類都曾登上暢銷書榜。她習慣於混合不同的文類寫作，這個特點尤其可見於她的科幻小說——她的「奇幻偵探」系列，是以月球為背景寫的懸疑故事。另外，她也以克莉絲・內斯考特的筆名寫作背景設定於一九六〇年代的推理故事。

她的網站：Kriswrites.com。

The Thinker by Auguste Rodin, 1880-1881

Bronze; overall: 72×38 11/16×55 15/16 in. (182.9×98.4×142.2 cm.) The Cleveland Museum of Art, gift of Ralph King 1917.42.

沉思者

一九七〇年

里歐溫熱的血沾附在她冰冷的雙手上，於這寒涼的夜風中冒出水氣來。就像紙杯裡的熱咖啡。

麗莎壓下想要嘰咕笑的慾望，因為她知道笑聲聽來一定會是歐斯底里。她一手搭上里歐的臉。他正斜靠著環繞在噴水池四圍空蕩蕩的大理石外池上，兩腿外張，頭殼倒向偉德潟湖的方向。

歐文只是愣眼盯看他，而海倫——天知道海倫跑哪兒去了，因為麗莎可不曉得。她的耳朵仍因方才的大爆炸而嗡嗡響著——爆炸聲遠比她預期的要大多了。

寒冷的夜晚，且又乾燥，這兩個特質碰在一起，音量自然會放大許多。意思也就是說，很快就會有人過來調查原因了。

麗莎越過她的肩膀逡看噴水池上的雕像，她看到滿月的光芒在露天戲台的冰雪上打出反光。克利夫蘭美術館是這景象的背景：龐龐然的立方形，官模官樣，像是哪個政府機關。有個男人的身體縮在台階近旁，臉朝下趴在大理石磚上頭。

然後她才想到，那根本不是一個男人。那是雕像，因爆炸而倒下來，受到損害，但並未全毀。

老天，她想著搞不好是毀掉了，因為碎片在她身邊紛飛，擊上了許多東西。擊上了里歐。歐文的身體晃來晃去，嘴巴蠕動著。他該不會也被打中了吧？他連看都沒看她一眼。

她伸出手來，堵住里歐體側的一個傷口。他的臉在滴血，而在銀色的月光底下，她實在看不出來他半閉著眼是因為他已失去了意識，還是因為眼睛受了傷。

「我們得把他帶出這裡，」她對歐文說。她的聲音聽來冷硬、平板，像是來自遠方。她的耳朵像是給塞住了，她的臉好痛，也許是因天冷或者受驚，或者別的什麼原因吧。

歐文連看都沒在看她。也許他也聽不到她吧。

她伸出滴血的手抓住他。「歐文！」她大聲叫道，然後才想到，這樣做很笨。很快就會有人跑來的。搞不好已有人報了警。

而如果他們聽到她的吼聲的話，他們就知道了一個人名。

不過美術館附近其實沒有民宅（就她所知），而且凱斯西方大學的學生都住在好幾條街以外。學生是不會聽到爆炸聲就趕來的，對吧？他們會以為是事前規畫好的活動。

但願如此。歐文眨了眨眼，他的眼睛聚焦在她身上。她猛戳根指頭，指向里歐，然後小心翼翼的無聲說道：我們得走。

歐文點點頭。她想的沒錯：他聽不到。

他伸出手夾在里歐的腋下，輕鬆將他抬起。

「海倫在哪兒？」歐文問道。

麗莎聳聳肩，抬起手來擺出我不知道的手勢。她伸手要碰里歐，想止住他體側的血，不過那一側這會兒是緊緊壓在歐文身上。

麗莎朝著東邊的卡車擺擺手，那是在大學附近的後街。當初選在那兒停車原以為是個好主意。

現在看來，卻覺得好蠢。

她完全沒有預期到雕像的碎片會四處飛舞。或者也許該說，她是預期到了，但沒想到竟是打到他們身上。里歐原先說，爆炸當時他們應該已經是開車走了。他說他們會躲在卡車裡頭，可以看到爆炸的經過，但又不至於太過靠近。

麗莎特別問到這點，是因為炸彈爆炸時，她可不想受到波及。這是她最害怕的惡夢——或者該說次糟的吧。最糟的狀況應該就是她碎成一片片飛舞在雕像旁邊，就跟戴安娜在紐約時一樣——她是因著她大拇指的碎片給認出身分的。

她的大拇指。

麗莎搖搖頭，發現自己有點頭暈。她應該也是處於驚嚇狀態吧。無法清楚思考。

不過至少她還沒有糊塗到大聲叫著要找海倫。先前看著海倫時，她是拿著一枝奇異筆咧嘴笑說：「哪，好了，」而里歐則是在說：「快，咱們得走了。」海倫張嘴大笑，她慣常發出的顫音在清冷的空氣裡聽來好大聲。

但現在海倫失蹤了，而歐文則是拖著沉重的步伐走在路上，他的腿在他的屁股下頭甩來甩去，就跟戰爭大爛片裡頭的士兵一樣。麗莎再度搖了搖頭。整個晚上，她的腦袋裡滿是電影以及電視上的相關指涉。她難道是影視中毒了嗎？她參與引爆行動是源自影像畫面嗎？難道所有那些評論家其實還真說對了嗎？她這個世代的年輕人果真是因為看多了影視暴力而麻木不仁了嗎？或者他們確實是因為國家發動戰爭而給激怒了，而給激起靈感？

而且老天啊，她還真是得繼續走下去才行。她得找到海倫。

麗莎低頭看著噴水池底座上的白雪。原先里歐躺著的地方，在雪裡形成了一個洞。一個他身體模塑出來的洞，而且因他流出來的熱血而逐漸融化掉了。

如果不夠謹慎的話，他們恐怕會留下警察可以輕易追查的軌跡。她得加緊腳步。她的手又開始冷起來，而且變得好黏。鮮血，凝結。里歐的血。她沒戴手套——她的手指需要活動空間，她本以為。

她彎下腰抓起一把髒雪，拿它來抹掉手上的雪。希望抹得乾淨。

然後她便走向美術館。她很擔心她會看到海倫倒在地上，就跟那座雕像一樣傾倒在石塊上頭，毀了。

二〇一五年

上班的頭一天，愛瑞卡停步於平台上，站在羅丹的《沉思者》雕像旁邊。她瞪眼看著雕像給毀了的雙腿。她的手指沿著斷裂的邊緣撫摸而去，就像前三次一樣：頭一回是她考慮要在克利夫蘭美術館實習；第二回是在申請期限的前一天；而第三回則是她走進美術館要參加面試的時候。

每一回，雕像都攫住她的視線，讓她猶豫不前。雕像讓她想起大一時她修的寫實素描課有一回來了一名獸醫。畫裸像原本就搞得她心神不寧，而這個人的出現更是讓她不自在。他是坐著一張老舊破爛的輪椅把自己推了進來，然後便停在講台下面，而台上則是一名躺在沙發上的裸體男子。

裸男年約三十，全身精赤英挺健美，他的私處毫無遮蓋。不過他看起來很煩的樣子，彷彿他是一輩子都沒穿過衣服一樣——搞不好還真的就是這樣。

愛瑞卡聽說大學付給模特兒的錢很優渥，尤其如果又能完全不動坐著超過一個鐘頭的，那就可以賺更多了。文風不動，不得動彈。這種工作她絕對做不來，因為你得光著身子坐在一圈藝術系學生前面，任憑他們畫下你點點滴滴的缺點。

不過躺在沙發上的這名男子沒有半個缺點。總之，沒有她肉眼看得到的缺點就是了。她可是目不轉睛在盯著他瞧呢。

然後那名坐輪椅的男人便大吼大叫的滑行而入。他將自己舉上了講台，脫下身上的贗復物，露出裡頭毀損了的大腿，然後告訴大驚失色瞪著他的學生們說：這就是人生，這就是人體的模樣，而不是沙發上的那個。

然後他便鄙夷的看著人體模特兒，彷彿傷害到他的正是那個模特兒。之後，獸醫又攫起他兩條義肢，粗暴的將它們穿戴回去，然後便一屁股坐回椅子上。他用輪椅把自己推出去，整個過程她看得真是觸目驚心。

愛瑞卡就是因為他，那年才會得到甲等的成績。她滿腦子一直都是他。當時她畫的並不只是人體模特兒，而是人體模特兒和獸醫——而這也正是那堂課教授的本意。是他把獸醫請來的。那是一場表演，目的是要提醒學生說：生命講的不只是完美，而藝術也是一樣。

不過其實她很喜歡完美，以及藝術賦予她的掌控感。這也就是為什麼這座毀壞的羅丹雕像對她的衝擊力會這麼大。

雕像是羅丹親手刻的，要不至少也是在他的指導之下完成的。這座人像是他晚期的幾件作品之一。它當初是直接賣給了雷夫．金恩，而金恩後來又將雕像捐給美術館，之後睿智的美術館則是將這青銅像裝置於戶外，而且沒有給予它特殊的保護。

雕像現在蒙上了一層銅綠——頭一次看到時，她其實並不想碰。不過她的指頭還是不自主的往上攀行，撫摸著這傾毀物，心裡想著藝術是會改變的，而世事也非永恆。就連這座知名的青銅像也無法如藝術家所預期的，幾世紀不變啊。

今天，這青銅的觸感頗涼。夏日的太陽還沒有暖化這金屬——她來面試的那天就暖多了。她任憑自己的手從雕像上頭往下滑落到大理石底座。大理石她摸起來總覺得好溫暖，冷硬的質感有種撫慰的力量。

然後她便挺起肩膀穿越平台。再踏上更多台階，她便會置身於美術大樓了。這樓的外觀是典型二十世紀的早期建築風格，而裡面則展示著最具革命性的作品。

她的胃在翻攪。她還是不太確定自己是否適合在美術館工作。實習期間她應該就會清楚了。說來她是拿到了人人稱羨的實習策展人的職位呢——只有研究生才有可能得到。她得多方了解藝術品以及保存藝術品的方法；另外，她也會策畫美術館的收藏展以及一些特展。

為別人的作品策展，是因為她看不到自己的藝術前途。

她爬到了台階頂端的巨型廊柱，她猶疑的身形在她左手邊那扇玻璃大門裡映出反影。她一手搭在臉上，轉頭回望著給毀了的《沉思者》。他現在已經不屬於羅丹了。他是個綜合體，綜合了羅丹的藝術視野，以及將他擱置於戶外的不良決定，以及公物破壞的結果。另類藝術。

失控了的藝術。

如果她走進大門，她的生活主題便會是「控制」。策畫、搞行政、上課、遵行指令。

如果她走掉的話，後果會是如何？五萬美金的學生貸款不就付諸東流了嗎？

如果她跑掉的話——唉，她也沒地方可去。她的才華不夠，無法開創出屬於自己的事業，而且她也不再抱持夢想了。

想到這點，她的臉抽搐一下。她走在高大的廊柱之間，朝中央大門邁進，她的臉映照在玻璃上，看來圓潤、年輕，且果決。完全看不出她心裡的掙扎與痛苦。

她臉上唯一的表情，看起來像是已經刻上了石版。

一九七〇年

在午夜時分，一切好像突然顯得非常清楚。在午夜時分，麗莎其實根本沒有想到她會沾上鮮血，四處尋找海倫。

在午夜時分，麗莎是翹著腳坐在卡車後頭的地板上。

而且她的心裡是驚恐萬分。

當初她真應該聽從那種情緒的指導才是。

她把他們這趟旅程想像成了影集《虎膽妙算》的開場畫面：火柴點上，火光閃現，然後緩緩燃燒，直到一切都變成了白。她的腦子一直在刻意迴避（但又迴避不了）那只以膠帶黏貼了三根火藥的大鬧鐘。里歐許諾說，這個裝置將會引爆出一長串事件。

里歐和歐文坐在前座，由歐文負責駕駛是因為他開車的技術最好。而海倫則是坐在她旁邊，頭往後仰，眼睛緊閉。對這麼一群可以通宵暢談的人來說，此刻的寂靜還真是少見。麗莎是唯一一個坐立不安的，或許也是唯一一個心懷悔意的吧。她已經後悔了。引爆前的悔意。

一股寒意滲進她的骨裡，這是她無法驅走的寒意。這幾天她不斷在想著那幾管里歐警告說非常危險的火藥。她不斷想著不到三個禮拜前，發生在格林威治村的連棟住宅爆炸案。她不斷的在腦子裡重複播放著相關的電視新聞報導——三月雪紛紛飄落於格村一棟時髦的市區住宅，消防員穿著他們笨重的冬衣以及靴子，濃濃的煙霧從傾頹的廢墟中冒出來。

報導說，有兩個女人（一名裸體，一名在尖叫）逃出瓦礫堆，跑到一名鄰居家裡，她們拿了些衣服和食物，然後便消失了。原本麗莎還寄望著她們其中一人就是戴安娜。當初就是戴安娜徵召她加入的。然而爆炸發生後四天，警察卻宣布說戴安娜是死者之一。

死者：兩個男人，一個女人。謠傳說，其中一個男子的名字叫泰瑞。麗莎聽過他不只一次演講，那一雙熾烈的眼，專注在她而且只在她身上。他提醒大家說，「氣象人」組織絕不殺人。他們是要將戰爭帶回美國沒錯，但絕不會帶來死亡。只會帶來恐懼，以及破壞。

然後他便提醒所有的聽眾說：

如果我們殺了人，他們就會追捕我們。我們只要殺了人，就沒有回頭路可走了。

誰又會想得到，他們不只殺人，而且殺的還是自己人呢？

歐文將小卡車開到遍布於大學校園內的諸多小道之一。麗莎曾在這兒上過許多課，然而如今在這黑暗裡，眼前的一切看來卻是如此陌生。沒有街燈，在這後頭可沒有，只能看到附近幾座建築零星發出的一點亮光。

歐文關掉引擎，小卡車抖了幾下。

沒有人開口說話。

然後歐文便打開車門。車內的光流洩而出——媽的，怎的沒想到要切掉電源——而在那發亮的白光當中，她看到了自己呼出的空氣有多冰寒。

「得走滿長一段路喔，」里歐說，聲音好低，像是擔心給人偷聽到。也許某些學生會在夜裡走上這荒僻的小路吧，不過她很懷疑。已經半夜了，但還沒黑到如她所想望的。雲層掠過滿月。

「是啊，」海倫說，聲音裡帶著她慣常的自信。她的聲音沒有發抖，也聽不出猶疑。「我想瞧瞧爆炸場面。」

「我可不想太靠近，」麗莎說。「會有碎片飛來。」

她想到戴安娜。碎成小片的身分證明。小小片。

「彈片，」歐文說道，她覺得自己在他的聲音裡聽到了感情。「就像在越南一樣。」

總在提醒大家，反戰是他們的任務。

麗莎瞥瞥盒子。炸彈就窩在裡頭，裹在當成護墊的毯子裡。

「走吧，」歐文說。

歐文打開側門，引進了更多冷空氣。他的眼睛發亮，但他的嘴唇看來乾裂。他非常緊張，也許這就是為什麼一路開車過來他都沉默無語，而且現在又一直在催他們。

「太趕的話，有可能搞砸，」里歐說。

「太慢的話，」歐文說：「就趕不上引爆時間了。」

已經半夜了。鬧鐘是定在十二點半。

麗莎爬到車外，站在歐文後頭。海倫也跟在她後面下了車。

里歐伸手拿起盒子。他答應大家炸彈由他處理就好，其他人都不用管。他曾上過炸彈製造的訓練課程，也讀了幾本相關書籍，總比什麼書都沒讀過的其他人要好一些。

海倫瞥瞥麗莎，然後咧嘴笑笑。麗莎強迫自己回她一笑。海倫蹦跳著往前行，不是因為太冷，而是因為興奮。

她這模樣麗莎於一年前的「憤怒之日」大遊行時也見過。記得那天海倫從一名帶隊人的頭上摘下頭盔，並將那笨重之物往自己的金髮上一戴，咧嘴笑起來，彷彿是在跟同夥挑釁——諒你也不敢摘下它吧。那次在芝加哥的抗議遊行，瓦斯槍四射，許多人被捕，不過那也都是預料中的事。麗莎當時雖然避過了瓦斯槍，但卻差點遭到警棍襲擊。她踢中了某個條子的膝蓋，那人慘叫一聲彎身下跪，然後栽到地上。那時她覺得自己好有力量。

然而現在她卻沒有這種感覺。

雲層飄過去了，月光將一切事物都沐浴在清冷的光線下。海倫的眼睛在發光。

「準備好了嗎？」

麗莎點點頭。

里歐將盒子塞進腋下，像是裡頭窩了隻寵物，而不是三根炸藥。他起步走下大路，歐文走在他旁邊，兩人的步態像是攜著祭品走向祭壇似的。

也許他們就是抱著這樣的心情吧。那是供奉有錢有勢者的祭壇。

克利夫蘭美術館是克利夫蘭的有錢人合資興建的，他們的錢則都是來自石油，煉油以及鐵路；而目前他們則是「投資」於越南，付錢開戰，付錢讓孩子們走上戰場赴死。

麗莎點點頭，緊緊抓住自己的意志力。

深夜裡的美術館沒有人上班。沒有人會在南方入口附近。這點歐文已經確定了。對大家來說，不傷人是首要之務。

空氣乾燥冷寒。通往南方入口的大路邊緣可以看到未被鏟盡的白雪。麗莎踩在雪上，發出「鏗啐鏗啐」的聲音，像是深夜裡的迷你爆炸聲。

這聲音其他人聽了好像不為所動。他們走得很快，里歐的呼吸聲沉重。炸藥其實沒那麼重，所以他應該是太緊張了吧。他表面上的平靜其實只是裝出來的。

此刻，她可以看到雕像豎立在前方了，他高高的立在基座上頭，對著眼底的一切在冥想。不到兩個禮拜前，她來美術館遊覽了一圈。導遊說，羅丹當初製作這座雕像，是因為法國某家美術館請羅丹設計一個定名為「地獄之門」的裝置展，《沉思者》只是其中一部分而已。該展的主題是詩人但丁描繪的煉獄景象。

《沉思者》垂目俯視的便是地獄之門。

而此刻，麗莎、里歐、歐文，以及海倫便是從地獄之門走了過來。

雲層再次蓋住了月亮，將那奇詭的光線遮暗了。麗莎吞下一口乾燥的空氣。雕像看來幾乎像是真人，他彷彿真的看見他們來了，也知道他們心裡的計畫。

「還剩多少時間？」里歐問道，他的聲音穿過冰白的景色發出回音。

「時間還很多，」歐文說；而海倫則是說：「十二點十分。」

兩人都沒有看著鬧鐘上的時間，而這點麗莎也不打算點出。

他們已走到偉德潟湖龐大樓階前那長長的平台了。噴水池早在幾個月前就給停水了，如今在這月光下看來，更顯荒蕪。

他們必須穿過平台，爬上幾層台階，穿過更多大理石地，然後再走上更多台階，然後才能走近那該死的雕像。雕像從來不曾如此遙遠過。

麗莎的嘴好乾，而且她好冷，這是她有記憶以來最冷的一次。她瞥瞥海倫，只見她仍是咧嘴笑著，而且還舉起了兩枝肥大的奇異筆。

「你這是幹嘛啊？」麗莎問道。

「我們總得昭示一下立場，對吧？」海倫說。

「我們是在昭示啊，」里歐忍不住低吼起來。「我正扛著我們的立場哪。」

這話一出，海倫噘起嘴來。她的視線又對上了麗莎，然後她便瀟灑的聳了聳肩。

他們爬上了最後一段台階。

里歐彎下腰，放下盒子。他露出懺悔的表情，而《沉思者》則像是一個看盡人間所有滄桑的厭煩的神祇。麗莎幾幾乎可以聽到他在說：世上的一切都已不再新鮮。

然後里歐便會站起來，笑著說道：這個可新鮮囉。

這一切如同電光石火一般閃現在她的腦裡。她強逼自己要專心——雖然這其實是她最最不敢面對的一刻。

里歐捧著炸彈站起來。

電視上頭，他們說連棟住宅處發生了意外，那裡有一群搞不清自己在幹嘛的人，他們相互推擠，不小心便將自製的炸彈引爆了。爆炸——總共有三起。戴安娜是死在第一次的爆炸裡嗎？或者說，她是看到了意外發生，想趕緊逃走，但卻被第二次的爆炸給擊倒了，因為其他所有的火藥管全都給點燃了。

有一名警察說，戴安娜的屍體大半都已蒸發無蹤。麗莎可不希望自己蒸發掉。她屏著氣，因為她可不想看著從自己的肺裡頭冒出的熱氣，在這冰冷的空氣裡變成冰凍的水氣。

里歐將炸彈擱置在基座上，就放在《沉思者》的腳趾頭旁邊。《沉思者》的腳看來真的就像活人的腳一樣，挺嚇人的。此刻，她覺得自己就要歇斯底里的嘰咕笑起來了。《沉思者》會給炸成眾多碎片嗎？警方能夠依據他腳趾頭的一個碎片，而猜出他的經歷嗎？

「好啦，」里歐說。「我們得走了。」

「等等！」海倫的聲音在平台上如銀鈴般響著。而麗莎也就是這時候，才發現海倫並不在她身邊。她身旁站著的是歐文；他和麗莎一樣，也是非常專注的緊盯著里歐。

然而海倫已經移到他處了，先前麗莎根本沒有注意到。

麗莎往側邊踏去，發現海倫正彎身湊向美術館擱置雕像的臺座旁邊，奇異筆刺鼻的味道飄散在空中。

她提筆寫下了**統治階級滾蛋！**就跟黑豹黨（譯註：黑豹黨是一個從一九六六年至一九八二

年活躍於美國的民族主義和社會主義組織，成員皆為黑人，其宗旨主要為促進美國黑人的民權）大聲叫囂：**豬玀滾蛋！**是一樣的意思，就跟去年夏天那個恐怖的曼森邪教組織於好幾個謀殺現場以鮮血寫下**豬玀去死**是一樣的道理。

然而麗莎此刻想到的卻是迪斯奈電影《愛麗絲夢遊仙境》裡的紅皇后，她老愛吼著說「砍掉他們的頭」。

「走了吧，」里歐說，他的聲音從冰雪以及大理石和廊柱反射而來，發出回音。

海倫站起來，她舉著奇異筆如同擎著一面旗子一般。她說：「行，寫好啦。」

她此刻的笑容讓麗莎不寒而慄；紅皇后所說「砍掉他們的頭」的聲音在麗莎的腦裡迴響，聽來就是有那麼一絲絲發狂的味道。

海倫，就跟紅皇后一樣。

麗莎打起顫來。她急步走下台階，越過里歐，來到了領頭的歐文後面。

「走吧，」里歐顯然是在跟海倫講話。「咱們得走了。」

海倫笑起來。老天，聽起來真像迪斯奈電影裡頭的壞蛋在笑，完全失控，一整個抓狂。

歐文伸出手來，一把抓住麗莎的手臂，將她往前拉。她差點就跌倒了。她想把他甩開，但又擔心自己會因此而更容易在冰地上滑倒。

她聽到後頭傳來喀嗤的聲音，雙腳踩破了冰吧，而且里歐沒再大聲吼叫了。

她想轉過身去，瞧瞧點燃了的引信，看著焰火沿著導火線爬向炸彈，雖然她明白引爆的過程並非如此。她有點喘不過氣來了。

她一直沒有看錶。他們的時間很充裕，不是嗎？想必是吧。

校園某處有一座鐘敲出半點的鐘響。

如果他們繼續沿著這條路走下去，有可能會在炸彈引爆時，還身處爆炸區。麗莎往另一個方向岔開，跑向偉德潟湖。她不太確定自己到底在想什麼：潟湖應該結冰了吧。不過她真的得盡速遠離美術館才行。

「咱們快到目的地了，」歐文說，雖然她不太確定他所謂的目的地是哪裡，因為大夥兒其實並不是朝著小卡車的方向走。

他抓著她，將她拉向龐大的噴水池。她在池邊絆了一跤，於冰地上搖晃而行。噴水池本身其實無法提供多少防護，不過池子的基座（上頭有幾個台階）倒是還可以利用。

她跪在一個台階上（冰冷的大理石），將手放在池邊，然後猛然爆出一聲驚叫。她觸碰到一隻冰冷的拳頭。

她抬起頭一看，瞧見一個真人大小的男孩，兩肩伸出翅膀樣的東西。他全身赤裸，而且像極了真人。

他的臉在噴水池的陰影下，看來如同魔鬼。

炸彈還沒有引爆。她的眼光越過噴水池以及她右手邊那座龐大的雕像之間，望向前方。美術館看來還是一樣。《沉思者》仍然是蹲伏於他慣常的冥想姿態裡。沒有爆炸。什麼都沒有。

只有里歐在動，他爬行了最後幾碼朝他們而來。他越過了水池的開口處，滑行到她身邊，然後蹲伏在地，舉起兩臂遮住頭。

歐文也是舉手護著頭。

她也依樣畫葫蘆，心想海倫不知跑哪兒去了。

什麼也沒發生。周遭一片詭異的寂靜。

「媽的，」里歐說，他的聲音因為嘴巴埋在兩膝之間而給捂住了。「媽的，媽的，媽的。」他兩臂下滑，站起身來一如麗莎先前所做，然後覷眼越過噴水池的邊緣往前看，只是他的手並沒有碰觸雕像。

「設定的爆炸時間已經過了啊。」歐文也抬眼在看。

麗莎垂下手臂，不過她可沒打算越過池緣偷眼觀望。他們距離炸彈還不夠遠。

「再等一下就好了。」她的聲音比她此刻的心情還要穩定。

「如果不爆的話怎麼辦？」歐文瞥瞥里歐，但里歐並沒有回眼看他。「炸彈會給發現的。」

「警方也找到過其他炸彈啊，」麗莎說。她怎的突然這麼冷靜呢？「所有那些未爆彈，它們全都還沒有把他們引向我們啊——還沒有。」

「搞不好是鬧鐘停了。發生故障，裡頭的機件出問題。」里歐站了起來。

而全世界就是在這時候整個變成了白色。噴水池震動起來。麗莎往後倒上了冰地。然後她便聽到那聲音——全宇宙最最大的聲響。那聲音聽來像是個物體，大而有力，像是有辦法只憑著它自己便將她一把推開。

眾多小片的冰雪紛紛擊上她。要不便是別的什麼，某種質地很細的東西，像是沙土。沙礫塞滿了她的嘴、她的眼、她的鼻。她咳嗽起來，但聽不到自己的聲音。

她翻過身去，免得垃圾繼續打上臉來，不過此刻冰雪／沙風暴好像已經止息。她坐起身來，然後才想起了炸彈，覺得自己最好還是再次蹲伏下去為妙。

直到她醒悟到：炸彈已爆。

全世界是一片詭異的寂靜。歐文跌在地上，而里歐——她看不到里歐。

她眨了眨眼。兩眼模糊看不清，像是才剛睡醒一樣。她流出了眼淚，冰寒的眼淚。她一手抹過臉，感覺到有個什麼濕濕的東西，然後定眼一看，才發現嗯沒錯，打到她身上的某些東西確實就是雪片。

但還有些別的。她在月光下看到小小的金屬片發出閃光。

她的嘴有金屬的味道。她吐了口水，然後再吐一次，她看了看，沒見到血。也許她還好吧。

只是受驚了。
歐文坐起身來，一臉驚惶。
她還是沒有看到里歐。
她四下張望，總算看到他的形影俯伏在池子旁邊。
她蹣跚朝他而行，一手放到他的身上，覺得上頭有個溫熱濕黏的什麼，然後便聞到了黃銅的味道。
血。
「里歐，」她說，不過她的聲音聽來好怪。像是從老遠傳過來的。「里歐。」
她想抓住他，搖他，然而她卻無法肯定這麼做是否可行。然後他動了動，稍微而已，並舉起一隻手搭在臉上。
這隻手在滴血。
她低頭一看，只見鮮血在他的右邊積聚起來。
炸彈爆炸時，他是站著的。歐文的聲音（很反常的帶著愉悅）在她的腦子裡迴響。彈片。就跟越戰一樣。
她吞了一口水，跪在里歐身旁，這是當晚她頭一回希望光線能夠強些。
她得看看里歐的傷口。
她得知道他是否即將死去。

二〇一五年

他們指派愛瑞卡策畫依楂卡的展覽。她去面談的時候，連這場展覽即將舉辦都不曉得。她是一直到被雇用的當天早上，才得知有這麼一場展覽。他們跟她解釋了大概情形。

依楂卡是以色列藝術家，她受美術館之託，要以羅丹為主題做個展覽。愛瑞卡花了大半天時間，才了解到芮薇・依楂卡是打算以《沉思者》為主軸，做出一個多媒體的裝置展。要不也許會做兩個裝置吧。這點大家都還不確定，不過依楂卡本人應該確定，是吧？因為整個展覽都是由她設計的啊。

問題是她人在以色列，只能遠距離操控監督。

而目前，愛瑞卡則是得照看一整個攝影團隊。他們都是挺好的人，來到這裡是要拍攝雕像的年度保養過程。梯子、鷹架、還有攝影機的正確擺放位置，這些都不是愛瑞卡的權責範圍。

她只負責點心和瓶裝水。大半時間，她只是站在場邊，看著維修人員手持軟布，擦拭《沉思者》受傷的四肢。他蹲伏著，像是想保護自己裸露的身體。要不也許他只是在假裝自己很無聊吧，就像多年前她上過的那個人體寫生課裡的美男子一樣——那個獸醫闖入的課程。

置身此地，她滿腦子都是獸醫的影像。他也都是拿片軟布來擦拭自己的傷腿嗎，還是他願意交由別人處理呢？而如果有人幫的話，他是否也跟《沉思者》一樣，會低下頭來望向別處，或者他是將這服侍當成每日生活的一部分了？

她不知道，她不可能知道。她連那獸醫是誰都不曉得。也許可以問那個課程的教授吧。她猜想他是每個學期都會來這麼一段戲碼，引進一點街頭戲劇來嚇嚇他的大一新生吧。

她想著，不知有多少學生和她一樣，多年之後仍然對那幕場景難以釋懷。

她嘆了一口氣，命令自己專心做事。

她只是打雜而已，一個不支薪的雜工。她到這兒來，是為了累積經驗。看著別人的藝術從觀念發展開來，成為展覽，而她卻完全無法加入。連一個想法都無法貢獻。

一九七〇年

歐文邁著沉重的步伐走開，他一手抱住里歐。里歐流了好多血。

麗莎瞥眼望著前面的路。她已經看不到他倆了。他們已經消失在黑暗中。他們的腳印給掩藏在路上的碎冰之間，然而她並不確定如果警察趕來這兒的話，會不會看到一條血路。

她也不曉得周遭是否響起了警笛。她不太信任自己耳聞的聲音，因為她的聽覺變得很奇怪。通常如果她的耳朵給塞住了的話，她的呼吸會變得很大聲，但她卻沒辦法聽到自己呼吸。只能聽到這麼個好奇怪的鈴聲，像是有一根手指不斷的在一只昂貴的高品質水晶玻璃杯的表面刮來刮去。

有個什麼滴落到她的上唇。她舉起手磨磨鼻子底下，覺得有個什麼黏稠物。她看了一眼，是血。她正在流鼻血。

她受了傷，但她搞不清有多嚴重。她對腦震盪的症狀不太清楚。根本沒概念。至少她沒頭暈——總之沒有很暈。她勉強自己爬上台階，因為她可不想在冰地上絆倒，再跌一跤。她不記得自己有撞到頭，不過這可不表示她就沒撞到啊。爆炸過後，她確實是重重的摔到地上，不過疼痛的感覺還沒出來。

她知道她馬上就要痛起來了。

他是一整個往後倒——那座雕像。倒在基座的後頭。海倫寫的字和蒼白的石頭形成了強烈的對比：統治階級滾蛋。

《沉思者》滾蛋。

有人抓住麗莎的手臂，她尖叫起來。叫聲撕裂了她的喉嚨，但她聽不到，沒真聽到。她可以感覺到那聲音，知道聲音一定很大。

她猛個甩開那手，轉過身來。

海倫就站在她旁邊。她的臉上撒了不知什麼，看來黑黑灰灰的，像是離火太近的結果。她的眼白在滿月下，看來出奇明亮。她的外套撕破了，而且她還搞丟了一隻靴子。不過她卻是咧嘴在笑。她看來好興奮，興奮過頭了。

「咱們得走了，」麗莎說。

海倫輕輕拍著她的耳朵。她也聽不到呢。

麗莎無聲發出那幾個字，就像她先前對歐文一樣。

海倫點點頭，然後指指基座上的字，並使勁的握住拳頭，就像拳王阿里接受採訪時的模樣。

現在就走，麗莎無聲說道。她想補充說，里歐傷得很重，但她沒講。她知道海倫不會聽到的。

海倫好像什麼都沒注意到。她的裸腳踩在冰冷的人行道上，一隻手臂在體側擺盪，一副滿不在乎的樣子。她看來簡直就是幸災樂禍。

她走向雕像，墊起光著的那隻腳，然後抬起穿著靴子的腳朝雕像踢去。

麗莎一把抓住她，然後指指小卡車。

海倫做出嘆氣的模樣。她挺直了肩膀，蹙著眉頭，開始朝前方邁進。她根本沒想到要去找那隻搞丟了的靴子。

麗莎跟在後頭，覺得自己好像是這一群人裡頭唯一正常的一個。她不禁想著，一個正常人會是注意到她的哪一點呢？她臉上的血嗎？還是她爬台階時，那種渾然不知自己在爬什麼的模樣？還是她的眼神？

她不太確定自己的眼神是什麼樣子。不會是海倫幸災樂禍的瘋狂樣，也不會是恐懼——這是麗莎早先的感覺。現在的她感受到的是平靜的接受，她有種詭異的感覺：彷彿自己已從一個她原以為很了解的世界，踏入了一個她無法理解的世界。

她只知道他們非得離開不可了。也許歐文（如果他神智清楚的話）已經開車把里歐載到醫院去了吧。

海倫的嘴在蠕動。她在講話，但是麗莎聽不到。其實她也沒多努力想聽到啦。

她一手搭在海倫的背上，將她往前推。如果海倫不加緊腳步的話，麗莎是會把她丟在這兒的。她會告訴歐文她找不到海倫。就讓海倫扛下這起爆炸所有的責任吧。

而這個念頭一起，憤怒之情馬上升起。先前麗莎提起連棟住宅的爆炸案時，大家應該聽她的意見的。大家應該要放棄這種「將戰爭帶回國內」的游擊戰才是。

她應該要聽聽自己的意見的。她早該離開這個組織的。

雕像不是唯一一個凝視地獄之門的人。

她已沉入那扇門內，而她連自己是怎麼會進去的都搞不清。

二〇一五年

他們將愛瑞卡從依楂卡的展覽調到美術館的一百週年紀念展去了。她的上司說她可以藉由處理二〇一六年所有的展覽項目學習到更多東西——因為依楂卡展其實已經準備得差不多了。

處理二〇一六年所有的展覽項目，就意謂著她得為美術館的週年慶整理出一套美術館館史。這一來她要處理的就不是展覽了，她其實是在籌備一個「慶生活動」，為的是要紀念美術館開始運作的第一天：一九一六年六月的某一天。

最近她都是遵照上司指示，坐在美術館深處某個冷氣房裡的辦公桌前，手中使用的電腦其實五年前就該升級了。

她通常都是在寂靜的環境裡工作，不過今天甬道另一頭有扇門打了開來，她可以聽到好幾個聲音。音量好大，而且很憤怒。

憤怒的聲音並不是美術館裡的常態。

最後，愛瑞卡實在是忍無可忍，她拿起已經快喝光的瓶裝水，朝著吵嚷聲走去。

通往那間辦公室的門半開著，愛瑞卡連那是誰的辦公間都不清楚，因為她從來沒被邀請入內。音量放低了——至少目前這個聲音是如此。

那是一個女人的聲音。

「……這個內容有誤，非得更正不可，」她聽來非常強勢。「爆炸案並不是破壞公物的行為。」

「呃，」回答的是個男人。「只怕雕像確實是給破壞掉了——」

「破壞公物的人通常都是用噴漆塗鴉，」女人厲聲說道。「他們不會去炸雕像。你把這個事件看得太瑣碎了。」

愛瑞卡抽了一口冷氣。他們是在討論《沉思者》，他們是在討論即將舉辦的裝置展。目前預定會有兩樣裝置：一個定名為《反沉思者》，另一個則是《統治階級滾蛋》。

「我們可沒有把什麼東西瑣碎化喔，」男人說道。「等定稿出來以後，你就會懂了。芮薇先前接受訪問時說得很好，她把爆炸案形容為文化恐怖主義，而且也將那個事件連結到現今在中東國家不斷出現的摧毀——」

「文化恐怖主義是想要摧毀文化，」女人說，她的聲音充滿了鄙夷：「而那回的爆炸案是氣象人（Weatherpeople）所為，他們根本不在乎文化啊，他們是政治取向——」

「他們的組織是叫做氣象男（Weathermen），」男人說道。「而且我同意，他們確實是個恐怖組織——」

「我可沒說他們是恐怖分子。」女人壓低了音量。「這個展覽簡介你得改寫才行，不要打迷糊仗……」

「你在這兒幹嘛？」

她沒有馬上反應過來。有一名志工皺著眉頭站在愛瑞卡前面；顯然，對方認為她是在偷聽。所幸這人並不是她的眾多上司之一。

「只是出來找點水。」愛瑞卡舉起快要空了的水瓶。「他們是在爭執什麼啊？」

「小事而已，」女人說。

愛瑞卡認出她來。她都是禮拜四當班，不過愛瑞卡可說不出她的工作性質到底是什麼。這人長得圓圓胖胖，看來膽小怕事，年齡很難說——是那種引不起人注意的類型。

「聽起來好像滿重要的，」愛瑞卡說。

女人鄙夷的笑起來。「將來你就會懂的。」

愛瑞卡最恨別人說出這種話。「懂什麼？」

「福克納。『過去從來都沒有消逝，它甚至都還沒有過去呢。』」

愛瑞卡瞪著女人看。這人還真是引述了一個死去的白種男人不成？

愛瑞卡最恨別人來這招了。輕賤的味道太濃。

她呼出一口氣，然後急步越過女人，朝著南法餐廳走去。每回她到餐廳只是買瓶水時，他們都相當不以為然，不過她哪有辦法天天都來這兒吃午餐啊。她到現在都還是窮學生等級，因為在這兒工作沒錢可領。就連一瓶水都好貴。

過去從來都沒有消逝。這話聽來好驢。那間辦公室裡的人在爭執的只是即將開辦的展覽簡介上的措辭而已，他們根本就沒在討論過去到底發生了什麼。

也許愛瑞卡只是太過勞累了吧。她讀到的所有文章——打從一九一六年以來的——感覺上都是幾千年前的事了。對她來說，過去確實是已經消逝了。

她伸出手搓了搓臉，搞不懂怎麼有人會對展覽那麼熱情。在這兒工作以後，她開始變得麻木不仁。大家關心的都好像不再是藝術本身。遊客們行進的速度太快了，學生們則是抱怨他們得就某幅畫作寫篇報告，而策展人本身則好像是多頭馬車，給拉往不知多少方向。

連愛瑞卡都不再享受藝術的滋潤了。她已經不再看藝術品了，而且她也想不起自己最後一次撫碰《沉思者》到底是多久以前的事了。也許是打從這雕像的年度維修工作開始以後吧，那時他看起來還真有點像她記憶中的那個男人。

有點像一個會呼吸，有感覺的活人。

一九七〇年

小卡車給包圍在它所排放的廢氣中，彷彿是給新近才撲滅的火所起的濃煙給上了一層灰一般。

來自地獄的火吧，也許。

麗莎對著自己搖搖頭。方才在一條街以外的地方，她覺得好冷，而且雖然她是可以看到小卡車就在前方，但感覺上卻好遙遠。她的四肢好沉重。

驚嚇的感覺開始浮起。

她一直不敢讓驚嚇感浮現。

她的耳朵並沒有完全復原，不過她覺得耳鳴的音質好像不太一樣了。沒那麼大聲，而且還有個什麼也加入了。

警笛聲嗎？

她不太確定，不過確實是有可能。

她轉身去看海倫，想知道她對警笛有什麼反應，不過她看來好像有點渾沌。海倫這會兒是跛著腳在走路，速度也放慢下來了。

麗莎抓住海倫那隻沒受傷的手臂，將她往前拉行。小卡車的外殼聞起來有汽油和一氧化碳的味道，這種臭味麗莎通常是一聞就會咳的。不過這回她卻毫不在意。

她只顧著要拉下乘客座椅旁的門把，踏上小卡車後面，沒想到差點就一腳踢到里歐。

他躺在地板上，顯然是歐文先前把他給丟置在這兒的。而且照麗莎看來，里歐應該是一直都沒動彈。小卡車鋪的薄地毯在頂頭燈的照射下看來暗黑且呈花斑狀，里歐的臉則是一片死灰。

麗莎以前從來沒有看過面色死灰的人。

她將手伸出小卡車外頭，想把海倫拉上來，然而海倫已經不見蹤影。又一次失蹤。天老爺，她到底是——

然後前頭乘客座椅旁的門打開了——那是他們一路過來時，里歐所坐的位置。海倫輕快的跳了上去，彷彿大夥兒是要展開一趟愉快的旅行。先前人行道上那個筋疲力盡的女人已經不見了。

麗莎將她這頭的門關上，然後越過里歐，想要走到堆聚在乘客座後頭的盒子那邊。她越過里歐時，他一動不動，也沒縮個身子。他沒有抬手保護自己的臉。

他毫無動靜。

她跪在他身旁，而非坐在盒子上。地毯濕答答的沾滿了血。

「咱們得把他送到醫院才行，」她說。她的聲音現在聽起來挺正常的。或者該說，是帶著感冒的那種正常。聲音聽來還是很遙遠，不過是有進步了。她的耳朵已經開始運作了。

「絕對不行，」海倫說。「如果去醫院的話，我們會給逮捕的。」

「這不是槍傷，」麗莎說。「只是——」

「彈片傷。」歐文說，聲音聽來像是水底傳來的。「是彈片。」

把戰爭帶回家鄉，寶貝。又是歐文的聲音。幾小時以前，他們將炸彈放進盒子裡時，歐文笑得好開心——感覺上好像是幾天前的事了。好幾個禮拜以前。

好幾年以前。

「那該怎麼辦呢？」麗莎說。「我們根本沒辦法幫他。」

「我看乾脆去匹茲堡好了。匹茲堡的醫院碰到這樣子的病人一定馬上救，他們連爆炸的事都不曉得。」歐文顯然已經想很久了。

「從這兒開車過去要兩個多鐘頭耶，」麗莎搭了隻手在里歐的額頭上。她的皮膚冰寒，但他卻沒有縮一下。他的皮膚摸來也好冷。又濕又冷。

他的眼睛像是上了一層釉。

「咱們得趕快找人幫他才行，」麗莎說。

「他原先就知道會有風險的，」海倫說，特別強調原先這兩個字。

麗莎看著她。而海倫這婊子就只是咧嘴笑笑，聳聳肩。

「我們先前就說好了的，」海倫說。「不上醫院。不找警察。不尋求援助。」

「有誰認識哪個可以幫忙的人呢？」麗莎的聲音在打顫。里歐仍是茫茫然的愣著眼。他的眼睛一直都是這麼愣著的。而且她也不太確定他是否還在呼吸。「咱們這群人，沒一個有過這方面的醫學訓練。」

「這就是風險之一啊，」海倫說。「而且我們先前都說好了的。」

警笛聲越來越近了。

「匹茲堡，」歐文說，一邊開始排檔。小卡車歪歪倒倒的往前行，然後他才將車子緩緩駛離路沿——就像先前有人教過的做法。是里歐教的。

要如何避免看來可疑。開車要像正常人。

然而炸彈爆炸之後，一個正常人又會如何開車呢？有人就在車子後方瀕臨死亡的時候，一個正常人會是如何開車呢？

「把他載到媽的哪個醫院去吧，」麗莎說。

「匹茲堡，」歐文重複道。「匹茲堡。」

這三個字顯然他是一直在跟自己默誦吧。就像祈禱文一般。

他心裡明白。

她也明白。

里歐已死。

沒傷到敵人，反是誤殺自己人。

果真沒傷到敵人嗎？雕像受到了震擊，跌落基座。它滾到了平台上，臉面朝下，斷了手腳。爆炸確實是傷到了敵人。

雕像未死，然而里歐已死。

麗莎真的不知道該如何面對此事。

二〇一五年

大家還是會為這種場合盛裝打扮的。或者也許該說：統治階級依然如此。

愛瑞卡想到這點，忍不住笑起來。她就站在臨時搭起的吧台旁邊，離深藍色的展示牆很近。美術館的贊助人、志工，還有學生穿行於這個空間，時不時拿起牙籤戳起乳酪，搭配著小香腸吃下肚子。有幾名賓客捧著滿是素食的餐盤，而且幾乎每個人都拿著一只塑膠酒杯。

大部分人瞪看著藝術裝置時，手裡都還緊緊捧著吃喝的食物。觀看《統治階級滾蛋》的人要比觀看《反沉思者》的多很多——顯然大家比較關心的是雕像如何「回應」它自身的歷史，而非美術館的歷史及其管理藝術品的方式。

芮薇．依楂卡想出了挺棒的點子：經過動畫處理的雕像對著他自身的傾倒做出了思考。依楂卡讓他活了起來。他看著一張他自己身體俯趴在平台上的照片，一臉驚詫。然後他便將自己的臉埋進臂彎中。

愛瑞卡只看了一次《統治階級滾蛋》，她當場便流下眼淚。從那時候開始，她每天都是使用另一個入口來到美術館。《沉思者》對她來說，一直是活靈活現的。她無需看著他移動於一段3D動畫片裡頭。而現在，他看來則又更像真人，更具批判性，而且有那麼一點點失落的神色。

她不太喜歡把他想成失落的人。他的３Ｄ影像已經幫助她找到了創作的火花。她的作品也許只能滿足自己的需要，而無法取悅他人，但她應該可以另覓他途。

她不需要把自己限制在舊有的框架裡，因為現在已經多出了一百種創作藝術的方法——芮薇．依楂卡的作品就是很好的例子。有趣的方法。

大家都在談論這次的裝置藝術。愛瑞卡在展場四處聽到了點點滴滴的對話。人們在談論的大半是自身的情緒反應，不過她也偷聽到了美術館的一名董事和本地一位藝評人私下的對話。

「這場展覽讓我想到ＩＳＩＳ（伊斯蘭國）在敘利亞的帕邁拉所進行的文化遺址破壞行動，」愛瑞卡走過他們身邊假意撿拾四散於會場的展覽介紹單時，偷聽到了這句話。

「這就是藝術家的本意啊，」董事答道。

這話她印象深刻，主要是因為她以前就聽過這種說法，但卻不太確定它的真實性。她很清楚這次展覽有其全球性的意義：克利夫蘭美術館身為全世界極具代表性的美術館，自然是希望能在全球性的舞台上佔有一席之地。

然而愛瑞卡卻是不斷的想著《反沉思者》以及相關的新聞剪報：七〇年代時，克利夫蘭美術館館長謝曼．李決定要保留《沉思者》受損的模樣，並將其展示於館外。他當時曾表示：

所有走過這尊毀損了的綠色雕像的參訪者，都免不了要自問：雕像是在告訴我，一九七〇年代的美國是處於何等暴力的氛圍中啊。

不是敘利亞。不是中東。

而是美利堅合眾國。

當時的美國也有恐怖分子，而且顯然一直都有。

愛瑞卡花了許多工時查閱有關「氣象人」的資料，她這才發現他們原先其實是叫做「氣象男」——一如辦公室那名男子所說。而之後，約莫就在爆炸案發生後不久，他們又改名為「地下氣象團」，因為他們全都決定要隱身於「地下」了。

她覺得這群人，這群所謂的「氣象人」，簡直是不可理喻。詭異的是，他們當中只有極少數的人得為犯行入獄。他們當中有些人目前甚至還在大學任教呢——也許該說曾經吧，因為他們都已退休了。天哪，搞不好她曾有一位老師就是「氣象人」，而她卻一無所知。

警方找不到證據可以證明「氣象人」需得為《沉思者》爆炸案負責。而在破壞現場，唯一能夠說明破壞動機的，也只有幾個以奇異筆寫出來的字：統治階級滾蛋。而這到底又是什麼意思呢？《沉思者》並非統治階級的一員：在但丁的煉獄裡，沉思者其實是一名詩人——而那時候的詩人，根本就不受尊重啊。

愛瑞卡的上司來到了吧台，說是想要一瓶水。她朝愛瑞卡投來一瞥她很熟悉的眼神——不滿與指責。

「你應該要跟人社交一下吧，」她的上司說道，並朝著一名單獨站在《反沉思者》旁邊的女人努了努頭。

愛瑞卡擠出一抹笑，然後拖著腳走過去。站在《反沉思者》旁邊的女人是愛瑞卡很想避開的那種類型。愛瑞卡先前就注意到她走進這裡。

這個女人長的是有錢人的那種瘦，她穿著一襲白色的名家設計洋裝——愛瑞卡曾在某個時尚展示秀的影片裡看到過。女人的雙手骨瘦：左手可以看到一只碩大的藍寶石戒指，而右手則戴了一只稍稍沒那麼俗氣的戒指。不過她身上配戴的其他珠寶倒還算有點品味。她在洋裝的領口上方戴了一圈扁平的純金項鍊，並搭上了頗為相襯的純金耳環。

這金色襯托出她滿頭白髮中殘存的金髮。她的頭髮大約是剪到下巴高度，而她俐落削尖的髮型則是溢滿了錢的味道。

然而愛瑞卡不想和她交談的原因，其實並不是她所散發出來的闊綽氣味。主要的障礙其實是這女人的臉孔。幾十年前她顯然是個美女，然而現在的她卻好瘦，也因此讓她高聳的顴骨更加骨凸，而她細心描繪的眼睛也因此就更深陷在眼窩裡了。

愛瑞卡第一眼看到她的時候，覺得這女人簡直就像是一副假裝自己是活人的骷髏。現在湊近了來看，愛瑞卡還是有這種感覺。

女人轉過身來，有那麼一剎那的時間，她的眼神落在愛瑞卡身上，然後她又別開眼去。愛瑞卡稍稍側開身子，瞧見了先前跟她引述福克納名言的那名志工就站在女人身後。

這名志工穿著一襲藍色的絲質洋裝，看來像是喜宴裡那位超級不懂打扮的新娘的母親，但那雙銳利的藍眼看來卻毫無母性的溫暖。她的眼裡滿溢著的是別的什麼，是邪惡與嫉恨。

愛瑞卡退到一旁。管他媽的那個上司幹嘛啊，愛瑞卡可不打算跟這兩個女人講話。然而愛瑞卡卻也沒辦法走到太遠的地方。她還是待在近旁，以防上司突然走過來時，她可以上前一步，假裝加入她們的談話。

骷髏女人朝著志工微微一笑。

「哪，瞧瞧咱們兩個啊，」骷髏女人說道。愛瑞卡忍不住打了個寒噤，她認出了這個聲音。聲音的主人就是一個月前在爭執這次展覽簡介該用什麼措辭的女人。「哪曉得咱們竟然成了統治階級呢。」

志工撇了撇嘴，她的顴骨變得亮紅——不是因為羞愧，而是因為憤怒。

「咱們一直都是啊，」志工的語氣和她那天跟愛瑞卡講話時一樣。

這兩人原本就認識了，怪不得這個志工會引述福克納了。她搞不好根本就不是在跟愛瑞卡講話呢——不完全是。

愛瑞卡往後退了一小步。這會兒，她是真的很不想加入這場談話。

骷髏女人看著《反沉思者》裡頭的靜止影像。

「原本我以為歐文會來這兒呢，」她說。「不過當然，他其實一直都是膽小如鼠的。」

然後她便擎起她握在右手的那杯白酒，朝志工示個意，並朝樓梯的方向走去了。

志工並沒有跟上去。她只是抬起手來，手背輕撫著臉頰，像是在為自己量體溫。

「那人是誰啊？」愛瑞卡忍不住問道。

志工眨眨眼，像是她根本沒有意識到愛瑞卡就在近旁。然後志工便看著骷髏女人的背影。

「怎麼，她就是海倫啊，當然，」志工輕聲說著。「她是紅皇后，一直都是，永遠都是，紅皇后。」

一九七〇年

這趟車程像是永遠不會結束。他們於凌晨四點抵達匹茲堡，並跟著「醫院」的路標一路前行。路標引向的那家醫院看來就跟美術館一樣老舊，而且是位在市區的危險地帶。

歐文將車子停在標示著「急診」入口處的斜對面，然後他便下了車，將側門打開。

麗莎幫忙他將里歐抬出來，雖然她曉得他其實已是回天乏術。

里歐看來白得好可怕，而且他沒有眨眼睛——打從她踏入小卡車以後，他就是這個樣子。

然而歐文什麼也沒說，他只是將里歐扛到前面的那一排門去。

麗莎沒有幫他。她做不到。她知道帶著里歐進入醫院，其實完全沒有意義。她永遠不會再看到他了，而如果她讓這個念頭長驅直入自己的心裡的話，她也許永遠都無法復原。

所以她便將小卡車的門猛力關上，兩手插進口袋開始穿越停車場。

「你是要到哪兒去啊？」海倫從乘客座朝她吼道。

麗莎沒有回答，她不知道自己是要上哪兒去。她只知道自己非得走掉，非得立刻離開不可。

也許她可以找到一具公共電話。也許她可以打電話給她爸爸，請他來接她走吧。

也許她可以回家去。

然後她便嗤了一聲。回家麼？她根本無法回家啊，就跟那些打了越戰回到美國的退伍軍人無法回家是一樣的道理。

何況她又能跟她爸爸說什麼呢？嗨，老爸，我今天不小心殺了個人，良心好過意不去，所以這會兒我可以回到家裡，假裝什麼也沒發生嗎？可以嗎，老爸？

而她的父親又會怎麼說呢？她那保守的父親，他老跟她諄諄告誡，說她應該知足惜福才是。他會不會說，好啊寶貝，我會在家裡等你。或者他會乾脆跟她斷絕父女關係呢？她搖搖頭。這裡的空氣好冷，不過總是比克利夫蘭好一點點吧。

打電話給她父親是不會有好結果的，她可不想把自己的重擔丟到他身上。更何況，她約莫於一年前就跟他斷絕關係了。當時她以為自己是走在一場革命的最前線，她覺得前途會很有趣。

有趣。結果呢？里歐空茫的愣著眼，海倫笑得像個發狂了的娃娃，而歐文則是擺出一張石頭樣的臉，就跟《沉思者》一樣。

麗莎往前邁步，她明白他們已經達成了預定目標。他們已將戰爭帶回了國內。然而那過程卻遠非他們所預期的。

事情的結果總是出人意表。

她原本以為今晚自己可能死掉。她原本以為如果意外發生的話，大家都有可能歸西。而且她以為雕像會整個毀掉。

而下一步又是什麼呢？號召大眾再次對抗政府嗎？大聲宣布政府不該於海外發動戰爭嗎？還是乾脆毀掉整個美術館？

她原先的思慮不夠周詳。他們原先的思慮不夠周詳。他們原本是打算展開一場冒險，是要宣告自己的理念，是要發出信息的。

而他們確實也做到了
她只是不太確定，那個信息到底是什麼。

喬納森．山德樂弗（Jonathan Santlofer）

寫過五本小說，包括暢銷書《死亡藝術家》，以及贏得尼洛獎的《恐懼的解剖》。山德樂弗也是個知名的藝術家，他的作品已被收藏在大都會博物館、芝加哥美術館，以及內華克美術館。他住在紐約市，是紐約小說中心犯罪小說學會的主任。他目前正在寫作一本新的推理小說，以及為孩子而寫的冒險小說。

The Empire of Light by Rene Magritte, 1953-1954

Oil on canvas, 76 15/16×51 5/8 in. (195.4×131.2 cm.). The Solomon R. Guggenheim Foundation Peggy Guggenheim Collection, Venice, 1976, © 2017 C. Herscovici / Artists Rights Society (ARS), New York.

煤氣燈下

沒錯，她這一陣子一直不太舒服，整個人不對勁，頭痛，噁心，還有輕微的暈眩。不過她應該沒事。她從小就很容易感冒或者得流感，一次又一次的覺得自己不太對勁。敏感啦，她母親老是這麼說——這話應該沒錯。想來是病毒吧，就這麼回事——至少前幾個禮拜她是這麼想的。然而如今都已過了三過月還沒好，她心裡還真免不了要犯嘀咕。

「要有耐性啊，寶拉，你也知道咱們紐約的感冒通常都拖很久的，尤其是冬天，」和她新婚才六個月的丈夫葛里哥萊這麼說。他永遠都是這麼體貼，想盡辦法要安慰她。

然而到底是哪種感冒，會拖三個月還沒法好呢？

搞到後來，她決定要去看醫生，因為實在受不了葛里哥萊老是說她耐性不夠。葛里哥萊堅持要她去找他的醫生，因為他是「紐約最棒的啊」。這位醫生年歲挺大了，滿頭棉花糖樣的白髮，身上散發出一股樟腦丸的味道。他的辦公室雖然位在挺時髦的公園大道，但卻有點破敗，等候室裡的椅墊好老舊，有一個甚至破了個洞呢。目前只有一個病患在等著，是個女人，看來至少九十歲了，而且好像已經瞎了，她的眼睛蒙上一層乳色的白翳，寶拉看得有點心驚。而且這裡沒有接待員，門是醫生自個兒打開的，他帶著寶拉走進檢驗間，一邊大聲唸著她才剛填好的表格：「三十七歲，不曾有過嚴重疾病。」

他人倒是挺好的，寶拉想著，而且看來算是合格的醫生吧：幫她做例行檢查，量血壓，檢查心臟和肺，還有抽血。她還真得承認，他確實是挺有魅力，而且滿健談的，此外，兩人還有個共同的嗜好呢：他們都喜歡推理電影和小說——推理是她從小就喜歡的類型故事。檢查身體的過程當中，兩人就是這麼個討論起古典和現代推理作品當中自己的最愛。

不過等她回到家後，她還是跟葛里哥萊抱怨起來。「他的辦公室好亂，而且他好老。」她的丈夫遞給她的眼神，意思是在說你真是個寵壞了的小孩——她瞧見他英俊的臉龐上掠過這種神情，他想藏可是藏不住。她很清楚這種表情，這輩子她已不知見過多少次了；他說的確實沒錯，她是給寵壞了。她是一對很成功的藝術家夫妻的獨生女，他們提供她最好的教育，送她上最棒的私立小學，然後是寄宿學校。而那之後，她父母的錢又把她送到頂尖的藝術學校，供她念完大學以及研究所。她念的是繪畫，不過她很清楚自己不是可造之材，她永遠不可能晉升到她父母那種高檔的藝術等級。打從念完研究所以後，她就很少提起畫筆作畫了，而現在，她在自己那間設備齊全的畫室裡頭，其實都只是在閒晃：重新整理高檔的油畫顏料和粉彩，但是顏料管根本沒有開封，粉彩的包裹紙也都還沒撕下。

寶拉勉強自己爬下床，費力的刷牙、洗臉，然後拿起梳子梳頭，每個動作都好費力。之後她便走下鋪設了豪華地毯的樓階（她住的是一棟位於格林威治村的棕石建築），一手沿著橡木欄杆滑了下去。她一直很喜歡這種觸感，光滑堅固，是她可以仰賴的依靠——生命中具有這種特質的東西實在好少。所幸她能擁有葛里哥萊啊：他是她的磐石，她的守護者。

「不成材的女兒」這個封號如同墨漬一般滲入她的腦裡，雖然她的父母從來沒有這樣說過——沒有當著她的面。他們總是鼓勵她，就跟所有望女成鳳的父母一樣，對她寵愛有加，希望她終有成名的一天。她非成名不可，這是他們從未說出口的話，但她卻清楚感覺到了。同時她也曉得，自己永遠也不可能達到他們的期望。

寶拉的手指緊緊攥住欄杆。

她的母親是知名的畫家，她是少數能以粉彩闖出名號的藝術家。「她是極少數可以超越其使用媒材的極限，而畫出無限可能的藝術家，」紐約時報在她母親於二十三歲首次開辦畫展時，如此評論道。這篇畫評寶拉已經讀了不知多少次，她都可以背下來了，而且她也讀過其他畫評——敘述著她母親傳奇的繪畫生涯。她的事業一直是平步青雲，她的畫作目前的估價都在六位數的高價，而最被看好的作品在拍賣會裡的叫價更是超過百萬美元。

她的父親也一樣。幾乎每一本藝術雜誌和期刊都把他稱做「天才」，而他的主要畫作——也就是大尺寸的敘事性作品——目前的賣價更是超過她母親的粉彩。真是一對天才夫妻啊，寶拉在寄宿學校的朋友都好羨慕她。「你的父母可真酷哪，」雖然她其實寧可自己的媽媽是個家庭主婦，而爸爸則是會計就好了。

早在寶拉出生之前，就已經有過十幾年這種讚譽不斷的藝評了。

「我那個女嬰的出生是個意外啊，」有一回她偷聽到母親在跟一個朋友耳語道——那時她已連喝了好幾杯馬丁尼。當時的寶拉大約是四、五歲，而「意外」這兩個字，就像鼴鼠一樣鑽進了她心靈的底層，待在裡頭永遠出不來了。

葛里哥萊本身是個企圖心很強的藝術家，她頭一回跟他提起自己父母的身分時，他著實是大吃一驚。而且這位帥到不行的年輕男子（一位藝術家）竟然還跟她調情呢——這她也同樣是大吃一驚。應該是調情吧——他說話時，一手搭在她的手臂還有手腕上，他那雙藍色的眼睛發出亮光，他臉上那朵迷死人的笑容她則是越來越愛，另外就是他那露出鬍渣的好完美的雙頰了。

寶拉在樓梯底的鏡子前面停下腳來。這面鏡子的表層繪有反影圖案，所以照鏡子的人往往無法分辨何為真實，何為鏡像。這是她父親一系列手繪鏡面的創作之一，她在鏡中看到自己給切割了的影像：一管大鼻子，以及方正的下顎。她和她父親的相似之處還真是詭異，然而他那粗獷的男子美放在女孩子的臉上，卻是完全顯不出好來。

「把你的弱點變成你的強項，」她的母親老愛這麼說。她研讀起寶拉的臉面，就像是在分析一幅畢卡索所繪的肖像。她會將頭歪到一邊，然後又歪向另一邊。有一回她是建議寶拉去做鼻整形，而另一回則是建議她做下巴縮小術。

不過葛里哥萊倒是覺得她很迷人。他老跟她說，她很「不一樣」，然而私底下寶拉其實寧可聽到他說她「漂亮」，甚至說她「秀氣」也可以。

她最喜歡拿著他炫耀了，她可以感覺到別人的眼神從葛里哥萊身上移向她來，然後又移回去。她一定是有個什麼優點才會讓他娶她的，他們心裡頭肯定是這麼想著，不過她倒是不介意。畢竟，他已經是她的了。而且他也不只是英俊而已，他簡直是俊俏到不行，大家都這麼說的。而且他又比她小八歲，雖然她其實也還算年輕，或者說曾經年輕過吧，因為近來這揮之不去的疾病已在她的眼周製造了黑眼圈，她的皮膚也因此變得蒼黃了。

在葛里哥萊之前，她也曾交過幾個男朋友，不過沒一個認真過，而且都交往不久。或許是因為他們每一個都有某種問題吧，不過她覺得也許問題比較是出自她自己。但這都成為過去了，如今的她婚姻幸福美滿——這是她每天都要拿來勉勵自己的話。

廚房裡，時髦的中島料理台上留有一張字條：親愛的，今天就是你會大有改善的日子了！我會提早回家。愛你，葛里哥萊。

她的丈夫總是輕手輕腳的爬下他們的床，小心翼翼不忍吵醒她。他是多麼體貼啊，總是在照顧她。

這張字條寶拉唸了一遍又一遍，她將字條湊到臉頰邊。她的腦海裡浮現起自己為丈夫添購的工作室——一個位在改裝過的工業大樓裡頭的龐大空間。雖然她這棟棕石建築裡頭房間很多——任他挑選——但他說他實在無法在家裡作畫，他非得出去不可：得有自己的空間才行哪。這點她雖然了解，但她是多麼希望能把他留在自己身邊啊。不過他是如此體貼而且忠貞，對她永遠是那麼的關愛有加。送他一間工作室也是理所當然的事。而且他也確實是個很有才華的畫家，他需要的就是一點時間而已，而這，他以前從來就沒有過——因為他是出身於一個藍領家庭，而他所念的州立大學的藝術學系又是那麼平庸。他倒是從來沒有抱怨過，只是這回他卻因為她立意要為他買間工作室，而跟她起了爭執。

「我不希望你為我花錢，寶拉。」

「不為你花錢，那我還能為誰花呢？」

葛里哥萊完美的下顎緊緊一收。他告訴她說，他只要能待在自己位於下東城的公寓就很滿意了。那裡的客廳可以充當他的工作室。

不過最終還是寶拉獲勝了。

她心裡到底是在想什麼呢？她很不喜歡讓他擁有自己的公寓，不管是哪裡的公寓都一樣。另有一間工作室是ＯＫ的，然而擁有一間他厭煩於她時可以走避的公寓可就不行了，而且當然，這是她心裡永遠的痛，雖然他已多次跟她保證他不會變心。他已多次向她宣告他的愛。

她想像著葛里哥萊作畫時全神貫注的表情，他靜脈賁張的喉嚨上集結著汗珠，還有他身上的氣味。有那麼一會兒，她所有的病徵都消失了，她覺得自己已經復原了，因為只要想到葛里哥萊是她的，只要想到他愛她，她就可以獲得片刻的安適。

她又聽了一次西維斯罕醫生的電話留言。他告訴她說她並沒有罹患萊姆病。這是她自我診斷的結果，因為她夏天時回到老家度假，而那個地區則是辟蝨猖獗之地。

如果不是萊姆病的話，那又怎麼解釋她老感到噁心、疼痛呢——還有幻視的問題。這是她唯一可以拿來解釋自己症狀的方式啊。她會在一瞬間看到某物，然後又看不到了。家裡的鑰匙明明就是放在前門旁邊的小桃花心木桌上頭，但卻會突然不見了。她很確定有一條項鍊她是放在梳妝台上，但卻也消失了。她是快要發瘋了嗎？這種病會不會是早發性失智症的前兆？

醫生檢查不出所以然來，她的驗血結果全都正常。他認為她有可能只是感染到某種不嚴重的病毒，他說病毒最終自然都會消失，而且也許她只是過度勞累吧。這話還真是惹惱了她。她成天都無所事事，怎麼可能勞累呢？她已不再畫畫，她沒有工作，而拜她成功的雙親所賜，她其實也不需要工作。她整天就是躺在沙發上閱讀偵探和驚悚小說。當她把醫生的結論告訴葛里哥萊時，他好高興：**你瞧，親愛的，你根本就沒事啊。只是小毛病而已。**

茶壺底下塞了另一張字條：**把這喝掉！愛你的葛里哥萊。**

寶拉打開壺蓋，看看裡頭的茶：是濃濁的褐色。牛蒡根，天知道這是什麼玩意兒，不過茶包上是這麼說的。打從她得病以後，葛里哥萊就常帶些自然療法推薦的各種難喝的茶回來給她，另外就是一些混合了羽衣甘藍、豆腐、以及維他命和各種礦物質的飲料了，不過寶拉可不打算喝下這麼難看又難喝的茶，何況茶又已經涼了。

她正打算整壺倒掉時，腦裡卻出現了貼心的葛里哥萊，他對她是如此的關愛，而且他老會帶著長者的嚴厲眼神看著她——就跟她常在她父母臉上看到的表情一樣。

她為自己倒了一杯來喝。

嚐起來有點苦辣。兩小口就已經很夠了，不過她會跟葛里哥萊說，她是整壺都喝光了。

沒多久之後，她發作了：視線有點模糊，整個房間開始旋轉起來。

寶拉緩緩坐上椅子，等待發作期過去——如果這只是一時發作的話。結果也真的就過去了，只是她的頭卻開始陣陣作痛起來。

她深吸了口氣，然後再啜幾口茶，她的手一直在抖，她差點就把茶潑灑掉了。

我到底是怎麼回事啊？

她該打電話給西維斯罕醫生，再約一次診嗎？或者也許該跟她原本的家庭醫生聯絡？不過，她已經做過所有的檢查了。如果狀況嚴重的話，早該發現了吧。

難道全是她的幻想嗎？

果真如此的話，原因會是什麼？她這輩子從來沒有這麼快樂過，因為她已成了葛里哥萊的妻子，他就愛她本然的樣子，而不是將她理想化以後愛上虛幻的影子。

她又啜了一口茶。葛里哥萊好體貼啊，他走前還特地為她泡茶呢。

她不想在他工作的時候打擾他，不過手機就在她手裡，而她也已經按下了自動撥號鍵。鈴聲正在響呢。寶拉將手機貼上耳旁，等著聽到丈夫的聲音。她需要他的安撫。語音信箱。

他作畫的時候，通常都會把話筒拿開。

「我只是想跟你打聲招呼，」寶拉說，她裝出輕鬆愉快的語調。她不想讓他聽到她的沮喪，她的需要。「也沒什麼事啦。我知道你在工作，所以不用回電給我了。晚上見囉。愛你。」

她關上手機，手還在抖，不過就算只是聽到葛里哥萊的電話語音，她的心情就稍微好一點了，也有力氣於上樓之後，拐個彎走到工作室。她已經好幾個月沒進來了，也許是該動手作畫了。總得找個什麼讓自己分心，讓自己有點成就感吧。

頭一眼看去，工作室感覺上還是跟以前一樣整潔，不過細看之後，她發現有好幾個嶄新的顏料管都露出凹陷處，像是曾給擠壓過，有一管甚至蓋套周圍都滲出顏料來了，而其他幾管的標籤則都破了。

寶拉將滲出顏料那管的蓋套轉緊了。一定是她哪一回拿來把玩造成的，不過她已毫無記憶。

她再一次擔心起自己的記性、自己的神智，不過她馬上就撇開這個情緒，小心翼翼的將各色油畫顏料按照分色圖的順序一一排好：先是黃色系，然後橘色系，接下來是紫色和藍色系，最後則是各種層次的黑與白。這樣勞動的同時，她的心靜下來了，而且她對成果也相當滿意。之後，她又開始動手排列起粉彩，這才發現其中好幾條粉彩的包覆紙套都撕破了，而且有幾條看來有點老舊，頂端也碎裂了。這點還真叫人驚訝。她很確定自己根本就沒用過啊。有嗎？天哪，她還真是想不起來。

在油畫顏料下頭的那個架子上，擺放了好些沒用過的裝著溶劑的瓶瓶罐罐，其中一個的手把上頭，沾上了像是藍色顏料的東西。她將那瓶子拿起來仔細一看，這才發現那上頭印了指紋。她的指紋嗎？她是什麼時候碰過這東西的？而且這個瓶子的蓋子也是鬆的，她真的完全想不起自己曾經將它打開來過。

一想到自己有可能神智不清，她就覺得好累。要不就是該倒過來看吧：是因為太累，所以記憶才會受損？不管從什麼角度想，她都已經受夠了。

她回到臥房，一頭倒在床上，伸手拿起床頭櫃上新買的犯罪小說來看。才讀了幾頁，她的眼睛就快閉上了，但她拒絕對疲倦投降，她坐直身，套了件開司米羊毛衣以及一條毛長褲。她如果出門呼吸一點新鮮空氣的話，應該就沒問題了。她走下樓去，套上靴子，往脖子圈上一條圍巾，然後穿上冬天的長外套。

走到外頭，只見她自家的窗戶點綴著白霜，而小徑上則是一片片的雪與冰，煤氣燈下掛著冰柱——這燈是他們爭取了好幾個月以後，市政府才派人裝上的。這是葛里哥萊的突發奇想，他覺得煤氣燈有種浪漫的古味，而寶拉也全力支持他的想法。

她一揮手，將精雕的鐵鑄燈下的冰柱打掉。她看著它掉到地上，如同玻璃般碎成片片。

而她也就是在這個時候，注意到煤氣燈往陰暗的人行道上打出了黑影。她回頭看著自己的房子——也是陰暗的；然後又看著她家隔壁的幾棟房子——也是陰黑的，而且他們的窗戶還閃著金黃色的光。

怎麼可能呢？

她抬頭看著明亮的藍天上的朵朵白雲。

她打了個寒顫，閉上眼睛數到十。等她睜開眼睛時，一切都沒有變：房子還是陰暗的，天空仍是亮藍，而煤氣燈則在發光。

她看了看錶：早上十點十六分。

在她的腳底下，雪溶成了水灘——如同定格電影裡頭的影像一般。一會兒之後，水灘又凝固成了冰。

寶拉打了個抖，緊緊拉住自己的外套，闔上眼睛，然後再一次數起數來。

這一回，當她睜開眼睛以後，一切又恢復了正常：房屋和藍天一般明亮，一片片積雪如同泡沫般堆在她靴子的周遭。她放眼一看，四處都是陽光，這是個明亮的冬日早晨。

寶拉的頭又開始暈眩了，而她胃部深處則泛起不舒服的感覺，像是隨時都要嘔吐。她立刻衝回家裡，砰個關上前門，整個背貼在門上，想要穩住呼吸。她像是才剛跑了一段好長的距離，而非僅只是幾碼的路而已。

我到底是怎麼了？

噁心感以及氣喘的狀況都退去之後，她拿起筆記型電腦，上了Google鍵入她的症狀：頭暈、頭痛、噁心、幻視。有太多太多可能了，從貧血到高血壓，中耳炎到心血管疾病，還有糖尿病跟焦慮症，然而這些病症應該都是她早先做的檢查會發現的啊。

焦慮：就是這個了！她一直都是神經緊張、焦慮，而且很容易擔心。她可以請醫生開些抗焦慮的藥物，然後就會沒事的。簡單之至。

她怎麼一直都沒想到呢？她已經覺得好多了。

她正要打電話給葛里哥萊，跟他說出自己最新的診斷時，她瞥了瞥電腦螢幕，發現頭暈和幻視還有另外一個可能的原因：中毒。

她掃讀了相關資訊以後，發現毒的來源也有許多可能性，而她最熟悉的一種便是有毒的繪畫用具。她一頁頁看下去，發現了含有重金屬的顏料清單，以及會釋放出揮發性有機化合物的溶劑以及亮光漆（毒性類似加熱後的塑膠、樹脂所釋放出的有毒煙霧），而噴霧定色液和黏膠也是危險物質。

接下去則是一長串毒性最強的顏料名稱：鋇黃、生赭、鎘紅。另外還有鉻綠以及普魯士藍、錳紫、拿波里黃以及朱紅色。當她看到鈷藍以及鉛白時，開始深思起來。

寶拉先前念藝術學校時，就知道鉛白色有毒——大家都選用沒有毒性的鈦白色。只是除了鉛白和鎘色以外，她一直都不曉得其他顏料也有危險，尤其是鈷藍。

不過對於毒物，她其實並不陌生，對吧？她腦子的底層有個什麼就像是沒洗好的底片一樣，她無法解讀。

到底是什麼呢？

在這一長串有毒顏料的下頭，她讀到了警告：吸入或者食用其中任何一樣，就算是份量很小，都會導致頭暈、頭痛、噁心，而且在某些人身上，也會帶來幻視。此外，如果是大劑量的話，則有可能致命。

寶拉的手指在鍵盤上發抖。她會不會是於無意間，經由藝術用品而毒到了自己呢？然而這可說不通吧？她已經好多年都沒畫畫了。

然後，有個念頭就像一抹水彩般塗上她的心靈之眼。葛里哥萊每天都作畫的，他會使用油畫顏料以及溶劑，而且他每次回家時，全身都是松節油的味道。手指則沾了顏色，鎘紅——這他拒絕放棄（「這種紅是無可取代的」）；另外便是鈷藍了——這是他作畫的必備色彩。此外，葛里哥萊也會自己調色，他通常都用臼和杵將未加工的顏料混入亞麻籽油磨碎來用。她父親偶爾也會這麼做，因為「唯有親手研磨出來的色彩，才能表達出那種特殊的豐潤」——雖然他也知道，吸入顏料，或者手指沾上顏料（它們可以被皮膚吸收而進入體內），對健康的危害很大。她的母親也一樣，她於使用粉彩時，就是不肯戴上口罩，然而以粉彩作畫時，其實很容易就會吸入飄散到空中的有毒粉末的。她的父母好像都覺得，弄髒的手以及沾滿顏料的衣服就是一個藝術家的正字標記，而葛里哥萊顯然也跟他們一樣，抱持著同樣錯誤的想法。

她難道是吸入了從他的衣服散發出來的溶劑氣體嗎？要不就是親吻他的手指時吮入了有毒顏料吧。

她覺得是有可能，但那種毒性應該還不至於讓她生病吧？而且是病成這樣子。寶拉往後靠坐，腦子裡又浮現了另外一套想法以及影像：葛里哥萊每天為她準備的茶和飲料，它們的味道好怪，又苦，而且喝下之後她就開始頭疼頭暈。

但這是不可能的啊。

葛里哥萊很愛她的。

他真是愛她嗎？

她再一次看到了——不是看到影像，而是看到了一個無情的事實：一名英俊的年輕男子為了錢而娶她。他在她身上還能看到什麼呢？她一無所成，既不漂亮也不聰明，她就只是毫無名氣的寶拉，既枯燥又無聊。她只有一個優點：有錢得很。

兩人初次相遇時，葛里哥萊等於是一無所有：住在下東城的公寓，在一家畫廊裡兼差，為他們製作壁畫；沒有遺產，沒有前途，他身為畫家的前景有可能永遠不會實現。畢竟，無法靠作畫維生的人所在多有。

不過她奮力打退了這個想法。應該是她讀了太多犯罪小說，想太多吧。

葛里哥萊確實是關心她。他需要她，他好寵她。

然而這個念頭很快就變質了。他是需要她沒錯：為的是他嶄新的工作室還有她美麗的棕石建築，為的是所有於他成為她的丈夫之後，可以享受到的好處。他們並沒有定下婚前協議，因為當時她並不想羞辱他，她不希望玷污兩人的愛。

玷污（taint）。

這個詞在她的眼前飛舞著，一個個字母幻化成液狀的水流，滴入一杯杯茶裡頭，滲入飲料當中，然後變形為抽象的羅夏墨漬（譯註：羅夏墨漬測驗是一種利用墨跡圖片來測出一個人的個性特質的心理測驗），然後又變成蜷曲的蛇，而最後則是幻化為葛里哥萊那張英俊的臉：不懷好意斜乜著眼。

不。

寶拉搖搖頭，拒絕這個想法。房間旋轉起來，她的腦袋昏糊了。然而等她恢復神智以後，這個念頭卻是還在，而且她知道她想的沒錯：葛里哥萊確實是打算殺掉她。

這就跟那部英格麗・褒曼和查爾斯・鮑育主演的經典黑白片一樣了：先生為了拿到

妻子的錢，想盡辦法要把她給逼瘋。片名叫什麼呢？寶拉想了一下，嗯想起來了：煤氣燈下。就是那部電影。

寶拉站起身來，她的平衡還是有點問題，不過她的腦袋已經很清楚了，而且她已下定決心。她想起了在她工作室裡那幾條凹陷的顏料管跟破敗的粉彩，還有那罐沾上了藍色指紋的溶劑。要在她的茶裡頭添些溶劑，或在她的飲料裡頭加點粉彩末，實在是太容易了。

完美的計畫：用她自己的畫材毒死她。他挺聰明的，不會用到他自己的。

她在房間裡來回踱著步，兩隻手緊緊握成拳頭貼在體側。她這一向也實在太笨、太虛榮，太信任人了吧。她將眼淚抹下臉頰，這才發現自己哭過了。不過她可不能讓自己繼續悲傷下去。

不。她打算報復。

而且她也知道該怎麼進行。

她將以其人之道還治其人之身，而且她的技巧會更高明。她不會在他的食物裡撒下有毒的鈷藍顏料，也不會在他的飲料裡注入溶劑。那太花時間了。但這倒也不是因為她急於收到成效。她是可以慢慢來的，她需要的是靠得住的手法，必得萬無一失才行。

寶拉已經好多年沒有下來這裡了，這地方老讓她覺得毛毛的，光禿禿的燈泡在一條鍊子底下晃來晃去，投出詭異的陰影，老是滲水的牆面透出綠色的霉斑，另外就是油爐發出的低吼聲了。這間地下室除了各種不同的修理工人來過以外，很少有人進來。寶拉總是站在樓梯頂端，一手搭在門把上準備逃離，一邊叫道：「底下都還好嗎？」然後便溜個跑掉，等著他們修理完畢。她的父親一直說要把這地方好好整頓一番，他打算找人清掉霉斑、油漆牆壁，並添上合適的燈具，但卻一直沒有實現承諾，因為他老是忙著作畫、開展、和經紀商以及收藏家聚會。而她的母親也是一樣。

她大半時間都是獨自過活的，對吧？

打從嬰兒期開始，然後是學步期，她一直都有個奶媽——就跟曼哈頓某種特定階級人家的小孩一樣。那是個高大的德國女人，不苟言笑，兩眼距離好近看來好嚴肅，而且手上老是拿把梳子，意思是要隨時準備懲罰吧。她是從慕尼黑移民來到美國，雖然德國有個家，但在這裡卻沒有半個親人，有一天她連個紙條也沒留下便不見了。她的父母相當驚訝，不過寶拉卻是泰然自若。當時七歲的她覺得自己完全不需要別人照顧。德國女人之後，又來了個奶媽，這是她父母堅持要雇來的，不過她沒撐多久，才幾個禮拜而已，如同蜻蜓點水。那之後，她的父母決定要讓寶拉直接到他倆個別使用的工作室去，而寶拉也輪流去了幾次，不過她還是比較喜歡獨自待在偌大的棕石建築裡頭。沒多久後，她的父母也只有順著她的意了。他倆都忙於工作，實在沒有時間管她。

寶拉戴上了乳膠手套，走下通往地下室的樓階，她穿過潮濕的水泥地，走向暗黑角落裡的那個金屬櫃時，滴水的聲音發出迴響。她的父親在那櫃子裡收納了他很少用到的老式繪畫材料：威尼斯松節油、一管管不太穩定的色淀染料、上釉用的石蠟，以及一些不能接觸熱氣的材料。

地上有好幾隻死老鼠，乾縮了的死物。寶拉踏過牠們身上時，屏住呼吸。她打開櫃門時，金屬絞鏈發出嘎吱的聲響，她推開一塊塊石蠟以及許多瓶瓶罐罐和一管管顏料時，忍不住發起抖來。紙盒子仍然藏在最裡頭，包在厚實的塑膠套裡——就跟她記憶中一樣。

到了廚房，寶拉將盒子放到水槽底下，就擱在一盒鐵絲刷以及一瓶彗星清潔劑後頭。先前（幾天以前吧）那個沒有發展成形的影像突然掠過她的腦海，不過這回她看到全貌了——因為原先的缺角已經補齊了。許久以前，她曾經連續好幾年都是天天看到那個影像，不過之後它便消失了。而現在，它又回來了。

寶拉閉上眼睛，然而那個影像卻在她的腦子裡揮之不去，如同惡夢一般，等著她承認說它是真實無誤的。她點個頭，彷彿是在說：*好吧，我看到了，我知道了，我想起來了——但這又怎樣呢？*

她已經不再喝葛里哥萊為她準備的飲料了，而且他泡的茶這幾個禮拜來她都是倒進水槽沖掉。她確實是覺得好多了，比較有元氣。葛里哥萊好像很高興，不過她知道他只是在演戲。

今晚她就要為他準備他最愛的勃艮第燉牛肉了。她會把洋蔥和蘑菇切碎，並川燙好培根，然後將切成丁的里脊肉燒炙備用。她會以牛肉湯汁拌上玉米粉來做成沾醬。

取自地下室的盒子已經擺到料理台上。她戴上手套，找到她的祖母於她嬰兒期時送給她的一根迷你銀湯匙，並將湯匙插入那一盒如同鹽巴的結晶體。有近一半的結晶體都被她搖回盒子裡，她其實只需要一點點就好。她將結晶體混入燉肉裡頭。

顆粒很快就融化了。沒有顏色，沒有氣味，嚐不出味道。而且這物也不會改變任何食物或者飲料的質地，所以它才會有個相當知名的封號：毒中之毒。

「哇，」葛里哥萊說。「味道好棒。可是你真的不該這麼費力準備的，甜心。」

「動一動對我也有好處啊，」寶拉說：「而且我很喜歡看到你快樂的模樣。」她往後靠坐，看著他吃下兩大杓燉肉，而她卻只是嚼了幾口生菜沙拉而已。她說她還是沒胃口。

她做的燉肉份量多到可以吃兩個晚上，所以第二天的晚餐葛里哥萊又是高高興興的大快朵頤。

一個禮拜以後，他倆依偎在床上一起觀賞《法網遊龍》的重播影集時，他抱怨說頭好痛，而他站起來以後，卻是一個不穩，得趕緊抓住床頭板才行。

「天哪，」他說。「我頭好昏。」

「也許是因為剛才喝了兩杯酒吧，」她說。

「可是我晚餐一直都是習慣喝兩杯啊。」

寶拉停了三天沒動手，之後才又往那昂貴的拉菲．羅斯柴爾德紅酒（Lafite Rothschild）添上一些小白片。這酒她沒辦法喝實在是太可惜了，不過她知道葛里哥萊一定無法抗拒。到了廚房，她拿起另一瓶酒（很普通的Merlot）為自己倒一杯，然後又倒了些拉菲紅酒到水槽裡，假裝自己的杯子裝的也是拉菲酒。白白浪費好酒真是可惜，她想著，不過想要報復的話，犧牲是不可免的。

葛里哥萊還是照他的老習慣喝了兩杯，然後又來個半杯。「好酒不喝太可惜了，」說著他便將酒喝下了。

寶拉覺得這個方法確實比較簡單：不用費事烹飪，只消在葛里哥萊一定會喝的那瓶酒裡，倒進一點白色結晶體就行了。微醺之際，他是會把頭暈怪罪在酒上頭，不過他還是會照喝不誤。

約莫一個禮拜以後，他抱怨說牙齒好痛，而當他讓寶拉檢視他指甲上頭奇怪的白色斑點時，她表示這一定是他畫畫用的溶劑，或者那個「可怕的鎘紅顏料」造成的，要不就是因為他缺乏某種維他命，所以最好還是到健康食品店買些補品吧——這他立刻照辦了。

不過一直要等他的頭髮開始脫落時，他才真的嚇到了。「我把頭髮往後梳的時候，水槽和我的手裡，全是頭髮！」

「太可笑了吧！」寶拉說，一邊仔細的檢視起他的頭。她伸出手指梳理他的頭髮時，注意到了頭髮的稀薄處，還有自己指間的一綹綹頭髮。「男人到了你這年齡啊，難免都要掉髮的。也許你可以去買那個叫什麼來著的——你知道，那個叫羅根的生髮劑試試看。大家都說很有效呢。」

葛里哥萊馬上買了來，而且像是執行宗教儀式一般，早晚各一次將那泡沫抹進頭皮裡。寶拉在旁觀看，心裡幾幾乎覺得有點不捨起來。

她知道這事不宜再拖。葛里哥萊幾個禮拜前就看了醫生——醫生當然找不出問題——不過這會兒，他又打算再去看醫生了。

寶拉知道這種作用緩慢的毒藥其實很難察覺，而且由於非常少見，所以醫生們很少會想到要偵測它在人體內的存在。更何況，打從七〇年代中期以後，美國就開始禁用含有硫酸鉈的老鼠藥了。她猜想她父親多年前把藥買來，應該是想要控制住他們這棟棕石建築地下室裡的老鼠和偶爾出現的碩鼠吧，只是後來他卻忘了這事。不過她可沒忘。

她還記得自己找到毒藥的那一天：她讀了標籤，也去查了相關資料，得知這種藥的功效。

寶拉已經好幾天都沒在食物和飲料裡動手腳了，為的就是要於再次動手之前，讓葛里哥萊感覺好些，讓他誤以為自己已經脫離了險境。之後，她便開始在奶油魚湯以及晶瑩剔透的麗絲玲白酒裡添加了一點藥粉，而當葛里哥萊於餐後砰個倒在地上時，她便扶著他上床，然後打電話給醫生。

「原來如此，」她說，手機貼在耳朵上頭。「是正在流行的急性腸胃炎啊？可是他已經好好壞壞一陣子了呢……噢，那他應該是會復原囉，醫生？不過等他體力好一點以後，我還是會帶他去你那兒看診的，」她的聲音充滿了對葛里哥萊的關心以及對醫生的期待。她希望西維斯罕醫生會記得她曾打過電話，記得她是多麼的關心與焦慮——但又不至於過度焦慮。

是時候了。

她堅持要葛里哥萊喝下一壺茶，一杯接著一杯。

這下子便是嘔吐和拉肚子了，真是不好受，然後葛里哥萊又開始抱怨說，他覺得自己的腳好像給火燒到了。

她立刻表示同情，並拿了個冰袋敷在他的腳上。

他有整整兩天都是這種景況，不管是在床上或在床下。他得跛著腳走路，而且有一回還幾幾乎要哭出來了。她說如果情況惡化的話，她會打電話給９１１，不過她根本沒有撥號。

看著他如此受苦，她覺得好難過。他強健的身體日益單薄消瘦，他的俊美也逐漸消逝。

然後她便跟他說了。她非說不可。她要讓他知道她的所作所為，還有她的動機。他已回天乏術，因為藥性已經發作，他絕無可能把她告訴他的話重複一遍。

「我知道你先前是想幹嘛，」她說。「你想拿顏料和溶劑毒死我呢。」

葛里哥萊掙扎著抬起頭來。「什—什麼？」聲音嘶啞。

「你要的是我的房子，我的錢。我很清楚，葛里哥萊。我看到了證據，不過我已經勝過你了。」

「我—怎麼可能？」他的聲帶緊縮，每個字都像玻璃碎片一樣，卡在他的喉嚨，不過他還是講下去，跟她懇求。「我—愛你啊，寶拉。這是真的，你難道—還不清楚嗎？」

「哈！」她大喝一聲。

葛里哥萊想辦法坐直了身。他吸了好幾口氣。「寶拉，你—是—對—我—做了什—什麼嗎？」

有那麼一會兒，那張沒洗好的底片又回到她的腦子裡了，這會兒則是清晰可見，而且連他吐出的話語也是那麼熟悉。

「你先前想要害死我，」她說：「所以我才會要害死你。這才公平吧。」

「你—你瘋了！」他厲聲說道。

「我？瘋了？我嗎？」

寶拉心裡有個什麼啪個爆開，她的眼前冒出了點點金星，她的手臂上上下下刺癢起來，像是有螞蟻在爬。她傾身湊向他的臉，尖聲嘶叫道：「瘋的是你啦！是你！不是我！」她腦海裡的影像炙燒起來，有好幾個字詞在她的腦子裡砰砰鎚打著：意外、失敗、無用。她伸出如同爪子的手，湊近他的脖子，她簡直是怒不可遏，整個身體都在抖。然後她又止住了手，深深吸進一口氣，然後再一口。沒必要這樣吵啊鬧的搞得好難看，畢竟事情很快就要結束了。

葛里哥萊只是愣眼看著她，他的臉好憔悴，眼睛濕濕黏黏的。「你—怎麼—竟然—會—以為我有可能—想要……傷害你啊？」然後他的身子便猛個一震，抽搐起來，他的頭往後倒在枕頭上，嘴巴扭曲著，一抹細長的黏稠口水淌到了他的下巴。

他的心臟開始衰竭以後，寶拉幾幾乎是得到了解脫。看著自己曾經那麼深愛、曾經俊美的葛里哥萊在受苦，她其實也不好過——雖然明明知道他做了什麼，知道他想做什麼。

等緊急救護人員趕到，並宣布他死亡以後，她是真真切切的流下了眼淚，兩手絞纏起來——直到救護車離開現場。然後她便將屋裡的毒藥清乾淨，她丟掉了所有葛里哥萊曾經用過的餐盤、玻璃杯、馬克杯，還有其他器具，然後將他的床單清洗乾淨，並丟掉了她曾用來塗抹他的嘔吐物的毛巾。

法蘭克·坎貝爾殯儀館打從十八世紀後期便開始為本城服務了。他們服務的對象包括了知名的默片演員魯道夫．范倫鐵諾以及葛麗泰．嘉寶，還有前紐約州州長馬力歐．古莫，以及最近才自殺身亡的演員飛利浦．西摩．霍夫曼，以及遭人槍殺的饒舌歌手「聲名狼藉先生」（The Notorious B.I.G）。這些名人都是在此得到死後的殊榮。

寶拉認為葛里哥萊也應該風風光光的離開這個世界，所以殯儀館裡的小教堂自然是塞滿了各色花朵，並放置了一張他倆的放大結婚照：寶拉看來雖然平庸，但顯得相當幸福，而帥氣的葛里哥萊則是笑容滿面。照片的四周裝飾著盛開的劍蘭，就放在寬大的入口處，歡迎各位嘉賓進場。

寶拉的臉撲了許多白粉，這在她名家設計的黑色禮服襯托之下——昂貴且頗為合宜的簡約禮服——看來和月亮一樣蒼白。她戴著毫無瑕疵的寡婦面具，眼淚很自然的流了下來。無論如何，她是真的愛過葛里哥萊，而且她發現大家對她表達致哀之意的時候，點頭吸鼻子的動作她都可以輕易做到，簡直都能獲頒奧斯卡金像獎了。早知如此，當初就應該選擇當演員的，而不是苦苦追在自己的藝術家父母後頭想跟他們競爭。

接待會後來是移到她家裡繼續進行，棕石建築裡擺設的花花朵朵絕對不亞於殯儀館。另外還有一盤盤精緻的點心供賓客取用，也有身穿燕尾服的酒保捧著昂貴的白酒和沛綠雅礦泉水在廳裡穿梭。

她已雇請專業人員清過家裡了，不過空氣中還是飄浮著那麼一點點消毒藥水的味道。

寶拉看到嫉羨過自己的友人時，頗感安慰。她們一直都無法相信，像她這樣的人怎麼有可能找到葛里哥萊這般優質的老公；大家都為她感到難過與不平。親戚們則是搖著頭，告訴她說，這是她生命裡第三次得勇敢面對死亡了。

而看到棉花糖頭髮的男人時，她倒是沒有太過驚訝，畢竟他也為葛里哥萊看過好幾年的診了。

「真是不幸，」年長的醫生說道，他抓著她的手緊緊握住。「好難接受啊。葛里哥萊是那麼優秀的年輕人，才華洋溢，人又那麼好。」他頓了一下。「聽說他是得了病毒性腦炎，對吧？」

寶拉悲傷的點點頭。她知道鉈中毒的症狀和這種病非常類似，而且如果沒有使用特殊且精密的實驗室儀器來測試的話，這種毒根本就無法檢測出來。不過就算如此，她可不想冒什麼風險。她不打算進行解剖，而且她也已經預約好時間，明天就要將葛里哥萊的屍體火化了。

「真是太太不幸了，」西維斯罕醫生說道，一邊搖著頭。「要是你打電話的時候，我立刻趕來就好了。」

寶拉也搖起頭來。「當時你也不曉得狀況啊。誰會想到有那麼嚴重呢？別再怪罪自己了。」

「欸，」他說。「只是他實在太年輕了，又是那麼優秀，大好的前程就擺在眼前，而且他真的好愛你呢，寶拉，這是他上一回看診的時候跟我說的——才幾個禮拜以前。」

寶拉很想對著老醫生尖聲大吼：那全是狗屁啦——他根本就是想害死我！——不過她還是保持鎮靜。「是嗎？」她的話語輕柔，但在這同時，有一段回憶卻如同影片一般，在她腦子的深處放映起來：耶誕假期，她上寄宿學校的最後一年。當時她帶了一幅畫回家，那是她在藝術課裡畫好的——她花了不知多少個禮拜，耗費許多心力才完成的，為的就是要取悅她才華過人的父母。那是她的心血結晶，她最好的作品。她這會兒看到它了——那畫就貼靠在她母親那個大工作室的牆面上，母親先是湊上前去，然後又往後退一步，一邊摸著下巴，擺出一副深思的模樣。

「很好啊，寶拉，」她說，聲音裡有那麼一絲絲驚訝之意。

哇，寶拉覺得好驕傲啊。

然後她的母親又湊上前去：「不過這裡，還有這裡，」她指著寶拉畫作上的某些區塊：「是有點改進的空間。」

「怎麼說呢？」寶拉問道，雖然她其實是想大聲叫罵、怒吼，詛咒她的母親。不過母親此時已經拿起一枝畫筆，沾上調色盤在調色了。

「這個區塊，」她的母親說道：「你看，這兒還需要更多顏色，」一邊說著，她已經往畫布上抹了一筆。「還有這裡——」她停下手，拿起另一枝畫筆，在調色盤的一方顏彩上抹了抹，然後便往寶拉那幅畫的另一個區塊按壓上去。

「你看是不是好多了？」

寶拉微乎其微的點了個頭。

母親一次又一次的調和起不同的顏色，然後往畫布上抹去，她專心修改，根本就忘了寶拉的存在。寶拉在她的身旁萎縮而去。到了最後，原本的畫已經有一半都不見了——給覆蓋在一層潮濕的顏彩底下。

「大功告成！」她的母親宣告道。

寶拉勉強擠出笑容，然後便拾掇起自己的畫——潮濕的顏彩濡上了她的手指。她將畫帶回自己的房間，放進衣櫃，猛力將櫃門關上。以後她再也不會拿自己的作品給母親看了。

不過幾個禮拜以後，寶拉於學年結束回到家時，發現這幅放置在衣櫃裡的畫，竟然和當初完工時一模一樣，完全看不見母親加工的痕跡。

但這怎麼可能呢？

寶拉將畫舉起來，湊上臉就近觀察，她一寸一寸仔細的檢查，但卻完全看不到顏彩被刮除的痕跡，也看不到任何加工的跡象。這幅畫就跟她當初在寄宿學校畫好的時候一樣，完全沒有改變。

寶拉覺得不可思議，而且也想不出到底是怎麼回事，不過這件怪事不管是在當時，或是現在，其實都已經無關緊要了。

「嗯沒錯，」醫生正在說，而寶拉則是一頭霧水：「你說什麼？」

「我是在說，葛里哥萊啊，他還真是愛你。」

有那麼一會兒，寶拉抑不住心裡的悲傷與悔恨。

「你的母親當初也是這樣死的，對吧？」醫生說。「什麼？」寶拉不敢相信自己的耳朵。「應該是吧，」她說，勉強壓下心中的恐慌。「發生當時，我人是在寄宿學校。」

「原來如此。還有你父親的死，就在你母親過世之後幾個月呢。對你來說，一定是很大的打擊吧。」他捏住她的手。

寶拉沒有馬上回應，她逼著自己抬起眼睛來。「是的，」她說。「我好崇拜我的父母。」

「好一對才華洋溢的夫妻，」西維斯罕說道。

寶拉的叔叔就站在離他倆不遠之處，而這會兒他則是湊了過來——這人有志於成為作家，目前他是在某一所中學教書維生，不過寶拉跟他一點也不熟。

「安東心臟衰竭的原因，他們一直無法確定。真不曉得媽的他們怎的那麼快就把他埋進土裡。四十九歲就死了呢，老天在上。」

寶拉朝男人肅穆的點個頭，然後便扭頭看著西維斯罕醫生——他正在說：「我看到屍體了。」

「我父親的屍體嗎？」寶拉問道。

「不，我說的是葛里哥萊。由於多年來都是我在幫他看診，驗屍官基於禮貌就打電話通知了我——何況我跟他又是醫學院的老朋友了。」

「哦？」寶拉把自己的手從年長醫生稍嫌過大的握力中抽開。

「你不介意幫我招一輛計程車吧，」他問道。

「當然不介意，」她說，於是他便拉起她的手臂，兩人緩緩的移行於逐漸稀少的悼喪人群之中（眾人點著頭，呢喃著致哀之詞），走向大門，然後踏上街道。

「你讀過愛嘉莎．克莉絲蒂的小說吧？」走在路上時，醫生這麼問道。「噢，你當然讀過了，我頭一回在診間看到你時，你就說過了吧。她是你很年輕的時候，就非常偏愛的作家——你是這麼說的，對吧？」

寶拉張開嘴，但卻要花點時間才能把話擠出來：「是的。」

「那本克莉絲蒂的書是叫什麼來著的？你知道，那裡頭提到：大家原本以為死因是中蠱，但後來才發現其實是中毒？」

寶拉聳聳肩，心神有點慌亂，她朝著一輛駛過來的計程車招起手來。車子一旋，停在路沿上。

「《蒼白騎士》！」西維斯罕的指頭啪響起來。「就是這本！你看過了沒？」

「沒有，」寶拉說，她的心臟撲撲亂跳。「應該沒看過吧。」

「如果讀過的話，你一定會記得的。嗯，也罷。」他抓住計程車的門把，然後又停了手，扭頭面對她。「對了，我希望你不介意，不過我已經擅做主張，延遲了葛里哥萊火化的時間——頂多只要再等一天就行了。」

「但——這是為什麼呢？」寶拉抬起了眼睛，然後又往下看——她得避開醫生的眼睛。而當她回頭看著屋子的時候，發現它已突然暗了下去，人行道也是，不過天空還是亮的。

「你還好嗎？」醫生問道。

「嗯——還好，」她說，她的眼睛從明燦的天空倏地飄向暗去的屋子，然後又回到天空。

「葛里哥萊的指甲看來有點怪，」醫生說。「也許沒什麼吧，不過化學合成物通常都會集結在指甲裡頭——這點在一般的檢驗程序裡，往往會給忽略掉。」

寶拉的腦子登時大亂，她努力的思考起來。「噢，那應該是作畫造成的吧，」她說。「我跟他提醒了不知多少次，可是葛里哥萊就是堅持要使用有毒性的顏料，像鎘紅啦，還有鈷藍。」

「真的嗎？」西維斯罕說道。「嗯，那些倒是也可以做檢測啦，不過除非葛里哥萊把一整條顏料都吞下去，要不應該是不會有致命的危險。不對，跟那應該沒關係的。」

他停了口，搔搔腦袋。「驗屍官目前是在進行我安排要做的檢測。」

寶拉抬頭看著穿過明亮天空的朵朵白雲，然後望向她那棟棕石建築前面的煤氣燈。那燈在黑暗裡發出的光芒，好像比先前更為熾烈了。

傑斯汀・史考特（Justin Scott）

寫過三十四本懸疑小說、推理小說以及海洋冒險故事，其中包括《喜愛諾曼第的男人》、《霸道橫行》，以及《船難製造者》。

他最常用的筆名是保羅・蓋瑞森，他以這個名字出版了好幾本現代海上故事《火與冰》、《早晨的紅色天空》、《海葬》、《海上獵人》以及《漣漪效應》，也寫了以羅柏・陸德倫的小說人物為主角的兩本書《神鬼指令》以及《神鬼抉擇》。

史考特出生於曼哈頓，在長島的大南灣長大，他擁有歷史的學士以及碩士學位，而在成為作家之前，他曾開過船和卡車，蓋過火地島的海灘屋，編輯過一本電子工程的刊物，並在紐約地獄廚房的吧台當過酒保。

史考特與他擔任電影製片的妻子安珀・愛德華茲一起住在康乃狄克州。

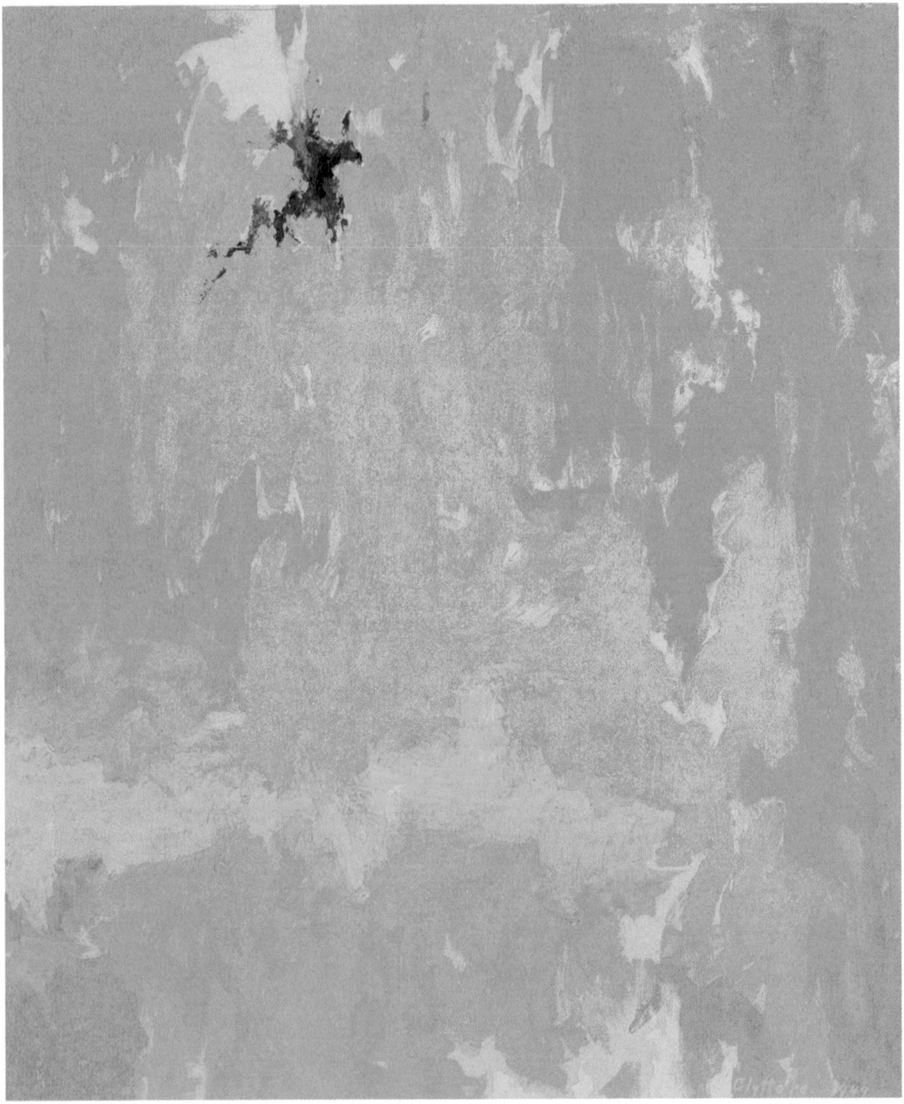

PH-129 by Clyfford Still, 1949

Oil on canvas, 53×44 in (134.6×113 cm).

陽光下的血

一九七三年夏天　紐約市

「如果你會飛的話，這片屋頂應該是個不錯的起點，」克萊佛．史提跟吉米．卡美拉諾這麼說道。

吉米此時是坐在女兒牆上頭，他伸出一隻手臂抱住石雕的滴水嘴獸（譯註：也就是雨漏，在歐美等地通常是雕刻成怪獸的模樣），兩腿在第十街上方九十呎處的高空中懸晃著。

「從紐約疾行而下，降落在一個蓬萊仙島，作畫時可以心無旁騖。」

史提是吉米的偶像。他是一位特立獨行的畫家，也是抽象表現主義的創始者之一。這人業已退隱山林，他認為畫廊如同妓院，美術館其實只是陵寢，而他大多數的同業藝術家則是習於暗放冷箭的野心人士。他身材高大，一頭白髮，穿著鯊魚皮的西裝，看來相當時尚。他站在女兒牆的後頭，手肘搭在牆上，覷瞇著眼看著吉米打算著陸的地點，滿臉的不以為然。

這是個濕熱的夜晚，城裡空空如也。古董店和家具行都打烊了，人行道上不見人影，而且路沿空曠，放眼所及只能看到街區的中段處停放了一輛車。曾有一輛警車駛過，不過他們並沒有注意到高空上的吉米。

「如果你不會飛的話，往下俯衝肯定是死路一條。不過依我看呢，藝術帶來的應該是生命的力量，而非死亡。畫家活得長壽，是有必要的。」

吉米覺得自己從來沒有這麼低潮過。他只知道自己已經是在往下掉了，所以一切都無所謂了——這雖然是他頭一回和自己的偶像面對面，然而此刻的他卻是出乎意料的無感了。

「長壽的目的又是什麼？」

「為的是要明瞭藝術當中愉悅的本質。」

這話他說的倒是容易，因為他是神嘛，吉米想著。不過說實在的，這點他這大半生來的確是一直多有體會。兩人的眼神交會，他的腦裡閃現出年長畫家拿著手帕在擦一扇髒玻璃窗的影像。

「比方說，」史提開口道：「底下那條街……」

吉米順著史提的視線往下看。有幾扇窗戶以及貧血樣的街燈打出晦暗的光線，他在其中看不到任何愉悅。有個男人走出轉角處的電話亭，亭裡的光瞬間熄滅。

「這條街需要一匹馬。」

「什麼？」吉米說。

「什麼？」愛碧．維洛克說——就是她把史提帶上屋頂的。此刻她就站在他旁邊，很安全的置身於女兒牆後面。

史提說道：「吉米，一看到你的臉，我就知道我不管說什麼，都沒辦法說服你不往下跳。愛碧，我很抱歉。」他突然轉了身，從容的邁起大步朝著打開的樓梯門走去。

愛碧叫道：「你打算上哪兒去啊？」

「我想我還是直接表演給他看好了。」他那頭蓬亂的白髮在樓梯那頭往下飄行而去。

吉米開口問起愛碧：「這位紐約學派的大師是羅斯科、德．庫寧、波洛克、馬哲威爾，還有紐曼等知名畫家都尊崇的人，他也是我從小就膜拜的偶像，而且在我來到紐約許久以前，他就已經歸隱山林了，可他偏偏選了今晚哪兒不好去，卻來到這片屋頂上頭，難道這完全只是巧合嗎？」

「是我打電話把他找來的，」她說。

「為什麼？」

「因為我愛你。」愛碧伸出手來，摸摸他的臉頰。他猛個閃開，心想她是打算抓住自己吧，所以他便展開兩臂，抱住了滴水嘴獸。好大一聲霹啪的響聲，怪獸從腐爛的水泥台面鬆脫開來，就在平台上搖晃起來——此刻它是靠著自身的重量才能保持在原位的。

愛碧往後跳開。她張開了雙手，表明自己並無意將他抓住。平台上的吉米維持住自己的平衡。他以前老會想著，不知那些從高樓摔下去的人，腦中會是閃過什麼念頭。這會兒他知道了——要看情況而定：自殺的人會納悶起自己跳樓的原因；命案受害者仍會哀哀求饒；而意外墜樓者，則會是滿腹的驚心與不可置信。

「史提怎麼會聽你的話呢？他最恨藝術經紀人了。」

「他知道我一向都很照顧我旗下的藝術家——就算我不喜歡的那些也一樣。」

「他對我的作品有什麼看法？」

「這我不可能問他的。如果我跟他的關係是生意導向的話，我們就不可能成為朋友。」

「什麼樣的朋友？」

「蠢話少說。」

「你是怎麼跟他說的？」

「我跟他說你就坐在女兒牆上，而且我也跟他讀了柏恩的畫評。」

「毀人的柏恩，」吉米說道，不過他指的是所有無良的藝評人。「我其實一直在想，柏恩會不會想要找我報復。」

所有不屬於嗜血的藝術圈的人，都會發表一些無知的安慰之語勸他說，單單一個惡毒的紐約時報藝評人，是不可能摧毀他穩當的事業的。

不過愛碧太熟悉這個圈子了。她擁有五十七街的維洛克畫廊，以及蘇活區第一家城北畫廊的城中分店，更何況她對吉米的愛已是如此久遠而且深厚，她是不可能粉飾太平，假稱柏恩．霍爾無力傷害一個他志在摧毀的藝術家。

「柏恩是可以毀掉你的行情，」她同意道。「不過他無法毀掉你的生命——除非你自己繳械。他無法毀掉你已完成的作品。他無法毀掉你未來的作品。」

「如果我的畫賣不掉的話，我還有可能辦展嗎？」

「那就活久一點吧——這是史提的建議。總有一天，你會東山再起的。」

兩人俯眼看著底下空蕩蕩的街道——吉米坐在女兒牆上，愛碧則是安全的立身牆後。兩人一來一往辯論著——愛碧一臉開朗的冷靜，吉米則是滿肚子絕望。

克萊佛．史提突然出現在人行道上。

「他手裡拿著什麼啊？」愛碧問。

「一加侖油漆，和一把刷子。」油漆和他的頭髮一樣白。

「就是你以前慣用的工具囉。」

「謝謝你提醒我，我隨時都可以重操舊業，幫人油漆房子。」

愛碧笑起來。「我還是可以做你的經紀人啊。」

「做不了多久的。」

她默默看著他的眼睛。

她無法否認這點，其實他並不驚訝。

史提將油漆和刷子放在路沿上，然後快步走向電話亭。他關上亭門時，燈光亮了起來。沒多久後他出來了。他匆匆走回原處，拿起油漆。

吉米說道：「就算你還可以繼續當我的經紀人，我也沒辦法接受別人的施捨啊。」

火島（譯註：fire island，這是紐約長島南方的一座沙洲島），一九六五年夏天：愛碧．維洛克和柏恩．霍爾走到了松樹村的東邊，也就是火島木棧道的另一頭，因為他倆聽說吉米．卡美拉諾在該處的沙丘當中搭建了一間工作室。他是跟以每小時兩塊錢工資雇用他在海灘屋油漆天花板的建築商，討來了廢木材和焦油紙當做建材的。日子挺好過的，他宣稱道，因為他每天只需要一塊錢就可以填飽肚子，而且只要再多點零頭，便可搭渡船和火車往返於紐約，也有能力到運河街買來作畫的顏料和畫筆。他是將塑料玻璃片封釘於屋頂的破洞上當做天窗，另外他還有一台使用六伏特電池的汽車收音機，以及颶風燈，還有一台他在垃圾堆裡找來的瓦斯冰箱。他畫架上的畫布覆著一席床單。

柏恩（當時他還盤算著要成為畫家）問道：「冬天你是怎麼撐過去的？」

「我在包里街租了個統倉。」

「跟這裡一樣豪華嗎？」

「比較低階。」

柏恩看到生鏽的冰箱上頭，以膠帶貼上了吉米從《生活》雜誌裡剪下來的一幅克萊佛．史提畫作的複製品：《PH-129》。這幅畫柏恩很熟悉：一抹不規則形狀的紅，調和於一大片相互較勁的各種層次的黃色當中。如果史提不是照著他的習慣只給他的畫作歸檔號碼的話，他應該是會將這幅畫取名為《陽光下的血》吧。

柏恩猛一回身，轉而將焦點放在吉米的畫架上。

他問也沒問，逕自就把那上頭的床單扯下來。

吉米的畫如同拳頭一般，打上了他的臉。怪不得這個靠著撿拾垃圾過活的男人，會是如此的自信滿滿：光是他指甲裡頭的才華，都是柏恩遠遠無法企及的。

柏恩連想都沒想，立刻發出反擊。

「這正是目前藝術圈欠缺的玩意兒嘛——又一幅抒情的抽象表現主義的畫。」

「你幫它取了什麼名字？」愛碧問道。

「無題1。」吉米不太確定柏恩的來意，而且他其實對臀部豐圓的愛碧要有興趣多多了。剛才他對那句刺人的話毫無反應，柏恩好像很洩氣。在他看來，柏恩就只是個魯莽的有錢人罷了，而且雖然受過教育，但卻一事無成。愛碧的藍眼閃爍，烏黑的鬈髮迷人，她從容的步態是在宣告她的自信，而她臉上的笑容看來好像完全是衝著吉米來的。

「不壞，」柏恩說。「很不壞。」

愛碧說：「畫得真好。」

柏恩打開生鏽的冰箱。這裡頭是稍微涼一點沒錯，他想著。冰箱裡有半瓶酒。

「我馬上回來。」他推開紗門。

「終於擺脫他了，」吉米說。

愛碧說：「如果我跟你上床的話，我們永遠也沒辦法當朋友。」

「什麼？怎麼突然這樣講呢？」

「我知道你這型的人。」

「什麼型啊？」

「義大利人。我很了解義大利男人，你們根本就把持不住。」

「我不是義大利人。我是美國人。」

「你知道我的意思啦。你的父親一定有過不少情人吧？」

「他那一型還要更糟。他是個暴力的罪犯——曾經把人推下樓去。」

「抱歉——」

「不用道歉。有時候我會納悶起，他幹壞事的時候是不是跟我畫畫時一樣爽。」

「我剛才實在不該說那些話的——不過那是我的心裡話。」

「當朋友有什麼好處呢？」

「我就可以幫你忙了啊。」

「你打算怎麼幫呢？」

愛碧．維洛克站在《無題1》的前頭。

她評估一幅畫，根據的只有一項準則：如果她開始呼吸困難的話，就表示這是一幅好畫。柏恩說這是克萊佛．史提的模仿版，這話倒是有那麼一絲絲真實性，不過只是一絲絲而已。這畫潛藏著一股它自身的魔力。

「你打算找誰幫你賣畫？」

「等我畫出足夠的數量以後，就會找家畫廊合作的。」

「你已經找到了。」

「你嗎？」

「我會在五十七街開一家畫廊。」

五十七街是紐約畫廊的集中處——這是首屈一指的繪畫市場啊。她這項提議即將改變他的一生。吉米．卡美拉諾滿臉驚詫，愣了半天只能呆呆說出一聲「哦」。

柏恩．霍爾又回到了木棧道，他走了一哩路，來到港口。這兒有家雜貨店，還有一家酒鋪。他偷了某人的紅色推車，將他的戰利品堆到上頭，然後推到木棧道的盡頭。之後他便將一包包商品抱在懷裡，拖著腳穿過積聚成堆的沙土，一路閃躲著有毒的常春藤。大熱天底下，這一路搞得他滿頭大汗，不過最後他總算是踏進了小木屋，但沒想到這一回他卻是得承受他這一天以來的第二個打擊。

愛碧正在癡癡的看著吉米．卡美拉諾，彷彿他才是真正的藝術品，而非他那幅《無題1》。這倒也不是說，她對那幅畫就沒有覬覦之心了——她夠聰明，當然知道這畫的價值，不過她是打算連人帶畫都歸為己有呢。

吉米看來頗為自得。也許是他帶頭的，是他先拋出第一個眼神——那抹「我倆何不——」的眼神。愛碧不是腳踏兩條船的女人——基本上不是。一定是吉米開的頭。

柏恩滿心煩亂，他將冷切肉、啤酒、可樂，還有酒全擺進冰箱。他的手在發抖。他將鮪魚罐頭、水果、咖啡，以及蒸發了的牛奶放到夾板層架上，並將白糖倒進幾乎是空了的玻璃罐裡——卡美拉諾用來防蟻用的容器。

「我一直在想哪，」他終於開口道。他踱著步走向畫架——吉米沒再覆上床單了。「你有個問題。」

「我什麼問題也沒有。」

這個婊子養的還真有自信呢。

「你不覺得你有問題，不過你啊，其實是在抄襲某人一九四九年的一幅作品。」

「我沒有抄襲任何人。」

「也許不是百分之百的抄襲啦，不過依我看來，你擺明了就是亦步亦趨跟著克萊佛．史提走過雪地，硬要把自己的腳塞進他的足跡。」

這話吉米完全無法接受。「畫畫是不可能不受前人影響的。如果愛德華．霍普沒有強調普普藝術是受到垃圾桶畫派的影響的話，你說那些搞普普的白癡能有機會出頭嗎？」

「我同意普普那群人全是白癡沒錯，不過他們可沒抄襲霍普或者垃圾桶畫派喲。」

「只要能夠有所增添，仿效本身並沒什麼不好吧。」

柏恩把他拖到冰箱前面。「你是為什麼要把這玩意兒剪下來的？你幹嘛要把它貼在這裡呢？」

「因為只有他才有辦法畫出這種東西來。」

「我就是這個意思啊，」柏恩說。「他足跡周圍的白雪，是永遠也不會融化的。」

「是嗎？可如果我往那上頭點把火呢？」

柏恩看著愛碧。她撇開頭去。他不是「快要失去」她了，他其實是已經敗給這個才華洋溢的狗雜種了。而且這人並非只是「搶走」他的女朋友而已；更有甚者，他（吉米）傳承了克萊佛．史提高妙的畫風，他的成就絕對是會遠遠高過柏恩的——除非出了個什麼差錯讓他跌倒。

此時柏恩注意到了他先前沒發現的一張剪報——在《PH-129》底下，貼了張從上個月的紐約時報剪下來的一篇短文，那上頭標註的是洛杉磯的日期：一九六五年六月十八號。

新近落成的洛杉磯郡美術館今天開始舉辦的展覽，題名為「紐約畫派：第一代」，這是紐約抽象表現主義畫派頭一次的歷史性回顧展。此次展出的藝術家包括了傑克遜．波洛克、威廉．德．庫寧、法蘭茲．克藍以及克萊佛．史提。

「你看看這文章的最後一行，」柏恩對吉米說：「『畫評人都在討論說，這家美術館的收藏出現了很嚴重的斷層』呢。你知道這是什麼意思吧？這就表示，他們就缺你這一把火哩。」

這句恭維話，吉米聽得很樂——一如柏恩所料。「我就說了啊，」他表示。「創作總是難免與前人有相似之處。師從之作，也可以發光發亮的。榮．舒勒（Jon Schueler）就是個現成的例子。」

柏恩很誇張地呻吟了一聲。「又是一個衍生性的抒情抽象表現主義畫家。」

「榮．舒勒大可以在羅斯科的畫作周圍添上圈圈呢。」

「我同意，」柏恩說道。「不過他永遠也得不著這個機會。」

「我們全都是衍生自前人吧。舒勒衍生自透納，普普白癡們衍生自霍普，霍普衍生自史龍。就連史提都是衍生性的畫家呢。」

「史提又是衍生自誰啊？」

「史提就是衍生自史提啊。」

柏恩笑了起來。「就這句話，吉米。」

他找到了個開罐器，打開兩罐啤酒。愛碧喝的是葡萄酒。

三人聊了起來。越戰此時正打得如火如荼，不過吉米多年前便給徵召過（就在高中畢業之後），而柏恩則是膝蓋受傷，所以兩人如今都可以免役了。

「我打算退出畫壇，」柏恩說道，語出突然。

吉米大吃一驚。「不再畫畫嗎？」

「該是退出的時候了。普普藝術、動態藝術（譯註：指有一部分設計成動態並配以音響、照明等的雕塑藝術）、地景藝術、歐普藝術（譯註：OP Art，又稱為視幻藝術或光效應藝術，是使用光學的技術營造出奇異的藝術效果），還有照相寫實主義藝術，現在什麼名堂都有，搞得咱們這些老老實實作畫的藝術家都不好混了。不過你倒是不用擔心，吉米。總之，除了頂尖畫家以外，其他人其實已經沒得混了，只是他們還不知道而已。我很羨慕你，不過我有自知之明，我根本沒有才華跟大環境對抗。」

「那你打算做什麼呢？」

柏恩咧嘴一笑。「總是可以當藝評人啊。愛碧老說我言辭犀利，是吧，親愛的？」

愛碧問道：「你這兒可有地方……」她伸手指了指周遭。

「屋子外頭有一間廁所，很乾淨的。」

她一離開以後，吉米便問說：「愛碧果真擁有五十七街的一家畫廊嗎？」

「就要有了。」

「不是蓋的，她還提議要當我的經紀人呢。」

「這我可不驚訝。她的鑑識眼光一流，很清楚什麼好賣。」

「那你們兩個是……？」

柏恩心裡突然湧起了希望，但這只是自欺欺人；他別無他法，只能吞下這個挫敗了。愛碧已經被這人電暈了，她不可能再回到他身邊。不管他使盡多少招數全力挽回，恐怕也是毫無勝算。如今他也只能吞下怒火，暗自飲泣了。他說：「我們只是偶爾聚在一起的老友罷了。」

「她還真有足夠的資金開設畫廊嗎？」

「在紐約啊，只要是畫家的女友，肯定就有個超級有錢的老爸，而且老媽如果不是死於難產，就是變成了個萬劫不復的酒鬼。」柏恩霹哩啪啦說出一長串女孩的名字，她們當中有些是吉米於畫展中經人引介過的，要不就是他曾風聞其名，而其中兩個還曾跟他發展過戀情呢——但因過於短暫，所以他其實也搞不清她們的母親到底是死了，還是成天都爛醉如泥。

「愛碧的母親是哪一種狀況啊？」

「隨便啦，」柏恩笑一笑，擺出一副世故人士享受著紐約藝術圈裡各色各樣奇聞怪事的自得之態。「反正結果都一樣。畫家的帳單準定都有人付。老爸們一個個抓起狂來，所有的旁觀者也都因此有了好戲可看——至少能看個一陣子。然後就有畫作問世了。」

他開始思量起，這兩個人到底哪一個的殺傷力比較大——是搶走她的吉米呢，還是移情別戀的愛碧。所幸他其實無需選擇，因為他只要對付其中一個，結果一定是兩個都蒙受其害。

一年以後，愛碧在五十七街開了店。由於她很有生意頭腦，懂得經營人脈，再加上她的品味和紐約人喜愛追求貌似「新穎」的事物正好相合，所以她的生意自然是蒸蒸日上。又過了一年以後，她在城中蘇活區的格林街另開了一家維洛克畫廊。她的父親——一位辛辛那提的實業家——有一天闖進了畫廊，他不但沒有欣賞牆面上待售的畫作，反而是怒氣沖沖的指著空曠的畫廊空間質問道：「這算是哪門子生意啊？你的資產在哪兒？」

「我的旗下有五十名藝術家。」

「他們不是資產，是負債！」

愛碧說道：「如果他們是負債的話，這筆債的利潤還真大呢。」她拿出該棟建築的所有權狀給他看，並表明說，她已經不需要他提供零用金了。那一刻她想必是揚眉吐氣爽翻天了，不過兩人心裡都明白：她有一部分的資金是來自她慷慨的祖母。

她看著柏恩在當時的大環境裡找到一份差事，順利的從「準畫家」的身分轉行為自由撰稿人。他的作品散見於《藝聞》雜誌、《美國藝術》、《國際藝術》、《仕紳》雜誌，以及《藝文＆政治季刊》。她會為他加油打氣——兩人其實已有互相幫襯的味道——而且時不時會拉他一把。比方說她於舉辦餐會時，會邀請《巴黎藝評》季刊的編輯參加。柏恩為這家重量級雜誌所寫有關普普藝術的文章——於大力讚揚普普提供了「野性愉悅」的同時，卻又狠狠嘲諷起它存在的必要——讓他的照片得以刊登在《紐約》雜誌創刊號的封面上，他也因此瞬間爆紅。「年輕有為的獨立藝評人柏恩．霍爾前程看好，他兼具了藝術經紀人精準的鑑識眼光，也具備了藝術史家博大精深的知識，而他如同剃刀般尖利的筆鋒則將他的所知所見以萬鈞之力呈現於讀者面前。」

愛碧聽說《紐約》雜誌打算請他擔綱他們的常任專欄作家時，立刻知會了一名在《紐約時報》任職的友人，於是《紐約時報》二話不說馬上雇請他擔任專職，提供了優渥的薪水和各種福利。紐約其他幾家推出藝評專欄的報章雜誌其後都一一應聲倒地，柏恩從此便成了藝評界之王，只要是他親手欽點的畫家，必定都會一夕爆紅，身價大漲。

吉米．卡美拉諾夏天通常是在他的小木屋作畫，冬天則轉移陣地，於包里街進行創作。愛碧是一直等到她累積了足夠的影響力之後，才將他介紹給自己最具前瞻眼光的客戶。此外，她也挑選了他畫作裡的精華，為他在蘇活區的維洛克畫廊辦展。柏恩於《紐約時報》就這個展覽所寫的藝評，開宗明義第一句話就是：這正是目前藝術圈所欠缺的玩意兒——又一幅抒情的抽象表現主義的畫。

吉米把報紙往地板上一丟，掄起拳頭捶上牆壁。

「再唸下去啊！」愛碧說。

「他這是報復。那個婊子養的是因為你對我投懷送抱，才找我開刀的。」

愛碧說：「我原本也有這顧慮，很擔心他會來這招，不過不知怎麼他倒是沒下手，我覺得好意外呢——等你把這篇文章讀完就知道了。」她並沒有費事撿起報紙，因為她已經把內容都背下來了。

「各位或許會心生疑惑：如果我們已經有了一個超凡入聖的克萊佛．史提，又為什麼還需要另一個克萊佛．史提呢？問得好！不過只要你們在蘇活區格林街的維洛克畫廊看過吉米．卡美拉諾的最新展覽以後，心裡自然便會有了解答。我要強調的，是『新』這個字眼。好一個畫家啊！你們這會兒心中的疑問想必已變成為：他是怎麼辦到的呢？他怎的會有這通天的本領，能在歷經三十年的繪畫運動當中，注入如此清新的氣息？」

「你就要一步登天了，吉米。」

他向來都是靠勞力維生。而如今，由於無需為食物和租金奔忙，他的作品自然是源源不絕了。在不到一年的時間裡，他所完成的繪畫數量便足以讓愛碧從中選出精華來為他再辦一個新展了。柏恩．霍爾極為欣賞這次展覽，因此他在《紐約時報》以及其他雜誌裡，都是以他的如椽之筆全力為吉米背書。而他於他為《藝聞》雜誌所寫的暢銷年輕畫家綜述的系列文章當中，也將吉米於一年半之後所推出的新展納入其中。其後，由於火島的「國家海灘協會」將吉米蓋在沙丘間的木屋列為違章建築，他（吉米）便委託了知名的海灘屋建築師何瑞斯．克利弗，為他在偏遠的水島的海灘上設計了一棟新潮的工作室／別墅。而當他在包里街租屋的房東打算調漲租金時，他更是乾脆買下了整棟樓房。

慶祝裝潢完工的派對結束之後，大夥兒都拖著疲憊的步伐離開了，愛碧也上床休息去了。此時，柏恩問他說：「你這一向都還有時間作畫嗎？」

「抽不出多少時間。裝潢和蓋海灘屋兩件事是同時進行，我的精力都給耗掉了大半。」

「你什麼都沒畫嗎？」

「是畫了些東西，不過我還沒準備給人看呢。」

「你是要我苦苦哀求不成？」

吉米啪一聲打開開關。隔開工作室的牆面應聲神奇的滑了開來，展現出牆後一幅幅暴露在燈光下的畫作。吉米並不曉得，柏恩先前其實已經說服了愛碧讓他偷偷瞧過這一切。此時，他在畫作之間昂首闊步的走來走去，步伐好快。

「我了解你為什麼需要牆面隔開了。」

「什麼意思？」

「上不了枱面，對吧？」

「你這是什麼話？」

柏恩兩手插進口袋裡，在畫與畫間轉來繞去。「媽的你這是想幹嘛呢？」

「我打算改變畫風。」

「恕我冒昧——你這叫一腳踩進了狗屎。」

「你搞錯了，」吉米說。

「而且你這是在倒退嚕。這根本不是你。這不是吉米．卡美拉諾。這是……我還真不知道這是什麼玩意兒。」

「就說是寫實派好了，」吉米說。「或者寓言派？具象派？」

「你怎麼會想走這路線的？」

「C大道上頭有一家酒吧，他們的地窖好大，原本應該是游泳池之類的。」

「這我聽說過。」

「禮拜一晚上，有三百名具象派畫家在那兒聯合展出作品，每個人都有自己的想法，大夥兒簡直都要拳腳相向了。」

「具象派早就過時了。」

「就因為過時了，所以才有新意在裡頭啊。」

「但你大可不必吧。你已經是大紅大紫，成了大明星，也成了大富翁。你這輩子只要維持原來的畫風，就可以永保不敗了。」

吉米說：「你曾跟我說過，不要踩著史提的足跡往前走。記得吧？時間證明了你是對的：我已經沒辦法一再重複老套。現在的我很自然的就只能這樣作畫。」

「如果我是你的話，我會三思而行……」柏恩再次環顧周遭。「嗯，正如你剛才所說，數量其實也沒多少。」突然，他的表情緩和下來。「唉，老天，吉米啊，我好抱歉。你就別聽我的吧。畢竟，你還是得順著你自己的……我也不曉得——你的直覺、你的判斷、你的繆斯女神的指引來做吧。你是優質畫家，你自然知道下一步該怎樣走……」

他走到門邊時，忍不住又轉身說道：「代我吻吻愛碧道個晚安，好嗎？」

他很懷疑吉米聽到了這句話，因為此時吉米的臉上滿滿都是深沉的疑惑。

克萊佛．史提踏下了路沿，他將大毛刷往油漆桶裡插下去，然後彎下膝蓋，將毛刷湊向街面，開始往前邁步。

愛碧問道：「他這是在幹嘛呢？」

吉米將他先前塞進口袋裡的柏恩所寫的藝評掏出來，順一順縐巴巴的頁面，然後默默就著城市的夜光讀了起來。

「我算是背叛了那些投資卡美拉諾畫作的收藏家嗎？不算吧。他們都是成年人了，而且應該還是會在他們的收藏裡看到『美』的。他們當中的菁英也會因此而步入昇華的境界。畢竟，於輾轉難眠的夜晚裡，又有哪個真正的藝術愛好者會懊惱於自身藏品直直落的行情呢？不過我還是必須對藝術家和收藏家們鞠躬道個歉。卡美拉諾新近在蘇活的維洛克畫廊所辦的展覽，簡直是臭不可聞——這是致力於翻新舊輪胎的橡膠工廠所發出的惡臭。請問這次展覽和他上一次的展出，還有上上一次，還有上上上一次……又有什麼差別呢？如果卡美拉諾執意守舊，如果他拒絕成長的話，誰又奈何得了他？然而我們還真是得拜託這人，別再掠奪克萊佛．史提的資源，別再利用他了吧。」

柏恩．霍爾打從一開始就是設了局要害他，打從一開始就是想要毀掉他。然而吉米卻是笨得可以，竟然一路都聽他的話。

「克萊佛是在幹嘛啊？」愛碧又問了一次。

吉米先前瞥過一眼就知道了。「他是在畫一匹馬。他說這條街需要有匹馬才行，所以他就過去畫了。搞不懂的是，那輛車他倒是打算怎麼處理？」

馬兒已經逐漸成形了。這隻比例完美的動物的線條從路沿延伸到路沿，然而如果再畫下去的話，前頭那輛單獨停放的車是會擋路的。

「我幹嘛要聽柏恩的話呢？我幹嘛要棄掉我新創的畫風，回到老路模仿史提呢？」

「你並沒有模仿，」愛碧斬釘截鐵的說。「別用這個字眼吧。」

「起先我是沒有，但後來就有了。所以我才必須改變啊，然而柏恩卻要了我一道。搞不懂，都過了八年啦，愛碧，我是說，這麼久的時間……？」他的聲音越說越小，他的眼光落上了街道。

愛碧為了抓住他的注意力，略顯羞赧的笑起來，意思是在問：「若換成你的話，難道就不會八年來都對我念念不忘嗎？」不過此時吉米的全副心思已經全都放在往車子方向逼近的史提了。突然，他的臉刷亮起來。

「噢——原來他是打這主意呢！」

克萊佛．史提在馬兒的尾巴畫了一道螺旋捲，一路拉到牠的背上，所以剎那間，牠看來就是活蹦亂跳好高興的樣子。他將空了的油漆桶和刷子擱上一個溢滿了垃圾的桶子，又在口袋裡摸索出鑰匙來，然後便爬上車子，噗地開走了。

愛碧伸手越過女兒牆，碰著吉米的肩膀。「你並沒有模仿。」

「我好愛受歡迎的感覺。我上癮了。」

「誰又不是這樣呢？」

吉米指指那匹馬。「史提就不會。」

「很好。咱們去喝一杯吧。」

「你說『很好』是什麼意思？」

「你已經知道史提傳遞的信息了。」

吉米．卡美拉諾轉身面對愛碧．維洛克，然而他並沒有從平台移開。「如果我不再畫畫的話，你還會跟我在一起嗎？」

「如果我的眼睛瞎了，我敢不牽著一隻導盲犬在街上走嗎？才不呢。你不畫畫，我們只有分道揚鑣。」

「如果我不放下畫筆，但卻離開紐約繼續創作出更好的畫來，你會跟著我一起離開紐約嗎？」

「不會——因為我開了兩家畫廊，旗下有五十名瘋狂的畫家得靠我維生。」

「你會來看我嗎？」

她碰碰他的臉。「我去找你的次數會多到保證你不會後悔離開。」

吉米．卡美拉諾俯眼看著那匹馬。牠是他這輩子看過的最美麗的生物，而且他永遠也不可能畫得出來。他兩手撐在平台上。「如果我縱身一跳呢？」

「那麼藝術圈就會平白少掉一幅偉大的畫作了。」

「只少掉一幅嗎？」

「克萊佛．史提今晚大老遠從馬里蘭州開車過來，如果不來的話，他應該可以創作出一幅偉大的畫。請你馬上離開屋頂，回去工作吧——你不只欠了他，也欠了我。」她拋給他一朵愛碧式的笑容，而他則是想著：史提是對的。我照著自己的方法走，從來就沒走錯路。

「跳下來啊！」

吉米往前傾身，朝下看去。柏恩．霍爾就站在人行道上，杯著兩手在大喊。克萊佛．史提打了電話給他，是擔心那匹馬的說服力不夠，他希望柏恩能夠幫忙愛碧把吉米勸下來——史提當然不知道，柏恩心中另有盤算。

「跳下來啊！」

吉米的身體往前斜去，開始有點不平衡了。

「跳下來啊！」

吉米的身體往前斜去，開始有點不平衡了。

「跳下來啊，你這狗雜種！」

吉米．卡美拉諾伸出手臂環上滴水嘴獸，以求自保。沉重無比的石獸在平台上稍稍晃起來。他有百分之一秒的時間可以放手，免得牠將他一塊兒拖下去。然而在那百分之一秒的時間裡，他看到了另一種可能。如果他轉而按壓那龐重的獸，便能藉由那重力讓自己往後撐去，而且也可順帶達到另一種效果。很好的效果。

柏恩仍在仰頭朝著他大吼。

吉米吼了回去：「接住！」

莎拉・萬曼（Sarah Weinman）

編輯過兩本書：《女性犯罪小說家：一九四〇及五〇年代的八本懸疑小說》以及《受困的女兒，錯亂的妻子：家庭懸疑故事的先驅作家》。她的小說曾出現在《艾勒里・昆恩》推理雜誌、《希區考克》推理雜誌以及幾本選集當中，而近年來，她所寫的新聞報導以及雜文也曾先後刊登於《紐約時報》、《衛報》、《新共和》以及一本選集《有關天真的解析：冤獄者的見證》當中。萬曼根據啟發了經典名著《羅麗塔》的真實綁架事件所寫的書，即將由Ecco出版上市。

Nude in the Studio by Lilias Torrance Newton, 1933

Oil on canvas, 203.2×91.5 cm. Private collection.

大城

如果你在你黑道男友客廳的牆上看到自己母親的肖像，肯定會大吃一驚吧。更可怕的是：在那幅肖像畫裡，你的母親又是一絲不掛，只套了雙綠色高跟鞋。「你是打哪兒找來這幅畫的？」我問道，聲音裡透出壓不住的不滿。這是我頭一回來到他家。其實早在看到那幅畫以前，我就想著也許以後還是別再來了。而現在，我則是很肯定我絕對不會再踏進這個屋子裡。

他扭了頭，面對那幅肖像。我看著他的背影：白色的有領襯衫上面，頂著他那頭亂髮。我們在麗池酒店套房裡做愛的那幾個下午，我曾抓著那顆毛毿毿的大肉球揉啊搓的。我再一次想起來，他是什麼樣的特質吸引我：權力、地位、金錢。也想起我覺得厭噁的部分：身體、臉孔、態度。

他轉過身來。「是在一次遺產拍賣會買上手的，」他說，俄國口音帶著濃濃的鼻音。「她讓我想起我老婆。」

一股欲嘔的感覺在我胃裡翻攪。我不太確定欲嘔的原因是來自我的母親，還是他老婆。

「她好漂亮，」我咕噥道。

「是比羅莎麗漂亮多了。可我幹嘛講起我老婆啊？在這裡的又不是她，而是你啊。」

他伸手攬住我的腰，我沒有抵抗。而之後，當我倆躺在他那張特大號的四柱床上，而他從我的後頭進入時，我則是把臉埋進了羽絨被裡，不願意思量起此時的他其實想的是那幅畫裡的女人——我的母親。

就在那個時候，我改變了主意。

我會回來的，但為的不是他。我需要那幅畫。

當我談到我的母親時，其實我只是在重複別人告訴我的話而已。她在我出生後一個月就死了——這個故事的版本不只一個：我的父親說，她是血液感染而走的；他的母親說，她是死於詛咒，而且只要這個話題一出現，我的繼母就會露出痛苦的神色。所以囉，我雖然知道零星一點資訊，但其實等於是什麼也不曉得。

我是一直到十五歲的時候，才開始想念她的。當時我整天都在忙著煮飯做菜、打掃燙衣服、照顧我年幼的手足（我們都不提及同父異母的事情），以及所有可以稱做家事的工作。我於十二歲時休學了——和我同一輩的女孩一樣。十五歲時，我的父親和他的妻子想要把我嫁給當地一個農場工人做老婆。這個人是挺好的，然而只要想到我得為他生養小孩，我就受不了，更別說要依我們小鎮的習俗，幫他生出十二個來——有一回，我還因此在一個相當不恰當的場合，把我吃下的晚餐統統吐出來。另外一個選擇就是當修女，而這，我是打死也做不到。要我宣誓一輩子都得服侍神，我還不如嫁給農家男孩吧。

最後，我決定上路到了蒙特婁。而這，也是跟我同齡的女孩會做的事。不過我之所以會去，主要是因為她當初也選擇了這條路。

我沒在蒙特婁找到她，當然。她已經死了。我找到的其實就只有麻煩：又是一個「鄉下姑娘混大城」的版本，我只睡得起狹仄的斗室，只能在街上四處浪遊，從一家酒店跳到另一家去，尋覓著荷包滿滿的男人。有時候，這些男人會聚集在花都夜總會，手裡握著一張張一元鈔票，準備丟向脫衣舞孃的吊襪帶。有時候他們則是匯集於羅馬城堡酒店，一心等著看到艾靈頓公爵和戴維斯為了相互較勁而來一場午夜的即興爵士演奏。男人們總是擺出覓食的獵人模樣；而我，則是獵物。

不過我跟黑道大哥頭一回碰面，卻是在另一種場合。我最新的一個室友來蒙特婁才沒幾天，她於某天午後，起意想找個無聊事打發時間，於是我們便跑到聖凱瑟琳街的保齡球館消磨時光。他們那兒是每條球道一小時一塊錢。頭一回的比賽玩了一半，我們才發現這條球道挺搶手的——總之，我一看到黑道大哥的眼裡閃著邪光時，就知道麻煩來了。

「你搶了我們的球道，」他說。當時他的口音沒有現在濃。

「我們是付了錢的。」

「這條是我們的專屬球道。」

「這回不是了。」

「那就由我們來付錢好了。」他招手把其他幾個跟他穿一樣衣服的男人叫過來。他用他的母語說了個什麼，然後又改口以英文告訴我說：「好好表現一番囉，我為你下了賭注。」

我室友的額頭馬上滲出汗珠。「這到底是在——」

「閉嘴啦，瑪麗伊娃。」她張嘴想講下去，但看到我怒目瞪她，便停了口。

我們打起保齡球。他們開始下注。我們表現得好糟。他們的笑聲轟轟。我想不起是誰輸誰贏。之後，男人們將我們帶到水晶宮酒店，我們喝的每杯酒都是他們付的錢。瑪麗伊娃一個禮拜以後搬走了，因為這次的經驗把她嚇壞了。當天晚上，我和黑道大哥是頭一次上床。

如此這般我過了一陣子。何不呢？下流生活挺刺激的——跟我來自的小鎮泰道沙克相差了十萬八千里。在那兒，我沒有快樂的前景可言。在這兒，我的現狀充滿了愉悅。然而現狀是不可能持久的。當時我還不到二十歲，但已有了茫茫的衰敗之感。

衰敗之感揮之不去——直到我看見母親的肖像。我知道這人是她，因為我一直隨身攜帶著她的一幀照片：多年累積的縐褶也掩不住這個女人的生命力。拍照當時，她還不到二十二歲。我的母親憧憬未來，滿臉發光。

未來之光，因我的出生而熄滅。

那幅肖像震撼到我，不只是因為來得突然，也是因為她的表情。她看來游移不定（介於兩個世界之間），脆弱無依（不只是因為她一絲不掛）。我這輩子一直把她看成是未解的謎團。而如今，這個線索（就掛在我男友的家裡），則又是雪上加霜，讓我更糊塗了。

她的故事因此而更添變數——我的故事也是。肖像縮小了我心裡的衰敗之感，但羞恥之心卻增加了。

我無法找到我的母親。不過在這同時，我卻又可以。

我醒來的時候，他已經離去。我身邊留有一張字條：十點以前離開。老爺鐘敲了九下。他這到底是允許我進出的默契呢，還是純然的草率？我甩開這個念頭。當然是草率了——如果他竟然會在和妻子同床共枕之處，和他的情婦共享魚水之歡。

白花花的日光對我毫無助益，然而現在確實是有機可乘啊。如果我將那幅畫扯下牆面帶走的話，會不會草率了點？我膽敢稍微放肆一下嗎？我套上昨晚的衣服，頭髮凌亂也罷，衣冠不整就不整吧，然後踏步走入客廳。

我發現我不是獨自一人。

「克莉亞姑娘，」一個我認不出來的聲音在說。低沉的嗓音，帶著一點點英國腔。

我的名字不是克莉亞，但我母親是叫做克蘿蒂德——夠像的了吧？

我一聲不吭，仔細端詳起這個陌生人的外表。中等身材，舉止俐落，軟呢帽鬆垮垮的戴在他不長不短的棕髮上頭。亮綠色的眼睛彌補了這個黏皮糖帶給人的不悅。他的眼睛雖然談不上迷人，不過的確是讓他看來比較出色。

他搖了搖頭，像是要抹去一段記憶。「C'est ma faute（譯註：蒙特婁大部分的人口都說雙語：法語和英語。這句法文的意思為：是我的錯），」他說。「你不可能是她。然而——」他的頭努向油畫。

「我不知道你在講什麼，」我怒聲斥道。

男人回應給我的笑容很是vulpine（譯註：狐狸樣）——這個字眼是我搬到蒙特婁以後才學到的。我在這個城市裡，還真見識過不少衣冠楚楚的豺狼。「你當然知道囉。你們倆的相似度真是驚人。安德雷搭上你的時候，就意識到這點了嗎？」

我可以丟給他好幾種回答：全都很魯莽，有幾個很難聽。所以我便選擇了沉默。

「我人就在那兒，你曉得——在保齡球館。」

我覺得室溫好像在往下掉。

「他原本是要勾搭另外那個女孩的，不過結果卻找上了你，」男人繼續說道，這會兒又變成了法文。「現在我知道為什麼了。」

「我可不知道，」我打斷他道。「他怎麼會有這張肖像的？」我環起手臂合抱在胸前。禮服雖然遮住了我的身子，但我卻覺得自己像是全裸。

「報復啊，」男人說。他摘下帽子，將它擱在肖像旁邊的壁爐上頭。出我所料，他的髮線並未後退，而是展露了幾道螺旋毛捲。我瞪眼看著的時候，他的臉頰泛紅了。「我通常都不脫帽的，」他嘀咕道。

「幹嘛要報復？」我逼問道。

「因為他追求畫家，但卻無法得手。」

「畫家。不是模特兒。」

笑容又回來了。「嗯，你說的沒錯。他要的，其實是畫家本人。」

我再看了一次我母親的肖像。克蘿蒂德——一臉的猶豫。不過我現在是換了個角度在觀察了。而這，不知怎的卻讓我很不自在。我不敢檢視我腦中掠過的種種思緒。我將它們逐出腦外。

然而這名男子（他的名字我還不曉得）卻讀出了我擾人的遐思。他將那些思緒從我的腦子裡挖出來，攤在我倆中間，好讓它們活起來——火苗燃起，焰火四射。

「Dis-moi（法文：告訴我吧），」我低語道。

他的聲音更深，更沉了。「已經快十點了。我倆都得離開。」

「你非告訴我不可！」我以英文斷然說道。

「顯然我是非說不可啦，」他同意道，一邊抓住我的左臂。這突如其來的轉折讓我們措手不及。一股電流竄上我的左肩，我抬眼瞪著他，驚惶困惑。

我恍然大悟。「你來這兒就是為了畫。這幅肖像畫。」我和他眼神交接。「她是你的什麼人？」

他閉口不言。他再次攫住我的手臂，我也任由他了。我閉上了眼睛，而當我張眼時，我已經是上了他的車，和他一起坐在後座——開車的另有其人。然後他便談起了藝術家，還有她的模特兒：畫家本人和我的母親。

話語是出自於他。而故事的主角是她。

歷史在我母親身上重演。克蘿蒂德。當年的她也是個鄉下姑娘，來自和泰道沙克相隔兩個小鎮的聖里維，她亟欲探索那封閉小鎮以外的世界。而且她也是為了逃離家人意欲撮合的婚姻，才跑到了大城。上一代的人和現在又有所不同，當時爆發了經濟大恐慌，絕望的人看不見未來，只求一時的享樂。說起來，當時的環境應該要比現在更為險惡吧。

不過她倒是沒有惹上麻煩。不算有吧。不是馬上。她辛勤工作——打掃房子、洗刷地板、清理廚房，她攬下所有她能做的工作，只是為了維生，並有餘錢可以寄回老家。家人不諒解她離鄉遠去，但收取她寄去的錢倒是毫不手軟——這是他們願意保持聯絡的唯一原因。就算她曾思念過自己的父母以及眾多手足，克蘿蒂德也都只有藏在心底。寄錢養家是她理所當然的責任。

她有一名雇主的年紀只比她大沒多少。是個女人，一個母親，然而她並不是家庭主婦。她曾經嘗試理家，然而她的努力卻是浪費在一個不懂得欣賞她的丈夫身上。他成天就是忙著揮霍兩人賺得的錢，家裡入不敷出陷入困頓。股市崩盤以後，他們的婚姻也結束了。他離家而去，一文不名學到了教訓，然而她卻多了一張得餵飽的嘴。兩人的兒子是在七個月以後出生，從沒見過父親，也沒得過他的資助。

於是女人便重拾她最拿手的本領——和處理家務毫不相干。她不是油漆房子，而是繪畫人像（譯註：英文paint有油漆以及繪畫兩種意思）。這她早在婚前就做過了，而且也頗受好評。有幾幅畫曾經出現在某些展覽裡頭，而且也被人買下。當時的加拿大經濟蕭條，就像全世界所有其他的國家一樣，不過女人倒是過得還可以。她並不富裕，因為藝術家賺到的都是辛苦錢，不過進帳還算足夠，可以讓她免於為自己和兒子的溫飽操心。她甚至還有點餘錢，可以雇請幫傭幫她處理家務。

她是透過一個朋友的朋友找到克蘿蒂德的。她隔天便決定雇用她了。有將近一年的時間，她們之間除了下達與接受指令以外，幾乎都沒有交談。而且畫室還有個規定：女人作畫時，誰也不許打擾。克蘿蒂德倒是無所謂。女人繪的肖像讓她覺得神經緊繃；它們表達的意涵她不太確定自己可以接受。那裡頭有種洞燭人世的味道，秘密於光中暴露。

克蘿蒂德覺得自己如果成了女人的模特兒，心底的秘密或許會流洩而出。然後有一天早上，克蘿蒂德正在洗刷廚房地板的時候，突然聽到女人尖聲大叫。她好擔心，顧不得規定馬上衝入禁地。女人先是怒目看她，但馬上就恢復了平靜。

「抱歉，我不該生你氣的。」

「出了什麼事嗎，夫人？」

女人搖搖頭。「其實也沒什麼……唉，去死吧。」女人的眼湧出淚水。「沒什麼，只是我就要少掉一份可觀的收入：我打算畫的那個人打退堂鼓了。」

克蘿蒂德沒吭聲——雖然她其實有一肚子的話想說。不過最好還是讓女人自己講下去吧。

「我也曉得，請人裸體入畫的確是有點強人所難，可是眼看著有人要付大筆鈔票請我作畫，而我又有個兒子得養，我總得——」

「讓我來吧，」克蘿蒂德脫口而出。

女人住了口。她上上下下，仔細的打量起克蘿蒂德。等她整體端詳了一遍以後，她的眼睛閃進了一道光，但她也僅只是說了聲「噢」。

「如果你不想要我——」

「是可以的。她看來有點像你，我覺得應該行得通。你知道我要的是什麼嗎？」

「每天在你面前站好幾個鐘頭，而且得連續很多天？」畫室雖然是克蘿蒂德的禁地，不過她在這兒已經做了夠久，幾乎天天都會看到不同的模特兒進進出出。

女人笑起來，一手上揚捂到嘴上。「嗯，沒錯。」她頓了一下。「不過這兒風挺大，又好冷。也許你會不太舒服。」

克蘿蒂德其實已經不舒服了。她打從走進畫室，渾身就開始不對勁。先前她是一時衝動才要了這份差事，接下去事情到底會有什麼發展，她也顧不得了。

「我了解，」她對女人說。

「不，我覺得你恐怕還搞不懂。」

「我懂，」這會兒是克蘿蒂德大大方方瞪著女人看了。她將畫家從頭看到了腳。克蘿蒂德以前從來沒有這麼明目張膽的盯著一個女人看。她好怕自己目前心裡浮起的感覺，但又覺得很刺激。

而女人——克蘿蒂德是知道她的名字，腦子也會默誦著，然而就算後來事情有了進一步發展，她也從來沒有張口說出來——則是給了目前唯一需要的回答：

「好吧，那就這樣吧。我們明天早上開始。」

「你就是她的兒子，」我插口道。車子已經停在一棟挺時髦的屋子前頭——就是那種你會在葦斯特蒙看到的豪宅。我以前很少來到這個豪華住宅城。

他彬彬有禮，沒給冒犯到。「是的，沒錯，」他說。

「你比我想的還要年輕呢。我還以為你的年紀會跟——」

「我們現在還是別提他。」他那一側的車門打開了。「跟我一起來吧。」

「我還能上哪兒去呢？」

「回他家啊。」他站在人行道上，我跟了上去。

「不了。」

我跟著他走進屋子。裡頭就跟外頭一樣豪華。我忍不住脫口問道：「所以你是靠爸族囉？」

「是他把我帶大的。」語氣堅定，不容我提出質疑。眼前的富麗堂皇震懾到我了：這種氣勢是不言自明的——它就在那裡，挑釁著看你有沒有本事否定它。

「所以你是全數繼承過來了。」

「幾乎。不過那幅畫不在內。」他打個手勢，請我坐在他對面那張絨布椅上。我坐了下來。他還是站著。「他不知道有這幅畫的存在，我也不曉得——直到我遇見你的男友。」

「你先前是要告訴我說，他怎麼會對畫家有興趣。」

我看得出他不想回答。他的頭撇了個角度，兩眼在地板上找到一個定點盯著看。時間滴答過去，我開始覺得他也許不會回答了。

不過答案還是來了——以低語傳達。「就因為她拒絕他啊。像他那樣的男人，向來聽到的就只有『好』——雖然有些說了『好』的人，其實心裡沒那意思。」他的頭猛個抬起，綠色的眼睛閃著怒火。

「你別論斷我的不是，」我說。

「我可沒有。這個世界本來就是這麼回事——我清楚得很。道德只是權宜之計，它是該穿時才需要穿上的化妝禮服。如果沒必要的話，它就會跟蛇皮一樣給蛻下來。」

他話裡的苦毒激怒我了。「你的房子就是這麼回事嗎？」我兩手一揮，以取得最大效果。「也只是一張面具而已？我人在這裡，可是我連你叫什麼名字都不曉得。」

「我也不知道你叫什麼？除非你果真就是叫做克莉亞。」

看來我們是陷入僵局了。下一代的兩個人，各自站在一幅畫的兩邊對峙著，這是個尚未完結的故事。而我，則是迫切需要為這個故事安上結局。

「你又是怎麼曉得你的母親跟我母親說了什麼呢？」

他坐在最靠近我的那張椅子上，頭又垂下了。「是她告訴我的——雖然她很清楚我會受傷。」

當他再度拾起線頭講下去時，我懂了那種傷痛的滋味。

頭一個早上，克蘿蒂德的確是感受到畫家先前警告過的那種寒冷。她抬起兩臂舉在頭上時，全身都起了雞皮疙瘩；她的腋下裸露出來。露出腋毛是她最最無法忍受的——

雖然藝術家其實並不見得看得到她身上的每一吋肌膚。她是可以把自己的苦惱藏進腦子一個偏遠的小角落裡頭，然後專心想著一些瑣碎的小事：比方說，擺完姿勢以後，廳堂裡會累積多少有待她清掃的灰塵。

「左臂再稍稍往右移一點，」藝術家叫道。

克蘿蒂德幾乎是機械樣的照做了，然而這麼做的結果卻是把她從有關家務事的思緒裡頭抽拔出來。那之後，她開始迫切覺得需要動彈，全身各處搔不到的肌膚都癢了起來，她的思緒奔馳。

時間流逝，過了無止盡的不知多久以後，藝術家拍了個掌。「成了，」她對著畫布叫一聲。然後她便移動一下偏了個頭，好讓克蘿蒂德可以看到她。藝術家的嘴角跳躍著半抹微笑。

克蘿蒂德有點唐突的先開了口：「完工了嗎？」

藝術家就算聽到了，也當做沒聽到。這會兒，她的臉掛上了一抹合於禮數的微笑。「是的，克蘿蒂德。明天早上見。」

克蘿蒂德從畫室逃到了她的臥室。門在背後關上以後，她開始感覺到這裡的空間太過逼仄——這是她一逕都有的感覺。這個空間怎麼容得下她，還有兩張單人床、一方衣櫃，以及一個床頭櫃呢。而且有個擾人的思緒又更進一步的纏身而上了。她整晚都輾轉難眠在思考，然而答案卻是遲遲不來。

其後，一天又一天作畫與被畫的時光忽忽而過，答案仍是遙不可及。藝術家除了在畫布後頭下達指令以外，其實很少開口：下巴抬高；眼睛睜大一點，不要瞇眼；這個肩膀抬起來；那個肩膀放下去；右腿稍稍往前挪。克蘿蒂德百依百順，她其實不只是遵行指令而已，她簡直就是融入指令當中了。每次作畫到了尾聲，畫家的一聲「成了！」宣告結束時，克蘿蒂德覺得自己簡直就不是人了——直到她踢開腳上的高跟鞋，奔離畫室為止。每次都一樣。

就這樣過了一個禮拜，然後又一個禮拜。在畫室外頭，克蘿蒂德和藝術家倒是維持著熱情友好的關係——如果下達與接收有關家務的指令也可以稱做熱情友好的話。不過到了畫室裡頭，情形就不同了。兩個女人之間如果毫無言語互動的話，何來友好可言？如果好幾個鐘頭過去，一個畫畫，而另一個只是盡可能保持不動而且就算無法保持不動也得盡量不動的話，何來熱情可言？

這種狀況持續進行了三個半禮拜以後，事情有了變化。

她們是四月開始的，而如今已近五月。五月是克蘿蒂德最喜愛的月份。刺骨的寒冬不再，炙熱的酷暑也還沒到。在這寒暑之間，空氣裡飄散著希望以及金銀花的香味，樂觀的氣息穿梭於飛利浦廣場以及主街擁擠的人潮中。此刻如果登上皇家山的頂峰應該會是讓人心曠神怡，而非難以忍受吧——唉，還是別做夢了吧。

此刻的克蘿蒂德人在這裡：於她最愛的月份起始之時，仍舊受困於這間牢籠般的畫室。藝術家下達命令時，克蘿蒂德並沒有乖乖服從。「肩膀保持平行」的話一出，克蘿蒂德反倒是斜了一側肩膀。

藝術家忍不住起身了，畫筆砰個甩上地板。

「你到底是怎麼了？眼看就要大功告成，你卻選在這個節骨眼跟我作對嗎？」

藝術家憋不住滿肚子的怒火抬高聲量，克蘿蒂德卻只是閉上眼睛；她知道閉目不看也擋不了聲音的進襲，不過她現在只想裝聾作啞。一會兒之後，她又睜開雙眼。藝術家和她是面對面了，兩人的臉只相隔幾吋。

「抱歉，」藝術家說。她回復了原本不急不徐的音調，但聲音哽住了。「你這一向都很配合，從來沒有抱怨過。也許就是因為你終於忍無可忍，我才會嚇一跳吧。」半喘的聲音後頭跟著聽似懊悔的咯咯笑聲。然後，藝術家的手便放上了她的肩膀。

「請你原諒我好嗎？」

時間似乎慢了下來。克蘿蒂德回眼看著藝術家，一時的衝動眼看就要給壓下去之前，她已伸手捧住藝術家的另一隻手，將它放到自己的乳房上。

「我原諒你，」克蘿蒂德說。她往前靠過去，吻上藝術家的唇。時間霎時停止。克蘿蒂德覺得自己裡頭有股暖流擴散開來，她好享受藝術家雙唇散發的氣味——如同櫻桃，也像蘋果。她享受著在自己身上游移的雙手。畫家的一隻手往下移行，緩緩推上了克蘿蒂德的私處。時間又開始滴答前行了。

「我沒辦法，」藝術家低語道。她猛地抽開了手。

這回換成是她匆匆逃離畫室。畫筆躺在地板上。克蘿蒂德仍然是一絲不掛，但現在她是獨自一人，所以她便大了膽子走向畫架，想看看藝術家的成果。

這幅畫已經完成了——至少克蘿蒂德是這麼認為。感覺上，她好像是看著自己的內裡給掏到了外頭。又或者，也許該說是藝術家最深層的自我給攤出來了吧。

克蘿蒂德聽到背後倒抽了一口冷氣的聲音以前，其實就感覺有人了。她微微側了頭，發現有兩隻眼睛正往上盯著她瞧。然後兩隻小腳丫子便啪啪竄出門外了。

「你看到了事情經過，」我說。

男人沒有回答。他不用回答。講述間，他的臉變得慘白。

「當時你是幾歲？四歲嗎？」

「快要六歲了。從那以後，我就不再是個孩子了。」

「你知道當時是看到了什麼嗎？」

他看我的眼神滿是悲哀。我的問題太蠢。不過他還是回答了——這個回答是來自一個還沒有從怨懟的情緒解放出來的男人口中。

「我很愛我的母親，只是我父親剛好就在那件事的隔天上門來了。應該是一時興起吧，我想，因為在那之前，他根本就懶得理我。他問我為什麼看來好傷心，我就跟他說了原因。我根本還搞不懂是怎麼回事，就被迫跟他住在一起了；從那以後，他們倆的角色互換。之後的十年間，我很少看到她，而且就算見了面，時間也很短暫——直到我父親過世以後，這才有了改變。」

就在那時候，我全都懂了——為什麼他會出現在保齡球館，為什麼他會加入黑道大哥那夥人，為什麼他會想要拿到那幅畫。

「你為的不是自己，而是她。她還活著，對吧？」

這一次，他還是沒有正面作答。他從椅子上站起來，轉身面對著我。我這才發現，我們差不多是同樣身高——雖然穿上高跟鞋的話，我是會比較高。不過這就表示，他於下一刻拉住我的手時（他內心的澎湃我觸摸得到），我其實是可以輕易便湊上他的臉龐吻他的。

他握著我的手，說：「我們今晚就去拿畫。」

然後他便說了他的名字：法蘭索瓦。

原先我是希望能將那幅畫據為己有，因為我對母親的所知實在太過有限：擁有本身，感覺上是個彌補。不過現在由於法蘭索瓦的出現，我對她的了解增加了，增加許多——我聽來的資訊遠遠超過我的預期，而且也正符合我的需要。了解帶來了領悟：那幅畫其實並不屬於我，也永遠不會是我的。

不過我是可以將它轉交給最需要的人。

其後幾個小時，法蘭索瓦和我忙於別的事情。而且，我們也忙於相互慰藉。這種經驗倒也不能說是昇華，因為這就是撒謊了。然而這的確是我有生以來第一次不會在性交之後憎惡自己。我這輩子致力於驅除的悲傷還是在，不過現在我已經可以坦然接受它的存在，而不會任由它主宰我的生活了。

我們一起坐在廚房，看著窗外逐漸落下的夕陽，面前擺著豐盛的法式土司配荷包蛋（是由他的大廚親自製作的，當然），還有切達乳酪跟無花果以及其他水果。然後在天色暗下，入夜以後，我倆便換上了全黑的襯衫和長褲，戴上面罩，並指示他的司機今晚回家過夜。

「你以前就試過要偷了嗎？」我納悶起來。

他搖搖頭。「我是常常想到要偷，有一、兩回差點就付諸行動了，不過做這一票得有兩個人合作才行。」

法蘭索瓦平順的將車子開出這個地方，並繞過了雪岸社區，開離主街。不到十分鐘後，他將車子停在離黑道大哥那棟豪宅一個路口的地方。距離夠近，便於逃離，但也不至於太近。

我們踏出車外後，我遲疑起來。「怎麼了？」他耳語道。

「我也不曉得。」我等著，然後便聽到遠處傳來一聲哀嚎。

「去看看吧，」他說。

「不要趕。」

我們慢慢前行，小心翼翼的沿著圍籬爬行，戴著面罩的臉朝裡側歪去，不過其實我們無需擔心。今晚外頭沒有人。我保持警覺，以防有人出現，不過我知道其實根本沒有危險。

我壓住了想笑的慾望。在這麼短的時間裡，卻發生了好多事。資訊多得我頭都暈了，因為得知太多有關我母親的事了。克蘿蒂德。想當年她遇見藝術家時，年紀比現在的我要小呢——還有太多事有待了解了。

但不是現在。我們逼近了黑道大哥的屋子。不能從前門進去。法蘭索瓦和我快步走向屋後。我們兩個都知道有另外一個入口——因為我是大哥的情婦，而他則是亟欲尋仇的人。

窗子開了點縫隙，法蘭索瓦將它撬得更開，要我先行進入。裡頭是洗衣房，等我倆都砰個落上地板時，不對勁的感覺又更強了。

「樓上有聲音呢，」我說。

法蘭索瓦擺了擺手。「我們人都在這兒了，那就上去吧。如果非逃不可的話，我們應該曉得時機。」

洗衣房外頭的樓梯，我們每踩一步就嘎吱晃個一下。一想到會給發現，我的心臟就猛跳個不停。法蘭索瓦看似平靜。他是專心於保持沉默，我也努力向他看齊。等我倆爬到樓梯頂時（他在我前方），我們便一塊兒推起擋在梯口的門。

門沒動。

「鎖上了不成？」

「Je ne sais pas. Je pense que non（法文：不曉得耶，應該沒有吧）。」他的眉頭皺起來，顯然是在想著：踢還是不踢？

他使力想要再次推門。還是行不通。只有一腳踢上去了吧，因為後頭根本沒有空間讓我們起跑啊。蠻力而上，或者原地不動。

法蘭索瓦和我合體撞上門去。

門飛個打開。

有個男人躺在走道底端的地板上。

有個女人俯身看著屍體。就算隔了一段距離，我們也可以看見她眼裡的怒火以及挫敗的沮喪——她舉著的槍就擎在她自己和男人之間。

法蘭索瓦立刻把門關上。我都還來不及再吸一口氣，他就已經飛腳奔下不穩的樓梯了。

「趕緊下來啊！」他咆道。

我立刻下樓。

沒一會兒，我倆便置身於戶外，大口喘著氣。

而且這一次，我們是取道於比原先進屋時還要複雜四倍的路線，回到了車旁。我們聽到警笛呼號，聽到黑道大哥的妻子於拒捕時尖聲吼叫，還有就是警官唱誦著「你有權保持沉默……云云」的悲傷語調了。

整整十分鐘的開車期間，我倆都不發一語。然後，就在法蘭索瓦將車子停在他家的車道上時，他側了頭看著我，一邊取下面罩。他的臉滿是無奈。

「今晚沒辦法拿到畫了。不過總有一天會得手的。」

結果是花了將近九個月的時間。

此時黑道大哥的妻子——全名是羅莎麗，閨蜜稱她為小莎——已因過失殺人罪而被判要服刑五到十五年。事發之後，大家都希望她乾脆直接認罪，因為他們很擔心她於審判期間不知會說出什麼，也不知道另外有誰會說出黑道大哥的什麼好事來。最好還是趕緊把她弄出蒙特婁吧。天知道那把槍怎麼會走火，而黑道大哥又是怎麼會死的。

結果三天以後，警察跑到了法蘭索瓦的家，說是要找我，因為小莎在她的口供裡抖出我的名字（形容詞不太好聽），而這就有了可能的動機。我說了實話，但沒有提及我們是打算偷畫沒偷成。警方是有可能在洗衣房裡找到我們留下的蛛絲馬跡，不過由於已經逮到嫌疑重大的女人（滿肚子醜陋的秘密），我覺得他們應該是不會追查我倆當晚的行蹤了。

那時，法蘭索瓦的屋子已經成了我的。我跟以前一樣，還是無所事事，不過已經沒有需要藉由縱慾以及吸毒來填滿內心痛苦的空虛了。在最最谷底的日子裡，在我覺得自己有可能乾脆一了百了的時候，法蘭索瓦總是及時發現，救了我。如今，我已經有好一陣子都沒再陷入可怕的低潮。

而當我母親的肖像終於出現在我眼前時，我其實並沒有心理準備。我一直都不想知道雙方討價還價的過程。每回法蘭索瓦跑去跟小莎開完兩人會議以後，他的臉色就又比前一次更加灰慘。我對這個惡性循環已經太習慣了，所以等到肖像果真上手之後（裹在層層的包裝材料裡頭），我還真是認不出擺在眼前的物品。

然後法蘭索瓦便宣告說，我們第二天就要登門拜訪某人，遞交包裹。

我吃了一驚，瞪大了眼。「都安排好了？」

「沒錯。」他攥住我的手。「是時候了。」

司機將我們和畫作一起載到了目的地，總共才花不到一個小時。這是一個臨近聖亞嘉莎德蒙的小村莊，只有幾百個居民。藝術家目前就是住在這裡——差不多打從我出生以後就住這裡了。

一路上，法蘭索瓦又跟我談起她的事情。當年她失去了他的監護權之後，有好幾年都沒有意願作畫。而且她對蒙特婁也不再依戀，因為這兒有過太多不愉快的回憶了。她翻出地圖，手指隨意畫了個半弧，指尖點的便是這個村莊。她給了自己一個禮拜的時間，心想如果住不慣的話，大可以捲起鋪蓋離開就好了。不過她沒有。之後她重拾畫筆，找回了一部分的自我。

我母親的肖像只有展出過一次，那時法蘭索瓦剛滿八歲。黑道大哥愛上了這幅畫。他就是這麼跟酒友們誇口說的，還說他很阿沙力的以行情的兩倍價錢將它買下來了。擺明就是要報復吧，而這裡頭也參雜著憐憫。這是因為有一天晚上黑道大哥暴力向她示愛，藝術家卻當場給了他難堪（這是法蘭索瓦出生的前一年），事情他一直銘記在心，因為女人通常都不會對他說「不」。怒火中燒的他暗自想著，如果他擁有她最前衛的畫作，如果她還得靠著他的大方施捨才能過活的話，他就可以證明自己才是贏家。

司機開上了一條灰土路。左轉以後，我們慢慢湊近了一棟紅白屋頂的小木屋。法蘭索瓦將油畫從行李箱中拿出來，小心翼翼的捧在手上。我尾隨在他後頭不遠處，手裡僅只拎著皮包。沒有門鈴，所以我便輕輕拍了拍門。

藝術家應門時，我的呼吸急促起來。我也搞不懂為什麼我會覺得她很眼熟。她長得其實不像她的兒子，不很像。她由黑轉灰的頭髮貼在臉頰旁邊，身高和法蘭索瓦相當。她歡迎我倆進門時，我訝嘆於他倆相近的聰慧氣質。她的笑容搭配著她眼裡閃爍的光和機智的談吐，是如此和諧。

法蘭索瓦拆下了包裝紙，將畫作放在離他最近的畫架上頭。房子好小，看來客廳應該就是權充為藝術家的畫室了。有好幾幅未完成的油畫散置於這個空間，東一幅，西一幅的隨意擺放。她凝神看著自己久遠前的創作：腳踩綠色高跟鞋的裸體女人，兩眼迷濛慾望滿溢。然後她便抬起眼睛看著我，一臉訝詫。

「克莉亞！」她驚呼道，又趕緊收了嘴，兩頰泛起潮紅。她舉起一隻手遮了臉龐，然後又訕訕放下。

「你長得好像她。」

我覺得自己整個人都輕盈起來。我感覺到我的母親（那忠於自己的克蘿蒂德——一個不再是秘密的秘密名字）在我裡頭活了起來。而且她也活在藝術家的心裡——一個她不被允許去愛的女人。

我感到前所未有的平靜。

「有人告訴我說，」我以英文說道。「我的名字叫做奧蕾莉。」

勞倫斯・卜洛克（Lawrence Block）

寫過許多小說與短篇故事，另外也寫了六本關於寫作的書。多年來，他總共編輯了十二本選集，最近的一本是《光與暗的故事》。這是一本因著愛德華・霍普而起的選集。四十多年前，卜洛克開始撰寫馬修史卡德偵探系列，這個和卜洛克一起變老的書中主角，一共發展出了十七個長篇和十一個短篇作品。

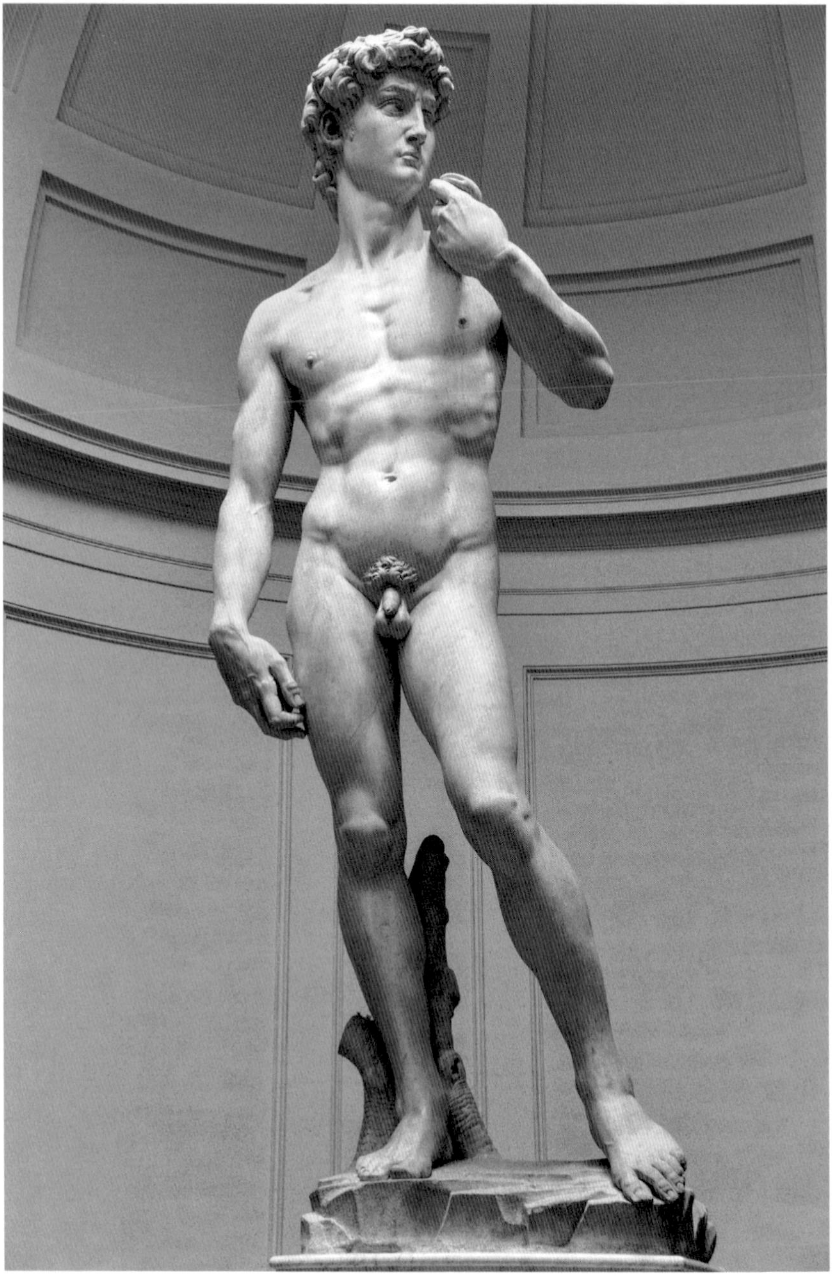

David by Michelangelo Buonarroti, ca. 1501-1504

One single block of marble from the quarries in Carrara in Tuscany, 5.16 meters tall. The Accademia Gallery, Florence, Italy

尋找大衛

伊蓮說：「你不工作不行，對吧？」

我看著她。我們身處翡冷翠，坐在聖馬可廣場一張磁磚面的桌子旁，啜飲的卡布奇諾和格林威治大道上的孔雀酒館一樣棒。這一天陽光普照，但空氣有點颼颼涼意，整個城沐浴在十月的天光底下。伊蓮穿著卡其褲和訂做的獵裝，看來如同風情萬種的外國特派員，或者間諜吧。我也穿著卡其褲，套了件馬球衫，外加她稱之為我的老靠山的藍色運動外套。

我們已在威尼斯待了五天。這是翡冷翠五天行程裡的第二天，之後我們會到羅馬玩六天然後再搭義航飛返美國。

我說：「量你也猜不出我在想什麼。」

「哈，」她說。「明明就給我逮到了。你跟以往一樣，正在掃射全場。」

「我可是當了多年的警察哪。」

「是啊，積習難改我了解，不過這種習慣並不壞。我也在紐約街頭混出了點名堂，不過我可沒辦法單靠掃描全場便得出你能得到的結論。而且你連想都不用想。你是反射動作。」

「也許吧。不過我可不覺得這叫工作。」

「照說咱們來這兒是要全心享受翡冷翠，」她說：「外加歎賞廣場雕像的古典美，可你卻瞪眼在看一個跟我們隔了五張桌子、身穿白麻外套的老皇后（譯註：皇后意指有女人味的男同性戀），想猜出他有無前科犯過什麼案——這還不叫工作嗎？」

「我不需要猜，」我說。「我知道他犯了什麼案。」

「當真？」

「他名叫何頓．波藍——」我說。「如果我猜得沒錯。而且如果我朝他的方向張望多次，那是因為我想確定他就是我想的那個人。打從我們上次碰面以來已經過了二十年。搞不好有二十五年囉。」我瞟一眼，瞧見那位白髮紳士正在跟服務生講話。他揚起一道眉毛的模樣看來高傲卻又帶著歉意——就跟指紋一樣驗明了正身。「是他沒錯，」我說。「何頓．波藍。我很肯定。」

「怎的不過去打招呼？」

「他也許沒興趣。」

「二十五年前你還在當警察。當時是怎麼了，你逮捕了他嗎？」

「沒錯。」

「當真？他做了什麼呢？藝品詐欺麼？坐在翡冷翠露天的桌子，不這樣想也難，不過想來他應該只是個股票炒手吧。」

「換句話說，是個白領人士。」

「花邊領吧，瞧他那副打扮。當初他倒是做了什麼？」

我一直朝他的方向看，眼神與他交會。我瞧見他露出認出我的神色，看他眉毛上揚的模樣就是他錯不了。他把椅子往後推開，站了起來。

「他要過來了，」我說。「你可以自己問他。」

「史卡德先生，」他說：「我想說馬丁，不過我知道不對。請指教。」

「我叫馬修，波藍先生。這位是我太太，伊蓮。」

「你好福氣，」他告訴我，一邊握住她伸出的手。「我朝這兒看過來，心想，好個大美女哇！然後我再看一眼，心想，我認得那個傢伙啊。不過花了我一分鐘才搞清楚——名字冒出來，或者該說你的姓吧。他叫史卡德，可我是怎麼知道的呢？然後當然，記憶全都回來了——只除了你的名字。我知道不是馬丁，不過這名字揮之不去，所以馬修的名字也進不來。」他嘆口氣。「記憶啊，是一條滑溜的魚。想來你或許還沒有老到發現這點吧？」

「我的記憶還可以。」

「噢，我的也不錯，」他說。「只是捉摸不定，有點任性。有時候啦我覺得。」

在我的邀請之下，他從鄰桌拉來了一把椅子。「不過我馬上就走，」他說，然後問我們來義大利幹嘛在翡冷翠會待多久。他住這裡，他告訴我們。他已經在此地定居多年。他知道我們的旅館——在雅瑙河東岸——直誇它物美價廉。他提到離旅館不遠的一家咖啡屋，說我們應該過去坐坐。

「當然你們其實並不需要照我的推薦找館子，」他說：「或者米其林的。因為翡冷翠到處都是美食。呃，這話倒也不是完全正確啦。如果你們堅持要到高檔餐廳，偶爾是會大失所望。不過如果只是隨意就近找家小餐館的話，保證一定次次滿意。」

「我覺得我們吃得稍嫌太好了呢，」伊蓮說。

「是有危險沒錯，」他點頭稱是：「不過翡冷翠人倒是都能保持苗條。當初剛來時我確實發了點福。在所難免對吧？每樣東西都好吃。不過我還是減掉了增加的體重然後保持住身材。雖然有時候我會納悶起自己幹嘛如此費事。看在老天分上，我都七十六了。」

「看來不像，」她告訴他。

「看來像我也無所謂。幹嘛在乎哪，你倒說說看。放眼看去，有誰他媽的在乎我長什麼德行啊。所以我又何必在乎呢？」

她說跟自尊有關吧，於是他便沉吟起自尊與虛榮的分際應該如何劃分。然後他說他打擾得好像有點太久了，一邊起身。「可你們一定要來我家，」他說。「我的別墅雖然算不上富麗堂皇，不過還挺迷人的，我很自豪也頗有想要炫耀的意思呢。兩位明天務必來我家吃個中飯。」

「呃……」

「就這麼說定了，」他說，一邊遞張名片給我。「計程車司機一定找得到路。不過要先講定價錢。總是有些存心不良的司機，不過泰半倒是出人意外的老實。就說一點如何？」他往前傾身，手掌貼在桌上。「多年來我常想到你，馬修。尤其是搬來這裡以後，在離米開朗基羅的大衛只有幾碼之遙啜飲黑咖啡的時候。那座雕像不是真品，你曉得。真品擺在美術館，不過世風日下現在連美術館都不能保證安全囉。你曉得烏菲茲美術館幾年前給炸了吧？」

「報上讀到過。」

「黑手黨幹的。在家鄉他們是自相殘殺。來到這兒他們是炸掉大師作品。不過話說回來，這裡畢竟還是個美妙的文明社會。而且我理當該在這兒度過晚年啊——在靠近大衛的地方。」我開始聽不懂了而且我想他也知道，因為他皺起眉頭，頗有幾分懊惱的意思。「我講話漫無邊際，」他說。「在這兒什麼都不缺就是少了聊天對象，不過我老覺得我可以找你談，馬修。環境不允許我這麼做，當然，多年前錯失這個機會我一直覺得遺憾。」他直起身來。「明天，一點鐘。我等你們。」

「當然我是巴不得要去，」伊蓮說。「我很想看看他家長什麼樣。『雖然算不上富麗堂皇，不過還挺迷人，』我敢說一定挺迷人，我敢說一定棒透了。」

「明天你就可以知道答案。」

「不曉得噯。他想找你談，看來他想講的話題也許容不下第三者。當初你逮捕他為的應該不是藝術品竊案對吧？」

「不是。」

「他殺了人嗎？」

「他的愛人。」

「嗯，每個人都有這潛力，對吧？毀掉他愛的東西，根據那個叫啥名字來著的。」

「奧斯卡．王爾德。」

「多謝了，記憶大師。其實我知道是誰。有時候我說那個叫啥名字來著的或者那個姓啥名誰來的，並不是因為記不得。這叫談話技巧。」

「喔。」

她朝我探詢樣的掃一眼。「案子很特別是吧，」她說。「怎麼回事？」

「手法殘忍。」我的腦子塞滿了謀殺現場的影像，我眨個眼把它甩掉。「幹警察那種事看多了，大半都很醜陋，不過那一樁又特別難看。」

「他好像滿溫和的。他犯的命案感覺上應該不太暴力吧。」

「很少有不暴力的命案。」

「呃，沒流什麼血囉，那就。」

「才怪。」

「嗐，少賣關子啦。他做了什麼？」

「他用了把刀，」我說。

「戳他嗎？」

「割他，」我說。「他的愛人比他年輕，想來應該挺帥，不過我可沒法掛保證。我當時看到的東西差不多就像感恩節過後的火雞剩菜。」

「嗯，描述得還挺生動，」她說。「我必須說我了了。」

「除了那兩名接獲通報的警察以外，我是第一個趕到現場的人。他們還年輕，乜斜著眼擺出一副不屑的酷樣。」

「可你已經老得不來那套了。你吐了沒？」

「沒有，幹了幾年以後自然習慣。不過我這輩子還沒見過那種慘狀。」

何頓．波藍的別墅位於北邊城外，雖然並非富麗堂皇，不過魅力十足，是一棟鑲嵌在山邊的白色泥宅寶石，俯眼可見一大片山谷。他領著我們穿行各個房間，一一回答伊蓮有關圖畫和傢俬的問題，對她無法留下來吃午餐的解釋也點頭表示接受。或者僅只是表面如此——她坐上載我們過來的計程車離開時，他露出那麼一絲絲受辱的表情。

「我們到露台用餐吧，」他說。「可我是怎麼回事哪？我都還沒招待你喝酒呢。你想喝什麼，馬修？吧台各類酒齊備，不過我無法保證保羅可以調出各色各樣包君滿意的雞尾酒。」

我說只要汽水就行了。他和他的男僕說了些義大利文，然後估量似的瞟我一眼，問我午餐要不要搭酒吃。

我說不用。「還好想到要問你，」他說。「我原本打算開瓶酒先讓它呼吸一下，不過這會兒還是讓它屏著氣吧。如果我記得沒錯，你一向都有喝酒的習慣。」

「沒錯，以前。」

「事發當晚，」他說。「記得你告訴我，我好像該喝一杯。所以我就拿出一瓶酒，然後你便幫我們一人倒了一杯。你可以在值勤的時候喝酒我記得我好驚訝。」

「規定是不行，」我說：「不過我不一定每次都照規矩來。」

「而現在你則是滴酒不沾？」

「沒錯，不過你還是可以喝酒配菜無所謂。」

「不過我從來沒這習慣，」他說。「當初蹲苦牢的時候是不能，出獄以後則是沒了慾望，既不想念酒味也不懷念那種快感。有一陣子偶爾還是會零星喝個一杯，因為我覺得滴酒不沾有失文明作風。然後我才想到我根本無所謂。年紀大了就有這點好處，也許是唯一講得出口的優點吧。馬齒日增，我們也跟著放下越來越多包袱，尤其是別人的想法。不過你的過程應該不一樣，對吧？你戒酒是因為有必要。」

「對。」

「會想念嗎？」

「偶爾。」

「我不會。不過話說回來，我可從來沒愛過酒。有段時間我可以矇上眼睛區分不同酒莊釀的酒，不過講白了我是從來沒把心思擺在那上頭，而且飯後喝的白蘭地又會讓我胃灼熱。現在我用餐都配礦泉水，餐後則喝咖啡。Acqua minerale（法文：礦泉水）。有一家我愛光顧的小店，老闆都把它叫做Acqua miserable（法文：悲慘的水）。不過他還是高高興興的把那賣給我。喝不喝酒他無所謂，而且就算他在乎我也無所謂。」

午餐簡單但頗有品味——生菜沙拉，義大利水餃搭配奶油和鼠尾草，外加一片美味的魚。我們的談話繞著義大利轉，伊蓮沒有留下來聽我很遺憾。他知識廣博談興高昂——聊到藝術如何滲入翡冷翠的常民生活，以及英國上層階級對這個城市持久不衰的熱愛——我聽得入迷，不過伊蓮會是更投入的聽眾。

餐後，保羅收拾殘局為我們送上濃縮咖啡。我們陷入沉默，我啜著咖啡探眼眺望山谷景色，心想這樣的美景不知有否看膩的一天。

「我原以為終有習慣的一天，」他說，讀出了我的心思。「不過我還沒有，想來永遠不會膩吧。」

「你在這裡定居多久了？」

「約莫十五年。出獄以後我一逮著機會就飛來這裡。」

「之後就沒再回去嗎？」

他搖搖頭。「當初過來我就是打算久待，所以一到這兒我便想法子辦妥了居留證。我算是走運，而且有錢什麼都容易搞定。不管現在或是以後，我的錢都多得花不完。我過得不錯，但花費又不致太高。就算我比一般人虛活幾些年歲，還是可以不愁吃穿度完餘生。」

「這就好辦多了。」

「沒錯，」他同意道。「說來坐監時雖然沒有因此就好過些，但沒錢的話我有可能得待在更糟的地方。只是當初他們可也沒把我擺進歡樂宮裡。」

「想來你是住進了精神療養院吧。」

「特別為有犯罪傾向的精神病患打造的場所，」他說，一個個字咬得字正腔圓。「聽來挺有學問的，對吧？總之還滿切合實際狀況就是了。我的行為毋庸置疑是犯罪，而且精神完全失常。」

他為自己再倒一杯濃縮咖啡。「我請你來這兒，就是要聊這件事，」他說。「很自私，不過老了就會這樣。人會變得自私，或者該說比較不會想把私心藏起來不讓自己和別人知道。」他嘆口氣。「變得比較直接，不過這件事我還真不知道該打哪兒講起。」

「從你想講起的地方講起吧，」我提議道。

「從大衛講起吧，那就。不過不是雕像，而是活生生的人。」

「也許我的記憶並不如我想的好，」我說。「你的愛人名叫大衛嗎？因為我記得明明就是羅柏。羅柏・納許斯，而且有個中間名，不過也不是大衛吧。」

「是保羅，」他說。「他名叫羅柏・保羅・納許斯。他要大家叫他小羅。偶爾我是叫他大衛，不過他不愛。只是在我的心目中，他永遠都是大衛。」

我沒吭聲。一隻蒼蠅在角落嗡嗡飛著，然後停住不動。沉默蔓延開來。

然後他開了口。

「我在水牛城長大，」他說。「不知道你去過那裡沒有。很美的城——至少好城區是如此。寬廣的街道，兩旁種著榆樹。不乏美麗的公共建築與高雅的私宅。當然後來榆樹全都因為病蟲害死光了，而達拉威大道的豪宅也已改頭換面成了律師事務所和牙醫診所，不過世事本就多變，對吧？我已經認知到這是事實，不過這並不表示我們得喜歡所有的改變。

「遠在我出生以前，水牛城主辦過一次泛美博覽會。如果我記得沒錯，應該是一九〇一年的事，好幾棟專為博覽會興建的建築到今天都還留著。其中最棒的一棟蓋在城裡最大的公園旁邊，也就是水牛城歷史學會的現址，裡頭典藏著不少博物館級的珍品。

「你正在想我說這話是要引到哪兒對吧？史學會的正前方有個環狀車道，直到現在都還保留著，而在那中間則豎立著一座米開朗基羅的大衛像青銅複製品。想當然耳是鑄造的吧，而且假設只是複製應該錯不了。總之，雕像是真人大小。或者該說是跟真品相同大小，因為米開朗基羅的雕像其實比真人要大多了——除非少年大衛的身材和他的對手歌利亞不相上下（譯註：巨人歌利亞被少年大衛以石頭打死的故事記載於聖經舊約撒母耳記）。

「昨天你看到了雕像——雖然，如我所說，那也只是複製品。不知道你仔細欣賞了沒有，不過我只想問你，是否知道當初有人詢問大師他是如何完成這件傑作時，他怎麼回答。那句話絕妙到幾乎可以斷定只是後人的穿鑿附會。

「『我看著那塊大理石，』據傳米開朗基羅是這麼說的：『我便把不屬於大衛的部分挖掉了。』這話叫絕的程度還真可以媲美年輕的莫札特當初如何解釋音樂創作是全世界最簡單的事呢：你只消把腦子裡聽到的音樂寫下來就是了。其實他們就算從來沒說過這些話，又有誰在乎呢？如果他們沒說過，呃，那也該請他們說的，你說對吧？

「那座雕像陪了我一輩子。我不記得第一次看到它是什麼時候，不過想來我頭一回造訪史學大樓時應該就看到了吧，當時我還很小。我的家位在諾丁罕連棟屋區，走路到史學大樓不消十分鐘，所以小時候我去那兒的次數真是多到數不清。打從有記憶以來，我對大衛像就很有感覺。我愛他的立姿、他的神態，還有那種力量和脆弱以及善感和自信的神秘結合。另外，當然，就是大衛的陽剛美，他的性魅力。不過我是後來才意識到那種層面的吸引力，或者該說願意承認自己意識到了。

「記得十六歲拿到駕照以後，大衛在我們的生命裡又有了新的意義。你曉得，環狀車道是亟需隱私的年輕情侶心目中的約會聖地。那兒是好地段，氣氛宜人如同公園，大大不同於水邊幾個爛城區的幽會場所。所以啦，『造訪大衛』就成了開車幽會的委婉說法——可我現在一想，幽會這兩個字本身不也是委婉的說法麼？

「我十八九歲的時候經常造訪大衛。當然諷刺的是，對我來說，他青春陽剛的體型遠比和我約會的年輕女子凹凸有致的身材更具吸引力。依我想來，我是打從出生便有同性戀傾向，不過我沒敢讓自己曉得。起先我是否認這種衝動。之後，等我學會付諸行動時——在馥倫公園，在灰狗車站的男廁——我則轉而否認那些關係具有任何意義。我對自己保證說，那只是一段過渡期。」

他噘起嘴唇，搖搖頭嘆口氣：「好長的過渡期啊，」他說：「因為我好像仍在過渡當中。我的否認很有說服力是因為當時我的生活整體而言還滿正常，和其他年輕男子之間的任何舉動都只是附屬品而已。我上的是好學校，聖誕節和暑假一定回家，而且不管到哪裡我都喜歡有女人作陪。

「想當年，做愛這檔子事通常都只是點到為止。女孩子真心想要保持處女身，至少技術層面是如此，總要等到結婚當天或者進入現在所謂的找到真命天子的關係時，才會毫無保留。我不記得當時是怎麼稱呼那種關係的，不過想來應該是比較不累贅的說法吧。

「話說回來，偶爾我們還是會直攻本壘，而碰到那種時候，我也都能達成目標沒漏氣。我的伴侶沒一個有理由抱怨。我辦得到的，你曉得，而且也能從中得到快樂，雖然刺激的程度遠不及與男伴交歡的水準，不過應該可以歸於禁果的誘惑吧。那並不一定表示我有哪裡不對。那並不表示我的生理狀況有任何異常。

「我過著正常的生活，馬修。也可以說我是下定了決心要過正常生活，不過這種事其實跟決心並沒有多大關係。我念大四的時候，和一個幾乎是認識了一輩子的女孩訂婚。雙方的父母都是朋友，我們是青梅竹馬。我畢業後就跟她結婚了。之後我繼續進修。我專攻藝術史，這你也許還記得，而且我也想辦法申請到水牛城大學的教職。紐約州立大學水牛城分校，目前是這稱呼，不過多年前它還沒有變成州立大學的一部分，只是簡簡單單的水大，大半學生都來自城裡以及鄰近地區。

「我們先是住在校園附近的一間公寓，不過之後雙方家長都出錢幫忙，所以我們就搬進了哈蘭街的一棟小房子，和我倆從小長大的家差不多是同等距離。

「而且離大衛雕像也不遠。」

他過著正常生活，他解釋道。生了兩個小孩。迷上高爾夫且加入了鄉村俱樂部。他得了些家產，一本他寫的教科書的版稅進帳每年都穩定成長。一年年過去，他也越來越容易相信，自己和男人的關係僅只是個過渡，而且基本上他已經克服了這種障礙。

「我還是有感覺，」他說：「不過付諸行動的需求好像已經過去了。比方說，我有可能被哪個學生的外表吸引，不過我從沒有採取行動，或者認真考慮要採取行動。我告訴自己我的愛慕純屬審美心理，是對男性美的自然反應。年少時，我們荷爾蒙發達，所以我才會把這個和性慾攪在一起。現在我則清楚認知到，這只是無關性愛的無邪表現而已。」

但這並不表示他已經完全放棄了他的小小冒險。

「我會受邀到某地開會，」他說：「或者擔任客座。我會抵達一座我不認識人也沒有人認識我的城市。然後我會小酌幾杯，我會覺得需要來點刺激。而且我也可以告訴自己說，雖然和另一個女人發生關係就是背叛妻子違反誓約，然而和另一個男人來點無邪的運動則無傷大雅。所以我就會到我該去的那種酒吧——永遠不難找到，就算在當時那種封閉的年代，就算在鄉下小城或者大學城也一樣。而且只要到了那種場所，要找對象絕對是輕而易舉。」

他沉默一會兒，眼睛望向地平線。

「然後我走進了威斯康辛麥迪遜城的一家酒館，」他說：「而他就在那裡。」

「羅柏．保羅．納許斯。」

「大衛，」他說。「我看到的正是他，我一跨過門檻兩眼盯住的便是那少年。我還記得那個神奇時刻，你知道。我現在還是可以很清楚的看到他當時的模樣。他穿了件暗色絲質襯衫和棕色長褲以及一雙便鞋，沒穿襪子——一如當時的流行。他站在吧台旁邊，手捧一杯酒，他的體型以及他站著的模樣，那神態，那表情——他就是米開朗基羅的大衛。不只如此，他就是我的大衛。他是我的理想，他是我這輩子一直不自覺的在追尋的目標，我用眼睛喝下了他，從此迷失了自己。」

「就這麼簡單，」我說。

「噢，是的，」他同意道。「就這麼簡單。」

他沉默下來，我心想不知他是否正在等我追問。應該不是。他好像選擇了要暫時留在那段記憶裡。

然後他說：「一言蔽之，那之前我從來沒有掉入愛河。我開始覺得那是一種發狂的狀態。那跟深切的關愛不同。關愛對我來說，是很正常甚至高貴的感情。我愛我的父母當然，而且也以不同的方式愛我的妻子。

「我對大衛的感情卻屬於截然不同的層次。那是一種執著，是完全的投入，是收藏家的熱情：我非得擁有這幅畫，這座雕像，這張郵票。我非得到它不可，非得完全擁有它。它，而且唯有它，可以讓我完整。它能改變我的本質。它能讓我的生命展現價值。

「不是性慾的滿足，不算是。倒不是說性和那毫無關係。大衛帶給我的震撼是前所未有的。但在那同時，我覺得性衝動其實並沒有過去的某些經驗來得強。我想擁有大衛。如果辦得到如果他完全屬於我的話，和他發不發生性關係其實都無所謂了。」

他陷入沉默，而這回我確定他是等著要我追問。我說：「然後呢？」

「我放棄原有的生活，」他說。「會議結束以後，我隨便找了個藉口在麥迪遜多待一個禮拜。然後我就和大衛飛往紐約，在那裡買了間公寓——龜灣一棟棕石建築的頂樓。之後我又飛回水牛城，自己一個人，告訴妻子我要離開她。」

他垂下眼睛。「我不想傷害她，」他說：「不過當然我傷她傷得很慘很深。知道是個男人介入時，她其實不很驚訝，我覺得並沒有。多年來她也看出了一些端倪，已經把這視為必要之惡了吧——是嫁給一個美感強烈的男人的缺憾。

「她以為我還是在意她，但我清楚表明了我要離開她。她從沒有傷害過人，可我卻帶給她極大的痛苦，這點我一輩子永遠感到抱憾。對我來說，傷了她比起我入監服刑的理由，是更大的罪孽。

「不講了。總之我離開她搬到紐約。水大的終身教職我也辭了當然。學術圈我人脈很廣不用說，我雖不是名聞遐邇但也小有名氣，所以很有可能在哥大或者紐約大學謀得什麼職務。問題是我惹出的醜聞殺傷力太大，再加上我對教書也已經他媽的沒什麼興趣了。我只想活下去，好好享受人生。

「我的錢絕對足以辦到。我們日子過得很好。太好了，說起來。並非聰明度日，而是揮霍。每晚都吃高檔餐廳，好酒搭配美食。歌劇和芭蕾表演的季票。夏天到松樹度假村。冬天到巴貝多或巴里島。搭機到倫敦巴黎以及羅馬。不管在紐約或者國外，同行的則是其他富有的皇后。」

「然後呢？」

「日子就這麼過下去，」他說，兩手交疊在懷裡，唇上閃現著些微笑意。「這麼過著過著，然後有一天我就拿起一把刀殺了他。那個部分你清楚，馬修。你就是從那裡切入的。」

「對。」

「不過你不知道原因。」

「嗯，這點一直沒公布。或者公布出來但我錯失了。」

他搖搖頭。「一直沒公布。我沒提出抗辯，而且我當然也沒提出解釋。不過你猜得出來嗎？」

「你殺他的理由嗎？我毫無概念。」

「有過多年偵察的經驗你多少也該知道人殺人的某些理由吧？何不遷就個老罪人的意思猜猜看呢？跟我證明，我的動機其實並不獨特。」

「想得到的理由都太明顯了，」我說：「所以應該全不對。我想想看。他打算離開你。他對你不忠。他愛上了別人。」

「他永遠不會離開我，」他說。「他熱愛我們共同的生活，而且也知道跟了別人他永遠別想過得有一半好。他愛上別人的程度永遠也不可能多過他愛我。大衛愛他自己。而且他不忠是當然的事，打從開始就這樣，而我也從沒寄望他改變。」

「你體認到你為他放棄了一切，」我說：「所以心生悔恨。」

「我是放掉了一切，但我了無遺憾。我一直都活在謊言裡，丟了又有什麼好惋惜的？如果能搭機飛往巴黎度週末的話，有誰會癡想水牛城學院裡溫吞的愉悅？有些人或許吧，我不知道，不過我不可能。」

我打算放棄，不過他堅持要我再多想幾個可能。結果全都不對。

他說；「不猜啦？好，我來說吧。他變了。」

「他變了。」

「當初碰到他時，」他說：「我的大衛是我見過最最美麗的生物，他是我這輩子理想美的絕對化身。他身材修長又有肌肉美，脆弱卻又強壯。他是——呃，回到聖馬可廣場看看那雕像吧。米開朗基羅雕得恰恰好。那就是他的模樣。」

「之後怎麼了？他老了？」

他的下顎一沉。「人都會老，」他說：「只除了年輕早逝的人。不很公平，不過我們也無能為力。大衛不只是老化。他變俗了。他變得粗壯。他吃太多喝太多熬夜太晚又吸太多毒。他體重增加。他變得浮腫。他長了雙下巴，多了眼袋。他的肌肉在層層肥油底下消蝕了，他的肉也垮塌掉。

「不是一夜之間發生的。不過我卻有那種感覺，因為在我願意面對真相以前，那個過程已經進行很久了。最後我是不得不面對現實。

「看到他我就受不了。之前，我是沒辦法把眼光移開，而後來我發現自己卻是避開不看。我覺得被出賣了。我愛上了一個希臘神祇，但卻眼睜睜的看著他變成羅馬皇帝。」

「所以你是為這原因殺了他？」

「我並沒有打算殺他。」

我看著他。

「噢，也許有吧，說起來。我原先喝了酒，我們兩個都喝，之後我們起了口角，我大發脾氣。想來我的意識應該還沒有模糊到不曉得如果動手的話他會死，我應該知道我會殺了他。不過重點不在這裡。」

「不在這裡？」

「他昏過去，」他說。「他躺在那裡，全身赤裸，酒臭味從他的毛孔一波波散出來，一大片白得如同大理石的浮肉。想來我是恨他把自己搞成那副德行吧，而且我知道我也恨嘆自己正是罪魁禍首。於是我決定要改變現況。」

他搖搖頭，深深嘆了口氣。「我走進廚房，」他說：「拿了把刀出來。然後我便想起我在麥迪遜頭一晚見到的男孩，然後我又想到米開朗基羅。於是我就想要變成米開朗基羅。」

想必我露出了困惑的表情。他說：「你還記得吧？我拿了刀，把不是大衛的部分挖掉了。」

我把這一切轉述給伊蓮聽時，已是幾天之後在羅馬了。我們坐在西班牙廣場附近的一家露天咖啡店。「那麼多年來，」我說：「我理所當然的認為他是想要把自己的愛人毀掉。因為切割人體就是這麼回事，表達的是破壞的慾望。不過他並不是想要毀掉他，他是想要重塑他的形體。」

「他只是領先了他的時代好幾年，」她說。「時下他們把這叫做抽脂，而且索費高昂。我倒是可以告訴你一件事：等我們一回到紐約，我就要從機場直奔健身房，免得我吃下的義大利麵全都變成揮之不去的贅肉哪。我可不想冒險。」

「我看你是沒什麼好擔心的。」

「這倒也是，因為如果你會得發展出想要雕刻人肉的慾望的話，應該早就發生了。我已經不是多年前你在丹尼男孩的桌子旁看到的那個天真無邪的年輕妓女了——變太多囉。」

「沒那麼多吧，我覺得你一直都很美。」

「你知道嗎？我雖然知道你是睜眼說瞎話，不過我卻毫無所謂呢。」

「我可沒撒謊。你現在雖然是大了幾歲，看起來也不再那麼清純，不過你倒是要比以前還嫵媚。此外請容我點出一件事實：年歲的增添並未讓你枯萎，而你變化無窮的風姿更是讓人永不厭倦。」

「你這隻老熊怪。莎士比亞的句子嗎？」

「《安東尼與克麗奧佩托拉》。」

「變化無窮的風姿麼？所以大衛的風姿應該是沒那麼變化無窮囉。想想還挺恐怖的，他們兩個的下場實在有夠慘。」

「有些人真是想不開。」

「就這句話。說來這會兒你是打算怎麼著？我們可以坐在這兒為那兩個男人唉聲嘆氣，感慨他們毀了自己的生命，或者呢我們可以回到旅館做點什麼禮讚美好的生命。全看你了。」

「好難決定，」我說。「需要馬上給你答案嗎？」